MATTHIAS P. GIBERT
Müllhalde

DRECK AM STECKEN Aus der Fulda wird die Leiche des Kasseler Immobilienentwicklers und Eishockeysponsors Dominik Rohrschach gefischt. Der in der Stadt ebenso bekannte wie verhasste Mann wurde erwürgt und von einem Boot in den Fluss geworfen. Im Lauf der Ermittlungen finden die Kommissare Paul Lenz und Thilo Hain heraus, dass er pleite war und sich absetzen wollte. Außerdem wird klar, dass Rohrschach exzellente Verbindungen ins Rathaus hatte, die er offenbar dazu nutzen wollte, eine riesige Menge Sondermüll loszuwerden, die ihn bei der Entwicklung eines ehrgeizigen Immobilienprojekts behinderte. Die Beamten stellen fest, dass Rohrschach und ein Mitarbeiter der Stadtreiniger seit Jahren gemeinsame Sache bei der illegalen Entsorgung von Müll gemacht haben, und genau dieser Mitarbeiter, der abseits der Öffentlichkeit ein Leben in Saus und Braus führt, ist seit ein paar Wochen nicht mehr aufzufinden. Die Polizisten fahnden fieberhaft nach einem Mörder, der ihnen immer einen Schritt voraus zu sein scheint.

Matthias P. Gibert, 1960 in Königstein im Taunus geboren, lebt seit vielen Jahren mit seiner Frau in Nordhessen. Nach einer kaufmännischen Ausbildung baute er ein Motorradgeschäft auf. 1993 kam der komplette Ausstieg, anschließend die vollständige Neuorientierung. Seit 1995 entwickelt und leitet er Seminare in allen Bereichen der Betriebswirtschaftslehre und ist seit 2003 zudem mit einem zusammen mit seiner Frau entwickelten Konzept zur Depressionsprävention sehr erfolgreich für mehrere deutsche Unternehmen tätig. Seit 2009 ist er hauptberuflich Autor.

Bisherige Veröffentlichungen im Gmeiner-Verlag:
Bruchlandung (2014)
Pechsträhne (2013)
Höllenqual (2012)
Menschenopfer (2012)
Zeitbombe (2011)
Rechtsdruck (2011)
Schmuddelkinder (2010)
Bullenhitze (2010)
Zirkusluft (2009)
Eiszeit (2009)
Kammerflimmern (2008)
Nervenflattern (2007)

MATTHIAS P. GIBERT
Müllhalde
Lenz' dreizehnter Fall

Original

GMEINER

Besuchen Sie uns im Internet:
www.gmeiner-verlag.de

© 2014 – Gmeiner-Verlag GmbH
Im Ehnried 5, 88605 Meßkirch
Telefon 07575/2095-0
info@gmeiner-verlag.de
Alle Rechte vorbehalten
2. Auflage 2014

Lektorat: Claudia Senghaas, Kirchardt
Herstellung: Julia Franze
Umschlaggestaltung: U.O.R.G. Lutz Eberle, Stuttgart
unter Verwendung eines Fotos von: © vadim yerofeyev – Fotolia.com
Druck: GGP Media GmbH, Pößneck
Printed in Germany
ISBN 978-3-8392-1596-8

*Personen und Handlung sind frei erfunden.
Ähnlichkeiten mit lebenden oder toten Personen
sind rein zufällig und nicht beabsichtigt.*

1

Björn Schadewald trat auf die Straße hinaus, drehte sich nach rechts, sah kurz zum makellos blauen Himmel hinauf und hielt dabei den Schlüssel seines Motorrollers so in der Hand, dass er ihn sofort in das Schloss würde einfädeln können. Er hielt den Arm noch immer nach vorn gerichtet, als er realisierte, dass sich weder das Kombischloss, also die gemeinsame Einheit von Lenk- und Zündschloss, noch der gesamte Rest seines heiß geliebten Rollers an dem Platz vor der Haustür befand, an dem er ihn am Abend zuvor abgestellt hatte.

»Das gibt's doch gar nicht«, murmelte der 17-jährige Junge ungläubig und sah sich nach rechts und links um.

»Das kann doch gar nicht sein!«

Wieder ein Blick die Straße hinauf in der Hoffnung, das Zweirad am Vorabend vielleicht, entgegen jeder Gewohnheit, an einem anderen Ort abgestellt zu haben als dem angestammten, aber das war definitiv nicht der Fall gewesen. Er hatte die auffällige, rote Vespa genau dort hingestellt, wo sie immer stand, wenn er zu Hause war.

»Mist!«

Der Schüler konnte und wollte nicht glauben, dass ihm der Roller geklaut worden war. Alles in seinem Hirn wehrte sich gegen diesen Gedanken, vielleicht auch wegen der vielen italienischen Tuningteile, mit deren Hilfe er dem technisch eigentlich völlig biederen Scooter im letzten halben Jahr ziemlich Beine gemacht hatte.

Er kramte sein Mobiltelefon aus dem Rucksack und sah auf die Uhr. Zehn vor acht, sein Roller war verschwunden, und Herr Reuter, der Abteilungsleiter in der Folienfabrik, würde seine Drohung von vor zwei Tagen todsicher wahr machen und ihm den Ferienjob kündigen, wenn er auch nur ein weiteres Mal nicht pünktlich um acht auf der Matte stand.

Genau das ist wohl dieses eine Mal zu viel, dachte er verzweifelt, sah erneut auf das Display und wählte.

Eine halbe Minute später hatte er dankbar zur Kenntnis nehmen dürfen, dass der Diebstahl seines fahrbaren Untersatzes natürlich nicht zu einem verfrühten Ende seines Einsatzes als Ferienjobber führen würde, und dass er erst mal die Polizei rufen solle, damit die alle nötigen Spuren sichern und das Weitere veranlassen konnte.

Das sich anschließende Telefonat mit dem zuständigen Polizeirevier Ost hingegen verlief weniger erfreulich, denn der diensthabende Beamte teilte ihm lapidar mit, dass sich wegen so einer Sache natürlich kein Polizist auf den Weg zu ihm machen würde und dass er sich schon selbst zur Polizeistation begeben müsse, wenn er eine Diebstahlanzeige aufgeben wolle.

»Und denken Sie bitte an die Fahrzeugpapiere und Ihren Personalausweis«, gab ihm der trotz der nicht wirklich zufriedenstellenden Antwort freundlich wirkende Beamte noch mit auf den Weg.

»So, wann hast du deinen Scooter denn gestern Abend dort abgestellt, wo er schließlich geklaut wurde?«, wollte der Beamte wissen, dem er eine knappe halbe Stunde später gegenüber saß und der schon seine Personendaten aufgenommen hatte.

»So gegen 22.45 Uhr.«

»Und das Lenkschloss war ganz sicher eingerastet?«

»Ja, ganz sicher«, erwiderte Schadewald. »Ich stelle den immer nur mit eingerastetem Lenkschloss ab.«

»Gut«, nickte der Polizist und hämmerte wieder ein wenig auf der Tastatur vor sich herum.

»Gibt es irgendwelche Besonderheiten an deinem Gefährt, an denen man es vielleicht besonders gut wiedererkennen kann?«, fragte er im Anschluss.

Der Junge vor dem Schreibtisch holte tief Luft.

»Nein, das eigentlich nicht«, log er. »Er sieht aus wie jeder andere Roller dieser Baureihe.«

Den auffälligen Auspuff und die getönte, gekürzte Frontscheibe verschwieg er geflissentlich, weil weder das eine noch das andere Bauteil in den Fahrzeugpapieren eingetragen war. Ganz zu schweigen von den Teilen im Innern des Motors, die dafür sorgten, dass sich die erreichbare Endgeschwindigkeit knapp der 120-km/h-Marke näherte.

»Große Hoffnungen will ich dir lieber nicht machen«, fasste der stark schwitzende Uniformierte ein paar Minuten später seinen Eindruck der Sachlage zusammen. »Es gibt da so ein paar Banden, die darauf spezialisiert sind, Zweiräder jeglicher Art zu klauen. Bisher waren es zwar mehr größere Motorräder, aber wenn die denken, dass sich mit deinem Scooter Geld verdienen lässt, dann wird der eben auch genommen.«

Er legte Björn Schadewald ein paar DIN-A4-Ausdrucke zur Unterschrift vor.

»Vielleicht ist das Teil schon irgendwo im Ausland oder es wird gerade irgendwo hier in der Nähe auseinandergeschraubt, das weiß halt niemand.«

Mit ein paar schnellen Griffen schob er dem Jugendlichen einige weitere Blätter über den Tisch.

»Das ist alles für deine Versicherung. Du hast doch Teilkasko, oder?«

Ein schnelles Nicken.

»Gut. Das war es dann bei uns, um den Rest musst du dich selbst kümmern.«

Abends um halb acht saß Björn Schadewald mit seiner Freundin auf der Terrasse seines Elternhauses. Seine Eltern waren noch für gut eine Woche im Urlaub.

»Was sind das denn für Arschgeigen, die so etwas machen?«, fragte Bianca Griesel mehr rhetorisch. »Das darf doch nicht wahr sein.«

»Darüber habe ich mir auch schon den ganzen Tag den Kopf zerbrochen«, gab Björn zurück.

Er erzählte ihr von der Aussage des Polizisten.

»Banden, die Motorräder klauen? Wie erbärmlich ist das denn?«

Sie hob den Kopf und strich ihrem Freund sanft über die Haare.

»Aber im Job gab es keinen Ärger?«

»Nee, Gott sei Dank nicht. Dem Reuter, meinem Boss, ist auch mal ein Fahrrad geklaut worden, der war diesmal echt verständnisvoll. Was aber nicht heißt, dass er mich nicht hochkant rausschmeißt, wenn ich auch nur noch ein weiteres Mal zu spät kommen sollte.«

»Bisschen verstehen kann ich ihn schon«, kicherte Bianca. »Bisher bist du doch nicht mal die Hälfte der Tage pünktlich gewesen.«

»Ja, das stimmt.«

Er lehnte sich zurück und sah in den Himmel.

»Ich habe den ganzen Tag überlegt, ob es vielleicht gar kein gewöhnlicher Rollerklau gewesen ist. Vielleicht steckt was ganz anderes dahinter.«

»Was meinst du?«

»Na, ja, es könnte sich doch auch um einen Racheakt handeln. Immerhin hat er …«

»Das glaube ich nicht, Björn. Zu so was ist Christoph nicht fähig.«

Sie sprachen von Christoph Kellner, Biancas ehemaligem Freund.

»Aber so ganz und gar abwegig ist es für mich nicht, dass er so etwas machen könnte, um Rache dafür zu nehmen, dass wir beide jetzt zusammen sind.«

»Du meinst, dass du mich ihm ausgespannt hast.«

»Ja, klar. Aber das klingt jetzt, als hätte nur ich es gewollt.«

»Nein«, lachte sie und küsste ihn sanft auf den Mund. »Das kann man nun wirklich nicht sagen, weil es eher so war, dass ich dich wollte.«

Wieder ein Kuss, diesmal ein etwas längerer.

»Ich habe heute an der Arbeit die ganze Zeit darüber nachgedacht, ob er den Scooter an eine andere Ecke gezerrt hat, um mich zu ärgern oder so. Aber ich habe schon mit dem Fahrrad das ganze Viertel abgefahren, da ist nichts.«

Er druckste ein wenig herum.

»Na los, sag schon.«

»Ich habe Angst davor, dass er ihn vielleicht in die Fulda geworfen hat.«

Beide sahen zu dem in etwa 30 Metern Entfernung träge vor sich hin treibenden Fluss.

»Das macht er nicht«, behauptete das Mädchen, doch richtig überzeugend klang sie dabei keineswegs.

»Und wenn doch? Wir könnten doch wenigstens mal nachsehen. Es sind höchstens 50 Meter Ufer, die dafür in Frage kommen.«

Bianca sah ihren Freund fassungslos an.

»Heißt das, du willst in der Dreckbrühe baden gehen?«

»Nein, das erst mal nicht. Aber ich könnte mit einem

Magneten das Ufer absuchen. An der Karre ist so viel aus Metall, dass der garantiert hängen bleibt, wenn sie da drin liegt.«

»Das ist ja mal 'ne coole Idee. Aber woher willst du denn einen so großen Magneten nehmen?«

»Das ist das kleinste Problem. Mir ist doch letztes Jahr ein Tieftöner meiner Lautsprecherboxen kaputt gegangen, und den defekten habe ich noch im Keller liegen. Da ist hinten ein ziemlich großer Magnet dran, den ich eigentlich nur abpopeln muss.«

»Super, dann lass uns das am besten gleich machen.«

Ganz so schnell ging es dann doch nicht, weil Björn erst noch eine Befestigung kreieren musste, mit deren Hilfe er den großen Dauermagneten an einem alten Besenstiel befestigen konnte. Dann jedoch standen die beiden am Fluss und beobachteten begeistert, wie der Magnet sich, geführt von dem bestohlenen Jungen, aus dem Wasser hob und wieder senkte. Immer mal blieb eine rostige Schraube oder etwas anderes aus Metall daran kleben, doch nichts davon war so schwer, dass der Magnet im Wasser hängen geblieben wäre.

Meter um Meter Uferweg brachten die beiden so hinter sich, und Björn hatte schon längst die Hoffnung aufgegeben, noch auf seine Vespa zu stoßen, als sich der Magnet plötzlich mit einem satten Plopp an etwas anhaftete. Der Junge zog aufgeregt an dem Stiel in seiner Hand, doch erst nachdem er richtig viel Kraft eingesetzt hatte, trennten sich der Magnet und das Metallteil im Wasser wieder voneinander.

»Das ist meine Wespe!«, rief er laut. »Das muss sie sein.«

Bianca tanzte um ihn herum.

»Klasse! Aber wie kriegen wir sie jetzt da raus?«

Er ließ den Stiel wieder nach unten und versuchte, die ungefähre Wassertiefe abzuschätzen, bis erneut das Plopp erklang.

»Das sind mindestens eineinhalb Meter«, erklärte er mit Blick auf das restliche Seil am Holz ernüchtert. »Da brauchen wir bestimmt einen Kran oder so was.«

Wieder riss er an der Stange, damit der Magnet sich löste.

»Vielleicht wäre es wirklich das Beste, wenn du mal reinsteigst und nachsiehst, wie man sie am einfachsten da rausbekommt. Und ob es Schlick gibt.«

»Bestimmt ist sie ganz schön kaputt«, befürchtete der Junge.

»Aber du hast recht, ich werde zuerst mal nachsehen, wie man sie da rausholen kann.«

Er sah auf seine Armbanduhr und dann zum Himmel, wo es schon ziemlich dämmerte.

»Aber das geht heute nicht mehr, es ist schon zu dunkel dafür. Außerdem habe ich meine Taucherbrille verliehen und muss sie mir erst zurückholen.«

»Also verschieben wir es auf morgen?«

»Ja, morgen tauche ich da runter.«

*

Am nächsten Morgen erschien Björn Schadewald zehn Minuten vor der vereinbarten Zeit an seinem Arbeitsplatz, und obwohl er es kaum aushielt, bis die Uhr an der Wand gegenüber endlich auf 17 Uhr gesprungen war, so machte er seinen Job endlich einmal zur vollsten Zufriedenheit des Abteilungsleiters Reuter. Auf dem Heimweg radelte er bei seinem Schulfreund Dennis vorbei, holte die verliehene Taucherbrille mitsamt Schnorchel und Flossen ab und fuhr im Anschluss nach Hause, wo Bianca schon vor der Tür saß und auf ihn wartete.

»Da bist du ja endlich«, rief sie erfreut. »Ich dachte schon, du hättest kalte Füße gekriegt.«

»Nein, kalte Füße habe ich nicht. Eher gleich nasse, denke ich.«

Beide lachten und gingen ins Haus, wo Björn sich entkleidete und die Badehose überstreifte.

»Und du willst bestimmt nicht mit ins Wasser?«, fragte er scheinheilig, während er ein Badetuch in den Rucksack steckte.

Seine Freundin winkte ab.

»Nee, lass mal. Es reicht, wenn einer von uns morgen keine Haut mehr hat.«

»Spinnerin.«

Ein paar Minuten später verließen die beiden das Haus und machten sich auf den kurzen Weg zum Fluss.

»Echt super, dass es noch so warm ist«, meinte das Mädchen. »Sonst hättest du dir noch einen Neoprenanzug ausleihen müssen.«

»Ja, das stimmt«, erwiderte er mit einem Blick Richtung Himmel, wo gerade eine dicke Wolke vor der Sonne stand. »Aber klarer Himmel wäre noch besser, weil dann die Sonnenstrahlen bestimmt bis zum Grund reichen.«

Kurz darauf hatten sie die Stelle erreicht, an der am Abend zuvor der Magnet im Wasser kleben geblieben war. Björn ließ den Rucksack fallen, streifte sich das T-Shirt über die Schultern und angelte die Taucherbrille aus dem Leinenbeutel.

»Meinst du, der Schnorchel ist notwendig?«, fragte Bianca ein wenig unsicher.

»Ich versuche es erst mal ohne«, erwiderte er mit einem

Augenzwinkern, ließ sich auf den Hintern fallen und streckte die Beine über die Kaimauer.

»Au, verdammt, ist das heiß«, rief er, nachdem seine nackten Oberschenkel die Metallkante der Einfriedung berührt hatten, stemmte sich mit den Armen hoch und ließ seine Füße vorsichtig ins erstaunlich kalte Wasser gleiten.

»Pass auf, dass du dich nicht an irgendwas schneidest«, gab Bianca ihm mit, kniete sich hin und sah ihm aufgeregt dabei zu, wie er sich Zentimeter um Zentimeter auf die Stelle zubewegte, an der die Vespa liegen musste.

»Uh, ist das schlammig hier«, quiekte Björn ein wenig angeekelt.

»Nun mach schon, los, sieh nach!«

»Ja, ja, nur keine Hektik.«

Mit zitternden Fingern machte er sich das Gesicht und die Haare nass, brachte die Taucherbrille in die richtige Position, holte tief Luft und versank mit einer schnellen Bewegung in der bräunlich schimmernden Brühe. Sofort war es deutlich dunkler um ihn herum, und unter der Wasseroberfläche entpuppte sich die Farbe eher als grün denn als braun. Als er daran dachte, dass er ganz allein in diesem Fluss tauchte, lief ihm ein kalter Schauer über den Rücken, doch er fing sich gleich darauf wieder.

Beruhige dich, was soll dir schon passieren? Hier gibt es definitiv nichts, was dir etwas tun könnte.

Er hob den Kopf, atmete tief aus und wieder ein und sah seine Freundin an.

»Bin ich an der richtigen Stelle?«

Sie nickte heftig.

»Ja, ganz genau dort ist gestern der Magnet hängen geblieben.«

»Aber ich habe mich ganz schön vermessen, stehen kann ich hier nämlich schon lange nicht mehr.«

»Willst du trotzdem runter?«

»Klar, was denkst du denn? Nass bin ich schon, und ich will auf jeden Fall meine Karre zurück.«

Er winkte ihr zu, holte erneut tief Luft und verschwand im Wasser. Eine Weile konnte Bianca nur Luftblasen erkennen, doch dann tauchte ihr Freund wieder auf.

»Ich kann da unten nicht mal die Hand vor den Augen sehen«, prustete er. »Mehr als tasten ist völlig ausgeschlossen.«

»Hast du schon irgendetwas gefühlt? Vielleicht den Lenker oder so was?«

»Nein, noch gar nichts. Ich mache noch ein paar Versuche, das klappt schon.«

Damit tauchte er erneut unter und bewegte sich mit kräftigen Tauchzügen nach unten auf die Stelle zu, an der seine rote Vespa liegen musste. Sehen konnte er tatsächlich kaum 30 Zentimeter weit, und als er mit der rechten Hand den Grund berührte, erschreckte er sich mächtig. Mit hastigen Bewegungen tastete er den matschigen Grund ab, doch es gab nichts, was auch nur im Entferntesten auf seinen fahrbaren Untersatz hinwies. Gerade in dem Moment, in dem der Sauerstoff in seinen Lungen völlig aufgebraucht war, kollidierte sein linker Fuß mit etwas Hartem. Wieder erschrak er sich kurz, dann tauchte er auf.

»Da ist etwas«, rief er nach Luft japsend, aber euphorisch. »Ich glaube, ich habe sie gefunden.«

Ohne auf eine Reaktion seiner Freundin zu warten, atmete er wieder tief ein und verschwand unter Wasser.

Ich habe sie gefunden!

In seinem Körper war nun so viel Adrenalin unterwegs,

dass es ihm vorkam, als könne er gleich ein paar Minuten unter Wasser bleiben, und als er den Grund erreicht hatte, schlug sein Herz fast aus dem Hals hinaus. Wieder tastete er sich im Dämmerlicht vorwärts und stieß keine zwei Sekunden später mit der Spitze der linken Hand an etwas.

Es bewegt sich keinen Millimeter. Das muss sie sein!

Mit fliegenden Bewegungen griff er nach dem schweren Teil und schrie im gleichen Augenblick auf, weil sich etwas Spitzes in seinen rechten Mittelfinger gebohrt hatte.

Verdammt, was ist das?

Er griff erneut zu, bekam diesmal das kalte, merkwürdig geformte Teil zu fassen und zog sich daran nach unten. Genau in diesem Moment schob sich in ein paar hundert Metern über ihm die Wolke, die bis dahin die Sonne verstellt hatte, so weit in Richtung Osten davon, dass es schlagartig heller um ihn herum wurde. Zunächst beunruhigte das viele Licht den Schüler, doch dann erinnerte er sich, woran die Veränderung liegen musste, und betrachtete, während er sich mit der anderen Hand an dem Teil unter ihm festhielt, zunächst die Verletzung an seinem Finger.

Nicht so schlimm, aber langsam muss ich ans Auftauchen denken.

Björn Schadewald drehte den Kopf nach unten, erkannte, dass er einen großen Metallring umfasst hielt, und wurde von einer Welle der Enttäuschung erfasst.

Es ist nicht die Vespa, es ist ein blöder Gullydeckel oder so was.

Der junge Mann hätte heulen können bei dem Gedanken, dass er das Wasser nicht als strahlender Held verlassen würde und dass die Vespa vermutlich doch nicht von Christoph Kellner geklaut worden war.

Jetzt wird es aber wirklich Zeit mit dem Auftauchen.

Er wollte sich gerade an dem Metallring abstoßen und auf den Weg nach oben machen, als er mit dem Rücken an etwas Weiches stieß. Irritiert drehte er sich um, riss die Augen auf und stieß einen Schrei aus, der seine Freundin für ein paar Sekunden glauben ließ, er hätte sein ihm geklautes Zweirad gefunden.

Unter Wasser blickte ihr Freund im gleichen Moment in ein aufgedunsenes, dunkelblaues Gesicht, um das herum sich halblange, fransige Haare im Takt des Wassers bewegten, und aus dessen Mitte er von zwei weit aufgerissenen Augen angestarrt wurde. Schadewald stieß sich die Taucherbrille aus dem Gesicht, schrie erneut laut und gellend auf und strampelte, längst ohne jeglichen Sauerstoff in den Lungen, mit hastigen, unkontrollierten Bewegungen in Richtung Oberfläche. Dort angekommen kraulte er völlig panisch mindestens 20 Meter in Richtung Schleuse, bevor er zur Ufermauer abbog und keuchend die eiserne Leiter hinaufkletterte, die an dieser Stelle angebracht war.

»Ruf die Polizei, Bianca, sofort«, schrie er seine Freundin hustend an, die auf ihn zugelaufen war und ihn fassungslos anstarrte.

»Was zum Teufel ist denn los, Björn? Was ist dir denn da unten passiert? Und warum blutest du wie ein Schwein an der Hand?«

»Ruf einfach die Bullen, Bianca, bitte! Den Rest erzähle ich dir, wenn ich wieder zu Luft gekommen bin.«

2

»Wie jetzt, der Güney lag vor dem Amtsgericht? Du willst mich doch verarschen.«

Oberkommissar Thilo Hain sah seinen langjährigen Boss und Freund Paul Lenz, den Leiter der Kasseler Mordkommission, völlig entgeistert an. »Wie zum Teufel ist er denn dort hingekommen? Ich dachte, der schaukelt sich in der Türkei die Weichteile, unerreichbar für die deutsche Justiz.«

»Dem war auch so, klar, aber irgendjemand hielt es wohl für eine gute Idee, den deutschen Behörden aus dem Urlaub ein Geschenk aus Kusadasi mitzubringen.«

»Du meinst, Güney wurde entführt und zu uns nach Deutschland verschleppt?«

»Davon sollten wir ausgehen, denn er war in einen Flokati eingerollt und ziemlich groggy. Uwe sagt, er hat im Krankenhaus die erste halbe Stunde mächtig konfuses Zeug geredet.«

Er sprach von Uwe Wagner, dem Pressesprecher des Polizeipräsidiums Nordhessen, von dem der Hauptkommissar die Informationen ein paar Minuten zuvor erhalten hatte.

»Außerdem wollte er, nachdem ihm klar geworden war, dass er in Deutschland ist, niemandem sagen, wer er ist, was allerdings nur kurz geklappt hat, denn seine Visage war vor ein paar Jahren so oft in der Zeitung, dass sich schnell jemand an ihn erinnert hat. Der Rest war Routine, weil mit internationalem Haftbefehl nach ihm gesucht wurde.«

Hain saß noch immer fassungslos da.

»Du meinst also allen Ernstes, dass irgendjemand dieses Arschloch in der Türkei abgefischt, in einen Flokati gepackt und nach Deutschland transportiert hat? Wer sollte denn auf so eine kaputte Idee kommen?«

»Das kann ich dir nicht genau sagen, aber wenn ich Uwe Glauben schenken kann, dann hat der Typ nicht nur Freunde zurückgelassen, als er sich in sein Vaterland abgesetzt hat. Da gab es wohl einige, die noch eine Rechnung mit ihm zu begleichen gehabt hätten.«

Der Oberkommissar dachte eine Weile nach.

»Tja, und wenn ich die Gesetzeslage richtig einschätze, müssen wir nach dem oder den Menschen suchen, von denen du sprichst.«

»Ja«, stimmte Lenz zu. »Auch wenn es sicher viele in der Stadt freuen dürfte, dass er den Weg in die alte Heimat gefunden hat, so ist er, wie es jetzt aussieht, das Opfer eines Gewaltverbrechens geworden, das in unseren Zuständigkeitsbereich fällt.«

Über das Gesicht des Hauptkommissars huschte trotz der ernsten Worte ein verschmitztes Grinsen.

»Das hätte er sich bestimmt nicht gedacht, der gute Mehmet, dass er Kassel so schnell wiedersehen würde. Noch dazu eingerollt in einen ollen Teppich.«

»Ja, das wird ihn empfindlich treffen, das alte Großmaul«, stimmte Hain grinsend zu. »Ist er noch immer im Krankenhaus?«

»Nein. Jetzt befindet er sich auf der Krankenstation des Knasts in Wehlheiden.«

»Da ist er gut aufgehoben. Allerdings würde ich nicht mit ihm tauschen wollen, wenn er in die normale U-Haft verlegt werden sollte. Auf so knackiges Frischfleisch warten die Hartgesottenen dort nur.«

»Vielleicht«, schränkte Lenz ein, »kommt es ja gar nicht so weit, denn wie Uwe mir erzählte, laufen die diplomatischen Drähte zwischen Ankara und Berlin schon heiß. Die Türken bestehen darauf, ihren Mehmet so schnell wie möglich wieder zu Hause zu begrüßen, weil seine Überstellung nach Deutschland Teil einer kriminellen Handlung gewesen ist.«

»Was zu beweisen wäre.«

»Genau, was zu beweisen wäre«, erwiderte der Hauptkommissar nickend, »aber nicht mehr heute, wir machen nämlich jetzt Feierabend. Der Mehmet läuft uns nicht weg, und Maria und ich wollen heute Abend zu einem Konzert im Kulturzelt.«

»Klingt spannend. Und irgendwie nach großem Orchester.«

»Nee, nichts Klassisches. Irgendein afrikanischer Jazztrompeter, den wir manchmal zu Hause hören. Echt interessant das Ganze.«

»Na vielen Dank. Afrikanischer Jazztrompeter tönt in meinen Ohren wie eine Band, die zwei Stunden lang die Instrumente stimmt. Aber trotzdem viel Vergnügen.«

»Wir sehen uns morgen früh gleich in Wehlheiden, ja? Sagen wir um halb neun, dann kann ich endlich mal ausschlafen.«

»Lieber um neun, dann kann *ich* endlich mal wieder die Zwillinge in den Kindergarten bringen.«

»Meinetwegen, bis morgen dann.«

Die beiden griffen nach ihren Jacken und waren schon an der Tür, als das Telefon auf dem Schreibtisch klingelte.

»Och nöö«, murmelte Hain.

»Vielleicht was ganz Belangloses«, mutmaßte sein Boss wenig überzeugend.

»Und wenn wir es einfach klingeln lassen?«

»Dann meldet sich eh gleich dein oder mein Mobiltelefon, wenn es was wirklich Wichtiges ist.«

Er griff zum Hörer, hob ab und lauschte ein paar Sekunden den Worten des Anrufers.

»Wir sind gleich da«, brummte er schließlich.

»Wo sind wir gleich?«, wollte sein Kollege mit zusammengekniffenen Augen wissen.

»An der Fulda, direkt in der Unterneustadt.«

»Jetzt sag mir nicht, dass wir nach Feierabend noch eine Wasserleiche aufs Auge gedrückt bekommen haben.«

»Bingo, der Kandidat erhält hundert Punkte. Wie bist du nur so schnell darauf gekommen?«

Hain holte tief Luft, fing theatralisch an zu husten und stützte sich dabei mit beiden Händen auf der Schreibtischplatte ab.

»Ich befürchte, ich erleide gerade einen Herzinfarkt, Paul. Oder vielleicht doch eher so etwas wie einen sehr leichten Schlaganfall. Oder ein fieses gemeines Grippevirus hat sich meiner bemächtigt.«

Er sah mit bemitleidenswertem Gesichtsausdruck Richtung Decke.

»Nein, ich weiß, es muss was Psychisches sein. Irgendwas, was bisher noch kein Lebewesen hatte, was gerade zum ersten Mal überhaupt in der Menschheitsgeschichte auftritt. Vermutlich gezüchtet in einem amerikanischen Superlabor, um an einem armen deutschen Kripobeamten …«

»Hör auf zu jammern, Thilo. Ich weiß, dass du es mit Wasserleichen wirklich nicht so hast, aber wer hat es schon damit?«

Er legte den Hörer, den er noch immer in der Hand

gehalten hatte, zurück auf den Apparat und trat erneut auf die Tür zu.

»Und nun komm, du Simulant, vielleicht ist es nur ein Ruderer, der bei der Ausübung seines Sports einen echten Herzinfarkt bekommen hat.«

»Das kannst du deiner Großmutter erzählen, und das weißt du auch ganz genau«, jammerte der Oberkommissar weiter, obwohl er wusste, dass es nichts nützen würde. »Kannst du nicht allein dahin fahren? Ich würde auch für dich mit Maria zu diesem Afrikatrompeter gehen, damit die Karte nicht verfällt.«

»Hör auf zu wimmern und komm.«

Die ohnehin unrealistische Annahme, dass einer der vielen im Sommer den Fluss befahrenden Ruderer gekentert und ertrunken sein könnte, konnten die beiden Kripomänner schon beim ersten Blick auf die Leiche abhaken. Der Mann, auf dessen mehr als unappetitlich anzusehende sterbliche Überreste sie blickten, hatte seit mindestens einer Woche im Wasser gelegen.

»Boah, mir wird schlecht«, murmelte Hain.

»Das glaube ich Ihnen gern, Herr Kommissar«, bemerkte Dr. Peter Franz, der Rechtsmediziner, der dabei war, das Gesicht des Toten zu untersuchen, gelassen. »Aber mit Wasserleichen hatten Sie es, wenn ich mich recht erinnere, noch nie so.«

»Tag auch, Herr Doktor«, erwiderte Lenz für seinen Kollegen mit. »Können Sie uns schon was sagen?«

Franz nickte und wies auf den Hals des Mannes unter ihm.

»Er wurde, vorbehaltlich der weiteren Erkenntnisse natürlich, erdrosselt, wie Sie unschwer erkennen können.

Dabei waren seine Hände gefesselt, was ebenso unschwer zu erkennen ist, weil die Handschellen noch seine Handgelenke zieren.«

»Handschellen?«, fragte Lenz erstaunt zurück.

»Ja, Handschellen. Die Dinger, die Sie beide am Gürtel tragen.«

»Verdammt, ich weiß, was Sie mit Handschellen meinen. Aber es ist in meinen Augen schon ungewöhnlich, wenn jemand mit Handschellen gefesselt wird.«

»Wenn Sie das sagen. Allerdings können Sie die Dinger in jedem vernünftig sortierten Sexshop für kleines Geld erwerben, also finde ich persönlich dieses Detail gar nicht so ungewöhnlich.«

»Auch wieder wahr.«

»Gibt es schon Hinweise zu seiner Identität?«, fragte Lenz den ihnen am nächsten stehenden Uniformierten, der den Kopf schüttelte.

»Keine Papiere, kein Telefon, nichts.«

»Ich kenne ihn, glaube ich«, kam es von hinter den Männern.

»Was?«

Einer der blau gekleideten Polizisten, die in etwa fünf Metern Entfernung standen, trat auf die kleine Gruppe zu.

»Ich habe schon die ganze Zeit gedacht, dass mir das Gesicht bekannt vorkommt, und gerade eben ist es mir eingefallen.«

Der etwa 25-jährige Mann warf einen kurzen Blick auf das Gesicht der Wasserleiche.

»Wenn Sie mich fragen, ist das Dominik Rohrschach, der Eishockeysponsor.«

»Der Eishockeysponsor? Kannst du das ein wenig präzisieren, Kollege?«

»Na, ja, ich weiß halt nur, dass er unseren Kasseler Eishockeyclub gesponsert hat, mehr kann ich dazu gar nicht sagen. Ich habe ihn ein paar Mal in der Eissporthalle gesehen, daher kenne ich sein … Gesicht.«

»Über den hab ich neulich was gelesen«, fiel Hain dazu ein. »Das war doch der, von dem alle gedacht haben, dass er sich wegen seiner vielen Schulden irgendwohin abgesetzt hat? War ein paar Tage lang die Topmeldung in unserer Lokalpostille.«

»Ich habe davon rein gar nichts mitbekommen«, schob Lenz dazwischen.

»Aber von genau dem rede ich«, bestätigte der Uniformierte.

Hain warf einen kurzen angewiderten Blick auf die Wasserleiche.

»Den hätte ich, wenn ich an die Bilder von ihm in der Zeitung denke, im Leben nicht erkannt.«

»Ja«, hob Dr. Franz den Kopf, »Wasser und Zeit sind eine Kombination, die dem menschlichen Organismus gar nicht gut bekommt, speziell wenn er sich in der Postmortem-Phase befindet.«

»Sie immer mit Ihren hochgestochenen Kommentaren«, rümpfte der Oberkommissar mehr gespielt als ernst gemeint die Nase. »So einen Krempel sagen Sie doch nur, weil Sie wollen, dass sich der Nichtakademiker in Ihrer Nähe klein und doof vorkommt.«

»Das natürlich auch, Herr Hain, aber nicht primär. Vielmehr wollte ich damit zum Ausdruck bringen, dass sich eine Verweildauer von etwa zwei Wochen im sommerlich warmen Fuldawasser für jeden Leichnam ein wenig, sagen wir mal, unvorteilhaft auswirkt.«

»Er nun wieder …«, winkte Hain ab.

»Aber wo wir gerade dabei sind«, wechselte der Mediziner das Thema und hielt den Beamten einen Klarsichtbeutel mit einem imposanten Schlüsselbund darin unter die Nase.

»Das hier habe ich in seiner rechten Hosentasche gefunden.«

»Wow«, bilanzierte Lenz nach einem kurzen Blick darauf, »damit hätte er auch als Gefängniswärter durchgehen können.«

»Das eher nicht«, widersprach Dr. Franz. »Die meisten der Schlüssel gehören zu Kraftfahrzeugen.«

Er deutete auf ein paar schwarze Kunststoffteile, die ebenfalls am Schlüsselbund befestigt waren.

»Und diese Plastikutensilien hier gehören ebenfalls zu Autos, allerdings zu diesen neumodischen, für deren Benutzung man keinen Schlüssel mehr braucht.«

»So was gibt es wirklich?«, fragte Lenz skeptisch.

»Klar«, bestätigte sein Mitarbeiter. »Vielleicht nicht in der Kompaktklasse, aber viele der teureren Karren haben nur noch diese Funkdinger, die erkennen, dass der Berechtigte Platz genommen hat, und dann das Zündschloss freigeben.«

»Schöne neue Welt.«

»Ja«, stimmte Dr. Franz leise zu. »Immerhin können Sie schon mal konstatieren, dass der Gute hier Zugriff auf einen vermutlich beeindruckenden Fuhrpark gehabt hat. Immerhin weisen zwei dieser Plastikdings darauf hin, dass die dazugehörigen Modelle in Zuffenhausen gefertigt wurden.«

»Porsches?«

Ein kurzes Nicken musste als Antwort reichen.

»Wissen Sie, wo er gewohnt hat?«, wandte Lenz sich wieder an den Uniformierten, der noch immer neben ihnen stand und das Gespräch zwischen den Kripobeamten und dem Rechtsmediziner wie gebannt verfolgt hatte.

»Nein, tut mir leid, aber wie ich schon gesagt habe, mehr als …«

»Ist schon gut Kollege. Immerhin haben Sie es uns erspart, erst lang und breit die Identität des Mannes herausfinden zu müssen.«

Das freundliche Nicken des Hauptkommissars bedeutete dem Schutzpolizisten, dass er damit entlassen war, und genau so ordnete der junge Mann es auch ein.

»Wenn ich dich richtig verstanden habe, Thilo, dann ist er so etwas wie eine Lokalgröße gewesen?«

»Das kann man schon sagen, ja. Er hat seine Kohle wohl irgendwie mit Immobilien gemacht, aber wie genau, das brauchst du mich gar nicht erst zu fragen. Immobilienentwickler stand, glaube ich, in der Zeitung, aber das kann ich auch mit was anderem verwechseln. Und was diese Berufsbezeichnung konkret bedeutet, kann ich dir ohnehin nicht sagen.«

»Macht nichts, das finden wir raus. Zuerst müssen wir allerdings wissen, wo er zu Hause war.«

»Und Sie sind sich ganz sicher, dass dieser Mann hier der ist, von dem Sie die ganze Zeit sprechen?«, zeigte sich Dr. Franz ein wenig zweifelnd. »Nicht, dass es sich nur um jemand handelt, der dem anderen sehr ähnlich sieht.«

Die beiden Kommissare tauschten einen irritierten Blick aus.

»Na, ja«, erwiderte Hain mit gerunzelter Stirn, »das passt schon ziemlich gut zusammen. Rohrschach ist seit ungefähr zwei Wochen verschwunden, und der hier sieht ihm erstens verdammt ähnlich, und zweitens liegt er, nach Ihrer Aussage, seit ungefähr zwei Wochen im Wasser.«

Sein Blick streifte erneut die Leiche.

»Teurer Anzug, teure Schuhe, teurer Fuhrpark. Wenn Sie mich fragen, bewegen sich meine Zweifel eher im homöopathischen Bereich.«

»Vielleicht gibt es eine Frau Rohrschach«, mischte Lenz sich vermittelnd ein, »die uns sagen kann, ob das Schlüsselbund zu ihrem Mann gehört und ihn, falls ja, sogar noch identifiziert.«

Er nickte erneut, wandte sich ab und betrachtete die Umgegend.

»Also, das bekommen wir in den Griff. Viel wichtiger ist für uns, wo er sein Leben ausgehaucht hat, weil das hier nicht stattgefunden haben dürfte.«

»Er wurde auch nicht hier ins Wasser befördert«, behauptete Dr. Franz ein wenig keck.

»So? Steht ihm das auf die Leichenflecke geschrieben?«

»Nein, das hat mir einer der Taucher, die ihn herausbefördert haben, erklärt. Der Umschlag seiner Hose, also das untere Ende, ist an einem alten Fahrrad hängengeblieben, das dort unten im Wasser liegt.«

Der Mediziner deutete auf zwei Männer, die auf die Gruppe zukamen.

»Aber fragen Sie die Froschmänner doch selbst, dort kommen Sie.«

Lenz und Hain begrüßten die beiden leger in kurzen Hosen steckenden Kollegen, die sich ihrer Tauchausrüstung entledigt hatten und von denen sie den einen recht gut kannten.

»Der Doc sagt, er sei dort unten irgendwie hängengeblieben?«, wollte Lenz von ihm wissen.

»Ja, das stimmt. Auf dem Grund liegt ein altes Fahrrad. Wenn das nicht gewesen wäre, hätte sein Auftauchen viel früher passieren können, nämlich unten an der Schleuse.«

»Er ist also abgetrieben?«

»Klar. Alles, was man in die Fulda wirft und das keine Krallen hat, treibt mit der Zeit ab. Menschen tauchen zwar wegen der Fäulnisgasbildung meistens wieder auf, aber wenn ihr mich fragt, war der hier mit irgendwas beschwert, was ihn unten halten sollte. Ich schätze, es war an den Handschellen befestigt.«

»Klingt plausibel.«

»Schon, ja. Was immer es gewesen ist, es hat sich zwar gelöst, aber das fest im Schlick sitzende Fahrrad hat die Aufgabe hervorragend weitergeführt.«

Der Mann kratzte sich am Kopf.

»Hier ist eins zum anderen gekommen, wenn ich die Lage richtig einschätze. Und ohne den armen Kerl, dem vorletzte Nacht der Roller geklaut wurde, hätte die Leiche gut und gern an der Stelle überwintern können. Als wir ihn losgeschnitten haben, ist er übrigens wie eine Rakete an die Oberfläche geschossen, so faul war er schon, aber der gute, feste Stoff seiner Hose auf der einen Seite und das Rad auf der anderen hätten vermutlich gegen das Gas gewonnen.«

»Das bedeutet nach eurer Meinung, dass er nicht hier ins Wasser geworfen wurde?«

»Nahezu ausgeschlossen«, antwortete der andere Taucher und ließ dabei den Blick kreisen. »Hier könnte einem jeder aus den umliegenden Häusern zuschauen, wenn man sich seiner Leiche entledigt.«

Er schüttelte, von seiner These überzeugt, den Kopf.

»Nee, der wurde weiter oben in den Bach geworfen. Vielleicht sogar außerhalb von Kassel, und möglicherweise auch von einem Boot aus. Das könnte, denke ich, die Sache für den Mörder um einiges erleichtert haben.«

»Auch eine Idee.«

»Ja, und bestimmt keine ganz schlechte.«

»Es dürfte sich übrigens bei dem Mann um einen gewissen Dominik Rohrschach handeln«, ließ Hain die beiden Kollegen wissen.

»Den Eishockeysponsor?«, stieß der eine Taucher aus, während sein Kollege im gleichen Augenblick »der Pleitier?« vernehmen ließ.

»Wenn ich die Sache richtig einschätze und unsere Lokalzeitung nicht gänzlich missverstanden habe, trifft wohl beides zu«, bestätigte der junge Oberkommissar.

Die beiden Taucher betrachteten das Konterfei der Leiche, das sich in der kurzen Zeit seit dem Verlassen des Wassers deutlich verändert hatte.

»Da geht man nun Jahr für Jahr in die Eissporthalle, grölt den gegnerischen Mannschaften die unverschämtesten Lieder entgegen, sieht diesen Typen da im Winter fast jede Woche, und wenn man ihn aus dem Wasser fischt, erkennt man ihn nicht mal«, sinnierte der jüngere der beiden Männer in Shorts.

»Das soll nichts heißen«, nahm Hain ihn in Schutz, »ich habe seine Visage in den letzten Wochen mehr als einmal in der Zeitung gesehen und hätte ihn genauso wenig erkannt.«

»Gut zu wissen. Zwar ein schwacher, aber immerhin ein Trost.«

»Wobei noch nicht hundertprozentig geklärt ist, dass er es wirklich ist«, mahnte Lenz von der Seite. »Wir müssen erst auf die Fingerabdrücke und das ganze andere Zeugs warten.«

Der Taucher sah seinen Kollegen irritiert an.

»Ihr habt ihm nicht mal den Ärmel hochgerollt?«
»Nein, warum das denn?«
»Wenn es wirklich dieser Rohrschach ist, dann könnt ihr das ganz leicht an einer Tätowierung am rechten Unterarm erkennen. Dort hat er einen blauen Schlittenhund, das Wappentier unseres Eishockeyvereins, verewigt, und ich denke, das geht schon als eindeutiges Identifizierungsmerkmal durch, oder?«

»Das kann sein, aber woher weißt du denn davon?«, wollte Hain wissen.

»Weil er nach jedem Tor unserer Mannschaft den Arm frei macht und die Tätowierung küsst. Klingt blöd, sieht blöd aus und ist auch ziemlich blöd, aber es ist nun mal so.«

»Die Welt wird immer verrückter«, murmelte Lenz und wandte sich an Dr. Franz, der dabei war, seine Sachen zu packen.

»Können wir ihm den rechten Unterarm freilegen, Doc? Dann sollten wir Gewissheit haben, ob es sich um diesen Dominik Rohrschach handelt oder nicht.«

»Den rechten Unterarm?«

»Ja, bitte.«

Der Mediziner griff in seine Tasche, kramte eine Schere daraus hervor und trennte mit einem Schnitt sowohl das Hemd als auch den Stoff des Anzugs auf.

»Voilà«, meinte er generös mit Blick auf die grünlich schimmernde Haut des Toten.

»Könnten Sie uns die Innenseite zeigen?«, fragte Hain leise.

Der Rechtsmediziner kam auch dieser Bitte nach und hob den Kopf.

»Ah, jetzt verstehe ich«, murmelte er mit Blick auf die

blasse, ausgefranst wirkende Tätowierung. »Ist es das, was Sie erwartet haben?«

»Ja«, brummte Lenz zurück.

»Dann lasse ich ihn jetzt wegbringen, meine Herren«, erklärte Dr. Franz zufrieden, jedoch mit besorgtem Blick auf den Leichnam, dessen Äußeres sich in der Stunde seit seinem Auftauchen entschieden zum Schlechten verändert hatte. »Wie Sie sehen, bekommt ihm nämlich die Kasseler Abendsonne ganz und gar nicht, und wenn wir noch eine halbe Stunde warten, wird es richtig ekelig.«

Er packte die Schere nach einem kurzen Reinigungsprozess zurück in die Tasche.

»Von Ihrer Seite spricht doch sicher nichts dagegen?«

»Nein, Doc, ganz sicher nicht«, schüttelte Hain fast mit an Begeisterung grenzender Bewegung den Kopf.

3

»Erst eine Wasserleiche, und dann auch noch die Todesnachricht überbringen«, sinnierte Lenz auf dem Weg zum Wagen. »Dir bleibt heute auch wirklich nichts erspart, mein Freund.«

»Du könntest dich ja großzügig zeigen und die Sache allein in die Hand nehmen.«

»Stimmt, das könnte ich wirklich, aber dann lernst du es ja nicht.«

»Es geht doch gar nicht ums Lernen«, erwiderte sein Kollege müde. »Können kann ich es ja, es macht mich halt nur so furchtbar traurig.«

»Das wird mit jedem Mal weniger, vertrau mir.«

»Glaub ich nicht.«

Lenz unterließ es, sich auf eine weitere Diskussion einzulassen und griff stattdessen zu seinem Telefon.

»Lenz, guten Abend«, meldete er sich bei dem Kollegen in der Zentrale. »Ich bräuchte mal die Meldeadresse eines gewissen Dominik Rohrschach.«

Dann buchstabierte er den Nachnamen und wartete.

»Wie, nicht in Kassel gemeldet? Hast du auch wirklich …«

Er brach ab und musste erneut warten.

»Ja, genau um den geht es«, bestätigte er eine Weile später. »Den Eishockeyfuzzi, der Pleite gemacht hat.«

Wieder ein paar Sekunden des Zuhörens.

»Und das weißt du ganz genau?«

Eine weitere kurze Pause.

»Gut, dann gib mir die, vielleicht hilft uns das weiter.«

Er schrieb die Ansage des Kollegen mit und beendete das Gespräch.

»Ein Dominik Rohrschach ist nicht in Kassel gemeldet, aber der Kollege meinte, dass er genau weiß, dass der Eishockeysponsor Rohrschach aus Eschwege kommt. Sein Büro und das alles hat er zwar in Kassel, aber wohnen würde er noch in Eschwege.«

Hain verzog das Gesicht zu einem ausgewachsenen Grinsen.

»Und wir beide fahren jetzt auf keinen Fall nach Eschwege, mein Lieber, und zwar auf gar keinen Fall. Das kannst du dir völlig abschminken.«

»Wollen wir auch gar nicht.«

»Aber du hast doch gesagt …«

Der junge Oberkommissar brach ab, weil nun Lenz ein breites Grinsen aufsetzte.

»Deine Schlussfolgerung ist falsch. Wir fahren nicht nach Eschwege, wo wir sowieso nichts zu suchen hätten, sondern zu dem Büro der …«

Er warf einen Blick auf den Zettel in seiner Hand.

»Der Roimm-Gruppe.«

»Roimm-Gruppe? Das klingt, als hätten wir einen internationalen Multi in der Stadt.«

»Da gebe ich dir nun wiederum recht. Es klingt tatsächlich nach London-Paris-Tokio, und wir dämlichen Bullen haben nicht die geringste Ahnung davon, dass es diese Roimm-Gruppe überhaupt gibt.«

»Wir haben halt nichts mit Eishockey am Hut.«

»Daran wird es wohl liegen«, bestätigte Lenz süffisant. »Also los, wir müssen nach Bettenhausen.«

Das riesige Grundstück, auf dem das modern gestylte Haus stand, in dem die Roimm-Gruppe residierte, lag etwa

30 Meter von der Leipziger Straße entfernt und wurde von dichten Büschen gesäumt, hinter denen eine Schallschutzwand zu erkennen war. Rechts und links über dem offenen Rolltor, an dem die Beamten standen, waren jeweils Kameras installiert, im unteren Teil gab es ein ebenfalls kameraunterstütztes Klingelbrett, auf dem mehrere Firmennamen zu erkennen waren, die mit großflächigen, polierten, goldfarbenen Tafeln korrespondierten, die daneben den Eingang zierten.

»Bisschen protzig, wenn du mich fragst«, bemerkte Lenz leise.

»Aber wirklich nur ein bisschen«, kam es kichernd, jedoch ebenso leise zurück.

»Sehen wir uns mal um? Das Tor steht ja offen.«

Wie auf Kommando begann im gleichen Augenblick ein starker Elektromotor zu summen, über ihren Köpfen startete eine gelbe Rundumleuchte ihre Arbeit, und das Tor setzte sich in Bewegung.

Lenz und Hain sahen sich kurz an, nickten und sprangen mit schnellen Schritten auf das Grundstück, während die schwere Edelstahlkonstruktion sich hinter ihnen schloss.

»Wow«, machte Hain, während sie sich langsam dem im Architektenstil erbauten, vermutlich recht jungen Bau näherten, vor dem ein dunkelblaues Aston-Martin-Cabriolet stand, dessen Auspuffanlage leise vor sich hin knisterte.

»Gerade angekommen, vermutlich«, meinte Lenz. »Also wissen wir, dass jemand zu Hause ist.«

»Schöner Wagen.«

»Schöne Hütte.«

»Finde ich nicht. Ist mir deutlich zu modern.«

»Früher standest du mal auf so was.«

»Stimmt, aber seit ich deine und Marias Bude kenne, stehe ich mehr auf Altbau und hohe Decken und so einen Kram.«

»Hallo, Sie da! Wenn Sie nicht augenblicklich das Grundstück verlassen, rufe ich die Polizei«, rief eine Frau aufgebracht aus der halb geöffneten Eingangstür. »Es ist eine Unverschämtheit, was Sie sich erlauben.«

Ihre linke Hand lag auf der Türklinke, mit der anderen versuchte sie, einen Rottweiler zu bändigen, der laut knurrend die beiden Polizisten fixierte.

»Und den Hund lasse ich auch los, wenn Sie meiner Aufforderung nicht auf der Stelle nachkommen«, fügte sie überflüssigerweise hinzu, weil sie den Hund sowieso kaum noch halten konnte.

»Wir *sind* von der Polizei«, rief Lenz eilig mit Blick auf die Töle, die aussah und sich benahm, als würde ihr jeglicher Humor abgehen.

»Was? Das wird ja immer schöner! Los, runter von unserem Grundstück. Ich zähle bis drei, und wenn Sie dann nicht vorn am Tor stehen, werden Sie es bitter bereuen.«

»Mein Kollege sagt die Wahrheit«, blaffte Hain die etwa 40-jährige Frau mit den auffällig langen, zu einem Pferdeschwanz zusammengebundenen aschblonden Haaren an. »Und wenn Sie diese Bestie wirklich loslassen, werden *Sie* es bitter bereuen.«

Seine Worte machten offenbar Eindruck auf die Frau, die den Hund zurückzog und ihn zwang, sich zu setzen. Hätte sie Thilo Hain besser gekannt, wäre ihr garantiert aufgefallen, dass trotz seiner harschen Ansprache in seiner Stimme jede Menge Schiss vor dem Tier mitschwang. So jedoch ging er mit über dem Kopf gehaltenen Dienstausweis auf die Haustür zu, wo die Frau den längst wieder hoch gekommenen Hund mit beiden Händen am Lossprinten hindern musste.

»Sperren Sie dieses Monster weg, bitte«, forderte Lenz, der hinter seinem Kollegen herkam, die Frau auf.

»Das mache ich erst, wenn Sie sich ordentlich ausgewiesen haben«, keifte sie zurück.

»Wenn Sie den Hund wegsperren, finden Sie vielleicht die Kraft, sich unsere Dienstausweise anzusehen«, knurrte der Hauptkommissar genervt.

»Ruhig, Rambo«, war das Einzige, was ihr dazu einfiel, doch ihr Blick war dabei wie gebannt auf die kleinen Plastikkarten geheftet. Dann trat sie dem Rottweiler unvermittelt so fest in die Seite, dass der gequält aufheulte und sich wimmernd ins Innere des Hauses verzog.

»Manchmal weiß ich mir einfach keinen anderen Rat«, ließ sie mit entschuldigender Geste folgen, schob sich vor die Tür, zog sie hinter sich ins Schloss und griff nach Hains Ausweis.

»Wenn Sie wirklich von der Polizei sind, warum klingeln Sie dann nicht wie jeder normale Mensch?«, wollte sie schnaubend wissen.

»Das Tor stand offen, also sind wir reingekommen. Natürlich wollten wir Sie nicht belästigen.«

Rambo schien seine Schmerzen hinter sich gelassen zu haben, denn seine Pfoten scharrten in schneller Folge am anderen Ende des Türblatts, untermalt von einem drohenden, dunklen Bellen.

»Seien Sie froh, dass ich ihn halten konnte. Ich will mir gar nicht ausmalen, was passiert wäre, wenn er Sie angefallen hätte.«

Hains Ausweis wanderte zurück, ein kurzer Blick auf den von Lenz, dann ein Nicken.

»Also, ich glaube Ihnen, dass Sie von der Polizei sind, obwohl man solche Ausweise bestimmt auch im Internet bestellen kann. Was kann ich für Sie tun?«

»Zunächst könnten Sie uns verraten, mit wem wir das ... Vergnügen haben.«

»Warum wollen Sie das wissen?«

»Können wir uns darauf einigen, dass wir Ihnen zunächst ein paar Fragen stellen, und wenn das um ist, stellen Sie uns Ihre Fragen, ja?«

Durch ihren Körper ging ein kurzer, kaum wahrnehmbarer Ruck. Offenbar war die Frau es nicht gewohnt, dass man ihr widersprach.

»Gut, machen wir es so«, stimmte sie nach ein paar weiteren Augenblicken des Nachdenkens zu.

»Schön«, meinte Lenz zufrieden. »Also, wer sind Sie?«

»Mein Name ist Angelika Rohrschach.«

»Dann gehe ich davon aus, dass Sie Dominik Rohrschach kennen?«

»Das sollte man meinen, ja. Er ist mein Mann.«

»Wann haben Sie Ihren Mann zuletzt gesehen, Frau Rohrschach?«

»Das habe ich Ihren Kollegen doch alles schon erzählt«, rief sie aufgebracht und drehte sich um. »Ich kann nicht glauben, dass Sie hier auftauchen wie Diebe, um mir eine Frage zu stellen, die ich schon vor knapp zwei Wochen auf der Wache mehrmals beantwortet habe. Das ist wirklich die Höhe.«

Nach vier, fünf schnellen Schritten hatte sie die Haustür erreicht.

»Nicht zu glau...«

»Wir sind nicht nur deshalb hier, weil wir Ihnen diese Frage stellen wollen, Frau Rohrschach«, wurde sie von Lenz unterbrochen. »Wir ...«

Er zögerte und zog den Plastikbeutel mit den Autoschlüsseln aus der Jackentasche und hielt ihn hoch.

»Ist das der Schlüsselbund Ihres Mannes, Frau Rohrschach?«

Die mit Shirt, einer Cargohose und Segelslippern bekleidete Frau drehte sich um und starrte wie gebannt auf die Tüte in der Hand des Polizisten.

»Ja ... nein. Ich meine ja, natürlich ist das Dominiks Schlüsselbund. Woher ... haben Sie den?«

Die beiden Polizisten tauschten einen kurzen, für die Frau kaum wahrnehmbaren Blick aus, der eindeutig klärte, dass Lenz die nächsten Sätze zu Protokoll geben würde.

»Frau Rohrschach, es tut mir sehr leid, aber wie es aussieht, haben wir eine sehr traurige Nachricht für Sie.«

Der Hauptkommissar zögerte kurz.

»Ich muss Ihnen mitteilen, dass, allem Anschein nach, Ihr Mann das Opfer eines Verbrechens geworden ist.«

Angelika Rohrschach sah erst Lenz an, dann Hain, dann wieder den Leiter der Mordkommission und lachte laut auf.

»Wie kommen Sie denn auf solch einen Unsinn?«, wollte sie ohne jeglichen Anflug von Trauer oder Betroffenheit wissen. »Das meinen Sie nicht wirklich ernst, oder?«

»Doch, leider«, erwiderte Lenz mit Blick auf den Schlüsselbund in seiner Hand. »Wir sind ganz sicher, dass es sich bei der Leiche, die vor etwa zwei Stunden in der Fulda gefunden wurde, um Ihren Mann Dominik handelt.«

Erneut schüttelte die Frau energisch den Kopf.

»Nein, da irren Sie sich, meine Herren. Mein Mann ist nicht tot, ganz gewiss nicht.«

»Was macht Sie da so sicher, Frau Rohrschach? Immerhin haben Sie selbst ihn vor zwei Wochen als vermisst gemeldet.«

»Ja, natürlich, das stimmt schon«, gestand sie schulterzuckend ein. »Aber …«

»Ja, was aber?«

»Ich kann Ihnen nur sagen, dass mein Mann nicht tot ist. Und mehr werden Sie dazu von mir nicht erfahren.«

»Also sagen Sie, dass es sich bei dem Schlüssel hier nicht um den Ihres Mannes handelt?«

Die Frau vermied es nun strikt, den Beutel anzusehen.

»Das kann ich Ihnen wirklich nicht genau sagen. Vermutlich gibt es viele von diesen Schlüsseln auf der Welt, was weiß ich.«

Ihr Ton war bei ihrem letzten Satz deutlich rauer geworden.

»Hat Ihr Mann eine Tätowierung auf dem Arm, Frau Rohrschach? Einen Schlittenhund, um genau zu sein?«

»Ja, aber das weiß doch jeder in der Stadt. Schließlich geht er damit, nach meiner Meinung zumindest, äußerst offensiv um. Warum fragen Sie überhaupt danach?«

»Weil der Tote, den wir aus der Fulda geborgen haben, nicht nur dieses Schlüsselbund in der Hosentasche stecken hatte, sondern auch genau die beschriebene Tätowierung auf dem Arm.«

Der Hauptkommissar schüttelte den Kopf.

»Ich kann verstehen, dass Sie sich im Innern dagegen wehren, dass Ihrem Mann etwas zugestoßen sein könnte, aber die Faktenlage ist nun einmal sehr, sehr deutlich.«

Angelika Rohrschach trat ein paar Schritte auf Lenz zu, stierte dabei auf den Klarsichtbeutel in seiner Hand und senkte die Stimme, während sie sprach.

»Ich stimme Ihnen zu, und ich glaube auch, dass Sie jemanden aus der Fulda gezogen haben, der meinem Mann ähnlich sieht und dieses Schlüsselbund in der Tasche hatte.

Vielleicht ist es sogar jemand, der einen Husky auf dem Arm tätowiert hat, aber ich versichere Ihnen trotzdem, dass es sich dabei nicht um meinen Mann handelt. Ganz sicher.«

Lenz suchte den Blickkontakt mit seinem Kollegen, der kurz die Augenbrauen hob und ein Schulterzucken andeutete. Dann schob er sich neben die Frau und sah sie ernst an.

»Wenn Sie so sicher sind, dann sollte es Ihnen doch nichts ausmachen, den Toten nicht als Ihren Mann zu identifizieren, Frau Rohrschach. Was halten Sie von dieser Idee?«

»Ich wüsste nicht, was das bringen sollte. Ich erkläre Ihnen, dass es nicht mein Mann sein kann, und mehr kann und will ich dazu nicht sagen. Basta.«

Damit drehte sie sich um und wollte ins Haus zurückgehen, blieb jedoch irritiert stehen, als das Telefon des Oberkommissars klingelte.

»Ja, bitte«, meldete sich der Polizist und lauschte in den kleinen Lautsprecher an seinem Ohr, während er Angelika Rohrschach fixierte.

»Ach«, fuhr er fort. »Und da gibt es keinen Zweifel?«

Wieder ein paar Sekunden des Zuhörens.

»Ja, auch wenn das wirklich keine gute Nachricht ist, danke ich dir trotzdem. Wir sehen uns später.«

Er beendete das Gespräch und steckte das Telefon zurück in die Innentasche seines leichten Sommersakkos, während sein Boss ihn verdutzt ansah.

»Das war die Rechtsmedizin, Frau Rohrschach. Und ich muss Ihnen leider sagen, dass definitiv alle Zweifel an der Identität der Leiche ausgeräumt sind. Es handelt sich mit absoluter Sicherheit um Ihren Mann Dominik.«

Aus ihrem Gesicht wich schlagartig jegliche Farbe.

»Wie …? Wie können Sie da so sicher …?«

Sie drehte sich um und wollte offenbar wortlos davongehen, überlegte es sich jedoch anders und blieb nach einem einzelnen Schritt stehen.

»Mein Mann ist nicht tot«, flüsterte sie fast flehend. »Er kann nicht tot sein!«

»Aber Sie haben doch gehört, was mein Kollege gesagt hat, Frau Rohrschach«, erklärte Lenz der Frau vorsichtig. »Wollen wir besser ins Haus gehen?«

Sie schüttelte den Kopf.

»Ich würde gern kurz telefonieren«, antwortete sie tonlos. »Wenn ich das Gespräch geführt habe, stehe ich Ihnen uneingeschränkt zur Verfügung. Ist das in Ordnung?«

»Wird es länger dauern?«

»Das hoffe ich, ja.«

Ohne auf eine Antwort der Beamten zu warten, drehte Angelika Rohrschach sich um und verschwand im Haus.

»Das glaube ich alles nicht«, murmelte Hain, nachdem die Tür hinter ihr ins Schloss gefallen war. Wie es aussah, hatte nicht einmal Rambo mehr Lust, die Polizisten vom Grundstück zu bellen.

»So was hatten wir tatsächlich noch nie«, bestätigte Lenz. »Zumindest kann ich mich nicht an einen Auftritt dieser Güteklasse erinnern.«

»Meinst du, die hat einen Dachschaden?«, wollte der junge Oberkommissar leise wissen, »und schießt sich gleich eine Kugel in die Birne?«

»Wenn es so weit ist, werden wir es vermutlich als Erste wissen«, erwiderte Lenz seelenruhig. »Aber das glaube ich nicht. Ich denke eher, sie weiß ganz genau, wo …«

Er brach ab und sah Hain fragend an.

»Was war das eigentlich eben mit diesem komischen Anruf? Das war doch nicht wirklich der Doc, oder?«

»Nein, das war Carla, die wissen wollte, ob sie was für mich auf den Grill legen soll. Na, ja, eigentlich wollte sie wahrscheinlich wissen, ob ich bald nach Hause komme oder nicht.«

»Und du hast …«

»Ja, klar, genau das habe ich. Ich hatte echt keinen Bock mehr auf die Scheiße, die uns die Tussi aufs Auge gedrückt hat. Und wo wir gerade dabei sind, ich muss gleich mal meine Liebste anrufen und ihr meine komische Reaktion erklären.«

»Das glaube ich auch«, brummte Lenz unschlüssig darüber, ob er die Lüge seines Kollegen für einen genialen Einfall oder einen ausgemachten Schwachsinn halten sollte.

»Jetzt können wir wirklich nur inständig hoffen, dass er es wirklich ist. Wenn nicht, haben wir nämlich ein ausgewachsenes Pro…«

Er stoppte, weil sich die Haustür langsam öffnete und das kreidebleiche Gesicht der Hausherrin sichtbar wurde, die mehr torkelte als lief und dabei mit den Armen in der Luft herumfuchtelte.

»Frau Rohrschach!«, rief Hain besorgt und spurtete los, hatte jedoch nicht die geringste Chance, den Aufprall ihres Körpers auf dem Marmor vor der Tür in irgendeiner Form weniger schmerzhaft zu gestalten.

»Verdammt«, murmelte er, presste Luft in die Lungen und schob seinen Arm unter ihren Kopf, der wie ein nicht zu ihr gehörendes Utensil wild hin und her schwang.

»Wir brauchen einen Krankenwagen«, rief er seinem Chef zu, der das Telefon schon in der Hand hielt.

»Nein«, murmelte Angelika Rohrschach leise. »Keinen Krankenwagen, bitte. Es geht schon wieder.«

Damit fuhr sie den linken Arm aus und steckte den dazugehörigen Zeigefinger mit dem spitz zulaufenden Fingernagel daran direkt in Hains rechtes Auge. Der Oberkommissar jaulte laut auf, zog reflexartig seinen Arm zurück und taumelte nach hinten, was ein erneutes Aufschlagen ihres Kopfes auf dem harten Boden zur Folge hatte. Diesmal kam keine Reaktion mehr von ihr, als Lenz nach dem Notarztwagen telefonierte.

4

»Und du hast wirklich keine Ahnung, was mit ihr los gewesen ist?«, fragte Maria kopfschüttelnd. »Du weißt nicht, warum sie so merkwürdig reagiert hat?«

»Wenn ich es dir doch sage, ich habe nicht die geringste Erklärung«, erwiderte Lenz. »Es hat sich genau so zugetragen, wie ich es dir gerade geschildert habe, und deshalb fehlt mir jegliche Idee, warum sie sich so komisch verhalten hat.«

Die Frau des Kripobeamten überlegte eine Weile.

»Es gibt schon merkwürdige Menschen, da wirst du mir sicher nicht widersprechen, aber sich so aufzuführen, wenn man mitgeteilt bekommt, dass der eigene Mann ermordet wurde, das ist schon was ganz Besonderes.«

»Bis zu dem Augenblick, als Thilo seinen Bluff rausgehauen hat, hat sie auf mich so gewirkt, als sei sie hundertprozentig sicher, dass der Tote nicht ihr Mann sein kann. Erst danach, und natürlich nach ihrem komischen Telefonat, ist sie richtiggehend zusammengebrochen. Im wahrsten Sinn des Wortes.«

»Habt ihr sie eigentlich gefragt, wo sie angerufen hat?«

»Na, du bist gut. Die Frau war nach ihren diversen Bodenkontakten nicht ansprechbar, und du fragst, ob wir sie danach gefragt haben, wo sie angerufen hat.«

»Ich hätte es zumindest versucht, immerhin scheint ihr dieses Telefonat den Rest gegeben zu haben.«

»Ach, so viel Cleverness traust du uns wohl nicht zu?«

Maria schmiegte sich an ihn und streichelte ihm zärtlich über den Rücken.

»Nun werd doch nicht gleich unleidlich, nur weil ich dir eine Frage gestellt habe. Ihr werdet schon noch herausfinden, wo sie angerufen hat, da bin ich mir ganz sicher.«

Lenz sah sie an, und in seinem Blick lag weder ein Vorwurf noch die geringste Unleidlichkeit.

»Wir haben es sogar schon herausgefunden«, erklärte er ihr verschmitzt. »Wobei ich mich hier nicht mit fremden Federn schmücken will, weil es eigentlich Thilos Idee war.«

»Welche Idee meinst du?«

»Während die Besatzung des Krankenwagens sie transportfähig gemacht hat, ist er ins Haus und hat sich auf allen Telefonen, die er finden konnte, die letzten Verbindungen anzeigen lassen. Bei dem in ihrem Wohnzimmer hatte er Glück, dort wurde ein paar Minuten vorher ein Gespräch geführt.«

»Und? Spann mich doch bitte nicht so auf die Folter!«

»Er hat die Frau, die am anderen Ende abgehoben hat, nicht verstanden. Sie ihn übrigens auch nicht.«

Maria goss sich einen weiteren Schluck Barolo ins Glas, nippte und lehnte sich zurück.

»Du erklärst mir bestimmt gleich, warum er sie nicht verstanden hat, oder? Hat sie Russisch gesprochen – oder vielleicht Kisuaheli?«

»Nein, das war es nicht gerade, aber immerhin Spanisch. Sie war eindeutig Spanierin, aber mit einem ganz komischen Akzent.«

»Woher weißt du dann von ihrem Akzent, ich denke, du hast gar nicht mit ihr gesprochen?«

»Doch, wir haben es, nachdem die Rohrschach abtransportiert worden war, noch einmal mit meinem Mobiltelefon versucht. Thilo hatte sich zwar die Nummer ins Telefon eingespeichert, war aber zu geizig, selbst anzurufen.

Ich habe zwar versucht, mit ihr ins Gespräch zu kommen, aber sie sprach weder Deutsch noch Englisch noch irgendwie Französisch.«

»Ui, da sei aber mal froh«, grinste Maria feist. »Sonst würde die Arme sich vermutlich jetzt noch fragen, wer da was und vor allem in welcher Sprache, von ihr gewollt haben könnte.«

»He, he, so schlecht ist mein Französisch nun auch wieder nicht«, brummte Lenz mit zusammengekniffenen, finster dreinblickenden Augen. »Immerhin habe ich es geschafft, uns in Paris unfallfrei Kaffee und Croissants zu beschaffen.«

»Ja, ich erinnere mich«, lachte seine Frau. »Die Croissants waren mit Nutella gefüllt und der Kaffee so dermaßen gesüßt, dass wir ihn beide stehen gelassen haben. Aber sonst war das Frühstück schon in Ordnung.«

Sie stand auf, ging zum Backofen, öffnete die Tür, drückte kurz auf dem Bratgut herum, kam zurück und kringelte sich in seinen Arm.

»In einer Viertelstunde können wir essen, dann ist das Fleisch perfekt.«

»Klasse«, gab er süffisant zurück. »Bis dahin kannst du mir ja eine kleine Lektion in Französisch erteilen.«

Sie kam hoch, küsste ihn sanft auf den Mund und schüttelte dabei kaum merklich den Kopf.

»Erst, wenn wir beide geduscht sind. Und vor dem Essen auf gar keinen Fall, sonst laufen wir ernsthaft Gefahr, dass die Rinderlende hart wird. Da hilft dann auch kein Niedertemperaturgaren mehr.«

»Eigentlich schade«, brummte er mit gespielter Enttäuschung. »Das hätte eine Eins-a-Vorspeise werden können.«

»So wird es vermutlich ein Nachtisch, und der hat dir bisher immer ganz gut gefallen.«

»Auch wieder wahr.«

»Bist du eigentlich sicher, dass es eine Nummer in Spanien war?«, wollte sie nach einer kleinen Redepause, in der sich beide das Dessert bildlich vorstellten, wissen.

»Wie kommst du auf die Frage?«

»Na, ja, Spanisch wird immerhin nicht nur in Spanien gesprochen. Es könnte ein Anschluss in, sagen wir mal, Guatemala gewesen sein. Oder Honduras, dort ist auch Spanisch die Landessprache.«

Er machte sich von ihr frei, drückte sich hoch und griff nach seinem Mobiltelefon, das auf dem Tisch lag.

»Hier, das ist die Nummer, sieh selbst. Frag mich aber nicht, ob das eine spanische Vorwahl ist, davon habe ich keine Ahnung.«

Er setzte sich seine Lesebrille auf, drückte sich durch ein paar Menüpunkte und hielt ihr das Display hin.

»Das ist die Nummer. Kannst du damit was anfangen?«

Seine Frau kniff ein wenig die Augen zusammen und las die Zahlenkombination.

»Spanien ist das schon mal nicht, weil dessen internationale Vorwahl 0039 ist.«

»Und was ist es dann?«

»He, ich bin doch nicht die Dame von der Telefonauskunft«, erklärte sie mit zickiger Attitüde. »Ich sage dir, dass es nicht Spanien ist, den Rest musst du schon selbst herausfinden.«

Lenz sah seiner großen Liebe treudoof in die Augen, vielleicht mit ein wenig zu viel Doofanteil.

»Dein Spanisch ist doch gar nicht so schlecht, Maria«, erklärte er ihr mit völliger Unschuldsmiene. »Wie wäre es, wenn du kurz da anrufst und fragst, wo die sind und was es mit dem Anruf der Frau Rohrschach auf sich hatte.«

»Das hättest du gern«, winkte sie ab. »Das ist dienstlich, also dein ureigenster Krempel, und deshalb stehe ich jetzt auf und mache den Salat an.«

Sie wollte sich von ihm lösen, doch er bekam immer wieder einen Arm so in Stellung, dass es ihr unmöglich war, sich zu erheben.

»Bitte, Maria. Nur mal kurz fragen, wo die sind und wer da am anderen Ende spricht. Dann mache ich auch in der Zeit den Salat fertig.«

»Meine Güte«, prustete sie, »das wäre das Allerletzte, was ich wollte. Ich kann mich noch gut an den Tomatensalat von letzter Woche erinnern, und wie sauer der gewesen ist. Nein, aus dem Deal wird schon mal gar nichts.«

»Dann rufst du an, und ich lasse dafür die Finger vom Hasenfutter.«

Wieder sein treudoofer Blick, diesmal in Stärke zehn.

»Bitte bitte, Maria.«

»Nein. Dienst ist Dienst, und …«

»Ich würde dafür den Tisch abräumen.«

»Keine Option für mich, das machst du auch so.«

»Die Spülmaschine muss noch ausgeräumt werden«, warf er ein.

Maria sah ihren Mann ungläubig an.

»Dieser Anruf wäre es dir wert, deine größte Verachtung einem Haushaltsgerät gegenüber für ein paar Minuten zu vergessen, du alter Spülmaschinenhasser?«

»Definitiv, ja.«

»Das glaube ich nicht.«

»Ich verspreche es.«

»Das reicht nicht, du musst schwören.«

»Jetzt wird es aber albern.«

»Schwör – oder telefonier selbst.«
»Maria, bitte.«
Wieder drehte sich ihr Oberkörper zum Aufstehen.
»Warte, warte, ich schwöre.«
»Wirklich?«
»Beim Augenlicht meiner Mutter.«
»Deine Mutter ist lange tot.«
»Ich weiß, aber sie konnte bis zum Schluss sehr gut sehen.«
Sie dachte einen kurzen Moment nach.
»Wenn du mich leimst, drehe ich dir den Hals um, das weißt du.«
»Sicher.«
»Ganz sicher?«
»Ganz sicher.«
»Dann her mit dem Telefon.«
Er drückte grinsend auf die grüne Taste, reichte ihr das kleine Gerät und wartete gespannt.
»Hola«, meldete Maria sich ein paar Sekunden später, und bis zu dem Moment, in dem sie das Gespräch durch das Drücken der roten Taste beendete, verstand er, mit Ausnahme des Wortes Rohrschach, so gut wie nichts von dem, was sie sagte.
»Erzähl, was war?«, wollte er schließlich wissen.
Sie legte das kleine, flache Gerät nachdenklich zurück auf den Tisch.
»Komisch war es«, erwiderte sie abwesend. »Aber wir wissen jetzt immerhin, dass es sich um einen Anschluss in Mexiko handelt. Irgendwo direkt in Acapulco oder in der Nähe der Stadt, das habe ich nicht richtig verstanden.«
»Acapulco?«
»Genau, Acapulco.«

»Und, was hat dein Gesprächspartner zu erzählen gewusst?«

Sie nippte erneut an ihrem Wein, bevor sie zu einer Antwort ansetzte.

»Wenn ich die Frau, und es war eine Frau, mit der ich telefoniert habe, halbwegs richtig verstanden habe, dann besitzen die Rohrschachs ein Haus dort.«

»In Acapulco?«, wollte Lenz ungläubig wissen.

»Ja, oder irgendwo dort in der Gegend. Auf jeden Fall ist diese Señora Vincente so etwas wie die Housekeeperin.«

»Sie passt auf das Haus auf, wenn die Rohrschachs nicht vor Ort sind«, übersetzte Lenz ihren englischen Begriff.

»Richtig. Señora Vincente sorgt dafür, dass in der Villa, so hat sie sich ausgedrückt, alles beieinander ist.«

Wieder griff sie zu dem Weinglas und trank einen Schluck.

»Señor Rohrschach hatte sich für den Samstag vor zwei Wochen angekündigt, ist jedoch nicht aufgetaucht. Das hat sie zwar ein wenig irritiert, aber weil es nicht das erste Mal so war, hat sie sich keine größeren Gedanken darüber gemacht. Manchmal, so hat sie erzählt, kommen die Rohrschachs gänzlich unangemeldet, tauchen einfach so für eine Woche auf, und manchmal melden sie sich an und kommen dann nicht. Auf jeden Fall hat sie sich keine Gedanken gemacht und vermutet, dass er oder die beiden schon irgendwann auftauchen würden.«

»Aber hier in Kassel angerufen hat sie nicht, oder?«

»Das habe ich sie gefragt, und sie hat mir geantwortet, dass sie gar keine Telefonnummer von den Rohrschachs in Deutschland hat.«

»Hat sie irgendwie anders rückgefragt? Mit einer E-Mail vielleicht?«

»Nein, hat sie nicht. Die Rohrschachs wollten angeblich nicht, dass sie sich mit ihnen in Verbindung setzt, und deshalb haben sie ihr keine Kontaktdaten aus Deutschland überlassen.«

»Aber das Haus, auf das sie aufpasst, gehört tatsächlich Dominik und Angelika Rohrschach?«

»Nach ihrer Aussage ja.«

»Und wie lange ist das schon so?«

»Das habe ich jetzt nicht gefragt, Paul.«

Der Hauptkommissar kratzte sich am Kopf.

»Egal, macht nichts. Du hast mir schon mehr geholfen, als ich zu hoffen gewagt habe.«

Maria sprang auf und zog ihn mit sich.

»Das Letzte, was sie mir gesteckt hat, erzähle ich dir beim Essen. Und jetzt hopp, sonst gibt es wirklich Schuhsohle.«

Die Lende war weder zu hart, noch war der dazu angerichtete Salat missraten. Alles passte, vielleicht bis auf den leicht zu warmen Rotwein.

»Also, was hat Señora Vincente dir als Letztes gesteckt«, wollte Lenz wissen, nachdem er einen Bissen des butterweichen Rindfleischs heruntergeschluckt hatte.

»Sie hat mir von dem Telefonanruf heute Abend erzählt. Wie es war, nachdem sie der völlig verdutzten Frau Rohrschach erklärt hatte, dass deren Mann sich mitnichten im gemeinsamen Ferienhaus aufhält.«

»Wie«, hakte Lenz nach, »die Rohrschach hat gedacht, dass ihr Mann in Acapulco ist?«

»Felsenfest, ja. Deshalb war sie vermutlich so durch den Wind, als sie begriffen hatte, dass dem nicht so ist.«

»Jetzt verstehe ich gar nichts mehr, Maria. Sie hat ihren Mann vor zwei Wochen als vermisst gemeldet, und wenn man eine Person als vermisst meldet, dann weiß man in der Regel nicht, wo sie sich aufhält. Zumindest nach meinem Verständnis.«

»Das mag ja sein, mein Lieber, aber in diesem Fall liegen die Dinge offenbar anders. Vielleicht war es so, dass er sich abgesetzt hat, oder nein, er wollte sich absetzen, und sein Mörder ist der Sache zuvor gekommen.«

Lenz dachte eine Weile nach.

»Das könnte es sein«, stellte er schließlich mit anerkennendem Blick fest. »Rohrschach will wegen seiner vielen Schulden verduften, hat alles genau und bis ins Detail geplant, inklusive der Vermisstenanzeige seiner Holden, aber der böse Bube, der ihm die Luft abgedreht hat, wollte das nicht zulassen.«

Wieder ein paar Augenblicke des Nachdenkens.

»Oder er wusste nichts davon, kann auch sein.«

»Das wäre ziemlich egal, wenn du mich fragst. Fakt ist, dass er am Schluss tot in der Fulda treibt und sich nicht, wie gedacht, in Acapulco die Sonne auf den Bauch scheinen lässt.«

»Jedenfalls würde diese Theorie das zutiefst merkwürdige Verhalten seiner Frau erklären, als Thilo und ich bei ihr aufgetaucht sind.«

»Allerdings gibt mir die Tatsache, dass es die gute Frau Rohrschach überhaupt nicht beunruhigt hat, dass sich ihr Mann mehr als zwei Wochen nicht bei ihr meldet, schon sehr zu denken, Paul. Ich jedenfalls würde es nicht aushalten, wenn du mich so lange im Unklaren über deinen Verbleib lassen würdest.«

»Aber das ist doch der eigentliche Scoop an der Geschichte, Maria«, entgegnete der Hauptkommissar mit dem rechten Zeigefinger wedelnd. »Sie hat den Auftrag, ihn als vermisst zu melden, um die Welt, und speziell seine Gläubiger, aufs Glatteis zu führen. Das beinhaltet doch, dass sie genau weiß, wo er sich aufhält.«

Er schob sich den Rest der Lende in den Mund, kaute schnell und schluckte.

»Vielleicht war es Teil des Plans, dass sie in absehbarer Zeit auch nach Acapulco geht, wer weiß, aber wir können mit an Sicherheit grenzender Wahrscheinlichkeit annehmen, dass sie immer wusste, wo er steckt. Und vermutlich hatten sie bei der Planung schon abgemacht, dass die beiden bis zu ihrem Eintreffen in Mexiko jeglichen Kontakt vermeiden. Immerhin könnte einer der vielen Gläubiger auf die realistische, wie wir jetzt wissen, Idee gekommen sein, dass er geleimt werden soll. Deshalb konnte sie uns so selbstbewusst entgegentreten und so vehement behaupten, dass die Wasserleiche auf keinen Fall ihr Mann sein kann. Sie war sich sicher, dass er in Acapulco ist.«

»Und während des Anrufs bei Señora Vincente ist ihr schlagartig klar geworden, dass ihr recht habt und ihr Göttergatte das Zeitliche gesegnet hat.«

Sie trank ihren Wein aus und schob den Teller zur Seite.

»Da kann ich verstehen, dass es ihr den Boden unter den Füßen weggezogen hat.«

»Ja, jetzt wird wirklich ein Schuh daraus.«

»Sag mal, du hast doch vorhin von einem brutal bösartigen Rottweiler gesprochen, als du mir euren Auftritt bei der Dame geschildert hast. Habt ihr den erschossen oder wie ging das mit ihm weiter?«

Lenz lachte laut auf.

»Nein, erschossen haben wir die Töle nicht, vielmehr hat sich ein Kollege der Hundestaffel seiner angenommen. Komischerweise war er aber, sobald wir das Haus betreten hatten, handzahm. Thilo hatte zwar die ganze Zeit, als wir im Haus waren, mächtige Manschetten, dass er seine Meinung über uns ändern könnte, und hat das Vieh auch die ganze Zeit bis zum Eintreffen des Kollegen nicht aus den Augen gelassen, aber letztlich ist nichts passiert.«

Er griff über die Tischplatte und streichelte seiner Frau über die Hand.

»Das wäre zu schade gewesen, wenn ich mit Hundebissen im Krankenhaus und nicht in unserem Bett gelandet wäre.«

»Schon ins Bett?«, fragte Maria scheinheilig. »Ist das nicht ein bisschen früh?«

»Keineswegs. Erst werde ich mir den Schweiß des Tages ablaufen lassen, dann verbringe ich eine Weile mit dir in der Horizontalen, und danach gehen wir in den Biergarten und lassen den Tag ausklingen.«

»Das ist wirklich dein Plan?«

»Die Biergartennummer ist nicht fix«, grinste er, »aber der Rest passiert bombensicher genau so, wie ich ihn dir geschildert habe.«

»Dann haben wir praktisch eine Verabredung zum Sex, oder?«

»Nicht gleich. Zuerst haben wir eine Verabredung zum Duschen, das Weitere kommt von selbst.«

»Na, wenn das mal keine Prophezeiung ist«, erwiderte sie lächelnd, zog ihn zu sich heran und küsste ihn leidenschaftlich.

5

Angelika Rohrschach wirkte gefasst, als die beiden Kommissare in ihr Zimmer traten. In der Stunde davor hatten sie ein Meeting mit dem Polizeipräsidenten hinter sich gebracht, sich mit Abteilungsleiter Herbert Schiller abgestimmt und danach jeden freien Mann des Kommissariats mit Ermittlungsaufgaben betraut, die allesamt den aktuellen Fall betrafen.

»Guten Morgen, Frau Rohrschach«, begrüßte Lenz die Frau, deren Kopf oberhalb der Stirn komplett von einem Verband verhüllt wurde.

»Guten Morgen«, erwiderte sie leise und knetete dabei nervös das Papiertaschentuch zwischen ihren Händen.

»Wie geht es Ihnen?«, wollte Lenz wissen.

»Wie soll es mir schon gehen? Die Nacht habe ich mit Hilfe von Medikamenten überstanden, aber das ist auch schon alles.«

Sie schluckte.

»Ich kann mich ja nicht dauerhaft betäuben, oder?«

»Nein, das ist wirklich keine realistische Option«, stimmte der Hauptkommissar ihr zu.

Die Ehefrau des Pleitiers sah an die Decke, knetete dabei das Taschentuch noch fester und wischte sich schließlich damit etwas aus dem Auge.

»Also, was kann ich für Sie tun, meine Herren? Ich fühle mich wirklich nicht sehr gut und würde Sie bitten, Ihren Besuch so kurz wie möglich zu fassen.«

»Das machen wir, Frau Rohrschach. Es gibt nur leider

ein paar Dinge, die wir mit Ihnen besprechen müssen und die keinen Aufschub dulden.«

»Das verstehe ich und werde versuchen, Ihnen so gut wie möglich zu helfen.«

»Gut. Dann würde mich zunächst interessieren, warum Sie Ihren Mann als vermisst gemeldet haben.«

Sie sah den Polizisten an, als hätte er ihr einen unsittlichen Antrag gemacht.

»Was glauben Sie denn? Weil er verschwunden war, natürlich.«

Lenz holte tief Luft.

»Wenn Sie es wirklich ernst meinen mit dem Hilfsangebot, das Sie uns gerade gemacht haben, dann müssen Sie damit aufhören, uns irgendwelche Geschichten zu erzählen, Frau Rohrschach. Wir wissen, mit wem Sie gestern Abend telefoniert haben, und wir vermuten weiterhin ganz stark, dass Sie gedacht haben, dass sich Ihr Mann in Mexiko aufhält. Warum Sie beide in den letzten 14 Tagen nicht miteinander telefoniert haben, muss uns im Augenblick nicht interessieren, aber es ist klar, dass Sie nicht wussten, dass er nicht in Ihrem Haus in Acapulco angekommen ist.«

Jedes der Worte des Hauptkommissars hatten die Augen der Frau größer werden lassen, und gleichzeitig waren sie feuchter und feuchter geworden.

»Ich weiß wirklich nicht, wovon Sie sprechen«, behauptete sie trotzdem bockig. »Und ich bin überrascht, mit welcher Überzeugung Sie Ihre durch und durch falschen Schlussfolgerungen präsentieren.«

Lenz schüttelte den Kopf.

»Es sind keine falschen Schlussfolgerungen, und das wissen Sie auch ganz genau. Dass Sie das Verschwinden Ihres Mannes vorgetäuscht haben, Schwamm drüber, aber

Sie sollten so vernünftig sein, jetzt nicht weiter auf dieser Welle reiten zu wollen. Dazu war mein Gespräch mit Señora Vincente in Acapulco zu aufschlussreich.«

Es hatte den Anschein, als würde sich mit der Nennung des Namens der mexikanischen Haushaltshilfe jeglicher Widerstand in Angelika Rohrschach in Luft auflösen. Aus ihren zusammengepressten Augen schossen schlagartig Tränen, das dazugehörige Weinen war zunächst tonlos, ging dann jedoch in ein klagendes, lautes Wimmern über.

Lenz und Hain standen neben dem Bett, traten von einem Fuß auf den anderen und hofften, dass sich die Frau möglichst schnell beruhigen möge, was jedoch nicht geschah, ganz im Gegenteil, denn nach etwa zehn Sekunden des Wartens hob Angelika Rohrschach die Stimme an. Zuerst nur kaum merklich, dann jedoch mehr und mehr, und kurz darauf war das gesamte Krankenzimmer von einem gellenden, kaum auszuhaltenden Schreien erfüllt. Natürlich dauerte es nur ein paar Wimpernschläge, bis eine weiß gekleidete Schwester die Tür aufstieß und auf das Bett zustürmte, wobei sie den Polizisten einen Blick der Marke ›wenn ich töten könnte, würdet ihr auf der Stelle und vor allem auf ewig in der Hölle schmoren‹ zuwarf.

»Dr. Schiffer hatte Sie doch extra gebeten, Frau Rohrschach möglichst nicht aufzuregen«, stieß sie sehr, sehr genervt aus.

»Das wollten wir ...«, setzte Lenz zu einer Verteidigungsrede an, brach jedoch ab, weil der angesprochene Dr. Schiffer nun ebenfalls in das Zimmer gehastet kam.

»Ich hatte Sie doch explizit gebeten, unsere Patientin keinesfalls aufzuregen«, rief er empört. »Und jetzt verschwinden Sie auf der Stelle von der Station! Los, dalli!«

Lenz und sein Kollege traten einen Meter zurück, machten aber keine Anstalten, seiner Anweisung zu folgen.

»Frau Rohrschach ist …«, setzte nun Hain an, doch die energische Stimme des Arztes schnitt ihm das Wort ab.

»Was Frau Rohrschach *ist*, entscheiden wir und nicht Sie. Und wenn Sie nicht in absoluter Rekordzeit die Station verlassen haben, verklage ich Sie wegen allem, was unser Justiziar sich einfallen lässt.«

Er griff nach dem Handgelenk der Patientin, deren Geschrei wegen der offen stehenden Tür die gesamte Station erbeben ließ, und fummelte nach ihrem Puls.

»Und seien Sie gewiss, dem fällt dazu garantiert sehr viel ein.«

Lenz nickte ergeben, wandte sich ab und trat auf die Tür zu. Hain jedoch wollte sich nicht geschlagen geben und machte einen weiteren Versuch.

»Wenn Sie uns vielleicht sagen könnten, wann wir wieder …?«

»Raus!«

»Das waren früher die Momente, in denen ich eine Zigarette geraucht habe«, fasste Lenz seine Gefühlslage zusammen, als die beiden vor die Tür des Krankenhauses und in die schon in diesen frühen Morgenstunden beträchtliche Hitze des Tages traten.

Hain lächelte ihn müde an.

»Und ich habe in solchen Situationen immer das Verlangen gehabt, jemandem eins auf die Murmel zu hauen.«

»Das klingt, als müssten wir uns jetzt in einer dunklen Ecke der Stadt nach ein paar Kippen und einem geeigneten Opfer für deine Gewaltfantasien umsehen?«

»Nee, lass mal. Du willst nicht wieder mit dem Qualmen anfangen, und ich habe jetzt ein paar Werkzeuge mehr auf der Pfanne als nur den Hammer, mit dem ich auf alles draufzuhauen versuche.«

Sie waren an Hains Wagen angekommen, stiegen ein und holten beide tief Luft.

»Das war mehr eine Demütigung als eine geregelte Zeugenvernehmung«, bemerkte der Oberkommissar trocken.

»Kein Widerspruch«, stimmte Lenz zu. »Und wenn es schlecht läuft, beschwert sich der nette Dr. Sommer auch noch gewaltig bei unserem Boss.«

»Dr. Schiffer heißt er, nicht Dr. Sommer.«

»So? Egal. Auf jeden Fall hat er uns mächtig einen eingeschenkt.«

»Wer konnte denn ahnen, dass die Tussi so zu jodeln anfängt? Ich jedenfalls nicht.«

»Ich auch nicht. Aber immerhin wissen wir jetzt, dass wir mit an Sicherheit grenzender Wahrscheinlichkeit auf der richtigen Fährte sind. Jetzt werden wir als Nächstes alle Flüge der letzten 16 Tage aus Deutschland raus nach Dominik Rohrschach durchforsten. Und ich bin sehr davon überzeugt, dass sein Name auf einer Passagierliste auftaucht.«

»Gute Idee. Hoffentlich hast du nicht mich für diesen Job vorgesehen.«

»Nein, das macht unser neuer Kollege Haberland. Da kann er endlich unter Beweis stellen, dass er wirklich ein echter Spürhund ist, wie er es in seiner Vorstellung so großspurig kundgetan hat.«

»Prima Idee.«

Hain ließ den Motor des Mazda-Cabriolets an.

»Wie lange darfst du die Karre erst mal wieder fahren?«, wollte Lenz wissen.

»Mindestens bis Oktober, dann sehen wir weiter«, erwiderte Hain begeistert. »Und sei sicher, dass ich jeden Kilometer genießen werde.«

Er legte den ersten Gang ein und ließ den Roadster langsam vom Parkplatz rollen.

»Und dein Kumpel will wirklich keinen Cent dafür sehen, dass du seine und deine alte Karre den ganzen Sommer über fahren darfst?«

»Nein, wirklich nicht«, bestätigte der Oberkommissar. »Das geht auf eine Abmachung zurück, die wir getroffen hatten, als ich ihm den Wagen verkauft habe, als damals die Zwillinge kamen. Darin haben wir festgelegt, dass er ihn, sollte er ihn jemals verkaufen wollen, zuerst wieder mir anbieten muss. Und als er jetzt wegen seines Jobs für mindestens ein halbes Jahr nach Seattle gehen musste, hat er mich gefragt, ob ich ihn nicht in der Zeit fahren will.«

»Und du hast natürlich keine Sekunde gezögert.«

Hain lachte laut auf.

»Ist der Papst katholisch? Ist Paris 'ne Stadt? Scheißt der Bär in den Wald?«

Er schüttelte den Kopf.

»Ich habe dieses Ding immer geliebt, ich liebe es, und ich werde es immer lieben. Und wenn die Jungs mal aus dem Gröbsten raus sind, kommt auf jeden Fall wieder genau so eins ins Haus.«

»Schön«, nickte Lenz und betrachtete den strahlend blauen Himmel. »Den Sommer über geht es, aber sobald es draußen grau und nebelig wird, fahren wir wieder Kombi.«

»Apropos fahren. Fahren wir jetzt bei unserem Kasseler Lieblingstürken vorbei?«

»Nicht gern, aber wir müssen. Er wurde, wie es aussieht,

das Opfer einer Straftat, und ob wir ihn leiden können oder nicht, er hat das Recht, dass diese Sache aufgeklärt wird.«

Der Hauptkommissar gähnte herzhaft.

»Immerhin entscheiden wir selbst, wie intensiv wir nach Straftätern fahnden, oder?«

»Das klingt verdammt nach Selbstjustiz, mein Freund«, gab Hain ernst zurück.

»Jepp«, erwiderte sein Boss entspannt, hob den Kopf und betrachtete erneut den Himmel.

Mehmet E. Güney empfing die Kripobeamten würgend, den Kopf über einer glänzenden Edelstahlschüssel hängend.

»Sollen wir draußen warten?«, fragte Lenz nach einer kurzen Vorstellung.

»Ja, natürlich, Sie sehen doch, dass ich unpässlich bin.«

»Gut. Melden Sie sich einfach, wenn Sie wieder pässlich sind.«

»Hui«, meinte Hain leise, als sie vor die Tür getreten waren. »Dem ist der Langzeiturlaub im Land seiner Vorfahren aber gut bekommen. 20 Kilo hat er sich mindestens draufgepackt, würde ich schätzen.«

»Jau, ist ein bisschen pummelig geworden, der Gute«, stimmte Lenz ihm zu. »Und sein Teint sah auch schon gesünder aus, wenn du mich fragst.«

»Na, ja, das könnte auch ...«

Die Tür wurde geöffnet, und einer der Zimmergenossen von Güney trat auf den Flur.

»Der Mehmet wäre jetzt so weit«, ließ er die Polizisten wissen, die beide anfangen mussten zu grinsen.

»Sieht aus, als hätte unser Mehmet schon wieder damit angefangen, Personal zu rekrutieren«, flüsterte Hain auf dem Weg ins Krankenzimmer.

»Wenn er was richtig gut kann, dann doch wohl das«, erwiderte Lenz ebenso leise.

»Ich möchte auf der Stelle mit dem türkischen Botschafter sprechen«, blökte der Mann im Bett mit breitem Kasseler Akzent los, nachdem die Beamten sich am Fußende seines Krankenbettes postiert und noch einmal vorgestellt hatten.

»Tut uns leid, Herr Güney, aber für diplomatische Belange sind wir leider nicht zuständig«, erklärte ihm Hain mit sorgenvoller Miene. »Jedoch bin ich mir absolut sicher, dass der Herr Botschafter nichts unversucht lassen wird, sich so schnell wie möglich Ihres Falles anzunehmen. Bis dahin könnten Sie uns erzählen, wie es dazu kam, dass Sie zurück nach Deutschland gekommen sind.«

»Wie ich zurück nach Deutschland gekommen bin? Ich bin nicht zurück nach Deutschland gekommen, ich wurde in meiner Heimatstadt entführt und nach Kassel verschleppt.«

»Und ich dachte immer, Sie seien in Kassel geboren?«, warf Lenz leise ein.

»Ja, natürlich bin ich in Kassel geboren, aber meine eigentliche Heimatstadt ist nun einmal Kusadasi, weil meine Eltern von dort stammen.«

»Aha. Das kann man, denke ich, so oder so sehen. Na ja, wie auch immer. Mein Kollege und ich sind hier, weil wir die Straftat, deren Opfer Sie offenbar geworden sind, und das Unrecht, dass Ihnen widerfahren ist, aufklären wollen. Also, was können Sie uns zum Hergang der Sache sagen?«

»Hergang der Sache?«, rief Güney aufgebracht. »Sie nennen meine Entführung Hergang der Sache? Ich will nicht mit Ihnen über den Hergang der Sache reden, sondern auf der Stelle nach Frankfurt gebracht werden und in ein Flugzeug nach Istanbul steigen.«

»Das wird sich leider auf die Schnelle nicht machen lassen, Herr Güney«, beschied Hain dem Mann. »Immerhin besteht in der Bundesrepublik Deutschland ein Haftbefehl gegen Sie, und der wurde und wird vollstreckt.«

Der Polizist sah sich in dem großzügigen Krankenzimmer, in dem vier Betten standen und dessen Fenster vergittert waren, um.

»Das ist auch der Grund, warum Sie hier gelandet sind.«

»Aber ich bin das Opfer eines Verbrechens, und wenn das nicht passiert wäre, hätte dieser komische Haftbefehl gar nicht erst vollstreckt werden können.«

Wieder bedeckte der Oberkommissar sein Gesicht mit Sorgenfalten, ehe er antwortete.

»Ich sehe ein, dass es sich hier um eine, sagen wir mal, diffizile Situation handelt, aber zunächst müssen Sie hier bleiben. Und wir müssen, wenn es tatsächlich so gewesen ist, dass Sie aus der Türkei hierher verschleppt wurden, die Verantwortlichen finden und dafür sorgen, dass sie ihrer gerechten Strafe zugeführt werden.«

Jeder Mensch mit mehr Grips im Hirn als Mehmet E. Güney hätte die triefende Ironie, in die Hain jedes seiner Worte verpackt hatte, zumindest im Subtext wahrgenommen, nicht jedoch der Mann mit den Kasseler Wurzeln und der türkischen Heimat.

»Ich kenne meine Rechte, und ich weiß, dass man einen Menschen, der verschleppt worden ist, nicht gegen seinen Willen festhalten darf. Ich werde erst mit Ihnen reden, wenn ich sicher sein kann, dass ich das Land verlassen darf.«

»Och«, mischte Lenz sich ein, »ich bin fest davon überzeugt, dass Sie das Land ohne jegliche Beschränkung oder Behinderung durch die deutschen Behörden verlassen können. Allerdings müssen Sie sich, so sieht es zumindest im Augenblick aus, zuerst einem Gerichtsverfahren stellen. Wenn an dessen Ende klar ist, dass Sie unschuldig sind, dürfen Sie, so meine ich, auf der Stelle ausreisen. Sollte das Gericht aber zu der Erkenntnis kommen, dass Sie sich der Straftaten schuldig gemacht haben, die Ihnen vorgeworfen werden und wegen derer mit Haftbefehl nach Ihnen gesucht wurde, dann dürfte sich Ihr Abschied aus Deutschland um ein paar Jahre verzögern. Aber mit Ablauf dieser Jahre …«

»Hören Sie auf«, schrie Güney nun hysterisch. »Ich will, dass Sie auf der Stelle verschwinden. Und ich will auf der Stelle meinen Anwalt sprechen. Mir wurde gesagt, dass er spätestens um neun Uhr hier ist, und jetzt ist es schon zehn vor zehn.«

»Es ist Ihr gutes Recht, zu unserer Befragung einen Anwalt hinzuzuziehen, Herr Güney«, merkte Lenz süffisant an. »Aber es ist nicht unsere Aufgabe, dafür zu sorgen, dass er pünktlich erscheint.«

Der Polizist hob den Arm und kratzte sich am Kinn.

»Wie ich immer sage. Augen auf bei der Advokatenwahl. Da gibt es solche und solche. Und, wie sich jetzt herausstellt, auch pünktliche und weniger pünktliche.«

»Verscheißern kann ich mich allein«, zischte Güney.

»Davon bin ich überzeugt«, gab Lenz seelenruhig zurück. »Die eigentliche Frage ist, ob Sie mit uns reden wollen oder nicht.«

»Kein Wort werde ich mit Ihnen sprechen, nicht eins. Ich warte auf meinen Anwalt, und wenn der kommt, wird er dafür sorgen, dass ich schnellstens nach Hause kann.«

»Wo immer das sein mag«, erwiderte Hain, drehte sich um und ging zur Tür. Lenz folgte ihm langsam.

»Wenn Sie es sich anders überlegen, wir sind im Polizeipräsidium zu erreichen. Falls nicht, ist es uns auch recht. Schönes Leben noch, Herr Güney.«

Als die kleine Stahltür hinter den Beamten ins Schloss gefallen war und sie wieder auf der anderen Seite der Gefängnismauer standen, mussten beide laut loslachen.

»Der Kerl wird es nie lernen«, fasste Hain seine Eindrücke der letzten Minuten zusammen. »Der war immer ein kleiner Gauner, ist ein kleiner Gauner und wird für den Rest seines mickrigen Lebens ein kleiner Gauner bleiben.«

»Kein Widerspruch. Aber er ist auch …«

Der Hauptkommissar brach seinen Satz ab und griff nach seinem vibrierenden Mobiltelefon.

»Ja«, meldete er sich.

»Haberland«, kam es vom anderen Ende der Leitung.

»Ja, was gibts denn?«

»Das Klinikum hat angerufen, Herr Lenz. Es geht um eine Frau … Rohrschach.«

»Und, was ist mit Frau Rohrschach?«

»Sie würde Sie gern sprechen.«

»Das hat sie wirklich gesagt?«, hakte Lenz ungläubig nach.

»Nein, sie war nicht persönlich am Apparat. Eine Schwester hat hier angerufen und es ausrichten lassen.«

Eine kurze Pause, gefolgt von einem leisen Räuspern.

»Wenn Sie und der Kollege Hain gerade was Besseres oder Wichtigeres vorhaben, könnte ich ja … Ich meine, ich …«

»Nee, lassen Sie mal, Haberland. Da müssen der Kollege Hain und ich leider selbst hin, auch, weil wir heute schon mal dort gewesen sind. Aber danke für das Angebot, wenn es beim nächsten Mal passt, geben wir so was natürlich gern an Sie ab.«

»Klar, wenn es passt.«

»Haben Sie schon was wegen der Passagierlisten unternommen?«

»Selbstverständlich, ist in Arbeit. Es gibt zwar noch keine Ergebnisse, aber die Anfrage läuft.«

»Gut. Wir sehen uns später im Präsidium.«

»Ja, ich bin hier.«

Den letzten Satz seines neuen Mitarbeiters hatte Lenz schon nicht mehr mitbekommen, weil das kleine Gerät in diesem Augenblick auf dem Weg in seine Sakkotasche war.

»Madame Rohrschach wünscht uns zu sprechen«, ließ er den völlig verdutzten Thilo Hain wissen.

»Wie, Madame Rohrschach? Die Heulboje von vorhin?«

»Exakt, genau die.«

6

Erich Zeislinger schlug mit zitternden Fingern die Zeitung auf und fing an zu lesen.

Das gibts doch nicht, murmelte er immer wieder. Das gibt es doch einfach gar nicht!

Er wendete die Seite und las einen weiteren Artikel.

Verdammt! Verdammt, verdammt!

Wie, um sich zu vergewissern, dass er seinen Augen trauen konnte, las er alles noch einmal. Dann sprang er auf, griff sich sein Sakko und stürmte aus seinem Dienstzimmer.

»Alle Termine für heute absagen«, keifte er seine Sekretärin an. »Und wenn sich irgendwelche Pressefritzen melden, an die Pressestelle verweisen. Aber denen vorher klarmachen, dass wir zum Fall Rohrschach keine Erklärung abgeben. Kein Wort!«

»Jawoll, Herr Zeislinger«, bestätigte Anne Gentner, die zierliche Frau hinter dem Schreibtisch, devot.

»Und falls irgendjemand auf die Idee kommen sollte, sich zu diesem komischen Türken äußern zu wollen, der auf wundersame Weise wieder in Kassel gelandet ist, kann er gleich seine Papiere abholen gehen. Klar?«

»Klar, Herr Zeislinger.«

»Ich bin für mindestens drei Stunden außer Haus und nicht zu erreichen. Mir ist gerade ein wichtiger Termin dazwischen gerutscht, der aber niemanden was angeht. Verstanden?«

»Jawoll, verstanden.«

»Dann halten Sie hier die Stellung und sehen, dass alles

so läuft, wie ich es möchte. Ich melde mich per Telefon oder bin einfach wieder da, das weiß ich noch nicht genau.«

»Wird gemacht, Herr Oberbürgermeister. Soll ich Ihren Fahrer anfordern?«

»Nein, auf keinen Fall, ich fahre selbst.«

Sie sah auf ihren Block und danach auf einen vor ihr liegenden Terminkalender.

»Sie können sich sicher daran erinnern, dass Sie in einer Stunde den Termin mit Herrn Weiler haben, dem Vorstandsvorsitzenden dieser Solarfirma. Es war Ihnen, wenn ich mich richtig erinnere, sehr wichtig, dass er sich heute Zeit für Sie nimmt.«

»Ach, herrje, ja, der Weiler-Termin. Den habe ich total vergessen. Machen Sie einfach einen neuen, das wird schon gehen.«

»Ich sehe, was ich machen kann, Herr Zeislinger.«

Der OB dachte noch einen Moment über etwas nach, nickte dann kurz und war auch schon durch die Tür seiner Vorzimmerdame verschwunden. Auf dem Weg zu seinem Dienstwagen führte er ein kurzes Telefonat, in dem er seinem Gesprächspartner nicht mehr als einen Treffpunkt und die keinen Widerspruch duldende Aufforderung mitteilte, sich sofort in Bewegung zu setzen. Etwa 15 Minuten danach ließ er seine große VW-Limousine auf dem Parkplatz des Autohofs am Lohfeldener Rüssel ausrollen, drehte den Zündschlüssel um und atmete tief durch. Hier, inmitten der riesigen LKWs, würde ihn niemand vermuten und auch niemand entdecken, denn entdeckt wollte er bei diesem Treffen auf keinen Fall werden. Sein Gesprächspartner ließ ihn weitere 20 Minuten warten, bis er an der Beifahrertür auftauchte und sich ungefragt in das feine Lederpolster fallen ließ.

»Ich weiß, warum du mich hierher zitiert hast, Erich«, begann er nach einem kurzen Handschlag, »und du kannst mir glauben, dass mir der Arsch genauso auf Grundeis geht wie dir.«

»Was soll das denn heißen, dass dir der Arsch genauso auf Grundeis geht wie mir? Du willst mir doch nicht etwa erzählen, dass du mit der Sache nichts zu tun hast, oder?«

Sein Besucher hob entsetzt den Kopf und sah ihn mit weit aufgerissenen Augen an.

»Du glaubst, ich hätte dafür gesorgt, dass dieser Dreckskerl ermordet wird? Das kann doch nicht dein Ernst sein.«

»Was weiß ich? Vielleicht hast du ihn selbst um die Ecke gebracht, immerhin hast du ein Boot, und in der Zeitung stand, dass er vermutlich von einem Boot aus in die Fulda geworfen wurde.«

»Mensch, Erich, was soll denn das? Ich könnte doch keinen Menschen umbringen. Ist dir eigentlich klar, was du mir da unterstellst?«

»Es ist mir scheißegal, was du davon hältst, aber wenn ich alles zusammenzähle, was ich weiß, dann bist du derjenige, der den größten Vorteil von seinem Tod hat.«

»Aber das war doch alles ganz anders geplant, und das weißt du. Warum sollte es mir denn recht sein, wenn er tot ist?«

Der Mann auf dem Beifahrersitz wischte sich mit einem Taschentuch über die schweißnasse Stirn. Sein Hemd zeigte unter den Achseln dunkle Flecken, die fast bis zum Gürtel reichten.

»Weil damit viele Sachverhalte, die noch zu Problemen führen könnten, mit einem Mal vom Tisch sind.«

Er bedachte den schwitzenden Mann neben sich mit einem fordernden, durchdringenden Blick.

»Rohrschach ist tot, und die Probleme tauchen jetzt gar nicht erst auf.«

»Ich schwöre dir bei allem, was mir heilig ist, dass ich damit wirklich nichts zu tun habe, Erich. Wir reden doch hier von Mord. Mord!«

»Halt deinen Mund, ich will solche dämlichen Beschwörungen nicht hören. Erklär mir lieber, was wir der Polizei erzählen, wenn die uns nach ihm fragt.«

»Warum sollte die uns beide nach Dominik Rohrschach fragen? Zwischen dem und uns gibt es keine Verbindung, absolut keine.«

»Und wenn sie herausfinden, warum er abhauen wollte?«

Wieder das Abtupfen der Stirn, gefolgt von einem deutlich sichtbaren Schlucken.

»Das finden die nicht heraus, Erich. Jeder glaubt, dass er pleite war und sich deshalb absetzen wollte, und wenn die Leute etwas brauchen, dann sind es einfache Antworten. Das gilt auch für Polizisten, glaub mir.«

Zeislinger atmete tief durch und dachte eine Weile nach.

»Ich werde nicht für dich ins Gefängnis gehen, das kannst du mir glauben. Wenn irgendetwas von dem, was gelaufen ist, ans Tageslicht kommt, dann lasse ich dich fallen wie eine heiße Kartoffel, verlass dich drauf. Also sorg besser dafür, dass der Deckel auf diesem Haufen Scheiße bleibt.«

Erneut ein gering schätzender Blick.

»Vielleicht wäre es besser gewesen, dich dort bleiben zu lassen, wo du warst. Ein Aldi-Manager in der Verwaltung, das kann nicht gut gehen, haben mir die Leute gesagt.«

»Wer hat das gesagt?«

»Viele haben das gesagt. Sehr viele.«

Wieder dachte der Oberbürgermeister ein paar Sekunden nach.

»Und jetzt verschwinde. Kümmere dich darum, dass die Dinge so laufen, wie wir es vereinbart haben, und ich kümmere mich um den Rest.«

»Wir haben nichts zu befürchten, Erich. Davon bin ich felsenfest überzeugt.«

»Ja, ja. Los, raus hier. Ich will nicht, dass uns am Ende noch jemand zusammen sieht.«

Der Besucher streckte die rechte Hand zum Abschied nach vorn, doch Zeislinger machte keine Anstalten, sich in irgendeiner Form zu bewegen.

»Dann machs mal gut, Erich. Und glaub mir, du kannst dich hundertprozentig auf mich verlassen. Tausendprozentig.«

»Ja, das kann ich, ich weiß. Machs gut.«

7

»Sie werden nicht mit Frau Rohrschach allein sprechen«, beschied Dr. Schiffer den beiden Kripobeamten. »Es wird nicht noch einmal zu einem solchen Exzess auf meiner Station kommen.«

Lenz schüttelte missmutig den Kopf.

»Dann können wir gleich umkehren, und Sie machen ihr klar, an wem es gelegen hat, dass sie nicht mit uns reden konnte.«

Der Mann im weißen Kittel schluckte.

»Es scheint ihr aber sehr wichtig zu sein«, schob er kurz darauf entgegenkommender nach. »Sie können sich übrigens voll und ganz auf meine Schweigepflicht verlassen, wenn Sie Sorgen haben wegen der Diskretion.«

»Es geht nicht um Ihre Schweigepflicht oder die damit verbundene Diskretion. Wir sprechen nicht mit ihr, wenn es nicht unter sechs Augen möglich ist, und damit basta. Dann warten wir lieber, bis sie das Klinikum verlassen hat und laden sie vor.«

»Aber …«, machte Dr. Schiffer einen weiteren Versuch, brach ihn jedoch selbst ab.

»Frau Rohrschach hat uns gebeten, sie nicht aus den Augen zu lassen. Sie macht sich, wenn ich sie richtig verstanden habe, Sorgen, dass es ihr so gehen könnte wie ihrem Mann. Dass man ihr nach dem Leben trachtet.«

»Das hat sie Ihnen gesagt?«

»Ein wenig verklausuliert natürlich, nicht direkt, aber es war deutlich aus ihren Worten herauszulesen.«

»Dann werden wir jetzt zu ihr gehen und mit ihr sprechen. Und wenn Sie klug sind, machen Sie uns keine Schwierigkeiten. Wir achten darauf, dass sie sich nicht aufregt, und Sie lassen uns unsere Arbeit machen.«

Der Mediziner dachte kurz nach.

»Einverstanden. Aber bedenken Sie bitte, dass wir ihr ein Beruhigungsmittel verabreicht haben. Nichts Weltbewegendes, aber immerhin.«

»Das machen wir. Und danke, dass Sie es uns gesagt haben, Herr Doktor.«

Angelika Rohrschach empfing Dr. Schiffer und die Polizisten aufrecht im Bett sitzend. Ihre Augen waren glasig, ihre Stimme dafür umso fester.

»Ja, das will ich«, antwortete sie auf die Frage des Arztes, ob sie nun, wie gewünscht, mit den beiden Kriminalbeamten sprechen wolle.

»Wenn etwas sein sollte, können Sie einfach klingeln«, erklärte er ihr, drehte sich um und schloss die Tür von außen.

»Es tut mir leid, dass ich vorhin so geschrien habe«, begann sie mit schuldbewusstem Blick. »Ich wollte Sie nicht in diese Situation bringen, aber ich konnte in diesem Moment einfach nicht anders. Als Sie den Namen unserer Housekeeperin erwähnten, sind bei mir alle Dämme gebrochen.«

Sie zuckte entschuldigend mit den Schultern.

»Ich glaube, so fühlt sich ein Nervenzusammenbruch an, von innen wie von außen.«

»Wie meinen Sie das, von innen wie von außen?«, hakte Hain verunsichert nach.

»Na, ja, von innen für mich, und von außen für Sie. Einmal die Innenperspektive, also meine, und auf der anderen Seite Ihre, die Außenperspektive.«

»Das kann sein, da haben Sie vermutlich recht«, stimmte der Oberkommissar ihr mit einem freundlichen Nicken zu.

»Fühlen Sie sich wirklich bereit, mit uns zu sprechen, Frau Rohrschach?«, wollte Lenz wissen. »Immerhin ist Ihr Mann …«

Er brach unsicher ab.

»Ja, mein Mann wurde umgebracht, das habe ich jetzt so weit realisiert. Aber machen Sie sich keine Sorgen, ich wünsche mir dieses Gespräch sehr.«

»Gut, was können wir also für Sie tun?«

»Zunächst muss ich Ihnen erklären, dass eine Ehe und eine Ehe nicht zwangsläufig das Gleiche meint. Mein Mann und ich haben unsere Art der Ehe in den letzten Jahren eher nicht dem gesellschaftlichen Standard folgend definiert.«

Sie sah ein wenig irritiert in die fragenden Gesichter der beiden Polizisten.

»Stört es Sie, wenn ich etwas aushole? Es würde helfen, die Situation zu erklären.«

»Nein, nein, machen Sie nur, bitte.«

»Dominik und ich kannten uns seit der Schule. Wir haben zusammen Abitur gemacht, und da waren wir schon seit fast drei Jahren zusammen. Noch bevor ich anfangen wollte zu studieren, bin ich schwanger geworden, und wir haben, sehr auf Druck meiner Eltern, geheiratet. Leider hatte ich eine Totgeburt, was, wenn ich das so sagen darf, die überstürzte Eheschließung unnötig erscheinen ließ, denn mein Mann hat sich, seitdem er mich mit dickem Bauch gesehen hatte, sagen wir mal, von mir abgewandt. Normalerweise hätte ich mit ihm Schluss gemacht, aber mit einem Ring am Finger geht das dann doch nicht mehr so einfach wie ohne.«

Sie schluckte, und sowohl Lenz als auch Hain hatten

ärgste Bedenken, dass sie wieder anfangen würde zu weinen, mit den sattsam bekannten Risiken, doch die Frau hielt sich überraschend wacker.

»Um es für Sie so knapp wie möglich zu gestalten, mein Mann und ich haben seitdem eine eher geschäftliche Ehe geführt. Ich hatte einen Geschäftsführer für das Unternehmen, das meine Eltern mir nach ihrem frühen Tod hinterlassen hatten, und Dominik eine Beschäftigung, die ihn ausfüllte.«

Angelika Rohrschach brach ab und schloss die Augen, und es hatte für ein paar Sekunden den Anschein, als würde sie in Gedanken in die Zeit vor dem Verlust ihres Kindes zurück reisen.

»Über den Rest«, fuhr sie schließlich fort, »der eine gute Ehe vermutlich ausfüllt, hüllen wir hier besser den Mantel des Schweigens.«

»Was ist oder war das für ein Unternehmen, das Ihr Mann geführt hat?«, wollte Hain wissen.

»Meine Eltern hatten in den achtziger Jahren ein paar gute Geschäfte gemacht mit Ackerflächen, die zu Bauland wurden, und sind in dieser Branche hängen geblieben.«

Wieder ein paar Sekunden des Nachdenkens, wobei sie erneut mit einem Taschentuch über die geschlossenen Augen fuhr. Lenz fragte sich, ob es sich dabei um das selbe handelte, das schon bei ihrem Besuch am Morgen zum Einsatz gekommen war.

»Mein Vater hat ein gutes Gespür dafür gehabt, welche Fläche wann zu Geld zu machen ist, und das hat für einen gewissen Wohlstand bei uns gesorgt.«

Sie schnäuzte sich.

»Ach was, wir sind innerhalb von weniger als zehn Jahren stinkreich geworden. Mein Vater war eigentlich Vertreter für Agrarchemie, was zwar für ein vernünftiges Leben, aber niemals für diese ganzen Immobilien und den wirklich luxuriösen Lebensstil, den sich unsere Familie ab einem gewissen Zeitpunkt gönnen konnte, gereicht hätte.«

Ihr Blick bewegte sich nach rechts und blieb an einem imaginären Punkt irgendwo am blauen Himmel hängen.

»Und so haben Dominik und ich die letzten 23 Jahre eigentlich wie ein Geschwisterpaar nebeneinander her gelebt. Nach außen waren wir zwar so etwas wie ein Vorzeigeehepaar, das gemeinsam geschäftlichen Erfolg hat und keine Not leiden muss, aber nach innen waren wir mehr Geschäftspartner oder so etwas.«

Eine Träne floss über ihre Wange und tropfte auf das weiße Kopfkissen.

»Immerhin hat er mich nicht geschlagen«, setzte sie traurig hinzu.

»Wie meinen Sie das?«, hakte Lenz nach. »Wofür steht das ›immerhin‹?«

Über das traurige Gesicht der etwa 45-jährigen Frau huschte für einen Sekundenbruchteil so etwas wie ein Lächeln.

»Nun, es war natürlich nicht so, dass er gelebt hat wie ein Mönch. Und so kam es, dass wir manchmal unseren Kaffee eben zu dritt getrunken haben. Er, ich und irgend so ein junges Ding, das er in einer Bar oder Kneipe abgeschleppt hatte. Aber bis auf diese Auswüchse war er, wie gesagt, nicht unfair zu mir.«

»Warum haben Sie sich nicht scheiden lassen? Wenn ich Ihre Worte richtig interpretiert habe, hätten Sie materiell nicht schlecht dagestanden nach einem solchen Schritt.«

»Vorsicht, Vorsicht, Herr Kommissar, jetzt springen Sie etwas zu kurz. Die letzten Jahre waren für Immobilientwickler nicht gerade eine gemähte Wiese, und so sind die meisten der Immobilien, die ich besitze, als Sicherheit für irgendwelche Projekte von Dominik herangezogen worden. Ich werde zwar bis ans Ende meiner Tage vermutlich keinen Hunger leiden müssen, habe aber immerhin durch die Insolvenz meines Mannes, die ja auch in gewisser Weise meine eigene sein wird, über 75 Prozent meines Vermögens verloren. Oder werde es verlieren.«

»Es tut mir leid, das zu hören, Frau Rohrschach«, machte Lenz auf empathisch, doch er wollte nun endlich hören, warum die Frau ihn und seinen Kollegen zu sprechen gewünscht hatte.

»Herr Dr. Schiffer hat angedeutet, dass Sie sich möglicherweise bedroht fühlen. Stimmt das, und wenn ja, warum?«

Angelika Rohrschach öffnete den Mund, holte tief Luft und presste kurz die Lippen zusammen, während sie wieder ein paar Sekunden überlegte.

»Ich weiß, dass ich Ihnen nichts erzählen muss, das mich selbst belasten würde, meine Herren«, führte sie danach mit leiser Stimme aus. »Aber es gibt vermutlich gute Gründe, warum Dominik umgebracht wurde. Gründe, die mit seiner, sagen wir mal, sehr kreativen Art zusammenhängen, wie er Geschäfte gemacht hat. Zumindest in den letzten Jahren.«

»Kreative Art, Geschäfte zu machen?«, echote Lenz. »Was genau meinen Sie damit?«

Der Hauptkommissar hob den Arm.

»Oder nein, warten Sie«, korrigierte er sich selbst. »Lassen Sie uns erst über das Verschwinden Ihres Mannes und über den gestrigen Abend sprechen. Es stimmt also, dass Ihr Mann eigentlich nach Mexiko wollte?«

Ein kurzes Zögern bei Angelika Rohrschach, untermalt von dem deutlich hörbaren Mahlen ihrer Zähne.

»Ja, das stimmt. Dominik wusste, dass es geschäftlich nicht mehr weiter gehen wird, weil zu viele seiner Investitionen den Bach runtergegangen waren. Er hatte zu viele Verbindlichkeiten angehäuft und konnte die Kredite nicht mehr bedienen.«

»Er war pleite?«

»So sagt man landläufig dazu, ja. Aber das war nicht alles, dazu kam noch sein Engagement in dem Eishockeyverein, der ohne das zugesagte Geld wahrscheinlich aufhören muss, und ob Sie es glauben oder nicht, das hat ihm am meisten zu schaffen gemacht.«

»Dass er den Eishockeyverein mit in die Pleite zieht, war in seiner Lage das Wichtigste für ihn?«, fragte Hain ungläubig nach.

»Genau so war es, ja. Auch deshalb hatte er sich entschlossen, nach Acapulco zu gehen.«

»Das Haus dort gehört Ihnen beiden?«

»Nein, es ist mein Eigentum. Aber sollte ich ihm verbieten, sich dort zu verstecken?«

»Wenn ich Sie richtig verstehe, dann weiß gar niemand, dass Sie diese Immobilie besitzen?«

»Genau. Ich habe immer darauf geachtet, dass niemand davon etwas mitbekam. Wenn wir dorthin gefahren sind, allein oder gemeinsam, was eher selten vorkam, dann haben wir immer erzählt, dass wir dort in einem Hotel absteigen.«

Sie wischte sich erneut über die Augen.

»Vielleicht war es weitsichtig, das so zu machen, fragen Sie mich nicht. Nachdem wir es gekauft hatten, wollten wir nicht als abgehoben dastehen, mit Anwesen in Mexiko und so, und dabei haben wir es einfach belassen.«

»Und wie kam es dazu, dass Sie Ihren Mann als vermisst gemeldet haben? War das seine Idee?«

Die Frau im Bett antwortete zunächst nur mit einem lauten Schlucken, einem tiefen Seufzer und einem unsicheren Blick aus dem Fenster.

»Nein, das habe ich mir ausgedacht, nachdem Dominik mir gebeichtet hatte, wie sehr sich die Dinge zugespitzt hatten.

Es gibt keine Rettung mehr, waren seine Worte, wir sind am Ende. Gleichzeitig ließ er mich wissen, dass er zunächst einmal in meinem Haus in Acapulco Unterschlupf suchen würde. In der Folge wollte er sich eine eigene Immobilie suchen, aber zunächst war das der Plan.«

»Wenn ich Sie richtig verstehe, Frau Rohrschach«, unterbrach Hain die Frau, »dann war Ihr Mann gar nicht so pleite, wie es in den Zeitungen stand. Wenn er darüber nachdenken konnte, sich eine Immobilie in Mexiko zu kaufen. Ich kenne mich da bestimmt nicht so gut aus wie Sie, aber so billig, dass man dort ein Haus aus der Hosentasche bezahlen kann, sollten die Objekte dort nicht sein.«

Angelika Rohrschach hob die Augenbrauen und deutete ein Kopfschütteln an.

»Ich kann Ihnen versichern, dass Ihre Annahme durchaus richtig ist. Ich habe damals mehr als drei Millionen Euro bezahlt für meine Villa. Allerdings«, schob sie schnell hinterher, »in einer Eins-a-Lage.«

»Sie wussten also, dass Ihr Mann noch über ein erkleckliches Vermögen verfügt?«

Wieder ein Zaudern.

»Sagen wir mal, ich habe es vermutet, ja.«

»Wir sind nicht vom Finanzamt, Frau Rohrschach«, machte der Oberkommissar ihr klar. »Wir müssen einen

Mord aufklären, und dabei ist jede Information wichtig für uns.«

Er warf einen kurzen Blick auf den kleinen Notizblock, den er aufgeklappt in der Hand hielt.

»Obwohl ich befürchte, dass auch von dieser Seite noch das eine oder andere auf Sie zukommen dürfte.«

»Dem werde ich mich stellen müssen, und das werde ich auch tun«, erklärte sie leise.

»Also, die Idee, ihn als vermisst zu melden, war auf Ihrem Mist gewachsen«, fasste Lenz ihre Ausführungen zusammen. »Was um alles in der Welt haben Sie sich denn davon versprochen?«

»Da gab es mehrere Ansatzpunkte. Zunächst wollte ich nicht, dass mir jeder unterstellen würde, dass ich seinen Aufenthaltsort kenne. Immerhin lebe ich in Kassel und bewege mich in dieser Stadt, in der mein Mann eine ziemlich umfangreiche Scholle verbrannter Erde hinterlassen hat.«

Wieder dachte sie kurz nach.

»Wir sprechen vermutlich von einer dreistelligen Millionensumme, um die es allein hier in der Gegend geht.«

»Das war also der eine Ansatzpunkt. Und weiter?«

»Das war ein Gedanke, das stimmt, aber beileibe nicht der Wichtigste. Viel entscheidender war mir, dass ich, wenn alles nach Plan gelaufen wäre, diesen Mann nie mehr in meinem Leben hätte wiedersehen müssen. Nie wieder.«

Bei den letzten beiden Wörtern hatte ihre Stimme einen deutlich härteren Klang angenommen.

»Sie wollten also nicht hinterher reisen?«

»Quatsch, wo denken Sie hin? Ich habe mein Leben hier in Kassel, und ich bin auf keinen Fall bereit, daran etwas zu ändern.«

Sie sah Lenz durchdringend an.

»Vermutlich können Sie sich nicht vorstellen, wie es ist, wenn man sich nichts sehnlicher wünscht, als das Haus für sich allein zu haben. Wenn man sich mehr als alles auf der Welt wünscht, die Person, die man so abgrundtief hasst, nie mehr wiedersehen zu müssen.«

Wieder ergoss sich eine einzelne Träne über ihre rechte Wange.

»Und jetzt komme ich zurück zu Ihrer Frage von vorhin, warum ich mich nicht habe scheiden lassen und die ich, wie ich finde, nur recht unzureichend beantwortet habe.«

Das Taschentuch wischte über die Augen.

»Ich habe es hunderttausendfach durchgespielt und war tatsächlich mehrmals beim Anwalt, habe es jedoch nie durchgezogen. Nennen Sie mich feige oder naiv oder sonst wie, aber ich konnte es nicht. Ich weiß nicht, warum, aber ich habe niemals die endgültige Konsequenz aufgebracht, diesen Schritt zu gehen.«

Wieder eine Träne, diesmal aus dem anderen Auge.

»Und dann war auf einmal die Option da, ihn nie mehr sehen zu müssen. Sie glauben nicht, was ich alles getan hätte, damit dieser Plan funktionieren konnte. Oder habe.«

»Sie haben ihn als vermisst gemeldet zu einem Zeitpunkt, zu dem Sie angenommen haben, dass er in Acapulco ist?«

»Richtig, ja. Dominik hatte von mir verlangt, dass es keine Telefonate oder sonstige Kontaktaufnahmen geben würde, was mir natürlich mehr als recht war. Deshalb war meine Überraschung, als Sie gestern aufgetaucht sind, auch so groß.«

Sie warf Thilo Hain einen entschuldigenden Blick zu.

»Das mit Ihrem Auge tut mir übrigens leid, Herr Kommissar. Ist es sehr schlimm?«

»Erstaunlich, dass Sie sich überhaupt daran erinnern«, fiel dem jungen Oberkommissar dazu als Erstes ein. »Und, um Ihre Frage zu beantworten, nein, es geht so weit. Ich habe das Lid gerade noch zukneifen können, so dass es nur eine schmerzhafte Fleischwunde gegeben hat, die aber, wie der Notarzt vor Ort mir erklärt hat, in ein paar Tagen verheilt sein dürfte. Wenn Sie allerdings mit Ihrem spitzen Fingernagel das Auge direkt getroffen hätten, würde es bestimmt anders aussehen.«

»Trotzdem kann ich Sie nur noch einmal um Entschuldigung bitten.«

»Angenommen.«

»Was ist in Ihnen vorgegangen«, wollte Lenz wissen, »nachdem Señora Vincente Ihnen am Telefon erklärt hatte, dass Ihr Mann überhaupt nicht in Mexiko angekommen ist?«

Angelika Rohrschach zögerte und sah die beiden Polizisten unsicher an.

»Wenn ich Ihnen die Frage ganz ehrlich beantworte, denken Sie vermutlich, ich sei nicht ganz richtig im Kopf«, antwortete sie schließlich leise. »Oder eine herzlose Furie.«

»Das werden wir sehen, wenn wir wissen, was Sie gesagt haben«, erwiderte Thilo Hain unverbindlich.

»Ich war beseelt von einer unbändigen Freude. Es war, als wäre eine Riesenlast von meinen Schultern genommen worden.«

»Und warum dann dieser tränenreiche Auftritt?«, wollte der Oberkommissar, nun deutlich verbindlicher, wissen.

»Nun, ich musste doch meine Legende von der unwissenden, ihren Mann vermissenden Ehefrau aufrechterhalten, so dachte ich zumindest. Und ob man nun aus Freude oder aus Leid weint, für den Außenstehenden sind es die gleichen Tränen.«

»Also haben Sie uns nach allen Regeln der Kunst verladen?«, fragte Lenz mit leicht schroffem Unterton.

»Ja, und dafür bitte ich Sie um Verzeihung. Es tut mir wirklich aufrichtig leid, aber gestern hätte ich auf keinen Fall so darüber sprechen können wie jetzt.«

Es entstand eine kurze Pause, während der keiner der drei im Raum Anwesenden etwas sagte. Die beiden Polizisten verarbeiteten das gerade Gehörte, während die Frau im Bett mit schuldvoller Miene die Decke anglotzte. Lenz trat schließlich um das Bett herum und sah eine Weile aus dem Fenster, bevor er sich wieder der Frau zuwandte.

»Ich würde gern auf das zurückkommen, was Sie vorhin als ›kreativ Geschäfte machen‹ bezeichnet haben. Was genau meinen Sie damit, Frau Rohrschach? Und was könnten diese kreativen Geschäfte mit dem Tod Ihres Mannes zu …?«

Der Polizist brach ab, weil die Tür nach einem kurzen Klopfen geöffnet worden war und Dr. Schiffer, gefolgt von einem Pfleger, mit energischen Schritten den Raum betrat.

»So, jetzt müssen Sie aber wirklich Schluss machen, meine Herren«, rief er, untermalt von einem herzhaften Klatschen in die Hände. »Unsere Patientin hat nämlich einen dringenden Termin im CT, und den wollen wir auf keinen Fall verpassen.«

»Aber …«, wollte Lenz einen Einwand vorbringen, doch der Arzt ließ nicht mit sich reden.

»Vergessen Sie es, und versuchen Sie auf keinen Fall, mit mir zu handeln, Herr Kommissar. Wenn Sie mir jetzt Schwierigkeiten machen und der Termin verstreicht, ohne dass Frau Rohrschach ihn wahrnimmt, lasse ich Ihnen die Computertomografie persönlich in Rechnung stellen.«

Sein Gesicht verzog sich zu einem schiefen Grinsen.

»Und das wollen Sie sich bestimmt nicht leisten. Außerdem sind Sie schon länger als ...«

Sein Blick streifte die Uhr an seinem Arm.

»... eine halbe Stunde hier zu Gange, und das muss nun wirklich für heute reichen.«

»Wir bräuchten wirklich nur noch eine Minute, Herr ...«

»Hören Sie schlecht?«, zischte der Mediziner. »Ich habe die Unterredung beendet, und ich habe Sie darauf hingewiesen, dass ich diese Entscheidung nicht diskutieren werde. Also, auf Wiedersehen!«

Ein Kopfnicken in Angelika Rohrschachs Richtung, und der Pfleger löste die Bremse des Bettes und zog es mitsamt der Frau in den Raum, wobei Lenz und Hain allerdings im Weg standen. Die Polizisten sahen ein, dass es für sie in diesem Augenblick viel mehr zu verlieren als zu gewinnen gab, also traten sie zur Seite und ließen das rollende Bettgestell passieren.

»Können wir morgen noch einmal vorbeikommen, Frau Rohrschach?«, fragte Lenz, während die Frau an ihnen vorbeiglitt.

»Ja, natürlich, machen Sie das nur«, gab sie fast fröhlich zurück. »Und bis dahin sprechen Sie mit einem gewissen Roman Bisprich oder Bispich, das weiß ich nicht so genau. Er arbeitet in der Stadtverwaltung in Kassel, und wenn einer etwas über Dominiks Tod wissen könnte, dann bestimmt er.«

»Bispich?«, rief Hain, den Notizblock in der Hand, der Frau hinterher, die jedoch schon durch die Tür und auf dem Flur verschwunden war.

»So, das wars dann endlich«, murmelte Dr. Schiffer, hob den Kopf und sah die Polizisten betont auffordernd an.

»Ja, ja, wir gehen ja schon«, brummte Lenz gereizt. »Aber Sie können sich schon mal darauf einstellen, dass wir morgen früh wieder auf der Matte stehen.«

»Darüber reden wir morgen früh, wenn es so weit ist. Und jetzt auf Wiedersehen, meine Herren.«

8

»Also das ist mit Abstand die gruseligste Familiengeschichte, die ich jemals zu hören gekriegt habe«, fasste Hain das zusammen, was die beiden Kommissare in der letzten Dreiviertelstunde zu hören bekommen hatten. Lenz öffnete die Tür des MX5 und ließ sich vorsichtig auf dem glühend heißen Beifahrersitz nieder.

»Ja, Thilo, wenn sie denn wahr ist«, stimmte er seinem Kollegen zögernd und einschränkend zu. »Wenn sie denn wahr ist.«

»Du glaubst, sie hat uns schon wieder die Hucke voll gelogen?«, fragte der Oberkommissar unschlüssig zurück. »Das glaube ich nicht, und wenn ich alles glaube.«

»Nein, das hab ich ja auch gar nicht gesagt. Aber irgendwie kommt mir das, was sie so von sich gegeben hat, zu glatt vor, zu geschliffen. Und wenn ich an gestern Abend denke, dann will ich nicht glauben, dass dieser Auftritt gefakt war. Für mich war sie die mehr oder weniger liebende Ehefrau, die realisiert hat, dass es ihren Kerl von der Stange gehauen hat.«

»Tja, wenn du das so sagst … Ich will zwar nicht glauben, von ihr eben verarscht worden zu sein, aber hundertprozentig abwegig ist es nicht.«

Hain ließ sich ebenfalls in den Wagen fallen und startete den Motor.

»Wie hieß dieser Typ, von dem sie zum Schluss gesprochen hat?«

»Bispich oder Bisprich. Der Vorname soll Roman sein.«

»Ja, an den kann ich mich auch erinnern. Was hältst

du davon, wenn wir uns schlau machen, wo dieser Herr Bispich oder Bisprich zu finden ist, und ihm ein wenig auf die Füße steigen?«

»Gleich zur Stadtverwaltung und direkt nach ihm gefragt?«

»Nein, ich habe eine bessere Idee. Wir verhören den anerkannt profundesten Kenner der Vorgänge innerhalb der Stadtverwaltung dazu.«

Dieser anerkannt profundeste Kenner war niemand anderer als Uwe Wagner, seines Zeichens Pressesprecher des Polizeipräsidiums Kassel und langjähriger Freund der beiden.

»Einen Roman Bisprich oder Bispich kenne ich nicht«, erklärte der groß gewachsene Kollege, nachdem er Wasser eingeschenkt und hinter seinem Schreibtisch Platz genommen hatte. »Wen ich aber kenne, ist Mehmet E. Güney, und wegen dem steht mein verdammtes Telefon seit heute morgen nicht mehr still. Habt ihr schon was in *dieser* Sache unternommen?«

»Haben wir«, erwiderten seine beiden Kollegen im Chor. »Aber der olle Mehmet war nicht sehr kooperativ, muss ich sagen«, fügte Lenz hinzu. »Hat zwar die ganze Zeit nach dem türkischen Botschafter oder seinem Anwalt rumgejammert, aber Fragen zu seiner Entführung wollte er partout nicht beantworten.«

»Das kann ich verstehen«, brummte Wagner. »Wie es aussieht, wird er für ein paar Jahre in einem deutschen Knast verschwinden, egal, ob er nach hier verschleppt wurde oder nicht.«

Er trank sein Glas Wasser in einem Zug aus.

»Und die Frage, ob der türkische Botschafter sich in irgendeiner Form um die Sache kümmert, kann ich, zumindest für den Moment, auch beantworten, und zwar mit einem klaren Nein. Ich habe nämlich vor etwa einer Stunde mit der türkischen Botschaft in Berlin telefoniert, wo sie bestens über den Sachverhalt informiert schienen, aber ganz in Ruhe abwarten wollen, ob es sich bestätigt, dass er gegen seinen Willen nach Kassel verschleppt wurde.«

»Ach was«, machte Lenz überrascht.

»Ja. Und wenn ihr mich fragt, dann ist es denen ganz recht, dass sie diese Arschgeige los sind, Entführung hin oder her. Es gab ja seit Längerem den Auslieferungsantrag, und der hat die deutsch-türkischen Beziehungen belastet. Soweit ich es überblicke, halten sich die Jungs bedeckt, bis zweifelsfrei geklärt ist, dass er wirklich verschleppt wurde, und das ist nicht einfach nachzuweisen. Oder habt ihr schon was dazu herausgefunden?«

»Nein«, schüttelte Lenz den Kopf. »Und im Augenblick, und der dauert so lange, wie Güney nicht mit uns spricht, haben wir deutlich Besseres zu tun.«

Er setzte das Glas, das er zur Hälfte geleert hatte, auf dem Tisch ab.

»Zum Beispiel nach diesem Roman Bispich zu suchen.«

»Oder Bisprich«, ergänzte Hain.

»Der hat also mit dem Mord an Dominik Rohrschach zu tun, oder sehe ich das falsch?«, wollte Wagner wissen.

»Vielleicht, das wissen wir noch nicht. Bis jetzt ist das alles noch ziemlich vage, was wir in dieser Sache haben.«

Damit informierte er seinen Kollegen über das, was er und Hain bisher zusammengetragen hatten.

»Klingt schon komisch, was die Frau da erzählt hat«, sinnierte der Pressemann laut, nachdem Lenz geendet hatte. »Jeder in der Stadt kennt die beiden nur händchenhaltend und dem anderen zugewandt, deshalb kommt mir das alles ziemlich albern vor. Aber man kann den Menschen ja nur bis zur Stirn gucken, was dahinter vorgeht, wissen wir nicht.«

»Ja«, stimmte Hain ihm zu, »und unter jedem Dach ein Ach.«

»Hu, hu, an dir ist ja ein Poet verloren gegangen«, ätzte Wagner lachend. »Aber trotzdem kenne ich niemanden in der Stadtverwaltung mit dem Namen Bispich oder Bisprich.«

Er bedeutete seinen Kollegen, einen Moment zu warten, griff zum Telefonhörer und wählte eine Nummer.

»Ja, ich bins, Uwe Wagner«, begann er das kurze Gespräch, trug sein Anliegen vor, und wartete. Dann zog er sich einen Schmierzettel heran und schrieb ein paar Worte darauf.

»Danke, hast was gut bei mir«, gab er seinem Gesprächspartner mit und legte auf.

»Es gibt bei den Stadtreinigern einen Roman Pispers. Das ist der Einzige, der in Frage käme. Aber der schreibt sich auf jeden Fall mit P am Anfang und nicht mit B.«

»Hier aus Kassel?«

Wagner schob den Zettel über den Tisch, auf dem der Name und eine Adresse vermerkt waren.

»Da habe ich alles vermerkt, was ihr braucht.«

»Danke, Uwe.«

»Herr Pispers?«, echote die etwa 22-jährige Blondine hinter dem Empfangstresen lispelnd. »Der ist leider nicht im Haus.«

Hain, der die Frage nach dem Mitarbeiter der Stadtreinigungsgesellschaft gestellt hatte, setzte sein freundlichstes, gewinnendstes Lächeln auf.

»Aber er ist doch nicht etwa im Urlaub, der Herr Pispers?«, flötete er.

Die junge Frau sah ihn unsicher an.

»Das darf ich Ihnen nun wirklich nicht sagen«, quiekte sie mit hoher Stimme. »Wegen Datenschutz und so, Sie wissen schon.«

Der Oberkommissar deutete auf seinen Dienstausweis, den er auf dem Tresen abgelegt hatte.

»Aber Frau …?«

»Michels«, erklärte sie schnell.

»Aber Frau Michels, wir sind von der Polizei, wir sind doch die Guten. Wir wollen Herrn Pispers nur ein paar Fragen stellen, er ist, wie es aussieht, ein wichtiger Zeuge für uns.«

Sie tippelte unentschlossen von einem Fuß auf den anderen.

»Ich darf Ihnen doch wirklich nicht sagen, ob er …«

»Aber es gibt doch bestimmt einen Vorgesetzten, der uns in der Sache weiterhelfen kann«, mischte Lenz sich aus dem Hintergrund ein.

»Ja, klar«, zeigte sich Frau Michels begeistert. »Ich frage gleich mal nach, ob der Zeit hat für Sie.«

Ein kurzer Anruf, gefolgt von einem bedrückten Gesicht.

»Der Herr Bosse ist leider gerade drüben auf dem Recyclinghof. Wollen Sie auf ihn warten?«

»Wie lange wird es denn dauern?«

»Das kann ich Ihnen leider nicht sagen.«

»Ach«, meinte Hain, »wir fahren einfach mal rüber und sehen, ob wir ihn finden. So groß ist der Hof ja nicht.«

Ihr skeptischer Blick sprach zwar Bände, doch zu einem Widerspruch konnte sie sich nicht durchringen.

»Dann vielen Dank für Ihre Hilfe und einen schönen Tag noch«, wünschte der junge Oberkommissar, drehte sich um und war auch schon durch die Tür. Lenz nickte der Frau zu und folgte ihm.

»Das war die einfachste Lösung, glaub mir«, bekräftigte Hain seine Entscheidung auf dem Weg zum Auto.

»Lass mal, ist schon in Ordnung. Es klang auch so, als würdest du dich dort ganz gut auskennen.«

»Auskennen wäre definitiv zu viel gesagt, aber ich hatte mal während meiner Zeit bei der Sitte dort zu tun.«

»Auf dem Recyclinghof?«

»Ja. Es hat sich aber rausgestellt, dass wir einer falschen Spur gefolgt waren.«

*

»Na, Männer, in der kleinen Karre könnt ihr aber nicht die Welt an Müll transportieren«, rief der bärtige Mann, der offenbar die Einfahrtschranke bediente und aus einem kleinen Fenster auf sie herabblickte. »Wartet, ich komm raus.«

Er stand auf, verschwand ein paar Sekunden aus dem Blickfeld der Polizisten und tauchte danach in der Tür auf.

»Was habt ihr denn?«, wollte er grinsend wissen.

»Einen Dienstausweis der Polizei«, entgegnete Lenz ebenso freundlich und hielt die kleine Karte hoch.

»Und den wollt ihr unbedingt hier bei uns entsorgen?«, feixte der gut gelaunte Mitarbeiter der Stadt. »So was schneiden wir in der Mitte durch und schmeißen es in den Hausmüll.«

»Wenn ich ihn nicht mehr brauche, denke ich darüber nach, aber im Augenblick geht das noch nicht«, gab Lenz zurück. »Wir sind auf der Suche nach einem Herrn Bosse, der soll sich nach Angabe der Rezeptionistin im Hauptgebäude hier aufhalten.«

»Jau, der ist vor ein paar Minuten bei uns aufgeschlagen«, bestätigte der in knallorangener Kleidung steckende Mann und wies mit dem rechten Arm an den Beamten vorbei in Richtung der Müllcontainer, die in Reih und Glied der Befüllung harrten.

»Da oben irgendwo müsste er rumgeistern. Er hat aber nicht etwa was ausgefressen, der Bosse?«, wollte der noch immer herzhaft grinsende Mann über ihnen wissen, während er dafür sorgte, dass die Schranke sich öffnete.

»Nein, nein, wir wollen ihn nur was fragen«, antwortete Thilo Hain.

»Eigentlich schade. Wir hier auf'm Hof hätten nichts dagegen, wenn ihr ihn in Handschellen abführen würdet und er nie mehr hier auftauchen würde. Dann hätten wir zumindest eine Sorge weniger.«

»Den Gefallen können wir Ihnen leider nicht tun. Aber Sie könnten uns sagen, wie wir ihn finden. Wie sieht er denn aus, der Herr Bosse?«

»Ach, das ist ganz einfach. Ihr müsst nur nach dem einzigen Schlipsträger auf dem ganzen Gelände Ausschau halten, und wenn ihr den seht, habt ihr den Herrn Bosse gefunden.«

Er lachte laut auf, hob die Hand zum Gruß, drehte sich um und trabte zurück in seinen Dienstraum.

»Hoffentlich redest du nicht so über mich, wenn ich nicht dabei bin«, fasste Lenz das soeben Gehörte zusammen.

»Doch, klar. Und wenn es ganz schlecht für dich läuft, werfe ich dir noch ein paar gesalzene Schimpfwörter hinterher.«

»Arschloch.«

»Selber.«

Es gestaltete sich nicht so einfach, wie der Mann an der Schranke es dargestellt hatte, bis sie Hartmut Bosse gefunden hatten. Sie mussten erst einen weiteren der auffällig gekleideten Bediensteten fragen, der schließlich auf einen Mann wies, der offenbar damit beschäftigt war, die Pflastersteine auf dem Hof zu zählen, denn er kniete auf einer Pappe und betrachtete den Boden.

»Tag, Herr Bosse«, begrüßte Lenz den Mann, der mit seinem dunkelblauen Anzug und der fast auf dem Boden schleifenden Krawatte inmitten der Müllcontainer und der derb durcheinander schreienden Männer in Orange tatsächlich wie ein Fremdkörper wirkte.

»Alles kaputt«, rief er, ohne auf die Worte des Kripomannes einzugehen. »Alles nur die Schuld dieser völlig unsinnigen Kehrmaschine.«

Er griff zu einem Gummihammer, der neben seinem rechten Knie lag, und schlug ein paarmal auf einen Stein.

»Hier wird in Zukunft wieder mit der Hand gefegt, darauf können Sie Gift nehmen.«

»Das mag sein«, meinte Hain mit gerunzelter Stirn und nach unten gerichtetem Dienstausweis, »aber bis das so weit ist, könnten Sie uns ein paar Fragen zu einem Ihrer Mitarbeiter beantworten.«

Bosse ließ den Hammer fallen, kam auf die Füße, klopfte sich die Anzughosen ab und betrachtete den Ausweis.

»Polizei? Was will denn die Polizei von mir? Und um welchen Mitarbeiter geht es?«

Der Blick des rundlichen Mannes mit den dünnen, schuppigen Haaren, dessen Alter Lenz auf Mitte 30 bis Anfang 40 schätzte, flackerte unsicher zwischen den beiden Polizisten hin und her.

»Es geht um einen Ihrer Mitarbeiter, Roman Pispers. Wir würden ihm gern ein paar Fragen stellen.«

»Roman Pispers? Ein paar Fragen stellen?«

Die Stimme des Mannes im Anzug hatte einen harten Klang angenommen.

»Da muss ich Sie enttäuschen, den finden Sie leider nicht hier auf Arbeit. Er hat sich krankgemeldet, schon vor ein paar Wochen.«

»Wissen Sie, was ihm fehlt?«

»Es geht mich leider nichts an, was ihm fehlt. Was mich allerdings etwas angeht, ist die Tatsache, dass er uns in der Urlaubszeit fehlt.«

»Das klingt, als hätten Sie Zweifel an der Echtheit seiner Erkrankung?«

Bosse bückte sich, hob den Gummihammer auf und schüttelte den Kopf.

»Mein lieber Herr Kommissar, ich habe nicht das Recht, Zweifel an seiner Arbeitsunfähigkeitsbescheinigung zu hegen. Aber ich habe natürlich das Recht, gewisse zeitliche Kausalitäten zu bemerken.«

Der Hammer wanderte von der linken in die rechte Hand.

»Roman wollte genau in der Zeit, in der er sich krankgemeldet hat, Urlaub anmelden, den ich seinerzeit leider nicht genehmigen konnte, weil wir, wie in jedem Sommer, personell hoffnungslos unterbesetzt sind. Und dann flattert einem dieser gelbe Schein auf den Tisch, noch dazu völlig unkommentiert.«

»Wie meinen Sie das, völlig unkommentiert?«

»Na, was meinen Sie? Er hat nicht einmal angerufen oder eine Mail geschickt, sondern einfach die AU-Bescheinigung in einen Briefumschlag gesteckt und sie zu uns geschickt.«

»Wie lange ist er denn krankgeschrieben?«

»Vier Wochen, das ist ja die Crux. Eine Woche hätte ich mir noch gefallen lassen, aber gleich vier? Ich hätte gar nicht damit gerechnet, dass ein Arzt einen Patienten in der heutigen Zeit vier Wochen krankschreibt, bis auf eben ... – aber lassen wir das.«

»Und er hat sich seitdem nicht bei Ihnen gemeldet?«

»Nein, das habe ich doch schon gesagt. Mit keinem Wort.«

»Und Sie haben auch nicht versucht, sich mit ihm in Verbindung zu setzen?«

»Wo denken Sie hin? Da ruft man doch gleich den Personalrat auf den Plan, wenn man so etwas versucht.«

»Eine weitere Frage hätte ich noch an Sie, Herr Bosse«, mischte Lenz sich in das Gespräch ein. »Kennen Sie einen gewissen Dominik Rohrschach?«

Bosses Gesicht wurde schlagartig traurig.

»Ja, natürlich, der arme Mann. So ein guter Mensch, und dann treibt er tot in der Fulda.«

»Sie wissen davon?«

»Selbstverständlich. Ich habe in der Zeitung darüber gelesen.«

»Aber Sie haben geschäftlich nichts mit Herrn Rohrschach zu tun gehabt, oder?«

»Doch, natürlich haben wir von den Stadtreinigern mit ihm zu tun gehabt. Er ist ... war einer unserer besten Kunden.«

»Und wie stand Herr Pispers zu Herrn Rohrschach? Hatte er auch geschäftlich mit ihm zu tun?«

»Natürlich, ja, Roman Pispers ist unser Großkundenbetreuer. Er und Herr Rohrschach kennen ... kannten sich sehr gut, sie haben oft Verträge miteinander auszuhandeln gehabt.«

»Können Sie uns vielleicht noch die Privatadresse von Herrn Pispers sagen?«

»Ich weiß nicht …«, zierte Bosse sich. »Vielleicht gibt das ja Probleme wegen des Datenschutzes.«

»Ganz sicher gibt es die nicht, Herr Bosse. Wir bekommen seine Adresse so oder so heraus, es würde uns die Sache nur vereinfachen, wenn Sie uns helfen würden.«

»Na, ja, dann will ich mal nicht so sein. Er wohnt in Wilhelmshöhe, in der Württemberger Straße.«

Bosse nannte die Nummer des Hauses.

»Aber wenn er fragen sollte, von mir haben Sie das nicht erfahren, ja?«

»Wir schweigen wie das berühmte Grab, versprochen«, versicherten die Polizisten dem Mann, bevor sie sich von ihm verabschiedeten und den Recyclinghof verließen.

9

Erich Zeislinger betrat das Rathaus durch den Seiteneingang, wuchtete seinen massigen Körper die Treppe nach oben und saß ein paar Minuten später schwitzend an seinem Schreibtisch. Die Flasche Wasser, die Anne Gentner, seine Sekretärin, ihm nach seiner Ankunft gebracht hatte, war schon fast zur Gänze geleert. Der OB griff zum Telefonhörer und drückte eine Taste.

»Ich will alle drei hier sehen, und zwar sofort. Und den Pressefritzen auch, und zwar auch sofort. Verstanden?«

»Natürlich«, kam es aus der Muschel am Ohr des stark übergewichtigen Mannes.

Innerhalb der nächsten drei Minuten trafen nach und nach alle drei Referenten des Kasseler Oberbürgermeisters ein, danach der Pressesprecher des Rathauses.

»Wisst ihr, wie es kommt, dass der Türke wieder in der Stadt ist?«, polterte Zeislinger los, als würde einer seiner Mitarbeiter die Verantwortung dafür tragen.

Alle vier schüttelten mit einer seltsam choreografiert wirkenden Synchronizität die Köpfe.

»Soweit ich weiß, wurde er aus Kusadasi nach Kassel verschleppt«, beeilte sich Simon Schwarz, der Pressemann, zu erklären.

»Das weiß ich selbst, das kann ja jede Arschgeige in der Zeitung nachlesen«, blaffte der OB ihn an. »Ich will wissen, wer das gemacht hat, gibt es darüber schon irgendwelche Erkenntnisse?«

»Nein, das ist noch nicht rausgekommen.«

Der Pressesprecher nestelte an seinem Kragen herum.

»Aber die türkische Botschaft hat schon ein paarmal hier angerufen und wollte wissen, wie wir zu der Sache stehen.«

»Und, was hast du ihnen gesagt?«

»Dass wir abwarten müssen, wie sich die Dinge entwickeln, und dass sie sich, wenn sie Informationen brauchen, an die Pressestelle der Polizei wenden müssen.«

»Das ist gut. Wir wissen doch sowieso am wenigsten, wie es zu dieser Scheiße kommen konnte.«

Zeislinger schnaufte, trank die Wasserflasche leer und sah jedem seiner Mitarbeiter tief in die Augen.

»Da waren wir froh, dass wir diesen Typen endlich los gewesen sind, haben uns gefreut, dass wir aus den Schlagzeilen waren, und jetzt geht diese ganze verdammte Chose von vorne los.«

Seine Faust krachte so völlig unvermittelt auf den Tisch, dass die vier davor sitzenden Männer erschreckt zusammenzuckten.

»Jungs, das läuft alles nicht so, wie ich es mir denke. Und wenn das so weiter geht, dann könnt ihr euch bald alle einen neuen Job suchen.«

Wieder ein strenger Blick in die Runde.

»Wir haben die Scheiße mit dem Flughafen am Arsch, der nach diesem irren Anschlag vom Februar noch immer nicht wieder läuft wie geplant, und wenn es denn endlich so weit wäre, hätten wir keine Flugzeuge, die starten und landen wollen. Wir haben das Auebad, das mal wieder Zicken macht, und wir haben im nächsten Sommer die Wahl zum Oberbürgermeister der Stadt Kassel.«

Er verengte die Augen zu schmalen Schlitzen und funkelte seine Untergebenen an.

»Meint ihr, dass auch nur der letzte, völlig verblödete

Wähler dem Amtsinhaber seine Stimme gibt bei dieser Bilanz? Glaubt ihr das tatsächlich?«

Betretenes Schweigen auf der anderen Seite des Schreibtischs.

»Los, Stellungnahmen dazu!«

»Das mit dem Flughafen ist wirklich nicht unsere Schuld, also die Schuld der Stadt Kassel«, versuchte Nils Brandenburg, einer der Referenten, zumindest eines der Argumente seines Bosses zu entkräften. »Wenn es nicht zu der schwarz-gelben Regierung in Wiesbaden gekommen wäre, hätten wir …«

»Hätte, hätte, Fahrradkette«, äffte Zeislinger einen ehemaligen Kanzlerkandidaten nach. »Und wenn der Hund nicht geschissen hätte, dann hätte er vielleicht sogar die Wurst gekriegt.«

Der OB beugte sich mit fast geschlossenen Augen nach vorn und stützte sich dabei mit den Unterarmen auf dem Schreibtisch ab.

»Glaubt ihr vier Schießbudenfiguren etwa, dass ich meinen gesamten Stab im vorletzten Jahr ausgetauscht habe, um jetzt wieder in der gleichen Bredouille zu hocken wie damals? Wenn das so ist, könnt ihr alle zusammen sofort euer Bündel packen.«

»Aber Erich, jetzt bist du wirklich ungerecht«, beschwerte sich Heiner Eisleben, einer der beiden anderen Referenten. »Die Sache mit Güney war nun beim besten Willen nicht vorauszusehen, und dass er jetzt wieder hier ist und ihm, wie es aussieht, der Prozess gemacht werden wird, können wir doch sehr gut für uns ausschlachten. Vielleicht nach dem Motto: In Deutschland entgeht keiner seiner gerechten Strafe – oder so.«

»Was für eine selten blöde Idee ist das denn?«, blaffte

Zeislinger den dünnen, klein gewachsenen Mann an. »Du tust gerade so, als hätten wir es zu verantworten, dass er wieder hier in Kassel aufgetaucht ist. Wenn ich von diesem kranken Gedanken auch nur ein Sterbenswörtchen in der Zeitung lese, kannst du dich aufhängen, das sage ich dir.«

»War ja auch nur so eine Idee …«

»Eine Scheißidee! Und als ob das alles noch nicht genug wäre«, kam der feiste Mann hinter dem Schreibtisch nun zum tatsächlichen und einzigen Grund, warum er seine Mitarbeiter zum Rapport einbestellt hatte, »zieht die Polizei auch noch Dominik Rohrschach tot aus der Fulda.«

Sein fordernder Blick traf Simon Schwarz, der sich instinktiv tiefer in seinen Stuhl fallen ließ.

»Ist es eigentlich hundertprozentig sicher, dass er ermordet wurde? Immerhin könnte er sich auch selbst umgebracht haben, bei der Vorgeschichte und dem Haufen Schulden, den er angehäuft hat.«

»Nein«, winkte Schwarz ab, »das ist wirklich sicher, er wurde ermordet. Ich habe vorhin mit Uwe Wagner von der Polizei telefoniert, der hat es mir bestätigt.«

»Gibt es Hinweise, wer es war?«

Der Rathauspressesprecher zuckte mit den Schultern.

»Dazu wollte Wagner nichts sagen, und wie ich ihn kenne, hätte er mir auch nichts dazu erzählt, wenn er etwas gewusst hätte. Der ist nun mal ein total arroganter Arsch.«

»Na, wenigstens scheint er etwas von seinem Job zu verstehen, was man nicht von allen seinen Berufskollegen sagen kann.«

Zack, Volltreffer. Schwarz sank noch tiefer in seinen Stuhl, und so langsam musste man befürchten, dass er bei der nächstbesten Gelegenheit komplett zu Boden rutschen würde.

»Was fällt euch eigentlich ein, wenn ihr so an diesen Rohrschach denkt?«, wollte Zeislinger nun mit völlig anderem Tremolo in der Stimme wissen. Sein Tonfall war fast ins Gütige abgerutscht.

»Wie meinst du das?«, fragte Bernd Wiesner, der dritte Referent, ebenso irritiert wie vorsichtig zurück. »Was uns einfällt, wenn wir an Rohrschach denken? Als Mensch, oder wie?«

»Ja, klar, als Mensch, und natürlich auch als Geschäftsmann. Als Familienvater, als Sponsor.«

»Sein Geld hat jeder gern genommen, glaube ich«, erklärte Wiesner mit mehr Selbstbewusstsein in der Stimme. »Aber leiden konnte ihn trotzdem niemand.«

»Was aber auch daran lag, dass er ein total arroganter Arsch gewesen ist, der jeden hat spüren lassen, wie viel Kohle er hat«, stimmte Simon Schwarz ihm erklärend zu. »Ich jedenfalls konnte ihn nicht für fünf Pfennige leiden.«

»Das klingt ja fast«, feixte Zeislinger, der nun wie verwandelt schien, »als ob du ihn selbst um die Ecke gebracht hättest, nicht?«

»Ach Quatsch, hör doch auf. Mit so was macht man keine Scherze.«

»Stimmt, das tut mir leid«, nickte der OB. »Aber wie wurde er denn nun als Geschäftsmann wahrgenommen? Was sagen denn die Leute auf der Straße über ihn, oder besser, was haben sie über ihn gesagt? Gab es irgendwelche Gerüchte über, ich will mal sagen, unkoschere Geschäfte?«

»Ach, du weißt doch, wie das mit erfolgreichen Leuten ist, Erich«, erklärte Nils Brandenburg seinem Boss. »Da wird immer dies oder das geredet, und wenn man genau nachfragt, stellt es sich fast immer als dummes Geschwätz heraus.«

»Na, nun mach mal Butter bei die Fische«, ermunterte der Rathauschef seinen Referenten. »Was genau meinst du mit dies und das?«

Brandenburg dachte einen Moment nach.

»Vor ein paar Monaten gab es zum Beispiel Gerüchte, dass er an AIDS erkrankt sei, weil er so stark abgenommen hatte. Andere erzählten, er hätte Krebs, aber wahr ist davon rein gar nichts gewesen. Er hatte einfach eine Diät gemacht, weil er sich zu fett fand, das war alles.«

»Ja, das weiß ich schon«, rief Zeislinger, ohne auch nur den Versuch zu machen, seine Enttäuschung über die Antwort zu verbergen. »Mich interessieren auch eher die Dinge, die sein geschäftliches Leben betreffen.«

»Warum willst du das denn wissen?«, hakte Schwarz misstrauisch nach. »Glaubst du, er hatte Leichen im Keller gehabt?«

»Was weiß denn ich, ob der Typ Leichen im Keller hatte? Ich will vermeiden, dass ich etwas Gutes über ihn sage, das mir hinterher zum Nachteil ausgelegt werden könnte, zum Beispiel auf der Beerdigung. Man kann heutzutage nicht vorsichtig genug sein mit diesen Dingen. Und nun macht euch mal nicht blöder als ihr seid, ihr wisst das doch genauso gut wie ich.«

Bernd Wiesner wedelte sich mit seiner Kladde, die er in der Hand hielt, frische Luft zu, bevor er zu einer Antwort ansetzte.

»Jeder, der mit offenen Augen durch die Stadt geht, weiß, dass Dominik Rohrschachs Geschäfte alles andere als koscher gewesen sind«, stellte er mit leiser Stimme fest. »Er hat immer und mit jedem verfügbaren Mittel versucht, sich alle möglichen und unmöglichen Vorteile zu verschaffen, um damit den größtmöglichen Profit für sich herauszuschlagen. Ich bin zwar derjenige hier, der als Letzter zum Team gestoßen ist, noch dazu als Nicht-Kasseler, und sollte mich deshalb auch nicht in den Vordergrund drängen, aber diese Tatsache eröffnet mir vermutlich auch die Chance, so unvoreingenommen an die Sache heranzugehen.«

Wieder bewegte sich die Kladde in seiner Hand hin und her.

»Ach ja?«, blaffte Zeislinger ihn, nun wieder ganz der Alte, an. »Und was genau soll uns dieser äußerst bemerkenswerte Vortrag jetzt sagen?«

»Dieser äußerst bemerkenswerte Vortrag soll den Anwesenden sagen, dass über das Verhältnis von Rohrschach zu Rathausmitarbeitern gesprochen wird.«

Seine Augen hielten dem warnenden Blick des Oberbürgermeisters trotzig stand.

»Sie wollten wissen, was in der Stadt über Rohrschach geredet wird, Herr Zeislinger, also sollten Sie nicht unleidlich reagieren, wenn ich es Ihnen sage.«

»Natürlich«, nickte der Mann hinter dem Schreibtisch mit dem Blick einer gereizten Kobra. »Ich habe kein Problem damit, mir das anzuhören.«

»Bernd!«, zischte Simon Schwarz leise und unüberhörbar warnend.

»Nein, lass ihn«, forderte der OB. »Wenn ich euch um eine Stellungnahme bitte, erwarte ich keine Schonung meiner Person, von keinem von euch.«

Sein Blick traf sich erneut mit dem von Wiesner.

»Los, Wiesner, lass hören, was du zu berichten hast.«

Die Kladde kam erneut zum Einsatz, dann setzte der Referent zu seiner Antwort an.

»Ich bin mir sicher, dass auch meine Kollegen um die Gerüchte wissen, die seit Langem in der Stadt die Runde machen. Gerüchte, die besagen, dass Rohrschach seit Jahren von der obersten Rathausspitze protegiert wird. Und so mancher Bürger hat sich, und das nicht nur in einer Bierlaune am Stammtisch, darüber gewundert, in welcher Weise dieser Mann hier Geschäfte machen konnte.«

Er sah Zeislinger mit festem Blick an.

»Und es ist im Gespräch, dass Sie, Herr Zeislinger, den Herrn mehr als gut kennen und über seine Geschäfte vollumfänglich informiert sind. Dass Sie vielleicht sogar …«

»Na klar bin ich über seine Geschäfte informiert«, brüllte Zeislinger unvermittelt los. »Es ist nicht mehr und nicht weniger als mein Job, darüber informiert zu sein, was in der Stadt los ist und wer mit wem Geschäfte macht.«

Simon Schwarz war mit den ersten Worten des OB aufgesprungen und hatte das offene Fenster zugeworfen.

»Muss ja nicht jeder auf der Straße hören, was wir hier zu besprechen haben«, meinte er mit belegter Stimme.

»Von mir aus kann jeder auf der Straße hören, was für verdammte Trottel für mich arbeiten«, legte der Mann hinter dem Schreibtisch mit hochrotem Kopf nach und wies dabei auf Wiesner. »Was ich mir für Referenten leiste, die nicht die Bohne von dem verstehen, was meinen Job ausmacht.«

»Herr Zeislinger, das ist jetzt nicht fair«, startete Wiesner den Versuch einer Beschwerde, die jedoch nicht einmal bis zu dem Angesprochenen vordrang.

»Das ist jetzt aber nicht fair von dir, du böser Oberbürgermeister«, versuchte Zeislinger den Tonfall seines Referenten zu imitieren. »Klar ist das fair, du Hirni!«

Er riss sich ein Taschentuch aus der Hose und wischte sich über den Mund.

»Kommt aus der tiefsten Provinz zu uns nach Kassel und glaubt, mich belehren zu können«, knurrte der Rathauschef mit zu engen Schlitzen zusammengepressten Augenlidern. »Ohne mich würdest du dir heute noch Berichte von Altennachmittagen für deine Lokalpostille aus den lahmen Lenden saugen, du undankbarer Scheißkerl.«

Nils Brandenburg, der neben Wiesner saß, beugte sich nach vorn und hob dabei beide Hände.

»Erich, bitte, komm wieder runter. Wir alle hier versuchen, für dich den besten Job zu machen, der uns möglich ist. Und du kannst uns nicht erst bitten, dir zu erzählen, was die Leute in der Stadt über Rohrschach erzählen, und wenn es einer von uns tut, fährst du so mit ihm Schlitten, wie du es gerade machst. Da muss ich dem Bernd leider recht geben, das ist wirklich nicht fair.«

Zeislinger holte Luft und wollte schon zu einer Replik ansetzen, als er es sich anders überlegte und Bernd Wiesner mit einer täuschend echt dargebotenen, wirklich zerknirscht wirkenden Büßermiene ansah.

»Da bin ich wirklich über das Ziel hinausgeschossen, Wiesner. Es tut mir aufrichtig leid und ich entschuldige mich bei dir. Einverstanden?«

Der Angesprochene sah in die betretenen, jedoch freundlich nickenden Gesichter seiner Kollegen und bewegte ebenfalls den Kopf leicht nach oben und unten.

»Klar, Herr Oberbürgermeister, das geht schon in Ordnung. Wir sind halt alle nur Menschen.«

»Das will ich meinen, und vielen Dank für dein Entgegenkommen.«

Der OB zögerte einen kleinen Moment, bevor er weiter sprach.

»Aber jetzt musst du noch den Satz zu Ende bringen,

den ich dir vorhin leider abgewürgt hatte. Du wolltest uns erzählen, dass ich nach Meinung der Leute nicht nur über Rohrschachs Geschäfte informiert sein könnte, sondern dass ich vielleicht sogar ... Da hast du dann abgebrochen.«

»Weil Sie mir ins Wort gefallen sind, Herr Zeislinger.«

»Ja, das habe ich doch eben gesagt, dass mir das leidtut. Also, was genau wolltest du noch sagen?«

Gerade, als der junge Referent zu seiner Erklärung ansetzen wollte, klingelte das Telefon auf Zeislingers Schreibtisch.

»Ich hatte doch ausdrücklich gesagt, dass ich nicht gestört werden will«, schrie er in den Hörer und wartete ungeduldig auf eine Antwort seiner Sekretärin. Als er die gehört hatte, stöhnte er kurz auf und schob ein genervtes »dann verbinden Sie mich mal« hinterher. Einem kurzen »was willst du?« folgte eine längere Phase des Zuhörens, dann wich schlagartig jegliche Farbe aus dem Gesicht des Oberbürgermeisters.

»Ach du große Scheiße«, murmelte er, während der Hörer auf den Schreibtisch fiel.

10

Das Haus in der Württemberger Straße, in dem Roman Pispers wohnte, machte von außen einen sehr gepflegten Eindruck. Links vom Eingang ragte die Briefkastenzeile auf, daneben die Klingelleiste, deren Benutzung die Polizisten sich sparen wollten, weil im offen stehenden Eingang eine ältere Frau dabei war zu putzen.

»Wir möchten zu Herrn Pispers«, sprach Lenz sie an. »Können Sie uns sagen, in welchem Stockwerk er wohnt?«

»Pispers? Kenne ich nicht. Aber ich kenne hier eigentlich niemanden. Bin nur zwei Mal die Woche im Haus zur Fußbodenkosmetik.«

Sie garnierte ihren wohl nur für sie selbst witzigen Spruch mit einem heiseren, von häufigem Tabakkonsum geprägten Lachen.

»Dann doch das Klingelbrett«, schaltete Hain als Erster und wandte sich nach draußen. »Hier, R. Pispers«, erklärte er seinem Boss mit nach vorn gestrecktem rechtem Zeigefinger. »Wenn das Klingelbrett seine Ordnung hat, sollte er im dritten Stock zu Hause sein.«

Sie drängelten sich an der mitten auf der Treppe knienden Reinigungskraft vorbei und standen keine halbe Minute später vor einer weißen Tür, neben der auf einem glänzenden Edelstahlschild zu lesen war, dass Roman Pispers dahinter wohnte. Hain legte den Zeigefinger auf den darunter angebrachten Klingeltaster und drückte ihn energisch nach vorn. Aus dem Innern erklang gedämpft und kaum vernehmbar ein Dreifachgong.

»Mit was putzt die denn hier?«, wollte Lenz mehr rhetorisch und mit gerümpfter Nase wissen. »Das stinkt ja bestialisch das Zeug.«

»Unten ist es mir gar nicht so aufgefallen, aber du hast recht«, stimmte ihm sein Kollege zu. »Hier oben riecht es, als würde sie den wässrigen Inhalt der Biotonne zum Wischen verwenden.«

Sie warteten ein paar Sekunden, bevor Hain erneut klingelte.

»Scheint wohl gerade beim Arzt zu sein«, vermutete Lenz süffisant.

»Oder bei der Krankengymnastik.«

»Wie auch immer, er macht uns jedenfalls nicht auf. Lass uns abhauen und später wiederkommen, vielleicht haben wir dann mehr Glück.«

Der Oberkommissar drehte sich um und wollte zurück ins Treppenhaus gehen, als er hinter der links von Pispers' Wohnung liegender Tür leise Musik hörte.

»Warte. Lass uns mal fragen, vielleicht weiß die Familie …«

Er beugte sich nach vorn, um den Namen auf dem kleinen Türschild besser erkennen zu können.

»… Spengler hier, wo und wann man ihren Nachbarn am besten erreichen kann.«

Damit schellte er und trat einen Schritt zurück, weil sofort aus der Wohnung Geräusche ertönten, die auf eine lautstarke Begrüßung hindeuteten, doch zunächst geschah erstaunlicherweise gar nichts. Dann öffnete sich die Tür einen Spalt und das Gesicht eines lockigen, etwa drei Jahre alten, strohblonden Kindes wurde sichtbar, das auf einem Bobbycar saß.

»Na, junger Mann, wie fährt sich so ein Teppichporsche?«, wollte Lenz freundlich wissen, doch seine Frage bewirkte bei dem Jungen ein nur noch neugierigeres Gesicht. Er saß da, gaffte die Polizisten an und drehte dabei an seinem weißen Plastiklenkrad.

»Ist deine Mami zu Hause?«, fragte Hain, der sich in Sachen Umgang mit dreijährigen Jungs als der deutlich Kompetentere einstufte.

Ein kurzes Nicken musste als Antwort genügen, jedoch hörten die beiden Kripomänner nun das gedämpfte Geräusch eines Föns, der offenbar in einem der Zimmer bei geschlossener Tür benutzt wurde. Hain beugte sich nach unten und drückte auf die Hupe in der Mitte des Lenkrads, doch bis auf ein kurzes Pffft kam dabei kein Ton zustande.

»Kannst du der Mami Bescheid sagen, dass wir sie gern sprechen würden?«

Wieder das bekannte Nicken, jedoch machte der Knirps keine Anstalten, sich in Bewegung zu setzen.

»Du musst schon zu ihr fahren und sie fragen, sonst wird das nichts«, erklärte der Oberkommissar dem Kleinen die nach seiner Meinung Erfolg versprechendste Vorgehensweise.

Das Nicken wiederholte sich aufs Neue, doch diesmal legte der Junge tatsächlich den Rückwärtsgang ein und verschwand im Flur. Die Tür ließ er offen stehen. Etwa 15 Sekunden später verstummte der zwischenzeitlich deutlich lauter gewordene Fön, dann wurde aus dem Innern der Wohnung hektisches Getrappel hörbar.

»Was …?«, rief eine Frauenstimme. »Ach, Leon, ich hab dir doch gesagt, dass du nicht einfach so die Wohnungstür aufmachen darfst. Du weißt ganz genau, dass ich es dir wirklich verboten habe.«

Die angesprochene Tür wurde den Polizisten direkt vor

der Nase zugeworfen, danach erklang, sehr gedämpft, weiteres Lamentieren der Mutter. Lenz legte erneut den Finger auf die Klingel und drückte ihn durch. Es dauerte erstaunlicherweise eine knappe halbe Minute, bevor die Kette von innen eingelegt und die Tür einen kleinen Spalt geöffnet wurde.

»Ja, bitte«, fragte die Frau vorsichtig.

Thilo Hain stellte sich und seinen Kollegen vor.

»Wir hätten ein paar Fragen zu Ihrem Nachbarn, Frau … Spengler.«

»*Was* wollen Sie?«, fragte sie irritiert zurück.

»Wir möchten Ihnen gern ein paar Fragen stellen zu Ihrem Nachbarn, Herrn Pispers. Sie kennen doch Herrn Pispers?«

»Nein … ja, aber kennen ist deutlich zu viel gesagt. Sind Sie wirklich von der Polizei?«

Hain hielt ihr seinen Dienstausweis vor die Nase.

»Ja, wir sind wirklich von der Polizei, ganz ehrlich.«

Wahrscheinlich überzeugten seine freundlichen Worte die Frau mehr als die kleine Plastikkarte in seiner Hand, die Folge war, dass sie die Tür nach vorn schob, die Kette entriegelte und sich in voller Größe zeigte.

»Hat er was verbrochen?«, wollte sie sehr leise wissen.

»Nein, auf keinen Fall«, erklärte Hain der etwa 30-jährigen Frau, die eine kurze, hellblaue Bluse und eine Caprihose trug. Die Haare hatte sie in einer vermutlich überstürzten Handlung zum Pferdeschwanz zusammengebunden, was sich an einigen vom Haargummi nicht eingefangenen Strähnen zeigte, die ihr ins Gesicht hingen.

»Das hätte ich mir auch gar nicht vorstellen können«, flüsterte sie. »So mittelmäßig wie der Typ ist.«

»Wie meinen Sie das, mittelmäßig?«

Frau Spengler zog die Tür weiter auf, machte eine

kurze Handbewegung, die den Beamten wohl verdeutlichen sollte, dass sie in den Flur treten sollen, und schloss anschließend die Tür hinter ihnen. Leon gurkte derweil wie ein Nachwuchsrennfahrer den Flur auf und ab.

»Nicht so wild!«, versuchte die Mutter seinen Elan zu bremsen, was ihr jedoch nicht einmal im Ansatz gelang.

»Er bräuchte dringend einen Vater«, erklärte sie den Polizisten, »aber sein Erzeuger hat es vorgezogen, das Weite zu suchen. Ein echter Wildfang, der Kleine.«

Weil weder Lenz noch Hain wussten, was sie mit dieser Information anfangen sollten, hielten beide den Mund. Das Sprechen übernahm ohnehin Frau Spengler.

»Mit mittelmäßig meinte ich, dass ich keinen Menschen kenne, der so angepasst und langweilig durchs Leben geht. Der wählt bestimmt schon sein ganzes Leben CDU, und die größte Veränderung seines armseligen Daseins war, als er bei Mutti ausgezogen ist.«

»Es gibt also keine Frau Pispers?«

»Ach, nein, wo denken Sie hin? Dieses Leben würde garantiert keine Frau länger als eine Woche aushalten. Ich jedenfalls nicht.«

»Wir haben gehört«, mischte Lenz sich behutsam ein, »dass Herr Pispers erkrankt sein soll? Wissen Sie etwas darüber?«

»Erkrankt? Nein, davon weiß ich nichts. Ich glaube eher, dass er in Urlaub gefahren ist.«

Sie dachte eine Weile nach.

»Ich jedenfalls habe ihn seit bestimmt drei Wochen nicht mehr zu Gesicht bekommen. Das soll nicht heißen, dass ich ihn oft sehe, beileibe nicht, aber so lange ist er eigentlich immer unsichtbar, wenn er in Urlaub gefahren ist. Und die Zeit dafür ist ja jetzt, oder?«

»Ja, das ist wohl so«, stimmte Hain ihr nicht komplett überzeugt zu. »Und dass er vielleicht nur in seiner Wohnung ist und nicht rauskommt? Könnte das auch eine Möglichkeit sein?«

»Nein, das glaube ich nicht. Normalerweise höre ich immer sein Radio dudeln, wenn ich nach Hause komme. Er ist begeisterter HR4-Hörer, müssen Sie wissen.«

»Ach«, machten beide Kommissare gleichzeitig.

»Ja, dieser Dudelsender für Graumelierte. Eigentlich ist er, wenn Sie mich fragen, noch ein bisschen jung dafür, aber wie es sich anhört, steht er völlig auf diese Mucke. Und laut muss es sein.«

»Wie alt ist er denn, der Herr Pispers?«, wollte Hain wissen.

»Keine 40 vermutlich. Aber legen Sie mich bloß nicht fest, vielleicht ist er auch erst 30 oder schon 50, das kann ich wirklich nicht schätzen.«

»Aber Sie sind sich sicher, dass er im Urlaub ist?«, hakte Hain nach. »Oder zumindest in den letzten 14 Tagen nicht in der Wohnung war?«

»Ganz sicher, ja.«

Sie hob den rechten Zeigefinger, als sei ihr etwas wirklich umwerfend Wichtiges eingefallen.

»Außerdem gibt es ein Indiz, das ganz schwer wiegt«, erklärte die Frau selbstsicher. »Wir hatten nämlich vorgestern Eigentümerversammlung, und da war er nicht da. Alle, und besonders die, die schon ganz lange hier wohnen, waren total überrascht, dass er diese Veranstaltung sausen gelassen hat. Normalerweise ist er immer der Erste vor Ort und auch derjenige, der die meisten Tagesordnungspunkte auf die Liste setzen lässt. Das hatte er zwar diesmal auch gemacht, aber ist trotzdem nicht aufgetaucht.«

Wieder fuhr der Zeigefinger in die Luft.

»Und außerdem hat er irgendwas in seinem Mülleimer vergessen, das jetzt gammelt.«

Frau Spengler bedachte die beiden Polizisten mit einem tadelnden Blick.

»Das hätte Ihnen eigentlich auffallen müssen, wie das hier im Hausflur stinkt. Ekelhaft. Und das bei der Hitze.«

»Eine Telefonnummer, wo Sie ihn erreichen können, zum Beispiel, wenn es einen Notfall gibt, haben Sie aber nicht?«

»Nein, so dicke sind wir nun wirklich nicht. Und dem würde ich meine Nummer nicht geben, das können Sie mir glauben.«

»Warum denn nicht?«

Wieder dachte sie eine Weile nach.

»Na ja, irgendwie hat er schon was Unheimliches.«

Kurze Pause.

»Genau, der ist in seiner Mittelmäßigkeit unheimlich.«

»Interessant. Gibt es Verwandte oder Bekannte, die Sie kennengelernt haben?«

»Nee, der hat nie Leute zu Besuch, wirklich nicht. Zumindest in den letzten vier Jahren nicht, so lange wohne ich nämlich hier.«

»Schön«, bedankte sich der Hauptkommissar und schüttelte der Frau die Hand. »Wenn wir weitere Fragen hätten, könnten wir einfach bei Ihnen …?«

»Einfach schellen, klar.«

»Danke, Frau Spengler.«

Er beugte sich zu dem Jungen hinunter, der bemerkt hatte, dass seine Mutter sich von den beiden Männern verabschiedet hatte und hinter ihr zum Stehen gekommen war.

»Dank auch an dich, Leon. Ohne deine Hilfe würden wir vermutlich noch immer vor der Tür herumlungern.«

Der Kleine fing an zu grinsen, schob sein Gefährt nach hinten und war auch schon in einem der Zimmer verschwunden.

Kurz darauf hatte sich die Tür hinter den Polizisten geschlossen, und sie standen wieder im Hausflur.

»Urlaub«, sinnierte Lenz.

Hain trat an die Tür zu Pispers Wohnung und schnüffelte.

»Der Gestank könnte tatsächlich aus seiner Wohnung kommen, Paul.«

»Und was heißt das?«

»Erst mal gar nichts. Aber komisch ist es schon, oder?«

»Wie sie schon gesagt hat, vermutlich hat er was im Mülleimer vergessen.«

Der junge Polizist verzog angewidert das Gesicht.

»Und du meinst, das würde so brutal vor sich hin stinken?«

»Was weiß ich? Jedenfalls müffelt es nicht so, als würde er selbst da vor sich hin verwesen.«

»Das sage ich auch gar nicht.«

Er trat ein paar Schritte zurück und zog angesäuert die Schultern hoch.

»Wenn ich allerdings alle Fakten, die wir zu ihm haben, zusammenzähle, erscheint mir alles ziemlich merkwürdig.«

»Das bestreite ich nicht, Thilo, aber wir werden jetzt nicht in dieser Wohnung …«

Lenz trat näher an seinen Kollegen heran und sprach mit deutlich gesenkter Stimme weiter.

»Wir werden auf gar keinen Fall in diese Wohnung eindringen, Thilo. Falls das deine nächste Idee gewesen wäre, kannst du sie dir gleich aus dem Kopf schlagen.«

»He, he, nun reg dich mal nicht künstlich auf. Wir müssen nicht in die Wohnung eindringen, zumindest nicht gleich. Wir könnten zunächst mal den Briefkasten unter die Lupe nehmen. Wenn der seit ein paar Wochen nicht geleert wurde, ist das ein deutliches Indiz, dass hier was nicht stimmt, weil ich es mir beim besten Willen nicht vorstellen kann, dass ein deutscher Verwaltungsheini sich krankschreiben lässt und dann in Urlaub fährt.«

»Vielleicht hat er eine Freundin, die sich um ihn kümmert?«

»Klar. Oder einen Freund.«

Hain verließ, ohne auf seinen Boss zu warten, den Hausflur und sprang die Treppen hinunter. Kurz darauf stand er vor der Briefkastenreihe und schob seine rechte Hand in den Schlitz über dem Namen ›Pispers‹.

»Voll bis zur Dachkante«, stellte er mit deutlich zur Schau gestellter Zufriedenheit fest, nachdem Lenz neben ihn getreten war. »Probier selbst.«

»Nö, lass mal, ich glaube dir. Und was willst du jetzt machen?«

Der Blick des Oberkommissars blieb an einem Kiosk etwa 50 Meter die Straße hinunter hängen.

»Jetzt gehe ich da rüber, trinke eine eiskalte Cola und mache dabei eine Atemübung. Wenn du mitkommen willst, lade ich dich gern ein.«

»Klingt gut.«

*

Die Cola war zwar nicht eiskalt, aber sie sorgte trotzdem für so etwas wie Abkühlung bei den emotional erhitzten Polizisten. Die von Hain avisierte Atemübung bestand darin, leise und sehr dezent in die geschlossene Faust zu rülpsen, bevor er eine weitere Lage der braunen Zuckerbrühe orderte.

»Lass mal, Thilo, ich nehme lieber ein Wasser«, bat Lenz, doch sein Kollege kannte an diesem Tag kein Erbarmen.

»Cola oder nichts, das ist die Devise.«

»Und in die Wohnung einbrechen oder Knatsch eine weitere«, stellte Lenz emotionslos fest.

»Ach, Quatsch«, widersprach sein junger Kollege. »Ich bin nur der Meinung, dass wir die uns zur Verfügung stehenden Mittel und Methoden zur Gänze ausschöpfen sollten.«

»Also beantragen wir einen Durchsuchungsbeschluss und sehen, was dabei herauskommt.«

»Das wird doch nie was, Paul. Welcher Richter sollte uns …?«

»Siehst du! Du sagst doch selbst, dass wir überhaupt nichts in der Hand haben, was diese Maßnahme rechtfertigen würde.«

Hain winkte resignierend ab.

»Ja, ja, da ist wirklich was dran.«

Er nippte lustlos an seiner Cola.

»Aber mein rechtes Ei und mein siebter Bullensinn sagen mir, dass in und mit der Bude irgendwas nicht stimmt.«

»Auf den Spruch hast du niemals das Copyright, den hast du geklaut, da bin ich sicher.«

»Ja, das kann schon sein, aber diese Korinthenkackerei bringt uns jetzt auch nicht weiter.«

Lenz trank seine Flasche aus und reichte sie dem dicken Mann im Kiosk.

»Vielleicht liegt dieser Pispers bewegungsunfähig in der Wohnung und freut sich narrisch, wenn wir ihn aus seiner, sagen wir nach einem Schlaganfall oder Herzinfarkt, misslichen Lage befreien.«

»Jetzt fang nicht das Spinnen an, Thilo. Ich denke genau wie du, dass an dieser Sache irgendwas faul ist, aber deswegen in seine Wohnung einzubrechen, halte ich für mächtig übertrieben.«

»Dann bleib halt hier, trink noch eine Cola oder von mir aus auch ein Wasser und warte, bis ich wieder da bin. Für das Schloss brauche ich zehn Sekunden, ich habs mir vorhin genau angesehen, dann eine Minute, um festzustellen, was in der Bude so abartig stinkt, und schon bin ich wieder hier.«

»Ach, Thilo …«

»Ach, Paule …«

»Nee, wirklich …«

Thilo Hain wusste genau, dass er längst gewonnen hatte. Trotzdem zauberte er noch ein Ass aus dem Ärmel.

»Und der Nachbarin und ihrem süßen Wurm würden wir bestimmt einen riesigen Gefallen tun, wenn wir dem Gestank auf die Spur kommen und ihn beseitigen würden.«

Der Hauptkommissar griff sich die Cola seines Kollegen, trank sie mit einem Zug aus und stieß nach dem letzten Schluck leise auf.

»Nur kurz nachsehen, was da so stinkt, danach sofort wieder raus und weg von hier. Verstanden?«

»Klaro.«

Hain brauchte nicht einmal die kalkulierten zehn Sekunden, bis sich die erstaunlich massive Tür öffnete. Er steckte sein kleines braunes Etui zurück in die Sakkotasche und schob seinen rechten Fuß in den Flur, musste dabei aber sofort heftig würgen.

»Ach du Scheiße«, murmelte er ob des wirklich bestialischen Gestanks, der ihn umfing. »Das haut ja den stärksten Eskimo vom Schlitten.«

Lenz hätte etwas für ein Taschentuch gegeben, doch ein kurzer Check seiner Taschen ergab, dass er ohne würde auskommen müssen. Beide Polizisten ersparten sich, nach einem Bewohner zu rufen, denn in diesem Umfeld würde es kein Mensch länger als ein paar Sekunden aushalten.

»Ich lass mal frische Luft rein«, brummte Lenz, schob die erste erreichbare Tür nach innen, stürmte durch die dahinter liegende Küche und öffnete das Fenster. Der in den Raum strömende Sauerstoff hatte etwas zutiefst Befreiendes.

»Gütiger Himmel«, stöhnte Hain, der neben ihm auftauchte und wie sein Boss nach Luft schnappte. »Das kann unmöglich was in der Mülltonne Vergessenes sein.«

»Ja. Meine Aussage von vorhin, dass es nicht nach einer Leiche stinkt, nehme ich übrigens mit dem Ausdruck des Bedauerns zurück.«

»Dann mal los«, meinte der Oberkommissar, drehte sich um und ging zurück in den Flur. Dort wandte er sich nach links und stieß die direkt neben der Küche liegende Tür zum Wohnzimmer auf. Was er dort zu sehen bekam, machte ihn für ein paar Sekunden sprachlos.

»Paul, komm mal her«, rief er schließlich.

Er hätte nicht so zu schreien müssen, denn Lenz war ihm direkt gefolgt und stand ebenfalls mit offenem Mund in der Tür.

»Ich lass auch hier erst mal frische Luft rein«, meinte er nach ein paar Sekunden des Innehaltens, trat auf die große Balkontür zu und öffnete sie.

»Es stand nicht zu erwarten, dass wir hier eine solche Bude vorfinden würden«, bemerkte Hain nach einer weiteren Weile der Stille.

Was die Beamten so faszinierte, war ein etwa 70 Quadratmeter großer Raum, der mit dem Begriff Wohnzimmer nur äußerst unzulänglich umschrieben wäre. Das komplette Interieur machte den Eindruck, als hätte jemand versucht, den ersten Preis beim Wettbewerb ›wirklich schöner Wohnen, scheißegal, was es kostet‹ zu gewinnen. Von der Sitzgruppe über die Möbel bis zur brutal teuer aussehenden Audio-Videoanlage, alles war vom absolut Feinsten. Auch die an den Wänden hängenden Bilder und ein paar weitläufig im Raum verstreute Skulpturen machten den Eindruck, als hätten sie ein Vermögen gekostet. Getoppt wurde die Vorstellung von einer geschwungenen Treppe aus Edelstahl und Buchenholz, die in die über dem Raum liegende Wohnung führte und ein absolut heißer Tipp für jeden auf der Welt zu vergebenden Designpreis war.

»Herrje, ist das geil«, fiel Hain zu dem sich ihm bietenden Anblick ein.

»Ja, das stimmt, Thilo, aber lass uns, bevor wir weiter nach oben gehen, nachsehen, ob der Gestank von hier unten kommt.«

Sein Kollege nickte, ging kurz am Fenster vorbei, um frische Luft einzusaugen, und trat zurück in den Flur. Im Schlafzimmer war nichts Ungewöhnliches zu erkennen, auch das luxuriös ausgestattete Badezimmer barg keine Geheimnisse. Währenddessen hatte Lenz die Tür zur separat liegenden Toilette aufgeschoben und gleich wieder zugerissen, denn was dort an Gestank hervorkam, war wirklich nicht auszuhalten. Der Hauptkommissar ging in die Küche, griff sich ein Handtuch, hielt es sich vor Mund und Nase und betrat so geschützt den kleinen Raum. Ein kurzer Blick ins Toilettenbecken, das sich jedoch sauber und hygienisch einwandfrei präsentierte. Auch aus dem

Handwaschbecken kam der Gestank offenbar nicht. Er trat zurück und erkannte unter dem Becken eines der modernen Katzenklos mit einer Haube darüber. Und aus diesem Behältnis kam ohne Zweifel der Geruch.

Verdammt, was hat das Vieh denn zu fressen gekriegt?, dachte er, um sich schon in der nächsten Sekunde, nach einem kurzen Blick durch den kleinen Eingang, angewidert abzuwenden.

»Boah, Thilo, ich habs gefunden«, rief er, trat zurück in den Flur und schloss die Tür hinter sich.

»Echt? Was ist es denn? Der Hausherr persönlich?«

»Nicht direkt, aber ein Mitbewohner.«

»Mach keinen Scheiß.«

»Doch, es stimmt, der Hausgenosse hatte vier Pfoten.«

»Eine Katze?«

»Genau.«

»Und weiter?«

»Sie liegt in ihrem Klo.«

Der Hauptkommissar winkte ab, weil sein Mitarbeiter sich anschickte, zur Toilettentür zu gehen.

»Das solltest du wirklich nicht machen, Thilo, wenn du kein ernsthafter Fan von verwesendem und verwurmtem Katzenaas bist.«

Hain zögerte, dachte kurz nach und drehte sich wieder um.

»Nein, nach kurzem Abgleich auch meiner ganz dunklen Seiten bin ich zu dem Schluss gekommen, dir zu vertrauen und es zu lassen.«

»Gut so.«

Sie durchkämmten das untere Stockwerk, wobei sie jedes Fenster, dass sie in die Finger bekamen, bis zum Anschlag aufrissen.

»Vom Katzenbesitzer nichts zu sehen«, fasste Lenz das Ergebnis ihrer Bemühungen zusammen, als sie wieder an der Treppe zum oberen Geschoss eintrafen.

»Vielleicht ist oben was zu seinem Verbleib zu erfahren«, erwiderte der Oberkommissar und stapfte aufwärts.

Auch dort waren die Beamten mehr als beeindruckt von dem Luxus, der sich ihnen bot. Einer der vier Räume war schallgedämmt und mit einer kompletten Kinoausstattung versehen. In einem anderen stand als einziger Ausstattungsgegenstand ein Crosstrainer, der völlig unbenutzt aussah. Jedoch war auch auf dieser Etage jeder Leuchte und jedem Lichtschalter anzusehen, dass sie viel Geld gekostet hatten.

»Und, wie geht's jetzt weiter?«, wollte Lenz wissen, als sie wieder in dem monströsen Wohnzimmer im Untergeschoss angekommen und auf den großzügigen Balkon getreten waren.

»Das Gleiche wollte ich dich auch gerade fragen«, gab Hain grinsend zurück.

»Auf jeden Fall müssen wir dafür sorgen, dass die Überreste der Katze abtransportiert werden.«

Der Leiter der Mordkommission genoss für einen Augenblick die frische Luft und die perfekte Aussicht über die Stadt.

»Und allein deswegen war das Eindringen in die Wohnung schon gerechtfertigt«, fuhr er fort. »Weiterhin sollten wir uns so langsam ernsthaft Gedanken um den guten Roman Pispers machen. Wie es hier aussieht, ist er zwar nicht überstürzt abgehauen, aber wer seine Katze in der Wohnung verhungern lässt, muss schon einen schweren Schaden haben.«

»Vielleicht hat er es nicht freiwillig gemacht«, gab Hain

zu bedenken. »Vielleicht konnte er sich nicht mehr um das Tier kümmern.«

»Du meinst, dass wir ihn vielleicht demnächst aus der Fulda ziehen könnten?«

»Zum Beispiel, ja.«

Lenz legte die Stirn in Falten und fuhr sich skeptisch durch die Haare.

»Die Sache nimmt einen Verlauf, der mich unleidlich macht.«

Wieder streifte sein Blick die in der Nachmittagshitze glühende Stadt.

»Nicht, dass du mich falsch verstehst, aber was wir hier in der Bude zu sehen kriegen, muss entweder einem absolut einmaligen Erbe zu verdanken sein oder einem Lottogewinn. Außerdem kratze ich mich an der Tatsache, dass dieser ganze Luxus wie versteckt wirkt. Von außen dürfte niemand ahnen, wie genau es hier aussieht. Und als in der Hierarchie nicht gerade ganz oben angesiedelter Mitarbeiter bei den Stadtreinigern kann man unmöglich so viel Kohle verdienen. Aber man ist in einer Position, wo man viele Entscheidungen zu treffen hat. Schwerwiegende, teure Entscheidungen.«

»Ja, die gleichen Gedanken habe ich mir auch gemacht, Paul. Und wenn ich mir die chronologischen Zusammenhänge mit Rohrschach und seiner vermeintlichen Flucht und den Aussagen seiner Frau auf den Schirm rufe, dann stinkt die ganze Sache noch viel mehr als die blöde Katze auf dem Klo.«

Lenz nickte.

»Dann lass uns dafür sorgen, dass die wenigstens damit aufhört oder es zumindest nicht mehr hier macht. Und danach müssen wir …«

Er brach ab, weil aus dem Flur eine hohe, brüchige Frauenstimme erklang.

»Hallo, Roman? Bist du zu Hause?«

11

Fred Mühlenberg betrachtete die Schlagzeile in der Lokalzeitung ein weiteres Mal und schlug dabei wutentbrannt auf die Schreibtischplatte. Genau in diesem Moment wurde die Tür zu seinem Büro geöffnet und das kalkig-weiße Gesicht seines Bruders sichtbar.

»Und, hast du etwas herausgefunden?«, blaffte der Mann hinter dem Tisch ihn an.

»Nein, rein gar nichts. Kein Mensch will sich dazu äußern.«

»Aber ich dachte, dass du mit dem Chefarzt des Klinikums Golf spielst?«

»Was ja auch stimmt, aber der ist auf der Inneren, und die Frau von Rohrschach wird in der Chirurgie behandelt.«

»Das ist nicht gut, Uli, das ist gar nicht gut. Wir brauchen erstens diese Information, und zweitens brauchen wir irgendwann auch mal das Geld.«

»Das weiß niemand besser als ich, Fred, denn ich bin der, dem die Leasinggesellschaft vor einer knappen Stunde das Auto vor dem Haus hat abholen lassen.«

»Wie? Diese Geier!«

»Ja, diese Geier, aber wenn die so oft vertröstet werden, wie wir das mit ihnen gemacht haben, dann ist nun einmal irgendwann endgültig Schluss. Und bei denen war eben genau jetzt Schluss.«

»Woher weißt du es denn?«

»Rita hat mich gleich angerufen. Die ist völlig aufgelöst, zumal die Kinder es mitgekriegt haben.«

»Müssten die denn nicht in der Schule sein?«

»Nein, die hatten beide heute Morgen einen Arzttermin und sind danach mit Rita nach Hause gefahren, weil sich das für die eine Stunde nicht mehr gelohnt hätte. Aber ich sorge mich nicht, dass meine Kinder gesehen haben, dass ihrem Vater der Leasingwagen weggenommen wird, sondern vielmehr darum, dass wir uns drastisch der Insolvenzverschleppung schuldig machen.«

Er griff zu der Zigarettenschachtel auf dem Schreibtisch seines Bruders, kramte umständlich eine Zigarette daraus hervor, zündete sie an und sog den blauen Dunst gierig in seine Lungen.

»Wir müssen zum Amtsgericht gehen, und zwar besser gleich als in einer halben Stunde. Und wenn du nicht mitgehst, dann werde ich zur Not auch allein …«

Er brach ab, weil Fred Mühlenberg schroff abwinkte.

»Das kommt nicht in Frage, und das weißt du ganz genau. Außerdem …«

Der ältere der beiden Mühlenberg-Brüder lehnte sich in seinen protzigen Chefsessel zurück, legte, wie er das über alle Maßen gern tat, die Schuhe auf dem Schreibtisch ab und grinste feist.

»Außerdem habe ich einen Geldgeber aufgetan, der uns über die Runden hilft, bis Frau Rohrschach bezahlt hat.«

»Wie, einen Geldgeber?«, fragte Uli ungläubig zurück. »Wer, meinst du, leiht uns denn noch Geld?«

»Tante Beate hat für 500.000 Euro gebürgt, ich kann über das Geld heute Nachmittag verfügen. Du glaubst nicht …«

»Du hast Tante Beate in die Sache hineingezogen?«, schrie sein Bruder ihn zornig an. »Bist du nicht mehr zu retten? Das einzig Wertvolle, mit dem Tante Beate bürgen kann, ist ihr Haus, und dieses Haus darf einfach nicht zum Spielball unserer miesen Finanzsituation werden.«

»Nun reg' dich bitte nicht so auf, Uli. Wenn wir das Geld nicht bekommen hätten, wären aller Wahrscheinlichkeit nach hier die Lichter wirklich ausgegangen, aber so haben wir genau die nötige Zeit gewonnen, die wir brauchen, bis wir das ausstehende Geld von Frau Rohrschach kriegen.«

Uli Mühlenberg machte keine Anstalten, sich beruhigen zu wollen, ganz im Gegenteil, denn er trat direkt an den Schreibtisch heran und baute sich bedrohlich davor auf.

»Du weißt erstens genau, dass uns diese halbe Million gerade mal ein paar Wochen weiter hilft, und du weißt zweitens noch genauer, dass Tante Beate, wenn das alles doch nicht so klappen sollte, wie du es dir ausgedacht hast, pleite ist. Und zwar komplett pleite. Wenn sie das Haus und damit die Mieteinnahmen verliert, von denen sie leben muss, kann die alte Frau sich einen Strick nehmen.«

»Ach, nun mal doch nicht gleich den Teufel an die Wand. Wir hatten schon öfter Durststrecken, und bisher haben wir es immer geschafft, unseren Kopf aus der Schlinge zu ziehen. Glaub mir, das wird auch dieses Mal genau so funktionieren.«

»Ich glaube dir gar nichts, Fred. Ich will, dass du die Sache mit der Bürgschaft rückgängig machst, und zwar auf der Stelle.«

»Zu spät, das läuft alles schon. Die bei der Bank wissen, dass Tante Beates Haus nicht belastet und sie außerdem eine wirklich gute Kundin ist. Also, es gibt nichts, wovor du dich fürchten müsstest.«

»Du hast es einfach nicht verstanden«, winkte Uli Mühlenberg resigniert ab. »Du hat es nicht verstanden, und du wirst uns alle noch in Teufels Küche bringen mit deinen miesen Tricks.«

Fred zog die Beine an, stellte die Füße auf dem Boden ab, stand auf, kam um den Schreibtisch herum und ergriff mit beiden Händen die Schultern seines Bruders.

»Vertrau mir nur noch dieses eine Mal, Uli, bitte. Wir löschen mit Tante Beatchens Bürgschaft die ärgsten Brände, sehen zu, dass wir möglichst schnell an das Geld von Frau Rohrschach kommen, und wenn wir dann noch den Wettbewerb gewinnen, für den wir gestern eingereicht haben, stehen wir noch vor dem Winter besser da als jemals zuvor in unserem Berufsleben.«

Uli Mühlenberg, Mitinhaber des Architekturbüros Mühlenberg & Mühlenberg, holte tief Luft, sah seinem Bruder fest in die Augen, dachte ein paar Sekunden nach und nickte schließlich.

»Es wird schon klappen, Fred. Ich hoffe es zumindest.«

Damit machte er sich von seinem Bruder frei und ging mit langsamen Schritten auf die Ausgangstür zu.

»Schon komisch, wenn jemand, mit dem man jahrelang so eng zusammengearbeitet hat, plötzlich tot aus der Fulda gezogen wird, was?«

»Ja, mir ist auch ein Schauer über den Rücken gelaufen, als ich es heute Morgen in der Zeitung gelesen habe.«

Der Jüngere der Mühlenberg-Brüder holte tief Luft, schluckte und bewegte seine Hand Richtung Türklinke. Dann jedoch verharrte er in der Bewegung und sah Fred unsicher an.

»Weißt du, was das Erste war, was ich heute Morgen gedacht habe, als ich es gelesen hatte?«

»Nein, woher auch?«

Wieder ein deutlich sichtbares und auch zu hörendes Schlucken.

»Ich dachte, du hättest deine Wut über diesen Typen nicht im Zaum halten können. Ich dachte wirklich für einen Moment, du hättest etwas mit seinem Tod zu tun.«

»Aber diesen komischen Gedanken hast du dir hoffentlich gleich wieder aus dem Kopf geschlagen, oder?«

Uli Mühlenberg, der noch immer die Türklinke in der Hand hielt, schüttelte zögernd den Kopf.

»Ich habe ihn mir verboten, Fred, weil ich ihn mir nicht aus dem Kopf schlagen *konnte*. Er wollte einfach nicht weggehen.«

»Aber du weißt doch, dass ich meine Wutausbrüche in den letzten Jahren in den Griff bekommen habe, Uli. Ich war halt wütend wegen seiner komischen Sprüche und der Ansage, dass er uns keinen Lohn für unsere Arbeit zahlen will, das ist wirklich alles. Du musst doch genau wissen, dass ich nichts mit seinem Tod zu tun habe.«

»Ich würde gern Ja sagen, aber ich kann es nicht. Ich würde dir so gern glauben, aber irgendetwas in mir weigert sich.«

»Soll das heißen, dass du mich ernsthaft mit einem Mord in Verbindung bringen willst?«

Wieder das Schulterzucken, diesmal jedoch eher enttäuscht.

»Dass du mich kurz darauf nach Sergejs Nummer gefragt hast, macht deine Beteuerungen nicht glaubwürdiger, Fred«, erwiderte Uli leise.

Fred trat einen Schritt zurück und riss die Augen auf.

»Ach, daher weht der Wind. Du denkst, dass ich Sergej beauftragt habe …«

Er brach ab und tippte sich mit dem rechten Zeigefinger an die Stirn.

»Manchmal glaube ich, du siehst zu viele schlechte Krimis, ehrlich. Sergej ist zwar unser Mann fürs Grobe, ihn aber mit einem Mord zu beauftragen, würde ich mich nun wirklich nicht trauen. Und das schwöre ich dir bei allem, was mir heilig ist.«

Uli drückte die Klinke in seinem Rücken herunter und trat hinaus auf den Flur. Sein leise gemurmeltes »so viel ist das ja nicht« war vermutlich nicht mehr bei seinem Bruder angekommen, aber wenn, hätte es ihn auch nicht gestört.

Fred wartete eine halbe Minute, dann ließ er sich wieder in seinen Sessel fallen und griff zum Telefonhörer.

»Sergej?«, fragte der Architekt, nachdem das Gespräch angenommen worden war. »Hier ist Fred. Wir müssen uns treffen.«

12

Lenz wandte sich von seinem Kollegen ab und ging mit ein paar schnellen Schritten zur Wohnzimmertür. Dort lugte er um die Ecke in den Flur, in dem eine etwa 70-jährige, weißhaarige Frau stand und in ihrer riesigen Handtasche herumwühlte. Noch bevor sie den Kommissar entdeckt oder der sich ihr genähert hatte, kramte sie ein blütenweißes Stofftaschentuch hervor und drückte es sich vor die Nase.

»Guten Tag«, sprach Lenz sie leise und vorsichtig an, doch sie schien ihn gar nicht wahrzunehmen.

»Hallo, kann ich etwas für Sie tun?«, schickte er etwas vernehmlicher hinterher.

Nun schreckte die Frau hoch, wobei ihr das Taschentuch aus der Hand rutschte, und starrte den Kripobeamten feindselig an.

»Hab ich's doch gewusst«, stieß sie laut und mit hysterisch hoher Stimme aus. »Hab ich's gewusst, dass hier Einbrecher am Werk sind.«

Ihr gesamter Körper fuhr mit kaum zu erwartender Geschmeidigkeit herum und bewegte sich auf die Ausgangstür zu. Dabei schrie die in einem höchst unvorteilhaften Kostüm steckende Frau gellend um Hilfe.

»Halt, so warten Sie doch«, versuchte Lenz akustisch zu ihr vorzudringen, was sich jedoch als völlig unmöglich herausstellte. Also sprang er neben sie, schob ihr seinen Dienstausweis direkt vor die Augen und drückte ihr seine rechte Hand so sanft wie möglich gegen die linke Schulter.

»Ich bin von der Polizei!«

»Was?«

Er wiederholte seinen Satz.

»Sie sind bestimmt nicht von der Polizei. Sie sehen ja aus wie ein Penner«, fauchte sie.

»Hier, schauen Sie auf meinen Dienstausweis. Da steht groß und deutlich, dass ich Polizist bin.«

In diesem Augenblick betrat Thilo Hain die Szene, was den Erklärungsversuchen des Leiters der Mordkommission eher weniger dienlich zu sein schien, denn die Frau verlegte sich erneut aufs Schreien.

»Polizei Kassel. Schluss jetzt mit dem Gebrüll!«, forderte der junge Oberkommissar in der Tür zum Wohnzimmer stehend und mit strengem Blick, und diese Ansprache erwies sich als unerwartet erfolgreich. Die Frau versteifte ihren gesamten Körper, sah zuerst ihn und dann wieder Lenz an und nickte schließlich ergeben.

»Wenn Sie das sagen.«

»Ja, das sage ich. Und jetzt beruhigen wir uns alle, fahren den Pulsschlag runter, setzen uns in die Küche, und dann erzählen Sie uns, wer Sie sind und was Sie hier machen.«

»Ja«, flüsterte sie. »Und Sie erzählen mir bitte, wo mein Roman steckt. Ich versuche nämlich schon seit mehr als zwei Wochen ihn zu erreichen, aber er ist wie vom Erdboden verschluckt.«

Ein paar Minuten später war die Frau mit Wasser versorgt, hatte sich tatsächlich beruhigt und saß gemeinsam mit den Polizisten auf dem Balkon, weil sich herausgestellt hatte, dass der Gestank der toten Katze das Gespräch gehemmt hätte.

»Und Sie sind die Mutter von Roman Pispers?«, wollte Lenz freundlich wissen.

»Ja, das habe ich Ihnen doch schon gesagt. Ich bin die Mutter von Roman.«

Sie blickte wieder von einem der Männer zum anderen.

»Und Sie können mir wirklich nicht sagen, wo Roman ist? Es ist nämlich wirklich mehr als ungewöhnlich, dass er sich so lange nicht bei mir meldet.«

»Sonst ruft er Sie regelmäßig an, verstehe ich das richtig?«, hakte Hain nach.

»Na, ja, anrufen tut er eher selten, aber er kommt jeden Samstag vorbei. Jeden Samstag, so lange ich denken kann.«

Sie versuchte sich an der Andeutung eines Lächelns.

»Seit er von zu Hause ausgezogen ist, meine ich natürlich.«

»Aber diesen Samstag hat er sich nicht gemeldet?«

»Nein, und den letzten auch nicht. Ich habe mir wirklich große Sorgen gemacht, dass ihm etwas passiert sein könnte, deshalb bin ich hierher gekommen.«

Ihr Blick senkte sich.

»Er hat es mir nämlich verboten, ihn hier zu besuchen, müssen Sie wissen, auch wenn das komisch klingt.«

»Ach, wenn er das so will«, wiegelte Lenz ab. »Aber heute sind Ihre Sorgen so groß geworden, dass Sie sich über dieses Verbot hinweggesetzt haben?«

»Ja, genau. Ich wollte einfach sehen, ob er vielleicht …«

Sie brach ab.

»Wir finden das ganz in Ordnung, dass Sie nach ihm sehen wollten, Frau … Pispers?«

»Ja, Margarethe Pispers. Das ist schön, dass Sie das sagen.«

Wieder wischte ihr nervöser Blick zwischen den Polizisten hin und her.

»Meine Sorge ist nicht kleiner geworden, ganz gewiss nicht, denn Roman hätte seine geliebte Katze niemals so herzlos im Stich gelassen. Das hätte er nicht übers Herz gebracht, weil er die kleine Minka verehrt hat. Er hat sie wirklich geliebt, und sie war auch ganz vernarrt in ihn.«

»Wer hat sich denn um die Katze gekümmert, wenn er in Urlaub gefahren ist?«

»Dann hat er sie immer bei mir in Pflege gegeben. Mich hat sie zwar nicht so gern gehabt wie ihn, aber wenn ich mit etwas zu fressen gekommen bin, hat sie sich ganz manierlich benommen und sogar streicheln lassen.«

»Wann haben Sie Ihren Sohn denn das letzte Mal gesehen, Frau Pispers?«, fragte Hain.

Die alte Frau überlegte.

»Am Samstag vor drei Wochen war er bei mir. Am Sonntag danach hat er mich angerufen, weil er seine Wäsche stehen gelassen hatte. Das war ihm noch nie vorher passiert.«

»Ach, Sie machen seine Wäsche?«

»Natürlich! Wer soll es denn sonst machen?«

Sowohl Lenz als auch Hain fiel die Antwort darauf nicht schwer.

»Und eine Frau hat er ja nicht, leider.«

»Ihr Sohn lebt also schon immer allein?«

»Nein, immer nicht. Er hatte wohl schon die eine oder andere Freundin, aber so weit, dass er sie mir vorgestellt hätte, ist es nicht gekommen.«

»Wie alt ist Roman eigentlich, Frau Pispers?«

»43. Im Mai ist er 43 geworden.«

»Interessant«, murmelte der Hauptkommissar. »Und seit Sonntag vor drei Wochen haben Sie überhaupt nichts mehr von ihm gehört?«

»Nein, gar nichts. Er hat sich nicht bei mir gemeldet.«

»Kommt das öfter vor?«, wollte Hain wissen.

»Na, ja, was heißt schon öfter? Sie sind auch Männer und wissen, dass Sie es mit der Zuverlässigkeit nicht so genau nehmen. Manchmal hat er mich versetzt, das muss ich eingestehen, aber öfter würde ich es nicht nennen.«

Erneut suchten ihre Augen Halt in einem der Polizistengesichter, wurde jedoch nicht fündig.

»Meinen Sie, dass meinem Roman etwas passiert ist?«, setzte sie ängstlich hinzu. »Ich meine, weil Sie sich doch in seiner Wohnung zu schaffen gemacht haben?«

»Nein, das glauben wir nicht, Frau Pispers. Es gibt bestimmt einen ganz banalen Grund, dass er sich nicht bei Ihnen gemeldet hat, und ich bin fest davon überzeugt, dass er das bald nachholt.«

»Aber Sie haben doch auch nach ihm gesucht?«

»Nein – oder eigentlich ja, aber wir wollten ihm nur ein paar Fragen stellen. Als Zeuge, nicht als Verdächtigem.«

»Ach so. Dann bin ich beruhigt.«

»Wissen Sie etwas über seinen Freundeskreis? Hat er so etwas wie einen besten Freund?«

»Nein, da kann ich Ihnen nicht helfen. Seit er aus der Schule ist, habe ich keinen seiner Freunde kennengelernt. Und vorher wollte er nicht, dass ich mich in sein Leben einmische. Er hatte schon immer seinen Dickkopf, müssen Sie wissen.«

Ein Lächeln huschte über das Gesicht der alten Frau.

»Ein Dickkopf, das ist er wirklich, ich glaube, das hat er von seinem Vater. Aber der hat uns sitzen gelassen, als Roman drei Jahre alt war.«

»Das war sicher nicht leicht für Sie in all den Jahren?«

»Nein, leicht war das nicht. Aber obwohl wir jede Mark

mehrmals umdrehen mussten, ist aus Roman ein feiner und sehr zuvorkommender Mensch geworden, der obendrein noch sehr, sehr sparsam ist.«

»Und warum genau wollte er nicht, dass Sie ihn hier besuchen?«, griff Lenz ihre Aussage von vorhin auf.

»Ach, er hatte Angst, dass ich ihm die Wohnung aufräumen will; das glaube ich zumindest. Offiziell hieß es, dass er sich schämen würde, weil er in so einer kleinen Wohnung leben muss, aber was ich da eben beim Durchgehen gesehen habe, ist gar nicht so klein. Was meinen Sie denn?«

»Nein, klein ist es hier nicht«, stimmte Hain ihr zu. »Aber es gibt auch größere Wohnungen.«

»Wir müssen uns jetzt um die Katze kümmern, Frau Pispers«, erklärte Lenz der Frau und stand dabei auf. »Die muss unbedingt aus dem Haus. Und danach müssen wir los. Soll mein Kollege Sie, während ich auf unsere Tierspezialisten warte, nach Hause bringen?«

»Nein, vielen Dank«, lehnte sie energisch ab und erhob sich ebenfalls. »Ich freue mich über jeden Meter, den ich gehen kann, und wenn es nicht mehr geht, steige ich in die Straßenbahn; das mache ich immer so.«

»Klasse«, bestärkte Lenz die Frau und hielt ihr eine Visitenkarte hin. »Und wenn Roman sich bei Ihnen meldet, sagen Sie ihm bitte, dass er mich umgehend anrufen soll. Er ist wirklich ein wichtiger Zeuge für uns.«

»Das mache ich, versprochen«, erwiderte sie, steckte die Karte in ihre monströse Handtasche und wandte sich zum Gehen. Hain bot ihr galant seinen Arm an und begleitete sie zur Haustür.

»Was für eine ergreifende Mutter-Sohn-Geschichte«, brummte er, nachdem er auf dem Balkon angekommen war. Lenz war gerade dabei, sein Telefon in die Jacke zu stecken.

»Ja, wirklich! Der Bubi kriegt noch von der Mama die Wäsche gemacht, und dann vergisst er sie auch noch.«

»Ketzer«, grinste Hain. »Hast du wegen der Katze telefoniert?«

»Ja, klar. Der Kollege ist in ein paar Minuten hier.«

»Gut.«

Der junge Oberkommissar kratzte sich deutlich hörbar an seinem dunkel schimmernden Dreitagebart.

»Aber dass unser Muttisöhnchen sich drei Wochen nicht bei Mama gemeldet hat, ist kein gutes Zeichen, wenn du mich fragst.«

»Das sehe ich genauso. Und dass er ihr seinen immensen Wohlstand verheimlicht hat, bedeutet garantiert nichts Gutes.«

Eine halbe Stunde später war die Katze entsorgt, Pispers' Wohnung intensiver in Augenschein genommen und verschlossen worden.

»Wir sollten uns zunächst mit seinem Boss unterhalten«, schlug Lenz vor, als die beiden Polizisten aus dem Haus kamen. »Ich will genau wissen, wie viel Geld der im Monat bekommt, und ich will auch wissen, womit genau er dieses Geld verdient hat.«

»Und«, ergänzte Thilo Hain, »wir sollten uns seine AU-Bescheinigung genauer ansehen und das Gespräch mit dem ausstellenden Arzt suchen. Vielleicht kann der uns was Erhellendes zu seiner Krankheit sagen oder zumindest, warum er ihn gleich für vier Wochen aus dem Verkehr gezogen hat.«

»Das ist eine richtig gute Idee«, lobte der Hauptkommissar seinen besten Mitarbeiter mit anerkennendem

Gesichtsausdruck. »Das wäre mir bestimmt erst morgen eingefallen. Aus dir wird doch noch ein richtig guter Bulle.«

»Danke, du Arschgeige.«

*

Hartmut Bosse war gerade dabei, sein Büro zu verlassen, als die beiden Polizisten über den Flur kamen.

»Ach, Sie schon wieder«, brummte er missmutig, während er umständlich versuchte, seine Bürotür abzuschließen. »Gibt's noch was?«

Nein, wir fanden Ihre Gegenwart so unglaublich angenehm und wollten wieder in Ihrer Nähe sein, Sie Volltrottel, hätte Hain am liebsten gebrüllt, doch er schaffte es gerade noch, sich zu beherrschen.

»Ja, leider müssen wir Sie noch einmal stören«, flötete er stattdessen. »Haben Sie fünf Minuten für uns?«

Er sah unschlüssig auf seine Armbanduhr.

»Wenn es wirklich bei fünf Minuten bleibt, dann ja. Mehr Zeit kann ich Ihnen aber wirklich nicht opfern, weil ich ins Rathaus muss. Der Oberbürgermeister hat zu einem kurzfristig anberaumten Meeting geladen.«

»Nein, nein, länger brauchen wir wirklich nicht.«

»Sie wissen doch bestimmt, was Herr Pispers im Monat verdient«, begann Lenz, nachdem der Abteilungsleiter die beiden Polizisten aufgefordert hatte, an seinem kleinen Besprechungstisch Platz zu nehmen. »Also, in welcher Besoldungsgruppe er ist?«

»Was er verdient? In welcher Besoldungsgruppe? Das würde ich nicht einmal meiner Frau erzählen, Herr Kommissar. Das darf ich nämlich nicht.«

»Es muss ja nicht auf Heller und Pfennig genau sein, nur so überschlägig.«

»Ich darf es nicht«, zierte Bosse sich weiter. »Wenn ich dürfte, wäre das natürlich kein Problem, aber ich komme in Teufels Küche, wenn ich darüber spreche, was die Mitarbeiter meines Teams verdienen oder wie sie eingruppiert sind.«

»Das machen wir jetzt anders«, grinste Thilo Hain den Mitarbeiter der Stadtreiniger an und nannte ihm sein eigenes monatliches Salär. »Hat Herr Pispers mehr oder weniger?«

Bosse dachte oder rechnete kurz nach.

»Nein, sicher ein bisschen weniger.«

»Gut, dann hätten wir das ja«, atmete Lenz durch. »Was wir jetzt noch bräuchten, ist der Name des Arztes, der die Krankmeldung ausgestellt hat.«

»Dr. Bucharow«, antwortete Bosse wie aus der Pistole geschossen.

»Das wissen Sie aus dem Kopf?«, fragte Hain überrascht.

»Natürlich weiß ich das aus dem Kopf. Es ist schließlich nicht das erste Mal, dass ich oder besser gesagt wir hier im Betrieb mit diesem feinen Herrn Doktor zu tun haben.«

»Ui«, machte Hain, »da hört man aber klein bisschen Verstimmung im Subtext.«

»Das ›klein bisschen‹ können Sie getrost streichen, Herr Kommissar. Wir alle, die wir Personalverantwortung tragen, und auch Bekannte von mir aus anderen Unternehmungen, die ich turnusmäßig auf Seminaren und Konferenzen treffe, sind alles andere als begeistert von seiner Art, seinen Patienten die Arbeitsunfähigkeit zu bescheinigen.«

»Sie meinen, da sei viel Gefälligkeit dabei?«

»Gefälligkeit ist das richtige Wort. Ob es da um mehr geht, vermag ich nicht zu sagen, aber das Wort Gefälligkeit trifft es sehr gut.«

Bosse war dabei, sich in Rage zu reden.

»Wir haben schon drei oder vier seiner Landsleute zum Vertrauensarzt geschickt, was allerdings zu keinerlei Veränderung geführt hat.«

»Wie meinen Sie das, seiner Landsleute?«

»Bucharow ist Russe, oder zumindest stammt er von dort. Und ich glaube, dass jeder seiner Landsleute, der in Kassel oder der Umgebung lebt, in seiner Kartei vermerkt ist. Keine Sprachprobleme, keine Vorbehalte gegen deutsche Ärzte, und Onkel Wanja, so nennen sie ihn, weiß immer, was dem armen Patienten am besten hilft, nämlich eine lange, lange Auszeit.«

»Wenn Sie sich so ausführlich mit seiner Tätigkeit beschäftigt haben, Herr Bosse«, wollte Hain wissen, »dann können Sie uns bestimmt sagen, wo wir diesen Dr. Bucharow finden.«

»Aber natürlich kann ich das.«

Er nannte ihnen eine Adresse im Stadtteil Wehlheiden.

»Und wenn es geht, verhaften Sie ihn oder schicken ihn am besten gleich …«

Er brach ab.

»Ach, vergessen wir es.«

Dr. Anatoli Bucharows Praxis befand sich im Erdgeschoss einer erstklassig renovierten alten Villa, die inmitten eines gepflegten, von altem Baumbestand gesäumten, parkähnlichen Grundstücks stand.

»Meine Herren«, pfiff Lenz durch die Zähne, »und ich dachte tatsächlich, dass der Ärztestand in den letzten Jahren den Gürtel enger hat schnallen müssen.«

»Das, was sich uns hier bietet, straft diesen Gedanken aber deutlich Lügen«, widersprach Thilo Hain seinem Chef, während er ihm die Tür aufhielt.

Die etwa 50-jährige, weiß gekleidete, energisch dreinblickende Frau hinter der ungewöhnlich hohen Theke begrüßte die Besucher, während sie, wegen ihrer langen, sehr künstlich wirkenden Fingernägel, umständlich auf die Tastatur ihres Computers einhackte.

»Bitte, was kann ich für Sie tun?«, wollte sie mit deutlich hörbarem slawischen Akzent wissen.

Lenz und Hain hielten ihre Ausweise hoch.

»Wir würden gern kurz mit Dr. Bucharow sprechen.«

»Polizei? Was wollen Sie denn von dem Doktor?«

»Genau das würden wir gern mit ihm persönlich bereden«, entgegnete Thilo Hain so höflich wie möglich.

Die Frau zog sich eine Kladde heran und fuhr mit dem rechten Zeigefinger eine Liste ab.

»Das ist heute ganz schlecht.«

Sie blätterte ein paar Seiten, während sie mitleidig den Kopf schüttelte.

»Das ist eigentlich die ganze Woche ganz schlecht.«

»Ach, das macht nichts«, machte der Oberkommissar weiterhin auf freundlich. »Dann werden wir Dr. Bucharow für morgen früh ins Präsidium einbestellen. Das ist doch kein Problem für ihn, oder?«

Miss extralange Fingernägel warf ihm einen Blick zu, der auf vielen anderen Planeten zum sofortigen Tod des vorlauten Fragers geführt hätte.

»Und ob das ein Problem ist«, schüttelte sie erneut den Kopf. »Sogar ein sehr großes Problem. Wenn er Zeit hätte, ins Präsidium zu kommen, könnte er Sie ja hier empfangen.«

»Da hat sie recht«, beschied Hain mehr seinem Kollegen als der völlig irritierten Frau. »Aber wenn es nun mal nicht anders geht …«

»Warten Sie«, sprang sie auf und kam um die teuer aussehende, holzvertäfelte Theke herum. »Ich sehe, was ich für Sie tun kann, bitte bleiben Sie hier stehen.«

Damit war sie mit schnellen Schritten hinter einer Glastür verschwunden.

»Na, geht doch«, murmelte Hain.

»Du bist aber manchmal …«

Lenz brach ab, weil sich die Eingangstür hinter ihnen öffnete und eine Frau mit drei kleinen Kindern im Schlepptau die Praxis betrat.

»Dobre djen«, sagte sie leise und sah sich irritiert um.

Es folgte ein weiterer Satz auf, wie Lenz vermutete, Russisch.

»Wir sprechen leider diese Sprache nicht«, gab er der Frau zu verstehen.

»Oh«, machte sie verschreckt. »Ich wusste nicht.«

Wieder ein Blick in die Runde.

»Wo ist Frau?«

»Sie meinen die Sprechstundenhilfe?«

Sie nickte unsicher, während sie das kleinste ihrer Kinder an sich presste.

»Kommt gleich wieder.«

Eine mutige Schätzung, wie sich herausstellte, denn es dauerte geschlagene fünf Minuten, bis die leicht verblichene Blondine wieder auftauchte.

»Wenn Sie bitte kurz im Wartezimmer Platz nehmen würden«, flötete sie mit völlig veränderter, samtweicher Stimmlage. »Der Herr Doktor nimmt sich gleich im Anschluss an seinen jetzigen Patienten Zeit für Sie.«

Dazu kam es jedoch nicht, weil gleich im Anschluss an ihre Ansage die Glastür geöffnet wurde und ein im weißen Kittel steckender, etwa 65-jähriger Mann einen anderen vor sich her schob und leise auf ihn einredete.

»Bis zum nächsten Mal dann«, sagte er deutlich lauter, als er bei den Polizisten angekommen war, »und gute Besserung. Unsere Ludmilla macht gleich einen neuen Termin mit Ihnen aus. Ja, Ludmilla, das machst du doch?«

Sie nickte leicht irritiert, wies mit dem Kopf auf die Beamten und lächelte dabei so falsch wie ein 15-Euro-Schein.

»Ja, danke«, reichte der Arzt den beiden die Hand und lud sie ein, ihm zu folgen. Er ging mit ihnen zu einem kleinen Besprechungszimmer, wo sie an einem winzigen Tisch Platz nahmen.

»Also, meine Herren, was kann ich für Sie tun?«, fragte er förmlich, wobei sein Akzent weniger ausgeprägt war als der von Hässliche-Fingernägel-Ludmilla.

»Es geht um einen Patienten von Ihnen, Herr Doktor«, übernahm Lenz die Gesprächsführung. »Sein Name ist Roman Pispers.«

»Pispers? Pispers?«

Der schwer übergewichtige Mediziner versuchte auszusehen, als würde er angestrengt in seinem Gedächtnis herumkramen.

»Es tut mir leid, aber wir haben weit mehr als 1.000 Patienten in der Kartei, da kann ich mich nicht an jeden Namen und jedes Gesicht erinnern. Was ist denn mit ihm?«

»Das genau wüssten wir gern von Ihnen.«

»Aber, aber, Sie wissen doch genau, dass die ärztliche Schweigepflicht es mir grundsätzlich verbietet, mit Dritten über Patienten zu sprechen.«

»Nein«, widersprach Lenz freundlich, »wir wollen gar nicht so tief vordringen, wie Sie es befürchten. Wir würden nur gern wissen, wann er zuletzt hier gewesen ist.«

»Das weiß ich nicht, wie gesagt. Wenn es aber sehr wichtig ist für Sie, dann kann ich in seiner Kartei nachschauen.«

»Das ist vielleicht gar nicht notwendig, Herr Dr. Bucharow«, mischte Hain sich von der anderen Seite des Tisches ein. »Sicherlich schreiben Sie nicht jeden Tag einen Patienten gleich für vier Wochen arbeitsunfähig, oder?«

»Wie meinen Sie das?«

»Nun, Sie haben Herrn Pispers vor etwa 14 Tagen für genau diesen Zeitraum eine AU-Bescheinigung ausgestellt. Daran sollte man sich schon erinnern, meine ich.«

Dr. Bucharow schluckte, hob den Kopf und fixierte den jungen Polizisten.

»Mir gefällt Ihr Ton nicht, Herr …?«

»Hain. Oberkommissar Thilo Hain.«

»Ja, Herr Hain, mir gefällt Ihr Ton überhaupt nicht. Er impliziert, dass ich etwas Ungesetzliches getan hätte.«

»Oh, das tut mir leid. Da haben Sie mich gründlich missverstanden, Herr Doktor. Ich wollte nur zum Ausdruck bringen, dass eine solch lange Krankschreibung eher ungewöhnlich ist, oder?«

»Das ist von Patient zu Patient völlig unterschiedlich. Bei dem einen reichen ein paar Tage, der andere braucht eben gleich vier Wochen. Aber wie Sie es eben dargestellt haben …«

»Wir können die Sache dadurch abkürzen«, wurde er von Lenz unterbrochen, »indem Sie die Akte ziehen und uns sagen, wann Herr Pispers in der Praxis gewesen ist. Geht das?«

»Ja, natürlich«, erwiderte Bucharow frostig. »Bitte warten Sie kurz, ich hole mir die Unterlagen. Wie war der Name noch?«

Lenz buchstabierte, der Arzt schrieb mit.

»Bis gleich also.«

Damit erhob er sich und verließ nach einem kurzen Blick auf seine Armbanduhr den Raum.

»Netter Bursche«, flüsterte Hain.

»Ja, und so entgegenkommend.«

Wieder mussten die Beamten etwa fünf Minuten warten, bis sich die Tür öffnete und Bucharow zu ihnen zurückkehrte.

»Tja«, murmelte er mit deutlich hörbarem Unbehagen. »So leid es mir tut, aber wir können keine Kartei mit dem Namen Roman Pispers finden. Sind Sie sicher, dass er wirklich einer meiner Patienten ist?«

»Ja, ganz sicher. Immerhin steht Ihr Name unter der AU-Bescheinigung.«

»Komisch«, schüttelte er den Kopf. »Wirklich komisch. Aber leider nicht zu ändern. Wie es aussieht, kann ich Ihnen nicht helfen.«

»Wie jetzt?«, versuchte Lenz seinen Ärger gar nicht erst zu verbergen. »Sie wollen uns sagen, dass der Fall damit für Sie erledigt ist?«

»Aber ja. Was soll ich denn machen, wenn es keine Kartei gibt?«

Er zog mitleidslos die Schultern hoch.

»So etwas kommt immer wieder vor, meine Herren, obwohl es natürlich nicht so sein sollte und es mir, speziell jetzt für Sie und in diesem Fall, sehr leidtut. Also, war das dann alles?«

»Nein, das war beileibe nicht alles. Es gibt doch bestimmt einen Computer, in dem Sie nachsehen könnten?«

»Ja, das könnte ich gern für Sie tun, normalerweise, aber auch dabei gibt es ein kleines Problem. Wir hatten vorgestern einen totalen Systemausfall und kommen im Augenblick leider an so gut wie gar keine Daten heran. Der Systemadministrator ist verständigt, und sobald er alles wiederhergestellt hat, melde ich mich unverzüglich bei Ihnen. Haben Sie eine Karte?«

»Nein, lassen Sie mal, wenn wir etwas wissen wollen, melden wir uns bei Ihnen.«

»Gern.«

Dr. Bucharow brachte Lenz und Hain höchstpersönlich bis zur Tür und verabschiedete sich mehr als frostig von ihnen. Als er bereits in seinem Behandlungszimmer verschwunden war, ging Lenz zurück in die Praxis und baute sich freundlich vor dem Tresen auf, wo die falsche Blondine mit den hässlichen Fingernägeln vor einem offenen Schrank an der Wand stand und nach etwas suchte.

»Ja, gibt es noch etwas?«, wollte sie spitz wissen, nachdem sie den Polizisten kurz gemustert hatte.

»Sagen Sie, wenn ich Patient bei Ihnen werden möchte, muss ich mich dann anmelden, um einen Termin zu bekommen, oder reicht es, wenn ich vorbeikomme und warte?«

Sie zögerte einen Moment.

»Wir ... wir nehmen zurzeit keine neuen Patienten auf. Der Doktor hat keine Kapazitäten für noch mehr Patienten frei.«

»Ach, das ist aber schade.«

Der Kommissar wandte sich ab, schien es sich jedoch anders zu überlegen und trat wieder an den Tresen.

»Nur so zu meiner Information, mit Termin oder ohne?«

»Wir behandeln unsere Patienten nur und ausschließlich nach vorheriger Terminabsprache. Der Doktor hat es lange Zeit anders gemacht, aber es hat nicht …«

Sie brach ab, weil Lenz sich nach vorn gebeugt und nach dem Terminplaner auf dem Tisch gegriffen hatte.

»Halt, was machen Sie da? Das geht nicht!«

»Ach, das geht schon, da machen Sie sich mal keine Gedanken. Wenn Sie hier in der Praxis die Patienten nur nach vorheriger Terminierung drannehmen, dann sollte der Name des Mannes, nach dem wir suchen, in diesem heiligen Buch vermerkt sein, was meinen Sie?«

Die Frau stürmte auf den Kommissar zu und wollte ihm den Planer entreißen, doch er war schneller und riss ihn an sich. Thilo Hain, der mittlerweile neben seinen Boss getreten war, versperrte mit seinem Körper den einzigen Durchgang in den Flur, bis Lenz, untermalt von ihrem wilden Gekeife, die fraglichen Tage durchgesehen hatte.

»Wie ich es mir gedacht habe«, fasste er kurz darauf das Ergebnis seiner Bemühungen zusammen. »Ein Patient mit Namen Roman Pispers hat in der fraglichen Zeit keinen Termin bei Ihrem Herrn Doktor gehabt.«

Die Kladde flog zurück auf den Tisch, wo die Frau nach ihr griff und sie wie einen heiligen Schatz an ihre Brust presste.

»Das wird ein Nachspiel haben«, zischte sie.

»Worauf Sie sich verlassen können«, gab Lenz völlig unbeeindruckt zurück, nickte seinem Kollegen zu, und gemeinsam verließen die beiden endgültig die Praxis.

13

Erich Zeislinger betrat als Letzter das Zimmer am Ende des langen Flurs, in dem schon sechs Männer und eine Frau auf ihn warteten. Der Oberbürgermeister wirkte extrem angespannt und hatte dicke Schweißperlen auf der Stirn.

»Leute, die Kacke ist am Dampfen«, begann er ohne jegliche Vorrede. »Unsere heiß geliebte Lokalpostille plant einen Bericht über die Kontakte der Rathausspitze zu den Gesellschaften von Dominik Rohrschach. Außerdem will Peters, dieser miese Schmierfink der Abteilung Investigative Recherche, Rohrschachs Geschäfte mit den Stadtreinigern unter die Lupe nehmen. Irgendwelche Ideen dazu?«

Alle Beteiligten zogen die Schultern hoch und schwiegen zunächst, jedoch tauschten Einzelne untereinander vielsagende Blicke aus.

»Die Herren Referenten an die Front, los. Habt ihr schon was gehört, hat er schon bei euch vorgefühlt?«

Alle drei schüttelten sofort mit den Köpfen.

»Also nicht?«

Wieder die verneinenden Bewegungen.

»Gut, dann nicht. Herr Bosse, wie sieht es bei Ihnen aus?«

Hartmut Bosse zog ein weiteres Mal die Schultern hoch.

»Ich weiß gar nicht so recht, was ich dazu sagen soll, Herr Zeislinger. Wir hatten zwar mit Herrn Rohrschach einigermaßen viel zu tun, aber das bewegte sich doch alles in geordneten und vor allem total legalen Bahnen. Ich wüsste nicht, was es da, und schon gar nicht investigativ, zu recherchieren gäbe.«

»Na, das klingt doch gut.«

Sein Blick heftete sich auf die einzige im Raum befindliche Frau.

»Frau Heiler, gibt es eine Möglichkeit, diesen Peters irgendwie an die Leine zu legen?«

Pamela Heiler, eine PR-Spezialistin, die erst vor einem Dreivierteljahr ihren einzig daraus bestehenden Job angetreten hatte, das miserable Image des Stadtoberhaupts aufzupolieren, machte ein zerknirschtes Gesicht.

»Tut mir leid, ich fürchte, da geht nicht viel.«

»Warum das denn? Ich denke, Sie haben so gute Kontakte zu den Medien?«

»Das stimmt, ja. Aber der Herausgeber der Zeitung, von der Sie sprechen, hat die Abteilung Investigative Recherche direkt seiner Leitung unterstellt. Damit ist sie dem Einfluss der hiesigen Chefredaktion, mit der ich überaus eng vernetzt bin, leider komplett entzogen.«

»Heißt das, dieser Peters kann schalten und walten, wie er will?«

»Das vielleicht nicht, aber wie gesagt, die Chefredaktion hat auf ihn und das, was er ins Blatt bringt, nur bedingt Einfluss.«

Sie räusperte sich leise.

»Vermutlich war es doch ein Fehler, den Herausgeber ohne besondere Not so furchtbar zu vergrätzen.«

Sie sprach einen Vorfall aus der letzten Weihnachtszeit an, wo der Herausgeber einen, zugegebenermaßen, nicht sehr intelligent geschriebenen Artikel über die gute alte Zeit und seine Erinnerungen an gelungene Weihnachtsfeste seiner Kindheit und Jugend verfasst hatte, über den Zeislinger sich beim Neujahrsempfang der Stadt Kassel in aller Öffentlichkeit lustig gemacht hatte. Horst Iller, der

Herausgeber, hatte die Veranstaltung wutentbrannt verlassen und im kleinen Kreis bekundet, dass er das Vorkommnis damit keinesfalls als abgeschlossen betrachten würde.

»Ach, schon wieder diese olle Kamelle«, fauchte Zeislinger.

»Ja, diese olle Kamelle. Ich habe schon damals darauf hingewiesen, dass es …«

»Ich weiß, was Sie mir damals alles an den Kopf geworfen haben«, unterbrach er sie barsch. »Darauf herumzureiten hilft uns jetzt aber nicht weiter.«

Er wandte sich dem dritten Referenten Bernd Wiesner zu.

»Kannst du irgendwas in die Wege leiten, das uns hilft?«

»Ich frage mich, warum wir da was in die Wege leiten müssen. Wenn Peters unbedingt auf die Schnauze fallen will mit so einer Story, sollten wir nicht versuchen, ihn daran zu hindern.«

»Jetzt reicht es mir aber«, fauchte Zeislinger. »Ich habe doch vorhin deutlich gemacht, dass wir, neben den anderen Baustellen, die wir mit uns herumschleppen, so eine Geschichte vor den Wahlen im nächsten Sommer ganz und gar nicht gebrauchen können. Und da wusste ich noch nicht mal, dass dieser Bluthund Peters Witterung aufgenommen hat.«

»Vielleicht war es auch nicht clever, dieses Petermann-Bauvorhaben zur Chefsache zu erklären. Das fällt Ihnen jetzt auf die Füße.«

Er sah seinem Boss mit festem Blick in die Augen.

»Wenn so etwas gut läuft, sind Sie der Held, wenn nicht, müssen Sie sich warm anziehen und den Sturm aushalten.«

Jeder im Raum konnte sehen, dass Zeislinger mit jedem Wort seines Referenten wütender geworden war und nun fast schäumte. Er hätte sich zwar selbst schon mehrfach dafür in den Hintern beißen können, so großspurig agiert zu haben, aber es war nun nicht mehr zu ändern. Und auf diese Weise wie jetzt von Wiesner wollte er es sicher nicht um die Ohren gehauen bekommen.

»Ich habe den Medien gegenüber nicht explizit gesagt, dass ich die Petermann-Geschichte und das Technische Rathaus zu meiner Chefsache gemacht habe, und das weißt du …«

Er stockte, vermutlich weil ihm kein passendes Schimpfwort einfallen wollte.

»Du kannst dich doch erinnern, wie das damals gelaufen ist, oder irre ich mich da? Und außerdem warst *du* derjenige, der mit der Idee gekommen ist, es zur Chefsache zu machen.«

Seine Stimme hatte nun jene gedämpfte, jedoch überaus gefährliche Schärfe angenommen, vor der sich jeder Mensch fürchtete, der für ihn arbeitete.

»Na klar kann ich mich erinnern. Allerdings sehe ich das ganz anders als Sie, Herr Zeislinger. Sie waren nach meiner Erinnerung derjenige, der die Sache unbedingt an sich reißen wollte. Sie hatten den Gedanken, dass mit diesem Bauvorhaben eine ganz neue Ära in und für Kassel anbrechen würde, und deshalb haben Sie sich so exponiert und es zur Chefsache gemacht.«

Wieder suchten seine Augen den Kontakt zu denen seines Bosses.

»Es war doch schon immer so, dass Sie, wenn etwas gut zu laufen schien, die Sache an sich gezogen haben. Verantwortlich sind ohnehin immer nur die anderen, wenn etwas nicht so funktioniert, wie Sie es sich vorgestellt haben.«

Erich Zeislinger war kurz davor zu explodieren, doch

sein Mitarbeiter dachte gar nicht daran, seine Suada zu beenden.

»Und wo wir gerade dabei sind, Herr Zeislinger, natürlich gibt es Schnittstellen zwischen der Rathausspitze und Rohrschachs Unternehmungen. Ich denke nur an die Schuttberge auf dem Petermann-Areal, die, wenn es schlecht läuft, an uns, also der Stadt Kassel, hängen bleiben.«

Er schüttelte unwirsch den Kopf.

»Und nach meinen Informationen handelt es sich dabei um teuer zu entsorgenden Sondermüll. Sie haben ihm jede Menge Zeit eingeräumt für die Entsorgung und immer wieder beide Augen zugedrückt, wenn mal wieder ein Termin verstrichen war.«

»Es reicht«, zischte der Rathauschef. »Es reicht wirklich, Herr Wiesner.«

»Oh, sind wir schon wieder beim Sie angekommen?«, spottete der Referent hämisch grinsend. »Aber wissen Sie, das überrascht mich jetzt ganz und gar nicht. Jeder hier im Rathaus kann ein Lied über Ihre merkwürdigen Umgangsformen singen, und eine davon ist nun mal, dass Sie Ihre Sklaven wieder zu siezen beginnen, bevor Sie sie rausschmeißen.«

Wiesner stand auf, warf seine Kladde achtlos neben den Stuhl und stapfte hocherhobenen Hauptes zur Tür.

»Dazu wird es aber nicht kommen, weil ich diesmal zu schnell für Sie bin. Ich kündige nämlich hiermit zum nächstmöglichen Termin.«

»Dieser Termin ist jetzt und sofort«, brüllte Zeislinger außer sich vor Zorn. »Jemand wie du gehört nämlich keine Minute länger als notwendig meinem Team an.«

»Team?«, feixte der zukünftige Exreferent. »Da lache

ich mich ja tot, wenn ein Sklaventreiber wie Sie dieses Wort in den Mund nimmt. Und was den Kündigungszeitpunkt angeht, den werden am Ende sowieso die Gerichte festsetzen.«

»Raus! Verschwinde sofort aus meinen Augen, pack deinen Krempel zusammen und verlass das Rathaus. Du hast 15 Minuten, ab dann bist du hier eine Persona non grata, was nichts anderes heißt, als dass du Hausverbot bekommst, das ich hiermit ausspreche.«

Wiesner begann erneut, den Kopf zu schütteln.

»Wenn Sie nicht so ein armer Wicht wären, würden Sie mir vielleicht sogar leidtun, Herr Oberbürgermeister. Aber weil Sie eben einer sind, verkneife ich mir diese Gefühlsduselei.«

Seine Haltung straffte sich, bevor er weiter sprach.

»In meinem Besitz befinden sich noch sehr viele Unterlagen, teilweise hochsensible Interna. Da ich nicht möchte, dass diese Papiere in die falschen Hände gelangen, muss ich wissen, was ich damit anstellen soll.«

Jeder der im Raum Anwesenden verstand die Drohung, die in Wiesners Worten mitschwang.

»Gar nichts machst du mit diesen Sachen. Die trägst du alle schön zusammen und deponierst sie auf deinem Schreibtisch. Und wenn auch nur eine einzige Seite fehlen sollte, überziehe ich dich so dermaßen mit Klagen, dass du nie wieder ein Bein auf den Boden bekommen wirst, du mieser Hund.«

»Na, dann muss ich mich aber anstrengen, bei so einer Ansage«, erwiderte der Mann an der Tür süffisant, drehte sich um, drückte die Klinke herunter und verließ den Raum.

»Was für ein …«, wollte Zeislinger ein weiteres Schimpfwort fallen lassen, doch nach einem kurzen Blickkontakt mit Pamela Heiler schluckte er es hinunter.

»So, das hätten wir auch geklärt«, schnarrte er stattdessen. »Und wie geht es jetzt weiter?«

Hartmut Bosse, der noch nie in seinem Leben eine solche Szene erlebt hatte, kämpfte mit schlagartig aufsteigender Übelkeit, und seine Handinnenflächen waren geradezu nass.

»Was hat Herr Wiesner damit gemeint, dass wir es bei dem Bauschutt auf dem Petermann-Gelände vielleicht mit Sondermüll zu tun haben?«, fragte er trotzdem vorsichtig. »Soweit ich weiß, war immer nur die Rede von reinem Bauschutt.«

»Es ist auch reiner Bauschutt, lassen Sie sich da mal nichts erzählen, Herr Bosse«, beschwichtigte Zeislinger ihn ein wenig zu schnell und zu schmeichelnd. »Da lege ich meine Hand für ins Feuer.«

»Ich wusste gar nicht, dass Sie so gut mit den Einzelheiten vertraut sind, Herr Oberbürgermeister.«

»Ach, das gehört für einen Mann wie mich zu dem eigenen Anspruch an gute Arbeit.«

Nils Brandenburg hob vorsichtig die Hand, gerade so, als wolle er sich wie ein Schüler melden.

»Ja, was ist los?«, polterte Zeislinger ungehalten.

»Wir müssen auf jeden Fall zu verhindern versuchen, dass Bernd irgendetwas über das, was er gerade angesprochen hat, oder auch das heutige Treffen nach außen trägt. Es wäre wirklich fatal, wenn er auf die Idee käme, diesen Peters bei dessen Recherchen zu unterstützen.«

»Das werden wir nicht verhindern können«, stellte der OB klar, »allerdings hat er die gleichen Verschwiegenheitsklauseln in seinem Arbeitsvertrag stehen wie jeder von euch. Und er weiß ganz genau, dass ich es ihm auf keinen Fall durchgehen lasse, wenn er sich nicht an diese Klauseln hält. Also, was soll da schon groß passieren?«

14

Roman Pispers versuchte, die Augen aufzuschlagen, doch selbst dazu war er zu schwach. Alles an ihm war müde, kraftlos und ohne jede Hoffnung. Seit wie vielen Tagen war er jetzt in diesem Verlies eingesperrt? Er hatte schon vor langer Zeit den Versuch, die Stunden zu zählen, aufgegeben. Kein Licht, kein einziger Strahl hatte ihn seit ewiger Zeit erreicht. Und seit er aufgehört hatte, die Stunden zu zählen, hatte er damit begonnen, sich den Tod zu wünschen. Tot sein, das wäre die absolute Erleichterung, das wäre das Ende dieses endlosen Martyriums. Geschrien hatte er, am Anfang, er hatte geschrien, bis ihm der Hals so wehtat, dass er kaum noch schlucken konnte. Und geweint hatte er ebenfalls, bis die Tränen in einem Moment einfach versiegt waren.

Wie viele Tage das wohl her war? Oder waren es vielleicht schon Wochen?

Seit dieser Irre ihn hier liegen gelassen hatte, war er ohne jegliche Nahrung. Am Anfang hatte sein Magen so laut geknurrt, dass er dadurch aus dem Dämmerschlaf gerissen worden war, in den er ab und zu fiel, aber diese Phase war längst vorüber. Jetzt knurrte nichts mehr, jetzt gab es da, wo in seinem Körper das Gefühl des Hungers produziert wurde, nur noch ein großes, taubes Loch. Und wenn nicht an der Wand ein kleines Rinnsal entlanglaufen würde, von dem er mit der Zunge etwas Wasser aufklauben konnte, wäre er schon längst verdurstet. An Hunger, das wusste er genau, stirbt der Mensch sehr, sehr langsam, verdursten dagegen geht eigentlich ganz schnell.

Waren es zwei Tage gewesen oder drei, bis der Tod eintritt? Er wusste es nicht mehr genau, und den Versuch, nicht an der Wand zu schlabbern und damit seinen Tod zu beschleunigen, hatte er auch aufgegeben, weil das Gefühl, das sich damit eingestellt hatte, einfach grauenhaft gewesen war.

Komm, süßer Tod!

Er dachte an den Abend, an den Anruf, der ihn aus dem Haus und in den Lieferwagen dieses groß gewachsenen Mannes mit den klobigen Händen gelockt hatte.

Wir müssen reden, hatte der gesagt. Wir müssen dringend reden, sonst fliegt alles auf.

Pispers hatte sich mehr als einmal in seinem Leben gewünscht, dass alles auffliegen würde. Wieder und wieder hatte er darüber nachgedacht, zur Polizei zu gehen und alles zu gestehen, einfach reinen Tisch zu machen. Aber dann, wenn er zu Hause in seinem Sessel saß und Musik hörte oder einen Film anschaute, wie normale Menschen ihn kaum im Kino genießen konnten, waren diese Gedanken wie weggewischt. Er hätte nur allzu gern auf den Druck verzichtet, der mit seinen krummen Geschäften verbunden war, aber auf den Luxus, den er sich wegen der üppigen Zusatzeinnahmen leisten konnte, wollte er auf gar keinen Fall verzichten.

Pispers hätte sich gern auf die linke Körperseite gedreht, dort hatte sich aber am Oberschenkel vor einiger Zeit eine wunde Stelle gebildet, die schon unbelastet höllisch schmerzte; wenn er allerdings Druck darauf ausübte, tanzten Feuerringe vor seinen Augen. Außerdem konnte er die Hände kaum noch bewegen, weil auch dort Scheuerstellen entstanden waren, diese jedoch unter seiner tätigen Mithilfe. Irgendwann vor langer oder kurzer Zeit, das konnte er beim besten Willen nicht mehr einordnen, hatte er versucht, sich durch Reiben an der Wand die Pulsadern zu öffnen, was ihm jedoch nicht recht gelungen war. Zurückgeblieben waren nässende, brennende Wunden, die zu allem Übel auch noch stanken wie verfaultes Fleisch.

Wie könnte ich mich sonst noch umbringen, hatte er tausende Male gedacht in den letzten Stunden, Tagen, Wochen oder Monaten, doch eine passende Antwort war ihm nicht eingefallen. In seiner Verzweiflung hatte er mehrmals versucht, nicht mehr zu atmen, doch all diese Versuche waren fehlgeschlagen, und schließlich hatte er sich in sein Schicksal gefügt.

Dem Mann, der ihn in den Lieferwagen gelockt hatte, war er nie zuvor in seinem Leben begegnet. Er hatte auf den ersten Blick nicht so brutal und herzlos ausgesehen, wie er kurze Zeit später ihm gegenüber aufgetreten war. Mit Akzent hatte er gesprochen, ja, daran konnte Pispers sich noch gut erinnern, aber was für einer war es eigentlich gewesen? Wieder krümmte er sich wegen der Schmerzen, die von seinem linken Oberschenkel ausgingen. Die nasse Hose klebte ihm am Körper, und wenn es nicht so warm gewesen wäre in dem Raum ...

Alle Gedanken sind müßig. Ich werde hier langsam vor mich hin sterben. Herrje, wenn es doch endlich vorbei wäre!

Eine Weile seiner Gefangenschaft hatte er damit zugebracht, wieder an Gott glauben zu wollen, aber er hatte zu viel Angst davor, sich im Jenseits für seine diesseitigen Taten verantworten zu müssen. Für die Betrügereien und die vielen Euros, die er dafür kassiert hatte. Für die Lügen und das Leben in Saus und Braus, das er sich dafür geleistet hatte. Außerdem, ein existierender Gott hätte es nie zugelassen, dass ein Mensch so leidet wie er es gerade über sich ergehen lassen musste.

Irgendwo in der Ferne erklang ganz leise, kaum hörbar so etwas wie eine Autohupe, was immer wieder geschah. Am Anfang hatte er gehofft, dass es die Sirenen eines Rettungswagens sein könnten, der auf dem Weg zu ihm ist und deren Insassen ihn aus seiner misslichen Lage befreien, aber es war nie jemand gekommen. Kein Mensch hatte sich um ihn geschert in den letzten …

Stunden? Tagen? Wochen? Monate?

Nein, Jahre waren es noch nicht, und bei Monaten war Roman Pispers sich auch nicht sicher.

Konnte ein Mensch monatelang ohne Nahrung auskommen? Wie war das damals im Krieg? Wie lange hatten die Soldaten in Stalingrad gehungert, bis sie schließlich tot waren?

Mehrmals hatte sein dehydriertes Gehirn ihm Streiche gespielt. Hatte ihm vorgegaukelt, dass die Tür sich öffnen würde, er hatte ganz sicher ein Quietschen gehört, und jedes Mal war er auf eine Täuschung hereingefallen. Und es ging schon wieder los. Er hörte Schritte, die schnell näher kamen und schließlich verstummten. Dann das Geklimper von Schlüsseln.

Nein, ich will das nicht mehr! Bitte, hör auf damit!

Ein Schlüssel drehte sich knarrend im Schloss, dann wurde die Klinke gedrückt. Wieder ein knarrendes Geräusch.

Licht! Ein Lichtschein!

Der auf dem nackten Steinboden liegende Mann wollte die schmerzenden Augen zukneifen, die er mit Hilfe irgendeiner in seinem Körper versteckten Reserve aufgerissen hatte, doch es gelang ihm nicht. Wie hypnotisiert stierte er in den sich bewegenden, blendenden Lichtkegel, der wahrscheinlich von einer Taschenlampe herrührte.

»Ha…?«, stöhnte er tonlos auf und war sich schlagartig sicher, dass er noch immer allein in seinem Verlies war.

Fata Morgana. Heißt das nur in der Wüste so oder auch da, wo ich jetzt bin?

Wo war er eigentlich? In Kassel? Dort hatte er zum letzten Mal Tageslicht gesehen; irgendein Licht gesehen.

»Oh, stinkt das hier«, hörte er jemand sagen.

»Ja, Wahnsinn. Der Typ hat sich bestimmt drei Mal am Tag angeschissen.«

Nein, hat er nicht!, dachte Roman Pispers. Er hat so lange alles eingehalten, wie es ging, aber irgendwann ist nun einmal Schluss damit.

Jemand zog an seinem rechten Bein.

»Meinst du, der lebt wirklich noch?«

»Letzte Woche hat sein Herz noch geschlagen, als ich hier war. Vielleicht ist er in der Zwischenzeit eingegangen, was weiß ich?«

Jemand trat ihm, dem Mitarbeiter der Stadtreiniger, so fest in die linke Seite, genau dort, wo er die wund gelegene Stelle hatte, dass er sofort zu schreien anfing. Ein heiseres, gequältes Schreien.

»Bitte …!«

»Siehst du, was hab ich dir gesagt. Die Sau ist einfach nicht totzukriegen.«

»Ja, leck mich doch am Arsch! Wie lange liegt der hier rum?«

»Seit mehr als zwei Wochen. Zwei Wochen ohne Saufen und Fressen, und der zuckt immer noch, wenn man ihn anlangt. Wahnsinn, oder?«

Nun war sich Roman Pispers sicher, dass sich wirklich jemand im Raum aufhielt. Zwei Männer, mindestens.

»Komm, lass uns anfangen, sonst kotze ich noch bei dem Gestank.«

Hinter ihm wurde an etwas herumgeraschelt, dann ertönte lautes Geknister.

»Scheiße, ich kann nichts sehen!«

»Warte, ich lege die Taschenlampe auf den Boden, dann können wir wenigstens sehen, woran wir uns gerade zu schaffen machen. Ich will dem Typen nämlich nicht aus versehen in die Eier greifen oder so was.«

»Verdammt, was hast du denn für kranke Gedanken?«

»Ich mein ja nur, weil ich nicht sehen kann, wo ich hinfasse.«

»Hör jetzt auf zu schwätzen und pack mit an. Wir müssen ihn auf die Plane heben.«

Pispers, der sich in einem Zustand zwischen Wachen und Bewusstlosigkeit befand, baute in das, was er hörte und um sich herum wahrnahm, Erinnerungen an eine Freundin aus seiner Jugend ein, die er immer Zwergnase genannt hatte.

»Komm, Zwergnase«, murmelte er. »Lass uns doch zusammen baden gehen.«

Die beiden Männer, die eine große, schwarze Kunststoffplane in dem etwa 28 Quadratmeter großen Raum ausgebreitet hatten, sahen sich verwundert an.

»Wenn er mich meinen sollte, haue ich ihm gleich die Zähne aus«, meinte der eine.

»Ach, was, guck dir den an, der kriegt doch kaum noch was mit. Der phantasiert vor sich hin.«

»Na, hoffentlich.«

Sie zogen die Plane neben den in gekrümmter Haltung kauernden Pispers, traten wieder neben ihn, hoben ihn hoch und legten ihn einen Meter weiter wieder ab. Dann traten sie um ihn herum, zogen die Kunststofffolie vom Boden hoch, rollten sie über den geschundenen Körper und drückten sie nach unten.

»Du rollst, ich sehe zu, dass er richtig liegt«, stellte der größere der beiden Männer klar, bei dem es sich offenbar um den Anführer handelte.

Der andere kniete sich neben den schon in der Folie liegenden Pispers und rollte ihn langsam ein. Kurz darauf war die Rolle fertig, nur oben und unten musste noch etwas getan werden.

»Einfach zusammen drehen, der merkt sowieso nichts mehr.«

»Wenn wir die Enden umschlagen, wird die Wurst nicht ganz so lang«, gab sein Begleiter zu bedenken.

»Gute Idee. Einfach umschlagen und dann Tape drüber.«

Sie hoben zunächst die Füße an, schlugen die überstehende Folie um und umwickelten das Ganze mit Gewebeband. Danach kam das Kopfteil an die Reihe, und schließlich umwickelten die Männer auch noch den Torso mit mehreren Lagen Tape, sodass sich der unter der Plane liegende Mann nicht mehr rühren konnte.

»So, der ist fertig. Lass ihn uns raustragen, damit diese Scheißgeschichte endlich aufhört, mich zu nerven.«

*

Roman Pispers bemerkte, dass sich etwas verändert hatte. Er bekam schlecht Luft und befürchtete, ersticken zu müssen. Unter starken Schmerzen bewegte er seinen Kopf ein paar Grad nach links und nach rechts, aber viel Spielraum war da nicht. Und die Atemnot wurde immer schlimmer.

Er schob den Hals nach vorn, doch dort war noch früher Ende, weil sein Mund mit etwas kollidierte. Etwas, das wie eine Membran wirkte, das verhinderte, dass er überhaupt atmen konnte.

So sehr sich der Gefangene in den letzten Tagen auch gewünscht hatte, endlich sterben zu können, auf dass sein Martyrium ein Ende finden würde, so wenig wollte er in diesem Augenblick ersticken. Er wollte mit den Beinen strampeln, ließ es jedoch nach der ersten Bewegung bleiben, weil die offene Stelle an seinem Oberschenkel dabei zu brennen anfing wie mit heißen Nadeln gestochen. Vor seinen Augen tanzten Sterne, und er wusste, dass er innerhalb kürzester Zeit das Bewusstsein verlieren und es niemals wieder erlangen würde. Völlig panisch registrierte er, dass sich die Welt um ihn herum bewegte, dass er dabei schwankte wie auf einem Schiff im Sturm.

Kurz darauf erneut Ruhe und Bewegungslosigkeit. Er lag wieder, jedoch nur für einen kurzen Moment, und zu seinem Glück auf dem Rücken. Dann jedoch fing alles wieder an sich zu drehen, und als Nächstes wurde er irgendwo abgeladen. Nein, er war irgendwo hingeworfen worden, und dieses Mal war er auf der denkbar falschesten Stelle gelandet, nämlich auf seinem linken Oberschenkel. Wenn er die Kraft dafür hätte aufbringen können, wäre vermutlich ein gequälter Aufschrei aus seinem Mund gedrungen, doch er hatte sie einfach nicht. Wegen der Aufregung und der Anspannung, die sein Herz bis zum Hals pochen ließ, verbrauchte er immense Mengen der so knappen Atemluft, und mit jedem seiner Japser wurde das Sauerstoff-Stickstoffgemisch, das seine Lungen erreichte, weniger und weniger gehaltvoll. Jeder vor seinen Augen auftauchende Stern hatte mittlerweile die Intensität einer Explosion, doch mit jeder dieser Explosionen wurde sein Überlebenswille ein klein wenig stärker. Er fing an, sich zu winden wie ein Aal, und kurz darauf knallte seine Stirn gegen etwas Hartes. Die Kante eines Eisenteils vielleicht, er wusste es nicht. Pispers legte all seine verbliebene Kraft in eine Bewegung, die seinen Mund direkt über dieses harte Etwas bringen sollte, doch es gelang ihm zunächst nicht, in die angestrebte Position zu kommen. Wieder und wieder zappelte er und wand sich, und irgendwann war es dann so weit. Er konnte mit den Lippen und vor der Membran die Spitze eines irgendwie dreieckigen, kleinen Gegenstands spüren, den er sofort mit dem Mund zu beackern begann. Wie von Sinnen rammte er mit offenem Mund den Kopf nach vorn in der Hoffnung, dem ihn von der Außenluft abschließenden Material damit eine Verletzung beibringen zu können, eine kleine Wunde vielleicht, durch die er Luft ansaugen könnte. Mehrere Male musste er neu Anlauf nehmen, seine Position neu justieren, weil sich die Erde unter ihm erneut in Bewegung gesetzt hatte. Fast kam es ihm nun vor, als wäre er in einem fahrenden Auto unterwegs, doch einen wirklichen Reim konnte er sich, auch, weil er so sehr mit seinem Versuch beschäftigt war, Luft zu bekommen, darauf nicht machen. Erneut fuhr sein Kopf nach vorn, und fast schien es ihm, als würde sein gesamter Körper von einer unkontrollierbaren Macht oder Kraft angetrieben, einer Kraft, wie er sie noch nie in seinem Leben gespürt hatte.

Vermutlich ist es das, was die Menschen Todesangst nennen, fuhr es ihm wie ein Blitzlicht durch den Kopf, ohne dabei jedoch sein Anrennen auch nur für eine Nanosekunde zu unterbrechen. Wie von Sinnen hämmerten seine mittlerweile stark blutenden Lippen gegen das harte Material, er realisierte, dass sein linker Schneidezahn abbrach, was ihn jedoch überhaupt nicht störte, weil im gleichen Augenblick etwas Wunderbares, unfassbar Erleichterndes geschah. Zwischen all dem Blut, das er schmeckte, und dem Geschmack nach kaltem Eisen, der plötzlich seinen Mund ausfüllte, drang kühle, frische Luft zu ihm vor. Homöopathisch wenig zunächst, doch nachdem er mit der Zunge das kleine Loch gefunden hatte, das ihn nun mit der Außenwelt verband, konnte er mehr und mehr dieses köstlichen Lebenselixiers in sich aufsaugen.

Luft, Luft, Luft!

Sein gesamter Körper wurde von einem wohligen Schauer überrollt, seine schmerzenden Muskeln entspannten sich ein wenig, und irgendwie fanden sogar Tränen den Weg aus seinen Augen, während er gierig Atem in seine Lungen sog.

Verdammt, ich will nicht sterben!

15

»Normalerweise geben wir solche Daten nicht heraus«, flüsterte die nicht mehr ganz junge und zu stark geschminkte Frau Zehnder hinter ihrem Schreibtisch verschwörerisch, »das dürfen wir gar nicht, wegen Datenschutz und so. Was das angeht, stehen wir als Krankenkasse ziemlich im Fokus, das wissen Sie vermutlich. Aber wenn wir der Polizei helfen können, einen Fall aufzuklären, ist das was ganz anderes, und wenn Sie mir versprechen, dass Sie niemandem erzählen, wo Sie die Information herhaben, mache ich gern eine Ausnahme.«

Lenz beobachtete das Schauspiel, das sich ihm bot, aus Distanz und mit stetig steigendem Amüsement.

Die beiden Polizisten hatten nach ihrem Abgang aus Dr. Bucharows Praxis kurz mit der Personalabteilung der Stadtreiniger telefoniert, um herauszufinden, bei welcher Krankenkasse Roman Pispers versichert ist, und waren danach auf direktem Weg zu deren Kasseler Niederlassung gefahren. Dort hatte Hain, nachdem er erfahren hatte, dass eine Frau für die Sache zuständig war, seinen Boss gebeten, ihn die Sache klären zu lassen, wozu sich der Leiter der Mordkommission gern bereit erklärt hatte. Sein bester und liebster Mitarbeiter hatte mit seinem jugendlichen Auftreten und seiner charmanten Art einen Schlag bei Frauen.

»Also, der Mann heißt Roman Pispers?«

»Ja, genau.«

Sie zog die Computertastatur näher zu sich heran und begann zu tippen.

»Ach, da haben wir ihn schon. Roman Pispers, geboren am 17. Mai 1971. Ist schon lange bei uns versichert, der Gute.«

Sie betrachtete ein paar Sekunden lang den Bildschirm.

»Und hatte gesundheitlich nie was Ernstes«, fuhr sie fort.

Falls die Frau sich tatsächlich jemals Gedanken gemacht haben sollte wegen Datenschutz und so, war sie auf dem besten Weg, alle Vorbehalte diesbezüglich über Bord zu werfen.

»Ui, aber das scheint nun vorbei zu sein«, stellte sie überrascht fest. »F32, das klingt nicht gut.«

»Was bedeutet F32?«, wollte Hain wissen.

»Das ist die international gültige Ziffer für Depressionen, also die Kennzeichnung, die auf dem Schein steht, der vom Arzt für uns ausgestellt wird. Offenbar leidet er seit Neuestem daran.«

»Können Sie im Computer auch sehen, wer die Arbeitsunfähigkeitsbescheinigung ausgestellt hat?«

Sie schüttelte kurz den Kopf, ging aber ein paar Sekunden lang nicht weiter auf die Frage des Polizisten ein.

»Das ist ja eine Überraschung«, fasste sie schließlich das Ergebnis ihrer Recherche zusammen. »Er scheint in den Fängen von Dr. Bucharow gelandet zu sein, wie sich das hier darstellt.«

»Sie können doch sehen, wer die Bescheinigung ausgestellt hat?«

Wieder schüttelte sie den Kopf.

»Nein, nicht direkt. Aber es läuft eine interne Untersuchung bei uns, weil Herr Pispers gleich für vier Wochen arbeitsunfähig geschrieben wurde. Und wenn der ausstellende Arzt dann noch unser guter alter Bekannter Dr. Bucharow ist, klingeln hier im Haus alle Alarmglocken.«

»Ist es normal, dass bei vierwöchigen Krankschreibungen die Alarmglocken klingeln?«

»Nein, nicht zwangsläufig. Aber bei einer Erstdiagnose, und um die handelt es sich hier, auf jeden Fall. Da ist so etwas schon sehr, sehr ungewöhnlich.«

Wieder schwieg sie ein paar Sekunden, während sie weiter las.

»Normalerweise kriegt der Patient eine, vielleicht zwei Wochen Pause, während der er sich bei einem Psychiater vorstellt, die Diagnose Depression ist nämlich nichts, was man einem Allgemeinmediziner allein überlassen sollte. Aber da reden wir als Krankenkasse unheimlich oft gegen Windmühlen an.«

Hain nickte mitfühlend.

»Wollen Sie mir noch ein paar Worte zu Dr. Bucharow sagen, Frau Zehnder?«

»Das könnte ich schon, aber es geht nicht, ohne mich an den Rand der strafbaren Handlung zu bringen. So geht es übrigens allen Mitarbeitern hier im Haus, da können Sie fragen, wen Sie wollen. Wenn es um Dr. Bucharow geht, gibt es keine zwei Meinungen.«

»Also, keine Aussage zu ihm von Ihnen?«

»Ganz im Vertrauen?«

»Absolut im Vertrauen, und unter dem Siegel der Verschwiegenheit!«

»Der Mann ist eine Plage, ganz ehrlich. Hat fast ein Monopol auf seine Landsleute und hält sie sich durch großzügiges Ausstellen von AU-Bescheinigungen gefügig. Wir fragen uns oft, ob da vielleicht noch persönliche Zuwendungen im Spiel sind, aber das können wir natürlich nicht beweisen.«

Sie beugte sich nach vorn und winkte Hain näher zu sich heran.

»Kennen Sie ihn?«

»Nein, nicht wirklich«, antwortete der junge Polizist fast der Wahrheit entsprechend.

»Dann können Sie auch nicht wissen, dass er in Russland in einem Gulag gearbeitet hat und noch immer über beste Beziehungen in seine alte Heimat verfügt.«

»Woher wissen Sie das?«

»Einer unserer Mitarbeiter, ebenfalls ein ehemaliger Sowjetbürger, hat sich vor ein paar Jahren die Mühe gemacht, über ihn zu recherchieren und mehr in Erfahrung zu bringen. Nachdem er Bucharow mit seinem Wissen konfrontiert hatte, wurde er ein paar Tage später von Unbekannten brutal zusammengeschlagen und hat vier Monate im Krankenhaus verbringen müssen. Seitdem verbrennt sich an Dr. Bucharow hier im Haus niemand mehr den Mund. Es sieht aus, als würde er von höchsten Kreisen protegiert.«

Beim nächsten Satz senkte sie ihre Stimme so weit, dass Hain sie kaum noch verstehen konnte.

»Manche sagen hinter vorgehaltener Hand, er sei ein Mitglied der Russenmafia, wissen Sie. Aber laut würde sich niemand getrauen, das auszusprechen.«

»Das ist ja auch ein schwerer Vorwurf«, warf der Oberkommissar ein.

Frau Zehnder grinste.

»Ich weiß. Deshalb würde ich auch beim Augenlicht meiner Kinder schwören, dass ich nie etwas Derartiges gesagt habe.«

»Und ich würde schwören, dass Sie nie mit mir über Dr. Bucharow gesprochen haben.«

»Schön. Dann kann ich beruhigt in meinen wohlverdienten Feierabend gehen.«

»Ich hätte nicht übel Lust, diesem Quacksalber mal so richtig auf die Füße zu treten«, erklärte Hain seinem Chef, während sie auf dem Rückweg zum Auto waren.

»Das habe ich mir schon gedacht, aber ob uns das in unserem Fall tatsächlich weiterbringt, stelle ich sehr in Frage. Also ist es ein Nebenkriegsschauplatz, um den wir uns ganz sicher nicht kümmern werden, bevor wir nicht den Mörder von Rohrschach eingebuchtet haben.«

»Du bist ein verdammter Spielverderber. Vielleicht gibt es ja tatsächlich …«

Er brach ab, weil das Telefon seines Chefs sich meldete.

»Geh erst mal ran und schau, wer uns diesmal den Feierabend torpedieren will.«

»Nun sei doch nicht immer so pessimistisch«, brummte Lenz, während er das kleine Gerät aus der Sakkotasche kramte.

»Ja, Lenz«, meldete er sich.

»Herr Lenz, hier spricht Bernd Haberland. Ich wollte Ihnen nur mitteilen, dass unsere Wasserleiche auf keiner Passagierliste zu finden ist.«

»Sie sind ganz sicher?«

»Ja, ganz sicher. Ich habe alle Flughäfen in der EU und die dazugehörigen Fluglinien durchgearbeitet, er wollte nicht wegfliegen; zumindest nicht unter seinem echten Namen.«

»Na ja, dass er unter einer anderen Identität reisen wollte, kann ich mir schlecht vorstellen. Immerhin ist er kein Schwerkrimineller gewesen, der sich einfach so mal eben einen neuen Pass beschaffen konnte.«

»Das kann ich nicht beurteilen, Herr Hauptkommissar, aber wenn ich enger in die Ermittlungen eingebunden werden würde, könnte ich meine …«

»Lassen Sie mal, Haberland«, ging Lenz energisch dazwischen. »Wir machen jetzt Schluss für heute, und was dann kommt, sehen wir morgen. Schönen Feierabend.«

Er wollte das Gespräch beenden, doch Haberland stoppte ihn mit einem lauten Schrei.

»Nicht auflegen, ich habe noch was für Sie«, rief er aufgeregt. »Diese Frau Rohrschach hat vorhin angerufen. Sie wollte Sie sprechen und hat es ganz dringend gemacht, also habe ich ihr Ihre Telefonnummer gegeben.«

Lenz hätte ihm mit nacktem Hintern und viel Anlauf ins Gesicht springen können.

»Diesmal ist das in Ordnung, Herr Haberland, aber normalerweise ist meine mobile Nummer absolutes Tabu. Alles klar?«

»Ja … Das konnte ich ja nicht …«

»Schon gut, ich muss Schluss machen, bei mir klopft jemand an.«

»Das wird sie vermutlich …«

Lenz beendete das Gespräch mit seinem Mitarbeiter und nahm das wartende an.

»Guten Tag noch einmal, Herr Lenz, hier ist Angelika Rohrschach.«

Lenz erwiderte den Gruß der Frau und wartete, doch sie brauchte ein paar Augenblicke Bedenkzeit, bevor sie weiter sprach.

»Ich vermute zwar, dass Sie schon im Feierabend sind, aber ich müsste Sie ganz dringend sprechen. Erstens sind wir heute Mittag ziemlich abrupt unterbrochen worden, und zweitens gibt es da etwas, das ich Ihnen bis jetzt vorenthalten habe. Darüber würde ich gern mit Ihnen sprechen, auch weil ich vermute, dass es Ihnen bei der Suche nach den Mördern meines Mannes weiterhelfen wird.«

»Am Telefon wollen Sie das nicht?«

»Nein, möchte ich wirklich nicht. Können Sie nicht kurz im Krankenhaus vorbeikommen? Es dauert auch wirklich nicht lange, ich verspreche es Ihnen.«

Ich liebe meinen Beruf, dachte der Hauptkommissar genervt, und ganz besonders in solchen Momenten.

»Ich bin in gut zehn Minuten bei Ihnen. Ist das in Ordnung?«

»Ja, das ist mehr als in Ordnung, vielen Dank.«

Thilo Hain ließ seiner Begeisterung über die zweite Feierabendverschiebung innerhalb von 24 Stunden jeden denkbaren Auslauf.

»Du kannst mich doch am Taxistand absetzen und nach Hause fahren, Thilo. Ich habe es dir jetzt drei Mal angeboten, aber das Einzige, was dir dazu einfällt, ist mir mit deinem endlose Genöle tierisch auf die Nüsse zu gehen.«

»Ich weiß, ich weiß, und ich höre jetzt auch auf damit. Wir fahren zusammen dahin, und wenn wir wissen, was sie uns zu erzählen hatte, machen wir Feierabend.«

Er verzog die Mundwinkel.

»Es ist halt nur wegen der Gören. Die freuen sich sakrisch, wenn ich …«

»Welcher Teil von ›ich höre jetzt auch auf‹ ist das gerade, Thilo?«, ging Lenz sanft dazwischen.

Die Luft flimmerte auf dem kochend heißen Asphalt, als Hain den kleinen Roadster abstellte. Auf der restlichen Fahrt hatten sie kein Wort gesprochen, aber beide wussten, dass alles Nötige gesagt war.

»Dann los«, brummte Hain, bedachte seinen Chef mit einem versöhnenden Lächeln und stapfte schwitzend auf den Eingang des Klinikums Kassel zu.

Als sie ein paar Minuten danach zum dritten Mal an diesem Tag die Station erreicht hatten, auf der Angelika Rohrschach behandelt wurde, fing Lenz an zu grinsen. Hain, der ihm die Tür aufhielt, sah seinen Boss mit großen Augen an.

»Was ist los?«

»Wenn das so weitergeht mit ihr, könnten wir uns eigentlich gegenseitig auf die Rübe hauen und müssten dann nur noch gemeinsam auf ihr Zimmer wackeln.«

»Nee, lass mal, mir reicht schon, dass ich mit dir die Tage verbringen muss. Wenn sich unsere Verbindung auch noch auf die Nächte ausdehnen würde, könnte ich mir gleich die Kugel geben.«

Er grinste ebenfalls und schob Lenz sanft in Richtung von Frau Rohrschachs Krankenzimmer, das gleich rechts hinter der Stationstür lag.

»Rein, rauf, runter, raus – wie eine Inspektion bei Ford, verstanden? Kein schmückendes Beiwerk, keine Höflichkeitsfloskeln und kein Small Talk.«

»Genau so machen wir es, Thilo.«

Als nach dem dritten Klopfen noch kein einladendes Herein von der anderen Seite zu hören war, sahen sich die Kommissare unsicher an. Hain ließ erneut seinen linken Zeigefingerknochen gegen die folierte Tür knallen, diesmal energischer, drückte gleichzeitig mit der anderen Hand die Klinke herunter und öffnete die Tür. Zu ihrem Erstaunen war das benutzt aussehende Bett leer.

»Vielleicht musste sie mal für kleine Mädchen«, vermutete Hain.

»Kann sein, ja. Lass uns ein paar Minuten warten, wenn sie dann nicht aufgetaucht ist, fragen wir, was mit ihr ist.«

Sie ließen mehrere Minuten vergehen, ehe sie den Raum

verließen und das in der Mitte des langen Flurs liegende Schwesternzimmer ansteuerten. Dort waren gerade zwei in weiß gekleidete, junge Frauen mit der Bereitstellung von Medikamenten beschäftigt. Hain klopfte leise an die Glasscheibe neben der Tür und hob dabei die Hand als Andeutung eines Grußes.

»Hallo, guten Abend, wir suchen Frau Rohrschach.«

»Die liegt auf 416, direkt vor dem Ausgang«, beschied die etwas fülligere der beiden ihm freundlich. »Aber eigentlich ist es ein bisschen spät für einen Besuch.«

»Hallo, Anne«, ertönte es von hinter dem Oberkommissar, worauf die Frau erstaunt den Blick hob und Lenz, der sie angesprochen hatte, zuerst irritiert und dann mit hell aufleuchtenden Augen ansah.

»Hallo, Mr. Smith. Das ist ja eine coole Überraschung.«

»Das finde ich auch«, gab Lenz ebenso erfreut zurück, trat in den Raum und drückte die Krankenschwester innig. »Wirklich schön, dich mal wieder zu sehen, Anne.«

Sowohl Hain als auch die andere Krankenschwester waren mehr als verwirrt ob der Szene, die sie gerade erlebten und ließen das an ihren Blicken auch überdeutlich erkennen.

»Wir sind alte Bekannte«, erklärte Lenz schließlich grinsend. »Alte Bekannte und Geschwister im Geiste«, setzte er in Richtung seines Kollegen hinzu.

»Du schaffst es immer wieder, mich sprachlos zu machen«, gab Hain kopfschüttelnd zurück.

»Das Gleiche wollte ich auch gerade sagen«, bemerkte die zweite Schwester leise mit Blick auf ihre Kollegin.

»Es tut mir leid, Mr. Smith, aber wir sind gerade ziemlich in Druck. Die Nachtschicht kommt gleich, und wenn wir bis dahin nicht fertig sind mit unseren Medikamenten, gibt es einen Riesenärger.«

Sie griff nach einer auf dem Tisch liegenden Zeitung, riss eine Ecke ab und schrieb etwas darauf.

»Das ist meine Telefonnummer; wenn du Lust hast, kannst du mich mal anrufen. Meine Tochter ist ein knappes Jahr alt, und diesmal hat es auch mit dem dazugehörigen Kerl geklappt.«

Lenz steckte den Papierfetzen ein und nickte.

»Das freut mich. Und ich melde mich ganz sicher bei dir, versprochen.«

»Und wie sieht es mit der First Lady und dir aus?«

»Sie ist schon lange meine First Lady.«

»Klasse.«

»Ich störe eure traute Wiedersehensfeier wirklich nur ungern«, mischte sich Hain von der Seite und mit immer noch sehr ungläubigem Blick auf seinen Chef ein, »aber meine Jungs freuen sich auch, wenn sie ihren Vater vor dem Einschlafen kurz zu Gesicht kriegen.«

Damit wandte er sich an die beiden Krankenschwestern.

»Wir wissen, in welchem Zimmer Frau Rohrschach liegt, aber sie ist leider nicht dort. Irgendeine Idee, wo wir nach ihr suchen könnten?«

»Nein, das muss ein Irrtum sein«, widersprach die andere Schwester. »Sie hat vom Arzt strenge Bettruhe verordnet bekommen, weil sie eine schwere Gehirnerschütterung hat. Das weiß sie, und deshalb liegt sie auch ganz sicher in ihrem Bett. Sie haben nicht vielleicht aus Versehen in einem anderen Zimmer nach ihr gesucht?«

»Wenn sie nicht umgezogen ist, dann ganz bestimmt nicht.«

»Nein, sie ist nicht umgezogen, und ich bin auch ganz fest davon überzeugt, dass sie in ihrem Bettchen liegt. Am besten, wir gehen rüber und Sie überzeugen sich persönlich davon.«

Ein paar Sekunden darauf standen alle vier vor Angelika Rohrschachs Bett.

»Das gibt's doch gar nicht«, murmelte Annes Kollegin. »Die weiß doch ganz genau, dass sie eine Gehirnerschütterung hat und im Bett liegen bleiben sollte.«

Ein kurzer Blickkontakt mit ihrer Kollegin.

»Komm, los, wir suchen nach ihr. Wenn Dr. Schiffer das mitkriegt, gibt es wieder ein Riesentheater.«

Damit verschwanden die beiden aus dem Zimmer, während Lenz kurz das Nachtschränkchen unter die Lupe nahm.

»Alles drin, was man braucht«, stellte er lapidar fest, nachdem er ein Mobiltelefon, ein Schminktäschchen und eine angebrochene, offen stehende Packung Tampons gesehen hatte.

»Der Schrank ist auch noch gefüllt«, ergänzte Hain, der einen Blick in das in die Wand eingelassene Möbelstück geworfen hatte. »Was nur heißen kann, dass sie entweder irgendwo hier auf der Station herumgeistert oder uns verdammt viel Arbeit machen wird.«

*

20 Minuten später war klar, dass die Frau verschwunden sein musste. Auf der Station war jedes Zimmer und jeder Winkel ohne jeglichen Erfolg nach ihr abgesucht worden. In ihrem eigenen Krankenzimmer deutete allerdings rein gar nichts darauf hin, dass sie es gegen ihren Willen verlassen hatte. Lenz war die gewählten Nummern in ihrem Telefon durchgegangen und hatte festgestellt, dass sie von diesem Apparat als Letztes mit dem Präsidium und ihrem Kollegen Haberland telefoniert hatte. Kurz davor hatte es den Anruf einer unterdrückten Nummer gegeben.

»Wir müssen rausfinden, wer das gewesen ist«, meinte der Hauptkommissar und reichte Hain das Gerät.

»Ich kümmere mich darum.«

»Und wir müssen nach ihr suchen lassen, Thilo. So, wie es sich darstellt, kann es zwar hunderttausend Gründe geben, warum sie nicht in ihrem Bett liegt, aber wir müssen auf Nummer sicher gehen.«

»Auch darum werde ich mich kümmern.«

Der junge Polizist kramte sein Telefon aus der Jacke und wollte damit beginnen, die Wünsche seines Chefs abzuarbeiten, als er es sich anders überlegte und ihn ansah.

»Aber als Erstes will ich wissen, was das vorhin für eine Aktion mit dieser moppeligen Krankenschwester war, Paul. Und versuch ja nicht, mich mit faulen Ausreden abzuspeisen, das würde ich merken und dich auf der Stelle abknallen.«

»Irgendwann, Thilo«, gab Lenz seelenruhig zurück, »wird dich deine kaum zu fassende Neugier unter die Erde bringen.«

»Das ist nicht die Art Erklärung, die ich mir vorgestellt hatte«, befand der Oberkommissar mit gerunzelter Stirn.

»Ach, Thilo, wenn du nur halbwegs so gut im Erinnern wärst wie im Neugierig-Sein, wüsstest du längst, wer das ist. Ich hatte dir damals von ihr erzählt.«

»Damals? Was heißt denn das jetzt?«

»Als Maria damals ihren Unfall hatte, auf der Autobahn bei Gudensberg, lag sie hier im Krankenhaus. Und Anne als Nachtschwester hat mir dabei geholfen, dass ich wenigstens zwischen Nacht und Morgen nach ihr sehen und ihre Hand halten konnte. Wir waren ins Gespräch gekommen, und sie hatte vom ersten Moment an durchschaut, dass Maria und ich zusammen gehören, was allerdings, wie du dich sicher erinnern kannst, niemand wissen durfte.«

»Stimmt, da war was«, kramte Hain irgendwelche Erinnerungsfetzen zusammen. »Du hast sie damals als so etwas wie einen Engel bezeichnet, wenn ich mich recht erinnere.«

»Genau, das stimmt, ein Engel war sie auch für Maria und mich tatsächlich. Natürlich nicht im esoterischen Sinn, sondern einfach damit, dass sie uns den Kontakt ermöglicht hat. Sie hatte mir erzählt, dass es in ihrer Beziehung nicht so gut laufen würde, aber wie es ausschaut, hat sie ihr Glück gefunden.«

»Wie es ausschaut«, stöhnte Hain auf und griff nach seinem Telefon, »hat die gute Anne mindestens Drillinge gekriegt, Paul, und sich bis jetzt nicht die Bohne davon erholt.«

16

Der Lebensmut, den Roman Pispers gefasst hatte, nachdem es ihm gelungen war, das kleine Loch in den Kunststoff vor seinem Mund zu drücken, war für den wie in einem Ganzkörperkondom steckenden Mann kaum zu fassen. Er saugte frische Luft in seine Lungen, und es schien, als würde sein gesamter Körper mit jedem Atemzug zu neuer Größe aufgeblasen. Dass er einen Schneidezahn verloren hatte, war zu verkraften, so etwas war schon ganz anderen Menschen passiert. Jeder halbwegs begabte Zahnarzt würde dieses Malheur wieder beseitigen, davon war der Mitarbeiter der Stadtreiniger felsenfest überzeugt. Er wusste, dass jetzt alles gut werden würde, dass diese merkwürdige Sache, in die er hineingeraten war, nun ein gutes Ende nehmen würde.

Was Roman Pispers nicht wusste, war, dass sein Gehirn nur noch mit einem Bruchteil der gewohnten Leistung lief. Er war zwar der Meinung, dass die Menge an aufgenommenem Wasser, die er von der Wand geleckt hatte, ausreichend für die Versorgung mit Flüssigkeit gewesen sei, doch dem war längst nicht so. Treffender wäre seine Situation dadurch beschrieben, dass er kurz vor der kompletten Dehydrierung stand. Auch die Tatsache, dass er seit mehr als 14 Tagen keine Nahrung zu sich genommen hatte, verschlimmerte seine Lage dramatisch. Obwohl er nun Sauerstoff in den Lungen hatte und nicht mehr in akuter Erstickungsgefahr war, so befand er sich doch in latenter Lebensgefahr. Sein Gehirn gaukelte ihm Dinge vor, die es nicht gab, und es unterschlug ihm reale Gefahren, weil es längst nicht mehr in der Lage war, störungsfrei zu funktionieren.

Die Welt unter ihm begann sich wieder zu bewegen. Es war, als befände er sich plötzlich inmitten einer riesigen Achterbahn, so sehr wurde sein verpackter Körper hin und her geschleudert. Immer wieder verpasste er das kleine Loch vor seinem Mund und saugte an dem eklig schmeckenden Plastik, doch die Menge an Atemluft, die er bekam, reichte ihm trotzdem dicke.

Wie war das eigentlich? Wie ist es gekommen, dass ich in diesem Loch gelandet bin, ohne richtiges Wasser und Essen? Mist, ich kann mich überhaupt nicht mehr erinnern!

Nun bewegte sich die Erde so schnell und so rasant, dass er komplett die Bodenhaftung verlor und kugelnd umherschlitterte. Plötzlich wusste er nicht mehr, wo er nach dem kleinen Loch suchen sollte.

Reiß dich zusammen, Roman! Zunge raus und schön tasten. Igitt, schmeckt das eklig.

Er lag nun auf dem Rücken und wunderte sich, dass er nicht den Sternenhimmel sehen konnte.

Schade, ich mag den Sternenhimmel. Hab ich immer gemocht, glaube ich.

Zu gern hätte Pispers die Arme an den Kopf gezogen, weil es ihn an seinem linken Ohr juckte, doch nach einem weiteren Versuch, sie nach oben zu ziehen, gab er entkräftet auf.

Sind die festgebunden? Ja, irgendwer scheint meine Arme am Popo festgebunden zu haben.

Die merkwürdige Reise auf der scheinbar durcheinander geratenen Mutter Erde ging noch ein paar Minuten weiter, dann stoppte die wilde Fahrt. Ein Geräusch, das der verpackte Mann bis zu diesem Augenblick gar nicht wahrgenommen hatte, verstummte, wurde dann jedoch abgelöst vom Knallen von Böllerschüssen.

Ein Feuerwerk? Ist denn schon wieder Silvester? Mensch, dann hätte ich aber wirklich lange geschlafen.

Er lauschte, aber mehr als die zwei einzelnen Böller wurden nicht gezündet.

Vielleicht veranstaltet ja der Mann, der mich in diesen Lieferwagen gelockt hat, das Feuerwerk? Obwohl, danach hatte der gar nicht ausgesehen. Angerufen hatte er ihn zu Hause und ihn gebeten, sich mit ihm zu treffen.

G E B E T E N!

Aus dem Bitten war dann ganz schnell etwas anderes geworden, etwas … Was war das eigentlich gewesen?

Er konnte sich nicht mehr erinnern, was aus dem Bitten geworden war, weil er nur noch müde war. Katzenmüde? Bärenmüde? Hundemüde?

Irgendein Tier stand für Müdigkeit, da war Roman Pispers ganz sicher, aber welches es war, konnte er nicht greifen. Die Gedanken in seinem Hirn waberten durcheinander wie Tabakwolken über einem Raucher, und wenn er versuchte, in sie einzudringen, stoben sie auseinander.

Nun gab es wieder ein Geräusch. Er hob schlapp ein Augenlid, schloss es jedoch sofort wieder, weil klar war, dass er nichts zu sehen bekommen würde. Viel zu dunkel war es um ihn herum.

Ach, ist das alles ermüdend! Schlafen, ich will nur noch schlafen.

Irgendetwas griff nach seinen Beinen, und instinktiv wollte er anfangen zu strampeln, ließ es aber sein.

Viel zu anstrengend.

*

Sergej Bucharow wartete eine geraume Weile, in der er sich immer wieder nach allen Seiten umsah, bevor er den dunkelblauen Lieferwagen startete und den ersten Gang einlegte.

»Und du hast wirklich einen Schlüssel für das Gelände?«, wollte sein Beifahrer wissen.

»Da«, nickte der Russe. »Klar habe ich einen Schlüssel.«

Er fuhr auf die geschlossene Schranke zu, die das Gelände des Kasseler Wertstoffhofs von der Zufahrt abtrennte, stoppte den Motor, stieg aus dem Wagen, schloss die Eingangstür des direkt daneben liegenden Gebäudes auf und verschwand im Innern. Kurz darauf hob sich die in Rot und Weiß lackierte Absperrung wie von Geisterhand an.

»Wahnsinn«, murmelte der Mann auf dem Beifahrersitz anerkennend, während er Bucharow dabei beobachtete, wie er aus dem Haus kam, die Tür hinter sich abschloss, um die Front des Transit herumkam und ins Auto stieg.

»Du musst ja echt gute Verbindungen haben, wenn du so was hier hinkriegst«, erklärte er devot, erntete jedoch keine Antwort von der anderen Seite.

»Na, ja, schon gut.«

Erneut ließ Bucharow den Motor an, legte den ersten Gang ein und rollte ohne Licht und extrem untertourig auf den gepflasterten Hof.

»Wo müssen wir denn hin?«, wollte der Beifahrer wissen.

Der Russe deutete auf einen Punkt am oberen Ende des Geländes.

»Der vorletzte Container.«

Der Transit bewegte sich mit Schrittgeschwindigkeit und fast unhörbar leise auf die Stelle zu, auf die Bucharow gedeutet hatte. Falls doch jemand in der um diese Uhrzeit normalerweise menschenleeren Gegend im Kasseler Osten unterwegs gewesen wäre, hätte der Verkehrslärm des unmittelbar in der Nähe verlaufenden Autobahnzubringers, über den auch am Abend und in der Nacht jede Menge Verkehr rollte, jegliches Geräusch, das die beiden Männer verursachten, übertönt.

Bucharow rollte an den in Reihe stehenden, verschieden hohen und großen, orangefarbenen Abfallcontainern vorbei, bis er den nach seiner Meinung richtigen erreicht hatte. Mit einem schnellen Griff nahm er einen Schlüssel vom Armaturenbrett, bedeutete dem Mann auf dem Beifahrersitz, ruhig zu sein und auf ihn zu warten, und verließ mit einer geschmeidigen Bewegung den Lieferwagen.

Ein kurzer Rundumblick, dann ein Vergewissern, am richtigen Container angekommen zu sein, gefolgt von einem kaum wahrnehmbaren Nicken als Selbstbestätigung. Mit ein paar schnellen, lautlosen Schritten war er an der Fahrertür des LKW, auf dessen Ladefläche der Container ruhte, schloss sie auf und schwang sich auf den Sitz. Obwohl Bucharow nie in einem Typen wie diesem gesessen hatte, kannte er sich sofort mit den einzelnen Hebeln und Schaltern aus, die er zu bedienen hatte. Der Schlüssel verschwand im Zündschloss, und brummend nahm der Diesel die Arbeit auf. Für einen kurzen Augenblick war der Russe überrascht, wie laut es wurde, doch dann machte er sich klar, dass er nichts zu befürchten hatte, auch wenn er in den nächsten Minuten ein wenig Krach machen würde.

Drüben auf dem Autobahnzubringer huschte ein Auto nach dem anderen vorbei, und es war unmöglich, in dieser Kakophonie den einzelnen Dieselmotor auf dem Gelände des Wertstoffhofs herauszuhören. Auch zu sehen war er nicht, denn das nächste Haus, in dem Menschen lebten, war mehr als 600 Meter entfernt, und außerdem standen dazwischen mehrere Baumreihen.

Er öffnete die Tür, ließ sich nach unten fallen, ging wieder zurück zum Ende des Fahrzeugs und zog eine winzige LED-Taschenlampe aus der Hosentasche, mit deren Hilfe er das Bedienpaneel auf der rechten Seite unter die Lupe nahm. Zufrieden winkte er kurz darauf ins Innere der Fahrerkabine und machte sich auf den Weg zum Heck des Transit. Dort traf er auf seinen Helfer, dessen Versuch, die Hecktüren möglichst leise zu öffnen, kläglich scheiterten, weil beide beim Auseinanderziehen wie blöde quietschten.

»'tschuldigung«, murmelte der untersetzte, fast glatzköpfige Mann.

»Macht nichts, hier hört uns sowieso niemand. Geh du nach innen und schieb ihn raus, damit wir das Paket besser greifen können.«

Wenig später war das verschnürte Bündel, in dem Roman Pispers in einer Welt zwischen Wachen und Schlafen vor sich hin fantasierte, an der Ladekante angekommen. Bucharow griff sich die etwas leichtere Unterseite, seinem Helfer überließ er großzügig die andere.

»Los, lass uns schnell machen.«

Sie hoben den verpackten Körper an, trugen ihn ans Ende des etwa drei Meter entfernten Containers. Dort legten sie ihn kurz auf der Kante ab, griffen jeweils unter die Mitte des Bündels und schubsten ihn anschließend in die höchstens einen Meter tiefe Mulde. Bucharow, der zuvor ein paar dünne Lederhandschuhe übergestreift hatte, ging an seinem Helfer vorbei auf die rechte Seite des stählernen Ungetüms, holte die Lampe hervor und zog an einem Hebel. Sofort erhöhte sich die Leerlaufdrehzahl des großvolumigen LKW-Motors. Dann drückte er auf einen grün schimmernden Knopf, woraufhin sich am Oberteil der Hebelmechanik ein massives, die gesamte Breite des Autos messendes Metallschild nach oben bewegte. Es fuhr zurück, gerade so, als wolle es Anlauf nehmen, dann wieder nach unten und schmiegte sich mit beängstigender Präzision an die Wand der Stahlkonstruktion. Millimetergenau bewegte sich das hydraulisch angetriebene und fast eine Tonne schwere Schild auf das Bündel am unteren Ende der Mulde zu, hatte es schließlich erreicht und begann, es in Richtung des Müllsammelbehälters zu schieben.

*

Roman Pispers hörte ein merkwürdiges Geräusch, das ihn an eine Begebenheit aus seiner Kindheit erinnerte. Ein Summen.

Das werden doch nicht wieder diese furchtbaren Hornissen sein? Verdammt, die haben mich damals ganz schön zugerichtet. Wo war das eigentlich genau gewesen? Am Gardasee? Klar war das am Gardasee gewesen, während seines ersten Urlaubs mit der Mutter in Italien.

Sie waren gewandert und der kleine Roman hatte mit einem Stock in etwas herumgepopelt, was sich als keine gute Idee erwiesen hatte. Sofort war er umzingelt gewesen von einem Hornissenschwarm, der ihn ordentlich zerstochen hatte.

Einige Zeit später wurde das Geräusch untermalt von einem ... Wimmern.

Hornissen, die wimmern? Quatsch, das gibt's doch gar nicht!

Aber sonst war es ganz schön gewesen in Italien, damals.

Sie waren auch nach Verona gefahren und hatten sich diese riesige Schüssel angesehen, in der vor ganz langer Zeit die Löwen auf die Christen losgelassen worden waren; hatte seine Mutter ihm zumindest erzählt, aber ganz geglaubt hatte er ihr nicht. Vielleicht auch, weil ihm die Vorstellung daran so gruselig gewesen war.

Nun bekam er wieder schlechter Luft, doch mittlerweile war er schon mehr als erfahren darin, das kleine Loch, das ihn mit der Außenwelt verband und mit Sauerstoff versorgte, mit der Zunge zu ertasten.

Schwupps, schon passiert. Hallo, hier ist die Öffnung!

Er presste den Mund, um den herum getrocknetes Blut klebte, an den Kunststoff und sog gierig nach Luft, doch diesmal schien es ihm so, als wäre der Kanal verstopft. Wieder und wieder versuchte er, etwas anzusaugen, doch anstatt die Lungen zu füllen, wurden sie immer weiter entleert. Er bemerkte, dass sie nicht nur entleert wurden, sondern quasi zusammengepresst. Und mit den Lungenflügeln komischerweise auch sein gesamter Körper. Alles wurde plötzlich so eng, dass er für einen Moment glaubte, platzen zu müssen, doch dann stoppte das Wimmern, und er bekam wieder ein wenig mehr Luft.

Ach herrje, und ich dachte schon, das sei es jetzt endgültig gewesen. Aber wie es scheint, wird jetzt wirklich alles gut.

*

Abraham Witzel, der Mann, der Sergej Bucharow dabei geholfen hatte, Roman Pispers aus seinem Kellerverlies im Untergeschoss des Petermann-Geländes zu holen, sah wie gebannt auf das sich nach unten bewegende Schild.

Das Bündel, das er und der Russe in die Mulde geworfen hatten, war schon fast verschwunden, zumindest glaubte er das im Schummerlicht dieser mondlosen Nacht erkennen zu können. Dann jedoch verstummte das Geräusch der Hydraulik, die Mechanik des Presswerks stoppte, und bis auf das Rasseln des LKW-Diesels von vorn, der das Ganze antrieb, und den Autos drüben auf dem Zubringer war nichts mehr zu hören.

»Was ist, willst du nicht weitermachen?«, murmelte der vielfach vorbestrafte Kleinkriminelle, der sich normalerweise mit Taschendiebstahl und Einbrüchen in Einfamilienhäuser über Wasser hielt.

»Doch, doch, gleich geht es weiter«, antwortete Bucharow leise. »Ich muss nur vorher noch eine Kleinigkeit mit dir besprechen.«

»Mit mir? Was willst du denn mit mir besprechen?«

»Fällt dir gar nichts ein, was ich mir dir besprechen sollte?«

Witzel schluckte so intensiv, dass er sich dabei verschluckte und zu husten anfing.

»Was sollte mir denn auf so eine blöde Frage einfallen?«, keuchte er. »Gar nichts fällt mir dazu ein.«

»Man hört, du triffst dich seit Längerem mit einem Bullen, um ihn so über dies und das zu informieren.«

»Wer sagt das? Das ist eine ganz blöde Lüge.«

»Der Bulle sagt das.«

Wenn es etwas heller gewesen wäre, dann hätte Bucharow sehen können, wie schlagartig jegliche Farbe aus Abraham Witzels Gesicht wich. Der am ganzen Oberkörper tätowierte Mann hustete erneut, wich dabei ein paar Trippelschritte zurück und hielt sich schließlich an der Seitenwand des LKW fest.

»Das stimmt nicht, ich rede mit keinem Bullen«, stammelte er in dem festen Bewusstsein, dass er erstens log und dass ihm zweitens Sergej Bucharow kein Wort glaubte. »Und wenn irgendjemand etwas anderes sagt, dann erzählt er totalen Bockmist.«

Witzels Stimme hatte bei seinem letzten Satz eine fast hysterische Note bekommen, auch, weil er wusste, dass mit Leuten wie dem Mann, der sich nun aufreizend langsam auf ihn zu bewegte, auf keinen Fall zu spaßen war.

»Du *bist* ein verdammter Spitzel«, zischte Bucharow, schnellte ansatzlos nach vorn und schlug dem wie erstarrt dastehenden Mann seine Faust direkt auf den Solarplexus, dem sofort die Luft wegblieb und der röchelnd auf den Boden sank. Als Nächstes setzte es einen Schlag auf den Hinterkopf, der wie eine Kurzzeitbetäubung wirkte. Eine sehr kurze Kurzzeitbetäubung, denn Abraham Witzel war keine 30 Sekunden später wieder bei Bewusstsein. Diese Zeit allerdings hatte der Russe genutzt, um ihn ebenfalls über die Ladekante zu heben und in der Mulde zu versenken, in die sie vorher gemeinsam Roman Pispers geworfen hatten. Wäre der aus der ehemaligen Sowjetunion stammende Witzel ein paar Sekunden früher aufgewacht, hätte er zumindest noch eine theoretische Chance gehabt, sich unter dem Pressschild hervorzuwinden, was Bucharow jedoch vermutlich mit einem gezielten Tritt oder Hieb zu verhindern gewusst hätte. So allerdings wurde seine schmerzende Brust wie mit einer Eisenfaust und völlig unerbittlich an das ob der Umstände seltsam ruhig daliegende Bündel neben ihm gepresst. Er schrie gellend auf, drückte mit den Armen dagegen an, bis er ein Knacken hörte und einen stechenden Schmerz spürte, und kurz darauf verstummten alle Geräusche.

17

Lenz und Hain hatten mit allen möglichen Menschen gesprochen, die in Frage kamen, Angelika Rohrschach gesehen zu haben, doch die Ergebnisse waren ernüchternd. Weder auf der Station noch auf dem Weg zum Ausgang noch am Taxistand vor der Klinik hatte irgendjemand von der Frau Notiz genommen oder war sie jemandem aufgefallen. Hain hatte eine Personenfahndung initiiert, wobei die beiden Polizisten keinesfalls davon überzeugt waren, dass diese Maßnahme zu etwas führen würde. Die Nummer des Anrufers, der sich kurz vor ihrem Verschwinden bei ihr gemeldet hatte, gehörte zu einem Prepaidanschluss, dessen erster Besitzer schon vor vielen Jahren das Zeitliche gesegnet hatte. Die Spurensicherung hatte das Krankenzimmer auf den Kopf gestellt und untersucht, jedoch ebenfalls ohne das geringste Ergebnis. Nach menschlichem Ermessen hatte die Frau ohne jeden fremden Einfluss ihr Zimmer verlassen.

»Alles Sackgassen«, brummte Lenz genervt. »Wir stehen ziemlich blöd da, wenn du mich fragst.«

Hain lehnte sich an den hinteren Kotflügel des Mazda und betrachtete den fast perfekt kreisrunden Mond am sternenklaren Himmel.

»Wenn du mit einem Widerspruch rechnen solltest, kannst du lange warten. Ich bin völlig im Arsch, stinke wie ein Puma und will nur noch nach Hause. Und falls du die Nase für heute noch nicht voll haben solltest, kannst du gern weiter den Sherlock Holmes von Kassel geben, aber ganz bestimmt ohne mich als Dr. Watson. Morgen früh gern, aber für heute ist definitiv Schluss.«

Damit ließ er sich auf den Fahrersitz fallen, zog die Tür ins Schloss und sah seinen Chef mit müden Augen an.

*

»Wieder ein Zwölf-Stunden-Tag«, stellte Maria Lenz fest, während sie ihrem Mann den Rücken massierte. »Hoffentlich bekommst du wenigstens irgendwann einen Ausgleich für diese viele Arbeit, Paul.«

Lenz stöhnte laut auf, weil sie auf eine brettharte Stelle in seinem Lendenwirbelbereich gestoßen war, danach begann er leise zu lachen.

»Was ist?«, wollte Maria wissen. »Soll ich aufhören?«

»Um Gottes willen, nein«, gab er schnell zurück. »Ich liebe es, wenn du mich massierst, auch, wenn es manchmal verdammt schmerzhaft ist.«

»Das liegt aber nun nicht an mir.«

»Ich weiß.«

Er ließ seinen linken Arm fallen und streichelte sanft über ihren Po.

»Nein, ich lache, weil ich mir diesen Gedanken schon lange abgeschminkt habe. Den Gedanken an einen Überstundenausgleich«, setzte er schnell hinzu, nachdem er ihr fragendes Gesicht gesehen hatte. »Klar kann ich manchmal die eine oder andere Stunde abfeiern, aber auf null wird dieses Spiel nie mehr ausgehen.«

Der Kommissar stöhnte erneut leise auf, weil Maria wieder etwas fester zugedrückt hatte.

»Aber das wusste ich schon, als ich mich bei der Kripo beworben habe, also beschwere ich mich jetzt auch nicht darüber.«

»Das ist gut«, stimmte sie ihm zu. »Alles andere würde

ohnehin nur zu irgendwelchen psychischen Verwerfungen führen.«

»Irgendwelche psychischen Verwerfungen. Das ist aber ein schöner Ausdruck für balla-balla.«

Maria Lenz nahm die Hände von seinem Rücken, trat neben ihn und schmiegte ihren Kopf an seinen Oberarm.

»Du weißt, Paul, dass du das alles nicht mehr machen müsstest. Wir haben mehr Geld, als wir bis zu unserem Lebensende auf den Kopf hauen können, wenn wir vernünftig damit umgehen. Wir könnten uns ein kleines Häuschen auf Sardinien oder sonst wo im Süden kaufen und uns auf die schönen Dinge des Lebens konzentrieren. An mir soll es nicht liegen, du musst nur Ja sagen, und schon geht es los.«

Der Hauptkommissar drehte sich um, nahm seine Frau sanft in den Arm und küsste zärtlich ihr Haar.

»Ich bin mir über diese Möglichkeit durchaus im Klaren, Maria, und es ist wirklich eine Option, um die mich nahezu 100 Prozent aller Männer beneiden, aber trotz der ganzen Lamentiererei manchmal kann ich aus vollem Herzen sagen, dass ich meinen Job liebe.«

Er ließ eine ihrer Locken durch seine Finger gleiten und schob anschließend seine rechte Hand unter ihr Top.

»He, du Jobliebhaber, was wird das denn?«, wollte sie leise wissen.

»Heute wirklich gar nichts, meine Liebe. Ich will einfach deine Haut spüren und wissen, dass du da bist.«

»Darauf kannst du dich verlassen, Paul.«

»Und was hast du heute so getrieben?«, wollte er kurz darauf übertrieben interessiert wissen, um möglichst elegant das Thema zu wechseln.

»Ich habe meinen ganz normalen Job in der Galerie gemacht. Mittags habe ich mich mit Judy getroffen.«

Sie sprach von Judy Stoddard, ihrer längsten und engsten Freundin.

»Wie geht es ihr und ihrem Mann?«

»So weit ganz gut, denke ich, wobei wir heute überhaupt nicht von ihnen gesprochen haben, sondern unser Gespräch sich fast ausschließlich um den Tod von Dominik Rohrschach gedreht hat.«

»Wieso denn das?«

»Judy und Rohrschach sind in grauer Vorzeit mal gemeinsam gesegelt. Es war eigentlich purer Zufall, sagt sie, aber man hat sich in der Karibik getroffen und eine Woche zusammen Segelurlaub gemacht.«

»Die beiden hatten sich unabhängig voneinander zur gleichen Zeit auf dem gleichen Boot angemeldet?«

»Ja. Er, seine Frau und fünf weitere Menschen, die sich vorher nie gesehen hatten.«

»Zufälle gibt es«, wunderte sich der Hauptkommissar.

»Das habe ich genauso gesehen. Judy erzählte mir, dass er schon damals einen Hang zu großen Gesten und dem Herumwerfen mit Geld gehabt hat, aber sonst soll er eigentlich ganz umgänglich gewesen sein. Die drei haben sich nach dem Urlaub noch ein paar Mal getroffen, aber irgendwann aus den Augen verloren. Nur, wenn mal wieder etwas über ihn in der Zeitung stand, und das war ja nicht allzu selten, wurde sie an ihn erinnert. Und natürlich heute, aber das sollte einen nicht wundern.«

»Nein, das wundert einen wirklich nicht.«

»Sie hat mir aber auch eine ganz interessante Geschichte erzählt, die sich um Rohrschach dreht.«

»So, was für eine Geschichte denn?«

»Vor ungefähr einem Monat, sagt sie, hat sie morgens am Frühstückstisch gesessen, als ihre Putzfrau im Haus ankam. Die beiden haben wohl, wie sie das immer machen, eine Tasse Kaffee zusammen getrunken, und dabei fiel der Blick ihrer Perle auf einen Artikel in der Zeitung oder besser gesagt auf ein Bild, ein Bild von Dominik Rohrschach. In dem Artikel ging es um irgendetwas mit Eishockey, aber das war ziemlich egal, denn es ging viel mehr um das, was die Putzfrau zu erzählen hatte.«

»Nun mach es doch nicht so spannend«, bat der Polizist, nachdem sie ein wenig gezögert hatte.

»Nein, ich will es nicht unnötig spannend machen, aber ich will auch keinen Unfug erzählen, deshalb wollte ich das Gespräch mit Judy noch einmal im Kopf durchgehen.«

»Gut, dann bist du wenigstens keine Knallzeugin für mich.«

»Was ist denn eine Knallzeugin?«

Lenz lachte laut auf.

»Das habe ich dir noch nie erzählt?«

»Nein, daran würde ich mich garantiert erinnern.«

»Also gut, dann eine kurze Exkursion in die Welt der Zeugen. Ein Knallzeuge oder eine Knallzeugin ist jemand, der steif und fest behauptet, einen Unfallhergang genau beobachtet zu haben. Dabei kann es sich auch um einen Tathergang handeln, das soll uns jetzt nicht weiter interessieren. Also, der Zeuge wird befragt und erklärt, dass er den gesamten Vorgang gesehen hat. Dann schildert er seine Eindrücke, die immer gleich klingen.

Also, es gab einen riesigen Knall, dann flog der eine Wagen durch die Luft. Der andere hat sich ein paarmal gedreht und kam am Bordstein zum Stehen.

Diese Angaben hören die Kollegen und ich ganz häufig, jedoch bringen sie uns definitiv nicht weiter, weil wir ganz besonders an den Sekunden und den Ereignissen *vor* dem

Knall interessiert sind. Deshalb sprechen wir eben von Knallzeugen. Es gibt sie, aber sie helfen uns nicht wirklich weiter.«

»Interessant. Und weil ich versucht habe, mich an das Gespräch mit meiner Freundin zu erinnern, bin ich mehr als eine Knallzeugin.«

»Definitiv, ja. Also, lass hören.«

»Die Putzfrau«, fuhr Maria nach einer weiteren kleinen Denkpause fort, »deutet auf das Bild in der Zeitung und berichtet Judy, dass sie den Mann, der darauf zu sehen ist, am Tag zuvor getroffen hat, und zwar in einem Architekturbüro, in dem sie auch putzt.«

»Um welches Büro handelt es sich?«

»Das kann ich dir nicht sagen, weil ich sie nicht danach gefragt habe.«

»Gut. Weiter.«

»Die Putzfrau, eine Griechin, die des Deutschen nicht bis ins letzte Detail mächtig ist, wobei das vermutlich noch eine völlig verharmlosende Untertreibung sein dürfte, ist also in diesem Architekturbüro am Feudeln, und irgendwann wird ihre Aufmerksamkeit auf ein Gespräch gelenkt. Oder vielleicht sollte man besser von einem handfesten Streit sprechen, zumindest ist es das, wovon sie Judy gegenüber spricht. Dominik Rohrschach und der Boss des Büros sitzen sich gegenüber und beschimpfen sich auf das Allerübelste; es war wohl so schlimm, dass die Putzfrau Angst hatte, die beiden würden sich an die Gurgel gehen. Na, ja, irgendwann haben sie sich beruhigt, dann flammte der Streit erneut auf, und kurz, bevor die Frau ihre Arbeit beendet hatte, wurde Rohrschach von dem Architekten kurzerhand aus dem Haus geworfen. Das war für die arme Putzfrau kaum auszuhalten, so hat es mir Judy zumindest erzählt, und auch am nächsten Tag sei sie noch ganz aufgelöst gewesen.«

»Ach, Maria, Streit unter Geschäftsleuten gibt es immer wieder. Ich werde zwar morgen mal herauszufinden versuchen, um welchen Architekten es sich dabei gehandelt hat, aber große Bedeutung messe ich dieser Sache nicht wirklich bei.«

Er schnaufte kurz durch und küsste seine Frau zärtlich auf den Mund.

»Rohrschach hat, wenn ich seine Witwe richtig verstanden habe, bei vielen Menschen in der Stadt Schulden gehabt, vielleicht gehörte das Architekturbüro dazu. Meinst du, Judy erzählt mir den Namen ihrer Perle?«

»Hm, soweit ich weiß, geht das alles, zumindest bei Judy, bar auf Tatze, also schwarz, und ich weiß nicht, ob die Griechin so begeistert davon ist, wenn die Polizei sie zu befragen versucht.«

»Es wäre ein rein informelles Gespräch.«

»Ich weiß nicht …«

»Vielleicht rufst du sie mal an und fragst sie?«

»Wenn du etwas von ihr willst, dann fragst du sie selbst danach. Ich hänge mich garantiert nicht dazwischen.«

»Gut, dann mache ich das. Meinst du, sie ist jetzt zu Hause?«

Er sah auf seine Armbanduhr.

»Oder ist es vielleicht schon zu spät?«

»Nein, das glaube ich nicht. Sie sitzt garantiert auf der Terrasse und schmökert in einem Buch, das macht sie an diesen lauen Sommerabenden eigentlich immer.«

Judy Stoddard saß tatsächlich auf der Terrasse und las in einem Buch.

»Hi, Paul«, meldete sie sich überrascht, »da habe ich ja heute die ganze Lenz-Bande abgearbeitet.«

Der Polizist machte ein wenig Small Talk, kam dann

jedoch relativ schnell zum eigentlichen Grund seines Anrufs.

»Klar würde ich dir den Namen meiner Putzfrau sagen«, erklärte die Amerikanerin nachdrücklich. »Aber das ist doch bestimmt nicht nötig, wenn ich dir sage, in welchem Büro sie hauptsächlich arbeitet. Denn du willst ja eigentlich gar nichts von meiner armen Elena, die sowieso im Moment in ihrem wohlverdienten Griechenlandurlaub weilt, sondern diesem komischen Architekten auf den Zahn fühlen, oder?«

Lenz dachte einen Augenblick nach.

»Ja, das würde mir schon reichen. Falls es Nachfragen zu dem Gespräch zwischen Rohrschach und dem Architekten geben sollte, kann ich immer noch versuchen, mit ihr persönlich zu sprechen.«

»Genau so sollten wir es machen, Paul.«

»Ja, dann sag mir doch mal, um welches Architekturbüro es sich handelt.«

»Es heißt Mühlenberg & Mühlenberg.«

»Der Name sagt mir rein gar nichts. Kennst du das Büro?«

»Nein«, erwiderte Judy Stoddard laut lachend. »Ich habe ein Haus und muss mit Architekten, knock on wood, nichts zu tun haben. Und so soll es auch bleiben.«

In der folgenden Nacht ging ein starkes Gewitter über der Stadt nieder, dessen Folgen auch am nächsten Morgen noch überdeutlich zu erkennen waren. Die Straßen waren übersät mit abgebrochenen Ästen, in den Rinnsteinen sammelte sich der Schwemmschmutz, und auch Stunden nach dem eigentlichen Ereignis heulten die Sirenen der Feuerwehr auf. In einem Vorort war ein Mann von einem umstürzenden Baum erschlagen worden, und auch mehr als drei Dutzend Autos hatten Bäume und herumfliegende Äste erwischt. Als Lenz in der Straßenbahn die Lokalzeitung aufschlug, musste er ein paar Sekunden mit aufsteigender Übelkeit kämpfen, denn als Schlagzeile, zusätzlich verstärkt durch ein großes Bild des Protagonisten, leuchtete ihm ›Verschleppt aus der Türkei – die Leiden des Mehmet G.‹ entgegen.

Ausgerechnet die Lokalpostille, dachte der Polizist angewidert. Zuerst schreiben sie ihn hoch, als er fällt, treten sie aufs Übelste nach, und jetzt ist er wieder der arme Mehmet, den man aus der Türkei nach Deutschland verschleppt hat. Wirklich zum Kotzen, diese Art von Journalismus.

Im Präsidium traf sich kurz nach seinem Eintreffen die Ermittlungsgruppe zum Mordfall Rohrschach und tauschte sich in einer etwa halbstündigen Sitzung aus, danach ging jeder der sieben anwesenden Beamten seinen von Lenz verteilten Aufgaben nach. Nur Bernd Haberland wartete vor der Tür, als der Hauptkommissar mit Thilo Hain im Schlepptau aus dem Raum kam.

»Kann ich Sie kurz unter vier Augen sprechen, Herr Lenz?«, wollte er wissen.

»Klar, Haberland, was gibt es denn?«

Der neue Mann im Team blickte kurz Hain an, dann den Leiter von K11.

»Wenn es geht, würde ich Sie gern allein …«

»Ach, klar, kein Problem«, entgegnete Lenz verbindlich. »Warte bitte bei Uwe auf mich, Thilo.«

Hain nickte und war auch schon um die nächste Ecke verschwunden.

»Wollen wir besser in mein Büro gehen?«, schlug der Hauptkommissar vor.

»Ja, gern.«

»Also, warum ich Sie um dieses Gespräch gebeten habe«, begann der hellblonde, pickelige Mann vor dem Schreibtisch, nachdem sie Platz genommen hatten, »können Sie sich vermutlich denken, Herr Lenz.«

Der Angesprochene zog erstaunt die Augenbrauen hoch und ließ sich in seinen Drehstuhl zurückfallen.

»Nein, beim besten Willen kann ich das nicht. Sie müssen mir also schon erzählen, was ich für Sie tun kann.«

»Es geht um … na, ja, …«, druckste Haberland herum, »es geht um die Art, wie Sie mich hier behandeln. Das bin ich so von meinen anderen Einsätzen nicht gewöhnt.«

»Oh, das tut mir aber leid. Wie behandle ich Sie denn?«

»Na ja, irgendwie wie einen Außenstehenden. Ich fühle mich einfach nicht ins Team integriert, wenn Sie verstehen, was ich meine.«

»Auch da muss ich passen, Herr Haberland. Aber Sie können mir doch bestimmt in ein paar kurzen Sätzen erklären, was in den anderen Abteilungen oder bei Ihren anderen Einsätzen den großen Unterschied ausgemacht hat.«

Haberland schluckte.

»Nun, die haben mich einfach von Anfang an mehr ins Team integriert. Zum Beispiel war ich da immer von Anfang an mit allen per Du. Und ich wurde mit Aufgaben betraut, die mich auch gefordert haben.«

»Und das fehlt Ihnen alles hier bei uns?«

»Ja, schon.«

Lenz ließ die Lehne seines Stuhles nach hinten kippen, legte die Füße auf den Schreibtisch und verschränkte die Arme hinter dem Kopf.

»Wie lange, Haberland, haben Ihre Einsätze in den

Abteilungen denn in der Regel gedauert, von denen Sie mir gerade so vorschwärmen?«

Wieder ein Schlucken.

»Ach, ich bin ja eher ein umtriebiger Typ, der sich gern Neues anschaut. Deshalb sollte man meine Verweilzeiten in den einzelnen Abteilungen mit etwas anderen Maßstäben messen, Herr Lenz.«

»So, so, ein umtriebiger Typ sind Sie«, wiederholte Lenz die Worte des Mannes vor dem Schreibtisch süffisant. »Man könnte allerdings auch ein anderes Wort dafür finden, wenn man es ehrlicher ausdrücken möchte als Sie.«

»Was … wie … meinen Sie das?«

»Man könnte auch sagen, dass Sie ein mordsmäßiger Korinthenkacker sind, Herr Haberland; manche sprechen sogar offen von einem Querulanten, wenn die Rede auf Sie kommt, der vor allem eins wichtig nimmt, nämlich sich selbst. Und wieder andere bezeichnen Sie als die größte Plage, die die hessische Polizei je heimgesucht hat, aber das ist glücklicherweise noch die Minderheit. Und wenn wir gerade dabei sind«, fuhr der Hauptkommissar völlig ungerührt fort, »ist dieses Kommissariat hier garantiert die letzte Chance für Sie, bevor man sich etwas wirklich Gemeines mit Ihnen überlegt. Also, kommen Sie mir nicht mit irgendwelchem Scheiß von wegen umtriebiger Typ, sondern erledigen Sie die Aufgaben, die man Ihnen stellt.«

Bernd Haberland sah aus, als würde er in der nächsten Sekunde zu weinen anfangen, doch irgendeine wunderbare Macht ließ es nicht zum Äußersten kommen.

»Das kann ich jetzt aber nicht so stehen lassen, Herr Lenz«, widersprach er mehr als kläglich. »Meine Beurteilungen sprechen eine ganz andere Sprache, das möchte ich ganz deutlich zum Ausdruck bringen.«

»Das kann schon sein, dass Sie das so sehen, Haberland, aber das liegt einzig und allein daran, dass Sie keine Beurteilungen lesen können; zumindest nicht den Subtext, der jeder Beurteilung für die Kundigen beigefügt ist.«

»Subtext?«

»Ja, der Subtext. Dieser Subtext sagt in Ihrem Fall zum Beispiel aus, dass Ihr Selbstbild und das Fremdbild, also das Bild, das die Leute von Ihnen haben, diametral zueinander stehen. Vereinfacht ausgedrückt heißt das nichts anderes, als dass Sie nicht sehen können oder wollen, was für ein Arschloch Sie in vielen Situationen sind.«

Haberlands Kinnlade stand nun so weit offen, dass man ihm ohne größere Schwierigkeiten oder Hilfsmittel die Mandeln hätte herausoperieren können.

»Sind Sie sicher, Herr Lenz?«

»Ja, da bin ich ganz sicher. Allerdings bin ich, wenn ich Sie mir jetzt so ansehe, nicht wirklich sicher, ob Ihnen das schon mal jemand in solch einer wertschätzenden und mitfühlenden Art gesagt hat wie ich gerade.«

Wieder bewegte sich der Adamsapfel des jungen Polizisten nach oben und zurück.

»Wertschätzend und mitfühlend nennen Sie das?«

»Sehen Sie«, erwiderte der Hauptkommissar ungeniert grinsend, »Sie können einfach keinen Subtext lesen. Meine Worte haben getrieft vor Ironie, aber das interessiert Sie nicht, weil Sie es einfach nicht bemerken oder bemerken wollen. Sie müssen definitiv lockerer werden.«

»Aber ich bin doch ein total lockerer Typ«, widersprach Haberland energisch. »Ich bin wirklich …«

»Sie sind nicht locker!«, schrie Lenz aus voller Kehle, jedoch ohne jegliche Aggressivität. »Sie sind es einfach nicht. Aber Sie könnten es werden, Haberland. Jeder Mensch kann das, wenn er an sich arbeitet.«

Er stand auf, beugte sich nach vorn und sah seinem jüngsten Mitarbeiter tief in die Augen.

»Was sagt eigentlich Ihr Therapeut zu diesen ganzen Problemen?«, wollte er schließlich mit gerunzelter Stirn und zusammengekniffenen Augen wissen.

»Wie, mein Therapeut?«, echauffierte sich Haberland. »Ich brauche doch keinen Seelenklempner!«

»Sehen Sie, das könnte schon mal eine fatale Fehleinschätzung sein, Herr Kollege. Was würden Sie also davon halten, wenn Sie diesen Zustand änderten?«

»Aber ich sage doch, ich brauche so etwas nicht.«

Lenz kam gemessenen Schrittes um den Schreibtisch herum, ließ sich in den Stuhl neben Haberland fallen und faltete die Hände vor dem Bauch.

»Sie wissen, dass ich veranlassen könnte, Sie einer psychologischen Untersuchung zu unterziehen, wenn ich der Meinung wäre, dass Sie für den Dienst in K11 nicht geeignet sind. Mental, meine ich. Aber weil das in Ihrem Fall einer Hinrichtung gleichkommen würde, mache ich Ihnen einen Vorschlag zur Güte, Haberland.«

»Ja? Und wie sieht der aus?«

»Du suchst dir einen Coach, Junge; so nennen die Fachleute das, wenn sie nicht wollen, dass einer mitkriegt, dass jemand psychologische Hilfe braucht. Du kannst es auch Supervision nennen, das ist mir völlig wumpe, aber ich will, dass du was an dir und deinen komischen Macken machst. Klar?«

»Sie meinen, ich soll …«

Lenz nickte.

»Ich habe dich genommen, weil ich glaube, dass du nicht

doof bist. Über alle Maßen schwierig, das schon, und wenn sie mich gefragt hätten, ob so einer wie du bei der Polizei unterkommen kann, hätte ich die Hände über dem Kopf zusammengeschlagen und dich um jeden Preis abgewimmelt. Jetzt haben wir dich aber nun mal am Hals und müssen sehen, was dabei herauskommt, wobei ich allerdings glaube, dass es nicht ohne professionelle Hilfe gehen wird.«

Nun lief wirklich eine Träne über das Gesicht des jungen Polizisten.

»Aber was sollen denn die Leute sagen, wenn sie erfahren, dass ich …«

»Das wird nie jemand erfahren, wenn du es nicht gerade saublöd anstellst. Und wenn, ist es auch kein Beinbruch. Also, ist das unser kleiner Deal?«

Haberland wischte sich über die Wange und sah zu Boden.

»Wenn ich Sie richtig verstanden habe, bleibt mir eigentlich keine Wahl, oder?«

»Das ›eigentlich‹ kannst du streichen. Schaffst du es, bis nächste Woche den ersten Termin zu vereinbaren? Du bist Privatpatient, das würde, wenn du es wolltest, so schnell gehen.«

»Wenn Sie es so wollen, dann muss ich wohl.«

»Anregen würde mir viel besser gefallen. Das andere klingt so aufgezwungen, und das mögen Therapeuten auf den Tod nicht leiden.«

»Von mir aus, dann halt angeregt.«

»Gut, dann wäre das ja geklärt«, meinte Lenz erfreut, stand auf und ging zur Tür.

»Ach, ja, noch etwas«, drehte er sich mit der Klinke in der Hand um, »das Du muss man sich hier erarbeiten. Und sei froh, dass du es nicht auf dem Präsentierteller geschenkt bekommst wie in den anderen Abteilungen, wo du rausgeflogen warst, bevor du die Vornamen der Kollegen überhaupt auswendig gelernt haben konntest. Und jetzt setz dich in Bewegung und versuch herauszufinden, wie es um die Finanzen von Roman Pispers steht.«

*

»Was wollte er?«, fragte Hain, als Lenz im Büro des Pressesprechers angekommen und mit einem frischen Kaffee versorgt worden war.

»Ach, was wegen der Schießausbildung, nichts Wichtiges. Er würde gern einen Termin verlegen, ist jedoch alles kein Problem.«

»Ich war schon überrascht, als ich gehört habe, dass du ihn nehmen würdest«, wandte Wagner von hinter dem Schreibtisch ein. »Du weißt, wie man im Präsidium über ihn spricht?«

»Klar weiß ich das, Uwe. Aber was soll man denn sonst mit einem solchen Jungen machen, den keiner leiden kann, weil er ein echtes Arschloch sein kann?«

»Du denkst doch nicht etwa, dass du an diesem Zustand auch nur ein Jota ändern kannst, Paul? Das haben schon ganz andere versucht als du und ich. Er wäre außerdem nie bei uns gelandet, wenn sein Vater nicht mit dem Innenminister Golf spielen würde.«

»Ich weiß, Uwe, auch diese Geschichte kenne ich. Aber vielleicht ist er ja doch zu irgendwas zu gebrauchen, und eine Chance hat nun mal jeder verdient, auch das größte Arschloch.«

»Ho, ho«, machte Hain mit aufgerissenen Augen, »seid aufmerksam und lauschet dem heiligen Paule, dem Erretter der mittelmäßigen und großmäuligen Arschlöcher und auch deren Nachwuchses.«

»Dein Mund bewegt sich zwar, Thilo, aber irgendwie schaffen es die Schallwellen, falls du tatsächlich welche produzieren solltest, nicht, bis zu mir durchzudringen. Also spar dir die Mühe.«

Er wandte sich Uwe Wagner zu.

»Und du erzählst mir alles, was du über das Architekturbüro Mühlenberg & Mühlenberg weißt, Uwe.«

»Wie kommst du denn auf die, Paul? Haben die was mit eurem Fall zu tun?«

»Das weiß ich noch nicht, vielleicht aber schon.«

»Was weißt du denn schon wieder«, wollte Hain ein wenig angepisst wissen, »was ich nicht weiß?«

»Vielleicht weiß ich was, vielleicht ist es auch nur wieder eine dieser vielen Sackgassen, in denen wir so gern enden. Also, Uwe, was weißt du über den Laden?«

»Pah«, lehnte sich Wagner zurück und tat, als würde er nachdenken, »allzu viel ist das nicht. Die beiden Namensgeber sind Brüder, das kann ich dir immerhin sagen, und dass sie ihr Büro in der Wilhelmshöher Allee haben, direkt gegenüber des Bahnhofs.«

Es folgte eine kurze Pause.

»Was ich sicher weiß, ist, dass sie bis vor ein paar Monaten die Hausarchitekten von Dominik Rohrschach waren, dieses über Jahre entstandene Buddyverhältnis ist allerdings mit einem großen Knall zu Ende gegangen, und zwischenzeitlich hat man sich, so weit ich es mitbekommen habe, mit gegenseitigen Klagen überzogen. Die Architekten haben auf Zahlung von Werklohn geklagt und ein richtig fieses Inkassobüro eingeschaltet, um an ihre Kohle zu kommen, im Gegenzug hatte Rohrschach diverse Gegenklagen aufs Gleis gesetzt.«

Er sah seinen Kollegen herausfordernd an.

»Und weil ich das alles weiß, ist es ganz sicher kein Zufall, dass du diesen Namen und dieses Architekturbüro gerade jetzt ins Spiel bringst. Also, um mit Thilo zu reden, was weißt du, was wir nicht wissen?«

Lenz erzählte seinen beiden Kollegen von dem abendlichen Gespräch mit seiner Frau und dem sich kurz darauf anschließenden mit Judy Stoddard.

»Das muss natürlich nichts heißen«, beendete der Leiter der Mordkommission seinen kleinen Vortrag, »aber nachgehen müssen wir der Sache schon.«

»Und warum hast du vorhin nichts dazu gesagt, als wir mit den Kollegen zusammengesessen haben?«, wollte Thilo Hain wissen.

»Weil das nichts gebracht hätte. Wir beide gehen los und sprechen mit diesen Architekten, warum sollte ich es also in der Morgenrunde zum Thema machen?«

»Stimmt, da hast du recht.«

»Ihr solltet«, schlug Uwe Wagner vor, »die Jungs auf jeden Fall fragen, ob mittlerweile Geld geflossen ist. Wie ich es verstanden habe, ist das Büro schon sehr auf die ausstehende Kohle von Rohrschach angewiesen, vermutlich auch deshalb, weil sie sich voll in die Petermann-Sache reingehängt haben.«

»Kannst du kurz zusammenfassen, was es mit dieser Petermann-Geschichte auf sich hat?«

»Klar«, erwiderte der Pressemann, nahm einen Schluck Wasser und lehnte sich zurück.

»Das Petermann-Gelände in Bettenhausen war dem dortigen Ortsbeirat seit vielen Jahren ein Dorn im Auge, weil es so langsam am Verfallen ist. Also wurde im Rathaus so lang interveniert, bis sich eine Lösung dafür ergab, und die sah vor, dass an dieser Stelle eine sogenannte Multifunktionshalle errichtet werden sollte. Außerdem war in den weiteren Planungen von einem sogenannten Technischen Rathaus die Rede, was aber eher der Tatsache geschuldet war, dem auserkorenen Investor, also Dominik Rohrschach, dauerhafte Mieteinnahmen zu garantieren.«

»In dieser Multihalle«, warf Hain ein, »sollte doch der damals noch recht erfolgreiche Eishockeyverein ein Zuhause finden, wenn ich mich recht erinnere.«

»Ganz genau«, stimmte Wagner zu. »Außerdem ein Handballverein aus der Region, der aber recht schnell abgesprungen ist. Also, um es kurz und klein zu machen, nach der Pleite der Eishockeytruppe war der Traum von der Multifunktionshalle schneller ausgeträumt, als ein Puck von der blauen Linie bis ins leere Tor braucht. Danach hat man die Idee des Technischen Rathauses so lange proklamiert, bis ein weiterer potenzieller Mieter, den Rohrschach aufgerissen hatte, entnervt das Handtuch warf. Damit waren alle Träume endgültig geplatzt und übrig eine Bauruine, aus der man alle alten Mieter vertrieben hatte und auf deren Hof seitdem eine riesige Menge an Bauschutt herumliegt, weil angefangen abzureißen hatte man schon, man wollte ja Fakten schaffen im Lager Rohrschach. Und hier kommen die Architekten ins Spiel, denn die haben immer auf dem Gaspedal gestanden und versucht, das ganze Projekt möglichst schnell und auch unter Zuhilfenahme von verbrannter Erde, also den beschriebenen Fakten, aufs Gleis zu heben.«

»Mit der Folge, dass Rohrschach, wie man in den letzten Wochen lesen konnte, in die Pleite getrudelt ist.«

»Das habe ich auch gelesen, aber wenn ich wetten sollte, dass er wirklich pleite ist, würde ich vermutlich die Hand nicht hochkriegen, um einzuschlagen.«

»Du meinst, er ist nicht …?«

»Ach, nach außen hin pleite kann er meinetwegen sein, aber einer wie Rohrschach ist clever genug, um seine Schäfchen schon vorher ins Trockene gebracht zu haben.«

»Soweit ich es verstanden habe«, gab Thilo Hain zu bedenken, »hat er voll und persönlich für das ganze Schlamassel haften müssen.«

»Das kann wohl sein, aber es gibt doch immer Mittel und Wege, wie man dieser …«

Der Polizeisprecher brach ab, weil das Telefon auf seinem Schreibtisch klingelte.

»Ja, Wagner«, meldete er sich und lauschte danach ohne jedes Wort für mindestens 30 Sekunden dem Anrufer.

»Wie peinlich ist das denn?«, entfuhr es ihm schließlich sichtlich erheitert. »Weißt du, wo er jetzt ist?«

Wieder eine Phase des Zuhörens.

»Nein, wenn ich noch etwas wissen muss, melde ich mich bei dir«, gab er seinem Gesprächspartner mit auf den Weg, bevor er das Telefonat beendete und den Hörer auflegte.

»Das glaubt ihr jetzt nicht«, grinste er seine Kollegen und Freunde an.

»Was glauben wir nicht?«, fragte Hain neugierig.

»Der Mehmet hat letzte Nacht versucht, sich die Lichter auszuschalten.«

»Ein Suizidversuch?«

»So nennt man das, so weit ich weiß, landläufig, aber in dem Fall würde ich, nachdem ich die Einzelheiten kenne, nicht so weit gehen.«

Wieder huschte ein Grinsen über sein Gesicht.

»Der Mehmet fühlt sich vermutlich im Knasthospital nicht recht wohl, deshalb hat er versucht, sich die Pulsadern zu öffnen. Allerdings ist er mit einer so stumpfen Nagelfeile auf sein Handgelenk losgegangen, dass es gerade mal für eine oberflächliche Verwundung gereicht hat. Und er hat es quer zur Fahrtrichtung gemacht, was schon von vornherein jeden Versuch zum Scheitern verurteilt.«

»Was für ein Idiot«, stellte Lenz kopfschüttelnd fest.

»Ja, zumal wenn man weiß, dass er, nachdem er ein klein wenig Blut aus der Wunde gequetscht hatte, wie am Spieß um Hilfe gebrüllt hat.«

18

Fred Mühlenberg betrachtete den Kontoauszug, der vor ihm lag, mit sichtlichem Unbehagen. Dann hob er den Computerausdruck an und reichte ihn seinem Bruder.

»Viel muss ich dazu vermutlich nicht sagen, Uli«, bemerkte er leise. »Das ist unser Todesurteil, ohne jede Frage. Das Geld von Rohrschach, das uns gerettet hätte, müssen wir als verloren ansehen, und ohne das geht es nicht weiter.«

»Aber du hast doch gestern noch getönt, dass uns das Geld, das wir über die Bürgschaft von Tante Beate kriegen, die nötige Zeit verschaffen wird.«

»Davon war ich auch überzeugt. Ich konnte doch nicht ahnen, dass sich die Bank so stur stellen würde, was die Auszahlung angeht.«

»Und was macht dich so sicher, dass Rohrschachs Frau uns nicht doch ausbezahlt?«

Ein weiteres Schreiben segelte über den Schreibtisch.

»Von ihrem Anwalt. Er schreibt, dass er keinen Spielraum sieht, die geforderte Summe an uns auszahlen zu lassen, weil unsere Leistungen dies nicht rechtfertigen würden. Außerdem lässt er uns wissen, dass er eine weitere Schadenersatzklage auf den Weg bringen wird, in der es um eine Summe von mindestens 770.000 Euro gehen wird.«

»Aber das stimmt doch alles nicht, wir haben an dem Projekt gerackert wie die Irren. Wie kommt dieser Winkeladvokat auf die verrückte Idee, so viel Geld von uns zu verlangen?«

»Ich weiß es nicht, weil die Klage noch nicht eingegangen ist, aber vermutlich haben die sich wieder alles zu ihren Gunsten zusammengereimt, wie diese Rechtsverdreher nun mal sind.«

Uli Mühlenberg sah durch die von der anderen Seite getönte Glasscheibe in den großen Büroraum, in dem mehr als 15 Frauen und Männer arbeiteten.

»Die vertrauen uns, Fred, die haben uns alle immer vertraut. Wie sollen wir denen erklären, dass wir es nicht geschafft haben, nach allem, was sie für uns getan haben?«

»Ach, nach allem, was sie für uns getan haben«, äffte der ältere der Mühlenbergs seinen kleinen Bruder nach. »Die haben immer gut mit und von uns gelebt, und jetzt ist eben Schluss damit. Wir haben immer alles getan, damit der Laden gelaufen ist und der Schornstein geraucht hat, und das ist nun vorbei.«

»Und was wird aus uns?«

»Was soll schon aus uns werden? Wir müssen uns einen Job suchen, was sonst?«

»Aber die Schulden bleiben uns doch«, seufzte Uli. »Wir werden Jahre daran zu knabbern haben, bis wir den Banken alles zurückgezahlt haben, wenn das überhaupt in unserem Leben noch klappen sollte.«

»Darüber habe ich auch schon nachgedacht, Uli«, entgegnete Fred leise. »Und ich habe eine Idee entwickelt, die es wenigstens einem von uns erlauben könnte, halbwegs ungeschoren aus der Sache herauszukommen.«

»Und wer sollte das deiner Meinung nach sein?«

»Na du natürlich. Du warst immer derjenige, der vor der Expansion und der Fixierung auf die Projekte von Rohrschach gewarnt hat, und ich wollte nicht auf dich hören. Also ist es jetzt nicht mehr als richtig, wenn ich dich aus der Schusslinie nehme und die Sache allein regle.«

»Sag mal, spinnst du jetzt komplett? Entweder gehen

wir gemeinsam den Bach runter oder wir überleben die Sache gemeinsam.«

»Hör auf mit diesem Theater, Uli, ich weiß, dass du es nicht ernst meinst. Du kannst es nicht ernst meinen, weil du eine Familie hast, an die du denken musst. Was soll denn aus deinen Kindern werden, wenn du mit einer Million oder mehr an Schulden neu anfangen musst? Nein, wir müssen sehen, dass wir das anders verteilen.«

Er zog eine Schreibtischschublade auf und nestelte ein paar DIN-A4-Blätter hervor.

»Ich habe einen Vertrag aufsetzen lassen, der dich komplett aus der Haftung herausnimmt, Uli. Den musst du nur unterschreiben, und die Sache ist komplett erledigt für dich.«

»Was redest du denn da für einen Scheiß? Wir sind gesamtschuldnerisch in der Haftung und haben für alle Kreditverträge gemeinsam unterzeichnet. Mit diesem … Papier würden wir auf der Bank nicht einmal ein Lachen ernten.«

»Das ist im Prinzip richtig, aber es gibt für alles eine, sagen wir mal, elegante Lösung.«

Uli Mühlenberg schüttelte entnervt den Kopf.

»Hör auf mit diesem Schmus, verdammt noch mal, ich bin nicht einer unserer potenziellen Auftraggeber, der von einer Arbeit überzeugt werden muss. Ich bin ein klar denkender Mensch, der keine Lust hat, von seinem Bruder nach Strich und Faden verarscht zu werden.«

»Jetzt komm aber mal von deinem hohen Ross runter, du blöder Arsch«, zischte Fred Mühlenberg beleidigt. »Ich eröffne dir einen Weg, dieses ganze Schlamassel hinter dir zu lassen, und was machst du? Du beleidigst mich zutiefst dafür.«

»Aber es gibt keinen gangbaren Weg, wenn du mich fragst, Fred.«

»Doch, den gibt es, du Dickkopf, und wenn du mir einmal eine Minute zuhören würdest, ohne mich dauernd zu unterbrechen, könnte ich ihn dir auch erklären.«

»Dann fang mal an.«

»Du weißt«, begann der Architekt hinter dem Schreibtisch mit gesenktem Kopf, »dass ich seit fast 20 Jahren an der Börse aktiv bin.«

»Klar, aber mit wirklich mäßigem Erfolg.«

»Wolltest du mich nicht mal ausreden lassen?«

»Klar, 'tschuldigung.«

»Also, dass ich mit meinen Spekulationen nicht erfolgreich war, ist nicht ganz richtig. Ich habe zwar ein paar Investments in den Sand gesetzt, aber viel mehr erfolgreiche durchgezogen, und das waren in der Regel die Größeren, also die Ertragreicheren.«

Er räusperte sich, und sein Bruder hatte den Eindruck, dass es ihm wirklich schwerfiel, über diese Börsenaktivitäten zu sprechen. Er beugte sich nach vorn und hob fragend die Hände.

»Was ist denn jetzt los? Willst du mir etwa erzählen, dass du unser allerletztes Geld an der Börse verzockt hast?«

»Nein, ganz im Gegenteil. Ich habe seit Jahren kein Geld mehr verloren, sondern Zug um Zug jedes Jahr eine Menge Kohle eingestrichen. Allerdings habe ich das Geld nicht in Deutschland versteuert.«

»Wie meinst du das, eine Menge Kohle?«

»Ich habe die gesamte letzte Nacht daran gearbeitet und versucht, es auszurechnen, aber das ist nicht so ganz einfach. Was ich dir allerdings sagen kann, ist, dass ich von dem Geld zwei Häuser in der Schweiz gekauft habe, eins in Zürich und eins in Fribourg. Jedes hat einen Wert von etwa zweieinhalb Millionen Franken, was ausreichen würde, um unsere Schulden abzulösen und einen Neustart durchzuziehen.«

Uli Mühlenberg stand kurz auf, während er rot vor Zorn im Gesicht nach Luft schnappte, ließ sich wieder in den Sessel fallen und betrachtete seinen Bruder mit einer Mischung aus absolutem Unverständnis und tiefem, unverhohlenem Hass.

»Du erklärst mir hier so mir nichts dir nichts«, flüsterte er kaum hörbar, »dass du zwei Immobilien in der Schweiz besitzt, während wir hier nicht wissen, wie wir unseren Leuten das Gehalt bezahlen sollen? Ist das wirklich dein Ernst?«

Fred Mühlenberg hob beschwichtigend die Hände.

»Uli, es muss dir wirklich klar sein, dass es sich dabei ganz allein um mein Geld handelt. Ich habe es investiert, und ich habe es über die Jahre vermehrt, es hat nicht im Geringsten etwas mit unserem Büro zu tun.«

»Das heißt, dass du, wenn hier alles den Bach runtergeht, völlig problemlos aus dem Schneider wärst, während ich nicht wüsste, wie ich meine Familie ernähren soll? Du würdest dich in die Schweiz absetzen, und ich könnte hier in Deutschland von Hartz 4 leben. Das kann doch alles nicht wahr sein.«

Er war wieder aufgestanden und beugte sich über den Schreibtisch.

»Was bist du nur für ein mieser Charakter, Fred.«

»Jetzt setz dich auf deinen Arsch und hör dir meinen Plan an, und wenn du den gehört hast, kannst du entscheiden, ob ich wirklich so ein mieser Charakter bin.«

Uli ließ seinen glasigen, matten Blick über den Schreibtisch gleiten und blieb an einem silbern schimmernden Gegenstand hängen.

»Eigentlich würde ich dir am liebsten diesen überkandidelten, großkotzigen Brieföffner mitten in die Brust rammen.«

»Vergiss es, dazu bist du nicht fähig. Du warst schon immer der, der beschützt werden musste, und heute muss ich dich vor dir selbst schützen.«

Er deutete auf die Papiere, die er zuvor aus der Schublade geholt hatte, und ließ sie über den Schreibtisch segeln.

»Wenn ich dir alles erklärt habe, liest du dir diesen Aufhebungsvertrag durch. Dann unterschreibst du ihn und überlässt den Rest mir. Wenn alles geregelt ist, können wir gern bei null anfangen.«

»Wenn du das so sagst, klingt es geradezu, als ob es schon lange geplant wäre.«

»Nein, lange geplant habe ich es nicht, aber irgendwann müssen wir die Reißleine ziehen. Also, ich werde die beiden Häuser in der Schweiz verkaufen, allerdings dauert das, selbst wenn es wirklich schnell gehen sollte, mindestens drei Monate. Ich spreche mit den Banken und erkläre ihnen, dass ich einen Investor habe und etwas Zeit brauche, sodass ich den Verkauf erledigen kann. Davon erfahren die Banker natürlich nichts, ich habe nämlich keine Lust, dass die mich auch noch dem Finanzamt zum Fraß vorwerfen. Wenn es so läuft, wie ich es mir denke, sind wir in spätestens einem halben Jahr wieder in alter Frische im Geschäft, und das auch noch schuldenfrei.«

»Aber warum hast du das Geld, das die Häuser bringen, nicht schon längst in unser Büro eingebracht? Dann hätten wir doch viel ruhiger schlafen können.«

Der ältere der Mühlenberg-Brüder hob erneut die Arme und machte dabei ein trauriges Gesicht.

»Das habe ich mir schon häufig vorgeworfen, das glaubst du nicht. Aber irgendwie war immer der falsche Zeitpunkt, und außerdem habe ich gedacht, dass es schon weitergehen wird. Und wenn die Sache mit Rohrschach nicht passiert wäre und dem ganzen Schlamassel, der sich daraus entwickelt hat, dann wären wir doch nie in diese Schieflage geraten.«

»Das mag wohl sein, aber verstehen kann ich es trotzdem nicht. Irgendwie fühlt sich das an, als hättest du mich und unser Büro und die ganze Idee, die dahinter steht, verraten.«

Jetzt war es Fred Mühlenberg, der rot anlief und zornig die Augen zusammenkniff.

»Nun mach mal halblang, ja? Ich sage es noch einmal, und ich hoffe, dass du es dir diesmal merkst, lieber Uli. Es ist meine Kohle, und ich kann, auch wenn das für dich hart klingen mag, damit machen, was ich will.«

Er beugte sich nach vorn und fixierte die Augen seines Bruders.

»Wie du schon sehr richtig erkannt hast, könnte ich mich auch absetzen und mir ein schönes Leben machen. Die 17.000 Fränkli, die als monatliche Miete auf meinem Konto eingehen, reichen auf jeden Fall, um sorgenfrei über die Runden zu kommen. Aber ich mache es nicht und stecke wieder mal alles in unsere Idee, wie du es so schön nennst. Und ich mache das nicht zum ersten Mal, wie du nicht vergessen haben dürftest.«

Mit dem letzten Satz, den er mehr hingerotzt als gesprochen hatte, erinnerte er Uli an die Anfänge des Architekturbüros Mühlenberg & Mühlenberg, das in den ersten

Jahren ein reines Zuschussgeschäft war und sich nur am Markt halten konnte, weil Fred immer wieder Geld hineinpumpte, das er von seiner ersten Frau, einer erfolgreichen Designerin, geliehen bekam. Sein Bruder, der zwar unbestritten bessere Architekt, jedoch lausiger Geschäftsmann, war zu jener Zeit mit jeder Menge Flausen im Kopf unterwegs und hatte nicht die Bohne Verständnis für all jene Banausen, die seine leicht abgedrehten Entwürfe immer und immer wieder belächelten und damit ablehnten. Erst, als die beiden deutlich konventionellere, auch preislich um ein vielfaches interessantere Entwürfe vorlegten, stellte sich schnell der Erfolg ein.

»Wenn ich es richtig deute«, murmelte Uli, nachdem er kurz über den Vertrag gelesen hatte, »ist die Sache so gut wie ausgemacht, oder?«

»Wenn du finanziell überleben willst, dann ja, wenn nicht, bleibt es dir überlassen, wie du weiter vorgehst.«

Nun sah sich der jüngere Mühlenberg das, was er unterschreiben sollte, genauer an.

»Wenn ich das unterschreibe, Fred«, resümierte er eine knappe Minute später, »bin ich mit einem Schlag durchaus viele Sorgen los, aber ich bin auch völlig raus aus dem Büro. Sollte mir das zu denken geben?«

»Das sollte dir auf jeden Fall zu denken geben, mein lieber Bruder. Wenn du den Vertrag nämlich nicht unterschreibst, gehen wir heute Nachmittag zusammen zum Amtsgericht. Solltest du es dir aber überlegen und unterschreiben, ist das ein Weg, den ich allein gehen werde.«

Uli Mühlenberg zögerte noch immer.

»Aber du versprichst mir, dass ich bei dem Neustart an gleicher Stelle wieder mit an Bord bin? Ist das so?«

»Klar, ich verspreche es dir.«

»Schwör es.«

»Oh, Gott, Uli, du kannst einem schon auf die Nerven gehen.«

»Schwör es!«

»Gut, wenn du das brauchst, dann schwöre ich es hiermit hoch und heilig.«

Noch eine weitere kurze Phase der Unsicherheit und des Zögerns, und es folgte die Unterschrift.

»Siehst du, hat doch gar nicht weh…«

Fred Mühlenberg brach seinen Satz ab, weil das Telefon auf dem Schreibtisch läutete.

»Ja, Irene, was gibt es denn?«, wollte er von der Schreibkraft, die auch den Empfang betreute, wissen.

»Hier sind zwei Herren von der Polizei, die dich sprechen wollen.«

»Von der Polizei?«, fragte Mühlenberg zurück, wobei er sich aufrecht hinsetzte und die Kontoauszüge in einer Schublade verschwinden ließ.

»Haben sie gesagt, was sie wollen?«

»Äh … nein …«

»Sie stehen direkt neben dir?«

»Das entspricht den Tatsachen, ja.«

Der Architekt begann zu schwitzen.

»Warte eine Minute, dann schick sie zu mir rein. Klar?«

»Selbstverständlich, genau so werde ich es machen.«

Mühlenberg stellte das Mobilteil zurück in die Ladeschale und hob den Kopf.

»Besser, du machst dich jetzt vom Acker.«

»Habe ich richtig verstanden, die Polizei ist hier?«

»Ja, aber frag mich nicht, was die wollen, ich habe nämlich überhaupt keine Ahnung. Und wenn du nicht willst, dass sie dich irgendwas fragen, von dem du ohnehin nichts weißt, dann hau jetzt ab. Wir telefonieren später, wenn ich vom Amtsgericht zurück bin, dann erzähle ich dir auch, was sie wollten.«

Erneut zauderte Uli und zögerte, sich in Bewegung zu setzen, dann jedoch sah er ein, dass sein Bruder recht hatte, und verließ wortlos das Büro. Auf dem Flur kamen ihm Lenz und Hain entgegen, die er mit einem Kopfnicken grüßte.

Lenz hob den Arm, klopfte an der Tür mit der Aufschrift ›Der Boss‹, und trat, ohne auf eine Aufforderung dazu zu warten, ein. Hain folgte ihm und zog die Tür hinter sich ins Schloss.

»Guten Tag, meine Herren.«

»Guten Tag, Herr …?«

»Mühlenberg. Fred Mühlenberg. Ich dachte, meine Sekretärin hätte Sie informiert.«

»Nein, sie hat nur gesagt, dass uns ein Herr Mühlenberg empfangen würde.«

Der Mann hinter dem Schreibtisch deutete auf die beiden davor stehenden Stühle, woraufhin die Beamten sich setzten.

»Natürlich ist es immer überraschend und auch beängstigend, wenn man die Polizei im Haus hat; aber Sie sagen mir bestimmt gleich, was ich für Sie tun kann.«

»Haben Sie denn einen Grund, sich zu ängstigen?«, wollte Lenz wissen.

»Nein, auf gar keinen Fall. Aber natürlich will man nicht auf die Folter gespannt werden und gleich wissen, worum es geht.«

»Das werden wir Ihnen erklären«, gab Hain freundlich zurück. »Zuerst wäre es allerdings interessant zu erfahren, wer der zweite Teil von Mühlenberg & Mühlenberg ist.«

»Ach, das ist mein Bruder Uli. Er dürfte Ihnen gerade auf dem Flur begegnet sein. Leider hatte er nicht mehr die Zeit, hier zu bleiben, weil er einen nicht aufschiebbaren Termin außerhalb hat.«

»Das heißt, Sie beide sind die Inhaber des Büros?«

»Das ist richtig, ja.«

»Und Sie haben eng mit dem verstorbenen Dominik Rohrschach zusammengearbeitet?«

Mühlenberg schluckte.

»Natürlich, aber das ist doch auch kein Geheimnis. Jeder in der Stadt weiß, dass wir bis vor ein paar Monaten geschäftlich sehr, sehr eng mit den verschiedenen Gesellschaften des Herrn Rohrschach verbunden waren. Ich vermute, wenn ich Ihre Frage richtig deute, dass Ihr Erscheinen mit seinem Tod zu tun hat?«

»Vielleicht, ja«, antwortete Hain.

»Wann haben Sie Herrn Rohrschach zuletzt gesehen?«, wollte Lenz wissen.

Der Architekt überlegte eine Weile.

»Puh, da muss ich mich sehr anstrengen, um mich zu erinnern«, gab er mit gerunzelter Stirn zurück. »Das ist bestimmt ein halbes Jahr her, vielleicht sogar länger. Wenn Sie es genau wissen müssen, könnte ich meinen Terminkalender zu Rate ziehen, da müsste es eingetragen sein.«

»Aber danach ganz sicher nicht mehr?«

»Nein, ganz sicher.«

Er zögerte.

»Unser Verhältnis war seit ein paar Monaten, sagen wir mal, deutlich abgekühlt. Wir haben eher über unsere Rechtsanwälte miteinander reden lassen.«

»Woran lag es denn, dass Ihr Verhältnis deutlich abgekühlt war?«

»Ach, das waren geschäftliche Dinge, die, und jetzt verstehen Sie mich bitte nicht falsch, keinesfalls für fremde Ohren bestimmt sind.«

»Dabei ging es doch wohl um das Petermann-Gelände«, stellte Hain nüchtern fest.

»Ja, natürlich, da will ich Ihnen nicht widersprechen. Aber unsere Unternehmen sind ... ähh waren auch noch auf andere Weise miteinander verbunden.«

»Wirklich? Erzählen Sie.«

Mühlenberg war das Unbehagen körperlich deutlich anzumerken, als er zu seiner Antwort ansetzte.

»Noch einmal, da muss ich Sie um Verständnis bitten, dass es sich hierbei um Geschäftsinterna handelt. Darüber möchte ich nicht sprechen. Ich kann nicht, auch wegen der laufenden Verfahren.«

»Was wissen Sie, wenn das vielleicht ein Thema ist, über das Sie sprechen können, über den Bauschutt, der auf dem Petermann-Gelände gelagert ist?«

Wieder musste der Architekt, ohne dass er etwas dagegen hätte tun können, schlucken.

»Tja, die vielzitierte Sache mit dem Bauschutt. Da muss ich Sie enttäuschen, meine Herren, darüber kann ich keine Aussage machen, weil wir, ich meine, unser Büro, damit gar nichts zu tun hatte. Das war sozusagen Chefsache.«

»Und der Chef dieses Bauvorhabens war Herr Rohrschach?«

»Genau, das war Herr Rohrschach.«

»Ist es indiskret, wenn ich Sie frage, ob Herr Rohrschach bei Ihnen in der Kreide steht?«, schob Lenz nach.

»Das ist etwas, über das ich Auskunft geben kann, weil es auch schon in der Zeitung zu lesen war. Ja, wir haben noch Forderungen an die Rohrschach-Gruppe, und zwar ziemlich ansehnliche Forderungen.«

»Was passiert, wenn Sie diese Forderungen nicht beitreiben können? Nach dem Tod von Herrn Rohrschach ist das nun mehr als fraglich.«

»Das sehe ich nicht so. Es gibt eine Rechtsnachfolge, und an die werden wir uns halten.«

»Sie sprechen von seiner Frau?«

»Ja, … vermutlich. Das … sollte man doch zumindest meinen.«

»Wie war Ihr persönliches Verhältnis zu Herrn Rohrschach? Konnte man das früher als freundschaftlich bezeichnen?«

»Freundschaftlich, was heißt das denn schon. Wir waren immer sehr intensive Geschäftspartner, das schon, aber unter Freundschaft stelle ich mir wirklich etwas anderes vor.«

»Also nicht sehr freundschaftlich?«

»Nein, wie gesagt.«

»Und als Sie und Herr Rohrschach sich zum letzten Mal gesehen haben, war das auch eher harmonisch, vermute ich, weil das ja vor dem Auseinanderbrechen Ihrer Geschäftsbeziehung gewesen sein dürfte?«

»Durchaus, ja. Wir sind ja nicht verfeindet.«

»Und das gilt auch für Ihren Bruder, nehme ich an?«

»Ganz besonders gilt das für meinen Bruder, der ist nämlich eher von der konfliktscheuen Sorte.«

»Aha.«

»Ja, Uli geht Konfrontationen gern aus dem Weg. Das war schon immer so, auch, als er noch ein kleiner Junge war.«

»Dann können wir also ausschließen, dass Ihr Bruder

und Herr Rohrschach sich vor etwa einem Monat hier im Büro gegenseitig angebrüllt haben?«

Fred Mühlenberg traten dicke Schweißperlen auf die Stirn.

»Wie kommen Sie darauf, dass …?«

Der Architekt kämpfte sichtbar um Fassung.

»Ja, das können wir definitiv ausschließen.«

»Aber wenn dem wirklich so ist, bleiben nur Sie als Krakeelpartner von Rohrschach übrig. Oder haben Sie hier noch einen dritten Boss?«

»Nein, es gibt nur meinen Bruder und mich.«

»Aber Sie können es ja nach Ihrer Aussage nicht gewesen sein, weil Sie Dominik Rohrschach seit mehr als einem halben Jahr nicht gesehen haben.«

Mühlenbergs Adamsapfel sprang nun wie wild auf und ab.

»Das ist korrekt, ja.«

Lenz und Hain tauschten einen kurzen Blick.

»Herr Mühlenberg, ich denke, wir haben ein Problem«, bemerkte der Hauptkommissar nach einer kurzen Pause. »Wir haben nämlich einen Zeugen, der beobachtet hat, wie Sie oder Ihr Bruder sich vor ungefähr einem Monat ein verbales Scharmützel mit Dominik Rohrschach geliefert haben. Hier in diesem Haus.«

»Das … kann nicht sein«, krächzte der Mann hinter dem Schreibtisch. »Das ist absolut unmöglich. Ich war es nicht, und für meinen Bruder lege ich die Hand ins Feuer.«

»Nun ja, das wird sich mit Hilfe einer Gegenüberstellung relativ leicht klären lassen. Dann wissen wir, wer von Ihnen beiden es gewesen ist, und seien Sie sicher, dass derjenige dann auf der Liste der potenziellen Verdächtigen im Mordfall Dominik Rohrschach ganz, ganz weit oben angesiedelt sein wird.«

»Vielleicht doch eine Idee, wie es zu dem Streit kam?«, hakte Thilo Hain genervt nach.

Fred Mühlenbergs gesamter Körper verkrampfte sich. Seine Hände begannen zu zittern, und seine Augen starrten auf einen Punkt an der Wand hinter den Polizisten.

»Ich glaube, wir sollten dieses Gespräch jetzt beenden, meine Herren«, erklärte er mit wahrnehmbar trockenem Mund. »Alles Weitere gibt es nur noch in Begleitung eines Anwalts. Danke und auf Wiedersehen.«

»Ganz so einfach, wie Sie sich das vorstellen, wird es vermutlich nicht gehen, Herr Mühlenberg«, ließ Hain, jetzt wieder deutlich entspannter, den kreidebleich hinter seinem Schreibtisch kauernden Mann wissen.

»Wenn wir nämlich der Meinung sind, dass Sie uns hier eine deftige Räuberpistole aufbinden, können wir Sie auf der Stelle festnehmen. Und spätestens morgen früh stehen Sie dem Haftrichter gegenüber, und wenn der genauso davon überzeugt ist wie wir, dass Sie es waren, der mit Rohrschach dieses Scharmützel ausgetragen hat, dann weist er Sie in Untersuchungshaft ein. Das ist dann kein Spaß mehr, das ist dann echter Knast, mein lieber Herr Architekt, mit allen Folgen, die Sie sich jetzt noch gar nicht ausmalen können oder vielleicht gar nicht wollen.«

Fred Mühlenberg sah aus, als würde im nächsten Moment sein Kreislauf kollabieren. Trotzdem blieb er weiterhin bei seiner Linie.

»Wenn Sie das machen wollen, bitte sehr, dann müssen Sie aber auch mit den Konsequenzen leben. Sollte sich dann nämlich herausstellen, dass weder mein Bruder noch ich zur fraglichen Zeit hier im Büro gewesen sein konnten, und die Chance dafür ist ziemlich groß, möchte ich nicht in Ihrer Haut stecken. Die Schadenersatzklage, die dann auf Sie zukommt, ist garantiert nicht von schlechten Eltern, verlassen Sie sich darauf. Und jetzt nehmen Sie mich fest oder Sie sehen zu, dass Sie auf der Stelle mein Büro verlassen.«

19

Mareike Wiesner legte eine weitere Schicht Nudeln auf, übergoss die Platten mit Bolognese und verteilte darüber großzügig Béchamelsoße. Anschließend streute sie Käsekrümel über das Ganze und schob die Lasagne in den Backofen. Ein kurzer Blick sagte ihr, dass sie noch etwa 90 Minuten Zeit hatte, bevor die Kinder aus der Schule kommen würden. Bis dahin hatte sie die beiden Maschinen Wäsche durchlaufen lassen und eine davon schon auf der Leine. Als sie auf der Kellertreppe war, hörte sie, wie sich jemand an der Haustür zu schaffen machte. Irritiert und auch ängstlich drehte die 35-jährige Frau sich um, ging zurück in den Flur und öffnete vorsichtig die Tür zum Windfang.

»Bernd?«, entfuhr es ihr überrascht. »Was machst du denn hier?«

»Ich … mache heute Nachmittag frei.«

»Was? Das gab es ja noch nie. Aber schön, dann können wir gemeinsam mit den Kindern auf der Terrasse essen. Ich habe eine Lasagne im Ofen und vorhin bedauernd überlegt, dass du wieder nur etwas Aufgewärmtes davon zu essen bekommst.«

»Nein, heute kann ich wirklich mit euch zusammen zu Mittag essen.«

»Wie kommt das denn? Hat der Sklaventreiber dir etwa einen halben Tag frei gegeben?«

Wiesner drängte sich ins Haus und schloss schnell die Tür hinter sich.

»So in etwa, ja.«

»Ist alles in Ordnung mit dir?«, fragte Mareike skeptisch. »Es ist doch nichts passiert, oder?«

Ihr Mann kam auf sie zu, nahm sie in den Arm und drückte sie fest an sich.

»Ich wollte es dir eigentlich erst übermorgen sagen, damit dein Geburtstag morgen davon nicht belastet ist, Mareike, aber ich halte es nicht aus. Außerdem habe ich Angst, dass du es aus der Zeitung erfährst, und das wäre das Allerschlimmste für mich.«

Mareike Wiesner machte sich von ihm frei und lehnte sich mit dem Rücken gegen die Flurtür.

»Nun sag doch, Bernd, was ist denn los? Hast du etwas angestellt? Bist du krank?«

»Nein, ich bin kerngesund, aber ...«

»Was aber?«

»Er ... hat mich ... rausgeworfen.«

»Der Bürgermeister? Hat dich entlassen? Aber du hast mir doch hoch und heilig versprochen, dass du ... dass wir hier in Kassel ...«

»Ich weiß, und es tut mir wirklich unglaublich leid, Mareike. Aber wir wussten nach den Entwicklungen der letzten Monate beide, dass so etwas im Prinzip jeden Tag geschehen konnte.«

»Nein, Bernd«, protestierte sie, »gar nichts habe ich gewusst. Ich bin fest davon ausgegangen, dass wir uns hier für länger oder vielleicht sogar für immer niederlassen.«

Sie hob den Blick und deutete zur Decke.

»Wir haben uns dieses Haus gekauft, Bernd, von dem uns noch nicht einmal die Eingangstür richtig gehört, wir können nicht einfach so wieder in eine andere Stadt ziehen. Und wenn ich gewusst hätte, wie schnell du auch diese Chance verspielst, wäre ich niemals mit dir von Bremen hierher gezogen.«

»Das ist jetzt wirklich nicht fair, Mareike«, hielt Bernd Wiesner dagegen. »Du wolltest genauso gern wie ich nach Kassel, und wenn du das jetzt anders darstellst, ist es einfach nicht wahr.«

»Ich habe meinen Job dafür aufgegeben«, rief sie mit erhobener Stimme. »Meinen Job!«

»Nun beruhig dich erst mal, bitte, und lass uns reingehen. Hier so zwischen Tür und Angel möchte ich dir die Situation nicht erklären müssen.«

»Wer sagt dir denn, dass ich die Situation erklärt haben möchte? Vielleicht interessiert es mich gar nicht, auf welche Weise du mal wieder einen Job verhauen hast.«

Wiesner sah seine Frau kurz an, dann ging er an ihr vorbei und in die Küche. Mareike stand noch ein paar Sekunden im Flur, um ihm schließlich zu folgen.

»Wenn du mich weiter fertigmachen willst, kannst du gern draußen bleiben«, flüsterte er. »Aber vielleicht interessiert es dich, wie es dazu gekommen ist.«

Sie kam auf ihn zu, presste sich an ihn und holte tief Luft.

»Ich war eben ungerecht, das stimmt. Aber ich bitte dich, auch mal an meine Situation zu denken, Bernd. Ich wäre in drei oder vier Jahren im Vorstand gewesen und habe das alles aufgegeben, damit du hier in Kassel Karriere machen kannst.«

Sie sprach von ihrem Job in einem Bremer Handelshaus, wo sie als Controllerin einen durchaus beachtlichen Werdegang vorzuweisen hatte. Ob sie tatsächlich die Chance auf einen Vorstandsposten bekommen hätte, war in dieser Sekunde zwar irrelevant, doch das Fabulieren darüber potenzierte den Druck auf ihren Mann.

»Ich weiß, was du alles aufgegeben hast, um mit mir

nach Kassel gehen zu können, Mareike, aber es nützt uns jetzt wirklich nichts, wenn du es mir zum hunderttausendsten Mal aufs Butterbrot schmierst. Und vielleicht bist du versöhnlicher gestimmt, wenn ich dir erzählt habe, wie es dazu gekommen ist.«

Sie sah gehetzt auf die Uhr.

»Die Kinder kommen in einer guten Stunde aus der Schule. Und ich will nicht, dass sie mitkriegen, dass ihr Vater seine Arbeit verloren hat. Zumindest heute und morgen noch nicht.«

Die Tochter einer Holländerin und eines Surinamesen zog sich einen Stuhl heran, ließ sich darauf nieder und sah ihren Mann auffordernd an.

»Von mir aus, dann fang an.«

Bernd Wiesner goss jedem ein Glas Wasser ein, setzte sich zu ihr und begann mit leiser Stimme seine Erklärung.

»Es ist ja nichts Neues, dass es nahezu unmöglich ist, mit und für diesen Mann zu arbeiten. Niemand weiß besser als du, wie oft ich abends nach Hause gekommen bin und am liebsten alles hingeschmissen hätte. Er ist ein Tyrann und ein Menschenschinder, und wenn ich mich nicht so gut unter Kontrolle hätte, wäre ich schon längst nicht mehr sein Referent gewesen.«

»Ich weiß das, Bernd, ich weiß wirklich, wie du an manchen Tagen gelitten hast, aber wir haben doch wirklich …«

»Pssst«, machte er und legte ihr den rechten Zeigefinger auf die Lippen. »Jetzt bin ich dran.«

Dann fuhr er mit sanfter Stimme fort und schilderte ihr seinen letzten Arbeitstag als Referent des Kasseler Oberbürgermeisters in allen Einzelheiten.

»Aber hätte es denn wirklich so weit kommen müssen?«, fragte Mareike, nachdem er geendet hatte. »Hättest du nicht doch einen Weg finden können, es mit ihm auszuhalten?«

»Nein, das war definitiv unmöglich. Außerdem, wenn es nicht gestern so gekommen wäre, dann vielleicht heute oder morgen oder nächste Woche. Aber es wäre ganz sicher zum Bruch gekommen.«

Er nippte an seinem Wasserglas und stellte es anschließend zurück auf den Tisch.

»Ich mache es ungern, aber ich muss dich daran erinnern, wie oft du mich bemitleidet hast, wenn er mich mal wieder fertiggemacht hatte. Wie oft du mir erklärt hast, dass es so nicht mehr weitergehen kann, weil du Angst hattest, dass ich dabei vor die Hunde gehen würde.«

»Ja, ich weiß, Bernd, aber wenn es dann wirklich so weit ist und ich an unsere Schulden und unsere Kinder und das alles denke, dann habe ich wirklich abgrundtiefe Angst.«

»Das ist absolut unnötig, Mareike. Wir waren, seit wir in Kassel sind, doch echt sparsam und können ohne größere Probleme drei oder vier Monate überbrücken. Und bis dahin habe ich garantiert einen neuen Job gefunden.«

Er strich ihr sanft über das pechschwarze Haar.

»Vergiss nicht, dass ich in dem Jahr viele Kontakte geknüpft habe. Ich bin ein gern gesehener Ansprechpartner für viele Menschen geworden, und einer von denen gibt mir eine neue Anstellung oder hat den richtigen Tipp für mich, da bin ich mir absolut sicher.«

»Wie würde ich es mir wünschen, dass du recht hättest; aber wenn es nicht so kommt, sind wir wirklich geliefert. Wir haben eine monatliche Belastung von …«

Wieder legte er seinen Zeigefinger auf ihre Lippen.

»Ich weiß, was im Monat alles zu bezahlen ist, und ich

werde dafür sorgen, dass es auch bezahlt wird. Vertrau mir einfach, bitte.«

»Das würde ich so gern, aber …«

Sie hob den Kopf und sah ihm in die Augen.

»Wie hast du das eigentlich vorhin gemeint, als du erzählt hast, dass der OB, was diese komische Petermann-Sache angeht, deiner Meinung nach Dreck am Stecken hat?«

Wieder ein Schluck Wasser, bevor er zu einer Antwort ansetzte.

»Dass Dominik Rohrschach, dieser Investor und Eigentümer des Petermann-Geländes, ermordet wurde, hast du mitbekommen?«

»Ja, klar, das stand groß genug in der Zeitung, oder?«

»Dieser Rohrschach und der OB sind seit langer Zeit Buddys. Manchmal kam es mir sogar so vor, als wäre da mehr als nur ein herzliches Vergeltsgott im Spiel, wenn für Rohrschach mal wieder eine besonders dicke Extrawurst gebraten wurde, aber das könnte ich natürlich niemals beweisen. Im Augenblick aber ist Zeislinger mehr als nur nervös, wenn es um dieses Projekt geht, weil dort noch Tausende Kubikmeter Bauschutt lagern. Also offiziell ist es Bauschutt, aber meine Kollegen haben mir öfter durch die Blume zu verstehen gegeben, dass man besser nicht fragen sollte, was genau es ist. Und das ist ziemlich blöde, weil jeder weiß, dass es sich um waschechten Sondermüll handelt.«

»Wieso? Wo ist da der Unterschied?«

»Na, ja, Bauschutt kann man kostengünstig entsorgen, im besten Fall sogar komplett kostenlos, aber bei Sondermüll sieht die Sache ganz anders aus. Es kommt darauf an, was genau es ist, aber wenn wir von Asbest oder so etwas reden, dann kommen auf den Eigentümer immense Kosten zu. Und wenn ich den Gerüchten, die im Rathaus die Runde machen, Glauben schenken kann, dann ist Asbest noch das Harmloseste an dem ganzen Zeug, das auf dem Petermann-Gelände herumliegt.«

»Das ist ja kaum zu glauben, Bernd. Wenn wir in Bremen nur die Reinigungslappen unserer Hausmeister loswerden wollten, war das ein riesiger bürokratischer Aufwand. Deshalb kann ich gar nicht verstehen, wie es möglich sein sollte, solche Gefahrstoffe als Bauschutt zu entsorgen.«

»Mit den nötigen Kontakten ist alles möglich, Mareike, das ist auch etwas, was ich in den letzten Monaten gelernt habe. Und ich glaube nicht, dass Zeislinger Rohrschach zum ersten Mal einen solchen Gefallen getan hat. Oder besser tun wollte, weil es jetzt, nach dessen Tod, wohl nicht mehr dazu kommen dürfte.«

»Hast du diesen Rohrschach eigentlich mal kennengelernt?«

»Kennengelernt ist zu viel gesagt. Ich habe ihn bei ein paar Gelegenheiten gesehen, aber Zeislinger hat ihn als so etwas wie seinen persönlichen Besitz betrachtet, deshalb hatte keiner von uns Referenten mehr Kontakt zu ihm als unbedingt nötig.«

»Weiß man schon, wer ihn ermordet hat?«

»Bis heute morgen gab es keinen Täter, und seitdem habe ich keine Nachrichten mehr gehört oder gesehen. Ich glaube aber eher nicht, weil die Polizei nach meinem Wissen gestern ziemlich im Dunkeln getappt hat. Wenn ich allerdings bedenke, wie aufgeregt Zeislinger den gesamten gestrigen Tag gewesen ist, dürfte ihm das ganz gelegen kommen.«

»Wie kommst du denn darauf?«

»Solange der Mörder nicht gefunden wurde, bleibt auch das Tatmotiv im Dunkeln. Wenn das nicht mehr so ist und sich herausstellt, dass er wegen des Petermann-Vorhabens oder noch besser wegen der Müllhalde dort umgebracht wurde, dürfte die Luft für Erich Zeislinger dünn werden.«

Mareike Wiesner ließ sich in den etwas unbequemen Stuhl zurückfallen, atmete tief durch und schloss für ein paar Sekunden die Augen.

»Was hast du?«, wollte ihr Mann besorgt wissen.

»Nichts, nichts. Ich habe nur gerade gedacht, dass deine Situation gar nicht so schlecht ist, wie wir zunächst geglaubt haben. Vielleicht ist sie sogar viel besser.«

»Was sollte *besser* daran sein, seinen Job verloren zu haben, Mareike?«

»Ach, du findest schon eine neue Arbeit, da mache ich mir gar keine Gedanken. Aber ...«

Selbst für Bernd Wiesner, der sich im Verlauf seiner 14-jährigen Ehe längst an die Sprunghaftigkeit und Unberechenbarkeit seiner Frau gewöhnt hatte, war dieser Sinneswandel schwer auszuhalten.

»Aber du hast doch eben noch gesagt, dass ...«

»Ja, ich weiß, aber nachdem du mir das alles erzählt hast, sieht die Sache völlig anders aus. Vielleicht können wir sogar eine viel größere Verdienstausfallzeit als drei Monate überbrücken.«

»Aber wo sollten wir das Geld dafür denn hernehmen? Ich kann dir gerade leider überhaupt nicht folgen.«

»Wenn das stimmt, was du über Zeislinger gesagt hast, und wenn du damit sorgsam und ein wenig taktisch umgehst, springt garantiert eine Bombenabfindung für dich heraus, Bernd. Es ist nur wichtig, dass du ...«

Sein Zeigefinger fand zum wiederholten Mal den Weg an ihre Lippen.

»Nein, nein, Mareike, so geht das nicht. Ich habe gekündigt, ich bin ihm und damit dem Rauswurf zuvorgekommen.«

»Aber das ist doch völlig egal«, war die Frau kaum zu bremsen. »Wichtig ist ausschließlich, dass du etwas über diesen Unsympathen Zeislinger weißt, von dem er keinesfalls will, dass es an die Öffentlichkeit gerät. Also könnte deine Verhandlungsposition gar nicht besser sein.«

Wiesner riss die Augen auf.

»Du sprichst jetzt aber nicht von Erpressung, oder?«

Er schüttelte energisch den Kopf.

»Das ist eine Straftat, das mache ich auf gar keinen Fall.«

»Aber du sollst ihn doch gar nicht erpressen, du Dummchen. Du weist ihn ganz wohlmeinend darauf hin, dass es sicher besser für alle Beteiligten wäre, wenn er deinen Vertrag, mit einer ansehnlichen Abfindung unterfüttert, auflösen würde. Was sollte daran erpresserisch sein?«

»Aber Mareike, ich kann doch das, wovon wir gerade gesprochen haben, noch nicht einmal beweisen! Wenn es hart auf hart kommt, hängt er mir noch eine Verleumdungsklage an den Hals, und das ist das Letzte, was wir jetzt gebrauchen können.«

Er schüttelte erneut den Kopf, diesmal verärgert.

»Außerdem habe ich eine Verschwiegenheitsklausel unterschrieben, das weißt du genau. Wenn ich gegen diesen Passus meines Arbeitsvertrages verstoße, liefere ich mich ihm geradezu aus.«

»Aber du weißt schon, dass Verschwiegenheitsklauseln bei illegalen Handlungen des Arbeitgebers keine Bedeutung haben. Das wurde längst höchstrichterlich festgestellt. Also, was sollte dir schon passieren?«

Bernd Wiesner dachte längere Zeit schweigend nach.

»Nein«, erwiderte er schließlich, »nein, das bringe ich nicht, Mareike. Außerdem, wenn sich das herumspricht, dann finde ich garantiert nie wieder einen Arbeitsplatz. Und das Risiko will ich absolut nicht eingehen.«

»Dann …«

Mareike brach ab, weil es an der Tür geläutet hatte, und stand ruckartig und mit angefressenem Gesichtsausdruck auf.

»Was dann?«, fragte ihr Mann verunsichert.

»Dann kannst du dir«, schleuderte sie ihm laut und aggressiv entgegen, »eine neue Frau und neue Kinder suchen. Wir haben nämlich nicht die geringste Lust, unser Leben an der Seite eines Verlierers, der sich bei der läppischsten Herausforderung in die Hose macht, zu verbringen.«

20

»Hoch gepokert und leider Pleite gegangen«, fasste Lenz das Ergebnis ihrer Unterredung mit Fred Mühlenberg zusammen.

»Hättest du es anders probiert?«, wollte Thilo Hain wissen.

»Nein, wie du es gemacht hast, war völlig in Ordnung. Für einen Moment hatte ich den Eindruck, dass die von dir aufgebaute Drohkulisse wirken würde, aber dann hat er wieder an Sicherheit gewonnen. C'est la vie, da kann man nichts machen.«

Hain nickte.

»Und wenn wir ihn tatsächlich einkassiert hätten, wäre jeder halbwegs vernünftige Anwalt wie ein Raubtier über uns hergefallen, vom Haftrichter gar nicht zu sprechen. Bei einer Zeugin, die sich in Griechenland aufhält und bei der es nicht sicher ist, ob sie überhaupt aussagen wird, kommt doch Freude auf.«

»Wie gesagt, wir werden wieder bessere Tage haben.«

Der Hauptkommissar griff zum Telefon und wählte.

»Hallo, Herr Haberland, hier ist Lenz. Was gibt es Neues in Bezug auf die Vermögenswerte und das Einkommen von Roman Pispers?«

»Da bin ich noch nicht weitergekommen, Herr Lenz. Ich konnte zwar herausfinden, dass die Wohnung in Wilhelmshöhe ihm gehört und auch schuldenfrei ist, aber mehr nicht. Wenn Sie mir mehr Zeit geben, verspreche ich Ihnen …«

»Sie müssen mir nichts versprechen, Herr Haberland.

Machen Sie Ihren Job, und wenn Sie etwas herausgefunden haben, melden Sie sich bei mir.«

»Das mache ich, versp… Nein, ich mache es – und basta.«

»Das ist ein guter Plan. Also, wir hören voneinander.«

»Kleinen Moment noch, Herr Lenz. Ich will Ihnen noch sagen, dass ich in der anderen Sache etwas unternommen habe. Nächste Woche stehe ich bei einem … Coach … in Hofgeismar im Terminkalender.«

»Das ist ja großartig, Herr Haberland, meinen Glückwunsch. Also, Sie melden sich bei mir.«

»Ja, das mache ich.«

Nachdem der Hauptkommissar das Gespräch beendet hatte, baute er direkt im Anschluss eine neue Verbindung auf.

»Hallo, Paul«, hörte er vom anderen Ende der Leitung, »ich bin leider nicht zu Hause. Ruf doch in einem Jahr wieder an, dann sieht mein Terminkalender entspannter aus.«

»Mach keinen Scheiß, RW«, entgegnete Lenz lachend. »Wir brauchen dringend die Hilfe eines pensionierten, unausgeglichenen, unleidlichen und zutiefst seinem ehemaligen Beruf verhafteten deutschen Kriminalbeamten.«

»Dann kannst du unmöglich mich meinen. Ich bin, seit ich nicht mehr jeden Morgen in den Bunker am Bahnhof fahren muss, die Ruhe und Ausgeglichenheit in Person. Meine Holde meint schon, dass ich, wenn das so weitergehen sollte, in Zukunft Yogakurse anbieten kann.«

»Na, so weit wird es schon nicht kommen«, beruhigte der Leiter der Mordkommission seinen ehemaligen Mitarbeiter Rolf-Werner Gecks. »Aber im Ernst, ich würde dich gern um einen Gefallen bitten.«

Der pensionierte Kollege schnaubte hörbar durch.

»Es wird doch hoffentlich nichts Illegales von mir erwartet?«, flachste Gecks. »Dann müsste ich nämlich meinen Tagessatz anheben.«

»Nein, alles absolut legal, RW. Wir müssten mal wieder auf deinen alten Kumpel vom Finanzamt zurückgreifen. Nur eine kleine Information, nichts Weltbewegendes.«

»Ach, das ist ja ein Ding. Der Kumpel und ich sitzen nämlich gerade hier bei mir auf dem Sofa und studieren das Damenunterwäscheangebot im Otto-Katalog. Er wurde einen Monat nach mir pensioniert, und seitdem haben wir das als gemeinsame Leidenschaft entdeckt.«

»Hör auf zu erzählen, es gibt doch gar keinen Otto-Katalog mehr.«

»Da muss ich dir aufs Schärfste widersprechen, Paul. Er ist zwar nicht aufgeschlagen, da ist die Fantasie tatsächlich mit mir durchgegangen, aber er liegt in voller Pracht hier vor mir auf dem Tisch.«

»Und der Kumpel vom Finanzamt ist wirklich bei dir?«

»Der ist wirklich hier. Wir wollen gleich zum Angeln los.«

»Dein Leben möchte ich haben«, schmunzelte Lenz. »Aber mal im Ernst, ist diese Quelle damit versiegt?«

»Das glaube ich nicht, aber ich frag ihn mal.«

Das Mikrofon des Telefons wurde zugehalten, sodass der Hauptkommissar nur ein leises Gemurmel hören konnte.

»Nein, er ist noch ziemlich dicke im Geschäft«, hörte er kurz darauf. »Was genau willst du denn?«

Lenz nannte dem ehemaligen Kollegen den Namen, das Geburtsdatum und die Adresse von Roman Pispers.

»Ich wüsste gern, wie viel Kohle der Mann im Jahr versteuert. Ob er zusätzlich zu seinem Einkommen bei der

Stadt Kassel noch weitere Erträge hat, Immobilien, das ganze Programm halt.«

Gecks, der eifrig mitgeschrieben hatte, hielt ein weiteres Mal das Mikrofon zu, um sich mit seinem Freund zu besprechen.

»In einer Stunde kannst du wieder anrufen, Paul, meint mein Kumpel. Wenn du es bis dahin nicht geschafft hast oder es verpennst, wird es erst morgen, weil mit der Angelrute in der Hand bei uns absolutes Telefonverbot besteht. Alles klar?«

»Ja, sowieso. Ich rufe dich in genau einer Stunde an.«

»Das ist gut, seit ich kein Diensttelefon mehr habe, bin ich, was das angeht, ein bisschen knickerig geworden. Und jetzt leg auf, wir brauchen die Leitung für seine Nachforschungen.«

Lenz lachte, beendete das Gespräch und wandte sich Thilo Hain zu.

»Dem scheint es richtig gut zu gehen, diesem alten Pensionär. Hoffentlich bin ich auch noch so gut drauf, wenn ich mal in Rente gehen sollte.«

»Das würde allerdings voraussetzen, dass du bis zum Eintritt ins Pensionistendasein noch eine ganze Menge an dir arbeiten musst, mein Lieber. Im Augenblick bist du nämlich Lichtjahre von RWs sprichwörtlicher Gelassenheit und Ausgeglichenheit entfernt.«

»He, das meinst du jetzt nicht wirklich, oder?«

»Ach, das kannst du nehmen wie …«

Nun war es Thilo Hains Telefon, das sich meldete.

»Ja, Hain«, brummte er in das Gerät und lauschte.

»Wirklich? Das ist ja ein Ding. Wo genau ist das?«

Wieder ein paar Sekunden des Zuhörens.

»Klar, weiß ich, wo das ist. Wir sind in einer Viertelstunde da. Und lassen Sie die Frau auf keinen Fall aus den Augen, sie ist sehr wichtig für uns.«

»Wer war das denn?«, wollte Lenz wissen, während Hain sein Telefon zurück in die Jacke steckte.

»Das war Pia Ritter von der Bereitschaftspolizei. Und du glaubst nicht, was sie mir zu erzählen gewusst hat.«

»Thilo!«

»Vor nicht einmal einer halben Stunde wurde Angelika Rohrschach in Oberzwehren in einen Verkehrsunfall verwickelt.«

»Ach ja. Dann nichts wie hin, würde ich sagen. Ist sie noch am Unfallort?«

»Definitiv, ja. Frau Ritter sagt, die Gute hätte eine mächtige Beule am Kopf, aber das überrascht uns nicht wirklich.«

Von Angelika Rohrschach war nichts zu sehen, als die beiden Polizisten an der Kreuzung Altenbaunaer/Oberzwehrener Straße ankamen. Hain stellte den Mazda abseits unter einem Baum ab, sodass er und sein Boss etwa 300 Meter zum Unfallort zurücklaufen mussten. Schon aus der Entfernung erkannten sie, dass einer der Unfallbeteiligten, ein bunt bemalter Kleinwagen, dem anderen, einem Mercedes-Taxi neuester Bauart, die Vorfahrt genommen hatte. Die beiden Autos standen, obwohl der Zusammenstoß mittlerweile eine gute Dreiviertelstunde her sein musste, noch immer ineinander verkeilt mitten auf der Kreuzung. Aus dem Taxi war eine dunkle, in Regenbogenfarben schimmernde Flüssigkeit ausgelaufen, vermutlich handelte es sich um Motoröl. In etwa 70 Metern Entfernung parkte ein Notarztwagen mit offen stehenden Hecktüren auf dem Bürgersteig. Neben Pia Ritter, die sie angerufen hatte, und einem männlichen Kollegen erkannten die Kripobeamten eine junge Frau und einen sehr, sehr dicken Mann, die erregt miteinander diskutierten.

»Hallo, Kollegen«, begrüßte Lenz die beiden Uniformierten.

»Tag, Herr Lenz, Tag, Herr Hain«, gab die erfreut lächelnde Kollegin zurück und streckte dabei die rechte Hand nach vorn.

»Was ist denn passiert?«, wollte Hain mit Blick auf die beschädigten Autos wissen.

»Wie es sich im Moment darstellt, hat die Fahrerin des Kleinwagens dem Taxi die Vorfahrt genommen. Sie bestreitet das zwar und behauptet steif und fest, dass sie Grün gehabt habe, aber das ist sehr zweifelhaft. Es gibt einen Zeugen, der im Auto hinter ihr gefahren ist, und der ist sich ganz sicher, dass die Ampel auf Rot stand.«

»Wo ist er?«, wollte Hain nach einem kurzen Rundblick wissen.

»Musste dringend weg. Ist ein Vertreter, dem vielleicht ein dicker Auftrag durch die Lappen gegangen wäre, wenn er länger hier geblieben wäre, aber wir haben seine kompletten Kontaktdaten.«

»Dann nehme ich an«, mischte Lenz sich in das Gespräch ein, »dass Frau Rohrschach im Taxi saß.«

»Ja, genau. Sie war im Taxi unterwegs, konnte aber keine genauen Angaben zum Unfallhergang machen, weil sie im Augenblick des Unfalls mit etwas anderem beschäftigt war und nicht auf den Verkehr geachtet hat.«

»Gut, dann hoffen wir für Sie, dass der Abschlepper möglichst schnell hier ist und Sie diesen heißen, ungastlichen Ort so bald wie möglich verlassen können.«

»Das wäre wirklich schön«, beeilte die junge Frau sich

mit Blick auf ihre Armbanduhr zu erklären, »weil meine Schicht seit einer halben Stunde vorüber ist. Es kann aber noch dauern, weil die meisten Abschleppwagen gerade auf der A7 unterwegs sind, dort hat sich wegen der Hitze auf knapp 70 Metern der Asphalt aufgeworfen und zu einem mächtigen Durcheinander geführt. Wenn ich die Kollegen am Funk richtig verstanden habe, waren insgesamt mehr als 15 Autos in die nachfolgenden Unfälle verwickelt.«

»Wow, das klingt dramatisch.«

»Ja, das stimmt, aber glücklicherweise gab es nur ein paar Leichtverletzte, weil es sich in einer Baustelle mit 80-km/h-Beschränkung abgespielt hat.«

»Schön«, nickte der Hauptkommissar. »Ist Frau Rohrschach drüben im NAW?«

»Nein, der Arzt des anderen Notarztwagens hat darauf bestanden, sie sofort ins Krankenhaus bringen zu lassen.«

Die Polizistin nahm die schlagartige Veränderung in den Gesichtsausdrücken ihrer beiden Kripokollegen mit der Andeutung eines Lächelns wahr.

»Aber keine Angst, die Besatzung eines anderen Streifenwagens, der ebenfalls am Unfallort war, ist direkt hinter ihnen hergefahren. Die Frau kommt Ihnen also auf gar keinen Fall abhanden.«

»Das klingt gut. Welches Krankenhaus?«

»Die Städtischen Kliniken«, benutzte sie den längst überholten, jedoch von vielen alteingesessenen Kasselern noch immer verwendeten Namen für das Klinikum Kassel.

»Gut, dann machen wir uns gleich auf den Weg. Schönen Tag noch, Frau Ritter, und einen baldigen Feierabend.«

»Den schönen Tag wünsche ich Ihnen auch«, gab die Polizistin mit einer Geste der Machtlosigkeit zurück. »Mit dem Feierabend dürfte das bei Ihnen nicht so schnell was werden heute, wenn ich die Situation richtig deute.«

»Papperlapapp«, wiegelte Hain mit jeder Menge Ironie in der Stimme ab. »Kurz vernommen, die nicht mehr ganz knackfrische Lorelei, und schon ist der Drops gelutscht für heute.«

Pia Ritter sah ihren Kollegen irritiert an.

»Wie meinen Sie das, die nicht mehr ganz knackfrische Lorelei?«

»Ach, nur wegen ihres wallenden, güldenen Haupthaares. So eine Pracht kriegt man in der heutigen Zeit nicht mehr jeden Tag zu sehen, deshalb der Vergleich mit der Rheinnixe.«

Aus dem Gesicht der Uniformierten wich die Farbe, während sie Hains Erklärung hörte.

»Da muss ein Missverständnis vorliegen, Herr Hain. Die Angelika Rohrschach, die vorhin auf der Rückbank des Taxis den Unfall hatte, war mitnichten blond, sondern pechschwarz, und ihre Haare waren auch nur knapp schulterlang, eher noch etwas kürzer. Vielleicht reden wir von zwei verschiedenen Frauen mit dem zufällig gleichen Namen?«

»Welche Adresse stand in ihren Papieren?«

»Sie hatte nur den Reisepass dabei, da steht leider keine drin. Und bevor ich halbwegs mit ihr reden konnte, hatte der Notarzt sie schon in der Mache.«

»Schildern Sie uns Ihre weiteren Eindrücke von der Frau«, bat Lenz die Kollegin.

»Etwa 1,68 Meter groß, höchstens 58 Kilo schwer, um die 40 Jahre alt. Burberry-Kostüm der 2.000-Euro-Klasse, teure Schuhe, dezentes Make-up. Eine gepflegte Erscheinung insgesamt, würde ich sagen. Alles an ihr wirkte sehr solide, bis auf ihr Auffassungsvermögen, das war ziemlich eingeschränkt, aber das will ich nicht überbewerten nach dem Unfall.«

»Das ist, was die Attribute angeht, unsere Frau Rohrschach, allerdings passen die Äußerlichkeiten so gar nicht zu ihr, und das lässt bei einem alten Bullen wie mir alle Alarmglocken schrillen.«

Der Leiter der Mordkommission machte eine auffordernde Bewegung mit dem Kopf zu Thilo Hain.

»Wir müssen uns die Frau genauer ansehen, Thilo. Und an Sie vielen Dank, Frau Ritter, dass Sie uns so zeitnah informiert haben.«

»Ist doch selbstverständlich.«

Sie sah den Hauptkommissar verunsichert an.

»Das klingt alles recht merkwürdig, ich meine, dass Sie nach einer blonden, langhaarigen Angelika Rohrschach Ausschau halten und eine pechschwarze mit kurzen Haaren auftaucht. Aus welchem Grund haben Sie nach ihr gesucht?«

»Sie ist die Frau des Toten aus der Fulda.«

»Ach so, ja, davon haben die Kollegen mir erzählt. Aber ich war die letzten beiden Wochen nach Wiesbaden abkommandiert und weiß nicht, was sich in dieser Zeit so alles in Kassel ereignet hat.«

Zwei Minuten später hatten die Kommissare das kleine japanische Cabriolet erreicht und machten sich, jeder eine Weile seinen Gedanken nachhängend, auf den Weg zum Klinikum. Etwa auf Höhe des Auestadions griff Lenz zu seinem Telefon und drückte die Taste der Wahlwiederholung. Schon nach dem ersten Klingeln nahm Rolf-Werner Gecks den Anruf entgegen.

»Das war auf den letzten Drücker, mein Lieber«, begrüßte er seinen ehemaligen Boss.

»Wir hatten uns um einen Unfall zu kümmern, RW, tut mir leid.«

»Lass mal, ich weiß genau, wie gestresst du immer bist, Paule. Und, um der Wahrheit die Ehre zu geben, ich hätte dieses Mal sogar mein Telefon mitgenommen.«

»Das ist echt nett. Hat dein Kumpel was erreicht?«

»Klar, der ist bestens vernetzt, da musste ich staunen. Aber am besten gebe ich ihn dir selbst, weil ich keine Lust habe, den Dolmetscher zu spielen.«

»Gute Idee.«

Es gab eine kleine Pause, dann erklang eine andere Männerstimme.

»Hier ist der ehemalige Mann vom Finanzamt«, stellte er sich vor.

»Und hier ist derjenige, der Informationen braucht.«

»Schon in Ordnung.«

Im Hintergrund raschelte Papier.

»Also, bei uns im Amt gibt es nicht viel über diesen Herrn Pispers. Er ist, wie wir es nennen, ein sauberer Kunde, zumindest ist nichts Gegenteiliges über ihn bekannt. Er besitzt zwei Immobilien, für die er Grundsteuer bezahlt, eine Wohnung in Wilhelmshöhe, in der Württemberger Straße, und ein Haus in Sandershausen, das vermietet ist.«

Lenz bat den ehemaligen Mitarbeiter des Finanzamtes um die genaue Adresse.

»Aus den Unterlagen geht weiterhin hervor«, fuhr der fort, nachdem er dem Wunsch des Hauptkommissars nachgekommen war, »dass er, soweit wir das überblicken können, allen Verpflichtungen nach § 43 Einkommensteuergesetz regelmäßig und in vollem Umfang nachkommt.«

»Was genau bedeutet das für einen Menschen, der sich

schwer damit tut, seinen Lohnsteuerjahresausgleich halbwegs vernünftig zu erstellen?«

»Es geht um seine Kapitalerträge. Er hat Aktien, Fonds und ein paar Genussscheine. Außerdem scheint er ein recht dickes Festgeldkonto sein Eigen nennen zu können.«

Wieder Geraschel im Hintergrund.

»Was mich erstaunt, ist sein dem gegenüber stehendes Jahreseinkommen. Der Mann dürfte mal im Lotto gewonnen oder auf beneidenswerte Art Glück an der Börse gehabt haben, jedenfalls kann er diese Werte unmöglich mit der Arbeit seiner Hände geschaffen haben.«

»Autos?«

»Nichts Besonderes. Ein, zwar leistungsstarker VW Golf, das war's aber.«

»Wie schwer muss ich mir den Knaben insgesamt in Euro vorstellen? Kann man da eine unverbindliche, überschlägige Schätzung aufstellen?«

»Nun, Vermögensmillionär ist er auf jeden Fall, aber das soll heutzutage nicht allzu viel heißen, von der Sorte gibt es in Deutschland mehr als eine Million.«

»Bei uns gibt es mehr als eine Million Millionäre? Ich glaube, ich mache irgendwas falsch.«

»Auch das sollten Sie nicht überbewerten, wir sprechen hier bewusst von Vermögensmillionären. Einkommensmillionäre, also Menschen, die diese Summe oder mehr im Jahr verdienen, gibt es beileibe nicht so viele; ich habe die ganz aktuellen Zahlen zwar nicht im Kopf, aber mehr als gut 10.000 sind das bestimmt nicht.«

»Trotzdem ziemlich deprimierend, diese Zahlen.«

»Lieber gesund als reich, sage ich immer. Ich will mit diesen ganzen Superreichen nicht tauschen, Sie vielleicht? Schauen Sie sich nur diesen Rennfahrer an, diesen Herrn

Schumacher. Der sitzt vermutlich auf mehr als einer Milliarde, und was hat es ihm genützt?«

»Da haben Sie voll und ganz recht. Ich werde also dafür sorgen, dass ich möglichst lange gesund bleibe.«

»Das wäre auf jeden Fall eine gute Voraussetzung für ein glückliches Leben. Wir alle sollten den schnöden Mammon nicht so unendlich wichtig nehmen, dann wäre durchaus einiges gewonnen. Und Sie und Ihre Kollegen hätten weniger zu tun, weil die meiste Gewalt leider nicht vom Volk ausgeht, sondern vom Geld.«

»Ein fast philosophisches Schlusswort. Danke für die Informationen, Herr …«

»Gern geschehen, Herr …«

Es knackte in der Leitung, und das Gespräch war beendet.

»Das ist ja ein merkwürdiger Vogel«, fasste Lenz die Unterredung kurz zusammen.

»Hat er wenigstens was gewusst, was uns weiterhelfen könnte?«

»Allerdings. Pispers hat noch ein Haus in Sandershausen.«

»Wow«, pfiff Hain durch die Zähne, »der Knabe wird immer interessanter.«

»Ja, genau wie unsere Angelika. Die scheint auch die eine oder andere Überraschung auf der Pfanne zu haben.«

»Was genau haben wir mit ihr vor, Paul?«

Der Hauptkommissar hob den Kopf, betrachtete den makellos blauen Himmel, dachte für eine Tausendstel Sekunde daran, dass er in solchen Situationen früher gern eine Zigarette geraucht hatte, und verbannte den Gedanken richtiggehend angewidert genauso schnell aus seinem Hirn.

»Wenn es wirklich unsere, also die richtige Angelika

Rohrschach ist, woran ich überhaupt nicht zweifle, dann nehmen wir die Frau fest, Thilo. Ich will nicht, dass sie uns erneut durch die Lappen geht.«

»Und weswegen willst du sie festnehmen? Es ist nicht verboten, auf eigenen Wunsch ein Krankenhaus zu verlassen. Klar wäre es ein besserer Stil, die Bediensteten zu informieren, aber ein Haftgrund ist das auf keinen Fall. Und wenn du mir jetzt mit dem veränderten Äußeren der Frau kommst, dann denk lieber gründlich drüber nach, weil der Haftrichter, dem du sie vorführen willst, das garantiert macht. Und das Lachen, das du dann erntest, könnten wir vermutlich noch am Herkules hören.«

Lenz winkte unwirsch ab.

»Ich weiß selbst, dass uns jeder Haftrichter der Welt dafür auslachen würde, aber darum geht es mir nicht. Wenn sie uns nicht überzeugend darlegen kann, warum sie aus dem Krankenhaus abgehauen ist und warum sie sich die Haare verändert hat, wissen wir genau, dass irgendetwas mit ihr nicht stimmt. Und wenn wir sie festnehmen, können wir sie nach Wehlheiden auf die Krankenstation verlegen lassen – und eine Nacht dort, davon bin ich fest überzeugt, macht auf eine solche Frau garantiert Eindruck.«

»Quod esset demonstrandum, wie der alte Grieche sagt«, zeigte sich Hain keineswegs restlos überzeugt. »Aber du bist der Boss, und wenn der Boss sagt, wir machen es so, dann machen wir es halt so.«

»Was würdest du denn vorschlagen, Großmaul?«

»Nun, tief in meinem Innersten hatte ich, das muss ich eingestehen, die gleiche Idee, aber weil du als Erster damit rausgerückt bist, kann ich sie jetzt schlecht gutheißen. Nach meiner Meinung spricht nichts dagegen, es genau so zu machen.«

»Manchmal könnte ich dich auf der Stelle abknallen, du Vollpfosten.«

Hain blickte kurz nach rechts, griff zum Schalthebel und bremste die Altmarktkreuzung an.

»Ja, mein lieber Paul, ich weiß nur zu genau, wovon du sprichst.«

Fünf Minuten später stellte Hain den Mazda im Parkhaus des Klinikums ab, zog den Schlüssel aus dem Zündschloss und stieg aus.

»Wenn das so weitergeht, können wir uns ein Jahresabo für diese Bude besorgen«, knurrte er.

»Ja, was gar nicht so schlecht wäre. Hier drin ist die Hitze wenigstens halbwegs zu ertragen.«

»Auch wieder wahr.«

An der Notaufnahme standen mehrere Rettungswagen, die vermutlich Verletzte der Autobahnunfälle herbeitransportiert hatten. Die Folgen stellten sich gravierender dar, als Pia Ritter es am Funk mitbekommen hatte.

»Wir möchten bitte zu Frau Rohrschach«, sprach Lenz mit hochgehaltenem Dienstausweis eine Krankenschwester an.

»Und wer soll das sein?«

»Eine Patientin … ein Unfallopfer. Ist in Begleitung von zwei uniformierten Kollegen.«

»Habe ich nicht gesehen.«

Sie wies auf eine Tür am Ende des Flurs, auf dem mehrere Tragen mit Männern und Frauen parkten. Manche hatten verbundene Köpfe, andere hielten die Arme oder die Hände in unnatürlichen Stellungen.

»Fragen Sie da nach, die wissen am besten Bescheid.«

Die Beamten taten, was die Frau ihnen empfohlen hatte, und klopften vorsichtig an der beschriebenen Tür.

»Herein«, kam es freundlich von innen.

Diesmal stellte Hain sich und seinen Kollegen vor, vielleicht, weil die nette Stimme nach junger Frau geklungen hatte.

»Wir sind auf der Suche nach einer Frau Rohrschach, Angelika Rohrschach. Sie müsste in Begleitung von …«

»Klar«, unterbrach die höchstens 20-Jährige vor dem Schreibtisch ihn keck. »Die waren vorhin hier. Sind im Moment beim Röntgen.«

Sie wies mit dem Arm nach rechts.

»Den Flur runter, um die Ecke, die dritte bis achte Tür rechts.

Am besten ist aber, Sie fragen im Warteraum nach, da müssten auch Ihre Kollegen sein.«

Hain wiederholte ihre Wegbeschreibung, grinste dankbar und verabschiedete sich höflich. Wieder auf dem Flur folgten sie den präzisen Anweisungen und hatten kurz darauf das Wartezimmer der Röntgenabteilung erreicht. Dort saßen vier Personen, unter anderem ein in Blau gekleideter Streifenpolizist, der gelangweilt in einer Illustrierten blätterte.

»Moin, Kollege, wo ist denn Frau Rohrschach?«

Der Angesprochene blickte erschrocken auf, warf seinen Lesestoff mit einer hastigen Bewegung auf den Tisch und sprang aus dem Metallstuhl.

»Die ist beim Röntgen. Mein Kollege ist bei ihr, damit sie nicht auf dumme Gedanken kommt.«

»Klasse. Wie lange dauert das ungefähr noch?«

Der braun gebrannte, offenbar gerade aus dem Urlaub zurückgekehrte Uniformierte sah auf seine Uhr.

»Keine Ahnung, aber sie ist schon ziemlich lange drin. Vielleicht sollten wir besser mal fragen.«

Hain musste, ohne dass er etwas dagegen tun konnte, die Augenbrauen hochziehen.

»Das ist eine erstklassige Idee. Wer wäre denn ein geeigneter Ansprechpartner für so ein Vorhaben?«

»Hier rennt so eine böse aussehende Schwester in weißen Klamotten rum, die das alles managt. Die weiß bestimmt, wann diese Frau Rohrschach fertig ist.«

Er deutete auf die Glastür.

»Da ist sie!«

Hain sprang hinter der Krankenhausmitarbeiterin her.

»Hallo, Entschuldigung, ich würde gern wissen, wann Frau Rohrschach fertig ist.«

Die grell geschminkte und wirklich unleidlich dreinblickende junge Frau bedachte den Oberkommissar mit einem genervten Blick.

»Warum wollen Sie das wissen? Und wer sind Sie überhaupt, dass Sie das interessieren könnte?«

Der Polizist streckte ihr seinen Dienstausweis direkt unter die Nase und nickte dabei freundlich.

»Das, denke ich, sollte mich für die Frage qualifizieren, was meinen Sie?«

Der Gesichtsausdruck der Frau veränderte sich um kein Jota, während sie zu ihrer Antwort ansetzte.

»Schon gut, konnte ich ja nicht ahnen. Ich gehe rein und frage nach.«

»Vielen Dank.«

Sie drehte sich um, ging ein paar Schritte über den Flur, öffnete eine schmale Tür und verschwand in dem Raum dahinter. Allerdings dauerte es keine 15 Sekunden, bis sie wieder auftauchte.

»Angelika Rohrschach? Meinen Sie die?«

»Genau die meine ich, ja.«

»Die ist schon lange fertig. Sitzt sie nicht im Warteraum?«

»Nein, sicher nicht. Im Röntgenzimmer ist sie ganz bestimmt nicht mehr?«

»Wenn sie nicht 130 Kilo wiegt und einen richtig unappetitlichen Bauch über dem Penis trägt, dann nicht. Aber im Ernst, sie hat nach Auskunft meiner Kollegin das Röntgen schon vor mehr als zehn Minuten verlassen. Die hat ihr erklärt, dass sie im Warteraum auf den Arzt warten muss.«

Das Ende ihres letzten Satzes hatte Thilo Hain schon nicht mehr mitbekommen, weil er sich umgedreht und in das von ihr angesprochene Zimmer gestürmt war.

»Sie ist weg!«, rief er mit wegen der anderen Wartenden gedämpfter Stimme.

»Was heißt das, sie ist weg?«, wollte der Uniformierte mit schief gelegtem Kopf wissen. »Sie kann nicht weg sein, mein Kollege ist doch bei ihr.«

»Dann bring uns mal pronto zu deinem Kollegen«, forderte Hain. »Wo genau hängt der rum?«

»Im Zimmer mit der vier.«

Der Streifenpolizist drängte sich an Hain und Lenz vorbei, stapfte auf eine der kleinen Türen zu und riss sie ohne anzuklopfen auf. Dahinter saß sein Kollege mit schief hängendem Kopf und einem unansehnlichen Rotzfaden am Kinn, dessen Ende sich bereits einen Weg zum Hemdkragen gebahnt hatte.

»Bernd, he, was ist denn los?«, rief Nummer eins aufgeregt, was Nummer zwei schlagartig aus seinen, dem Gesichtsausdruck nach zu urteilen süßen Träumen holte.

»Hui, da war ich wohl gerade weggeknackt«, stammelte er, wischte sich den Mund ab und stand staksig auf.

»Die Tussi ist weg«, flüsterte Nummer eins ihm mit

weit aufgerissenen Augen zu, wobei sein Blick kurz Lenz und Hain streifte.

»Wie, sie ist weg? Das kann nicht sein, ich habe der Schwester klipp und klar erklärt, dass sie nur über diese Schleuse die Röntgenabteilung verlassen darf.«

Er warf die rechte Hand auf die Klinke der Tür, die das winzige Wartezimmer mit der Röntgenstation verband, und drang in den dahinter liegenden, dunklen Raum ein.

»Wo ist die Frau, die ich hierher gebracht habe?«, schrie er, ohne einen Adressaten für seine Tirade entdeckt zu haben.

An der entgegengesetzten Wand wurde eine Tür aufgeschoben und eine total verdutzt aussehende Frau sichtbar.

»Was fällt Ihnen ein? Machen Sie sofort, dass Sie hier raus kommen! Ich habe die Frau nach dem Röntgen zu Ihnen geschickt, also spielen Sie sich bloß nicht so auf.«

Lenz ließ seinen Blick kurz durch den Raum kreisen, aber es war klar, dass Angelika Rohrschach sich nicht hier aufhielt. Eine kurze Abstimmung per Augenkontakt mit seinem Kollegen, und beide stürmten auf den Flur.

»Du nach rechts«, rief Lenz, »ich nach links. Wir treffen uns am Taxistand.«

21

Fred Mühlenberg blickte sich nach allen Seiten um, konnte jedoch niemanden erkennen, der ihm auch nur im Entferntesten bekannt vorkam. Danach trat er ein paar Schritte nach vorn, beugte sich über die von der Sonne aufgewärmte, schwarze Steinreihe, die ihn von der nächst tiefer gelegenen Ebene trennte, und sah hinunter auf die in der Nachmittagshitze liegende Stadt.

Kassel.

Kassel hatte ihn wohlhabend gemacht, und zugleich hatte er diese Anhäufung architektonischer Grausamkeiten, diese Unentschiedenheit zwischen Provinz und Metropole, diesen kleinkarierten Anspruch, eine Großstadt sein zu wollen, immer gehasst.

Und jetzt dieses unsägliche Weltkulturerbe!

Wieder ging sein Blick auf die Menschenmassen, die sich unter dem Herkules und über ihm und neben ihm sammelten. Alles Touristen, alles Menschen, die sich nie auch nur die Bohne für Kassel interessiert hatten und die jetzt wie die Lemminge herbeiströmten, um die riesige Metallfigur über ihren Köpfen zu bewundern oder neben den Wasserspielen in Richtung Schloss zu hasten.

»Was ist denn das für eine irre Idee«, fragte eine dunkle, sonore Männerstimme mit slawischem Akzent hinter ihm laut, »sich hier oben treffen zu wollen, Freddy?«

Mühlenberg drehte sich erschrocken um und sah in das zerfurchte Gesicht von Sergej Bucharow.

»Psst, warum brüllst du denn so? Bist du komplett verrückt geworden?«

»Oh, dir steht die Panik ins Gesicht geschrieben, alter Freund. Aber du hast doch gar keinen Grund, Panik zu haben, du hast doch Sergej.«

Ein kehliges, düsteres Lachen folgte, das bei Mühlenberg ein abruptes Aufstellen seiner Nackenhaare zur Folge hatte. Ohne es abgesprochen zu haben, gingen die beiden Männer in etwa 15 Metern Abstand zu einem kleinen Mäuerchen unter einem Baum, etwas abseits des Trubels, und ließen sich darauf nieder.

»Hast du unser Problem zufriedenstellend gelöst?«, wollte der Architekt wissen, nachdem er sich eine Zigarette angezündet hatte. »Und wenn ja, warum hast du dich nicht im Anschluss bei mir gemeldet, wie wir es vereinbart hatten?«

»Viele Fragen, Freddy, viele Fragen. Und …«

»Und hör verdammt auf, mich Freddy zu nennen, du weißt genau, dass ich das auf den Tod nicht leiden kann.«

Bucharow ließ sich nach hinten fallen und lehnte seinen Rücken gegen die Rinde des dahinter stehenden Baums. Dann bewegte er den Kopf nach rechts und fixierte seinen Gesprächspartner intensiv.

»Was ist denn los mit dir, so kenne ich dich ja gar nicht? Ich sage dir zu, dass alle Probleme gelöst werden, und du fängst an durchzudrehen. So geht das nicht.«

Es war dem Russen überdeutlich anzumerken, dass es ihn Überwindung kostete, Mühlenberg nicht mit dem bei ihm verpönten Spitznamen anzusprechen.

»Dein Gelaber kannst du dir sparen, sag mir lieber, ob alles so geklappt hat, wie wir es besprochen haben.«

»Na klar hat alles geklappt. Oder hat dich Onkel Sergej schon einmal enttäuscht, wenn du ihn mit etwas beauftragt hast?«

Mühlenberg senkte den Kopf.

»Nein, das nicht.«

»Na, siehst du? Warum stellst du dich so an?«

»Mensch, Sergej«, erwiderte der Architekt leise, während er zusah, wie einem kleinen Jungen die Eiskugel aus der Waffel fiel und in den Ausschnitt kullerte. Wenn er nicht so angespannt gewesen wäre, hätte er sicher anfangen müssen zu lachen, aber nach Lachen war ihm im Augenblick nicht zumute. »Ich bin gerade total im Stress, das sollte dir wohl klar sein. Die Polizei war vorhin bei mir und hat dumme Fragen wegen Rohrschach gestellt. Viele dumme Fragen.«

»Aber du weißt doch gar nichts von diesem Typen. Was wollen die Bullen also von dir?«

»Sie wissen, dass er neulich bei mir gewesen ist.«

»Woher sollten die das denn wissen? Du hast mir doch erzählt, dass niemand dabei war.«

»Das stimmt auch so weit, aber vielleicht hat die Putzfrau was mitbekommen. Ich weiß es nicht genau, aber das ist die Einzige, die dafür in Frage kommen würde.«

»Hast du mit ihr gesprochen?«

»Nein«, zischte Fred Mühlenberg genervt, »das habe ich nicht, weil sie zur Zeit im Urlaub ist. In Griechenland, wenn du es genau wissen willst.«

»Seit wann ist sie weg?«

»Schon seit letzter Woche, warum?«

»Und du meinst, sie hat in Griechenland mitgekriegt, was hier in Kassel los ist? Das kannst du mir nicht erzählen.«

Der Architekt dachte kurz nach.

»Stimmt, da hast du recht«, fasste er das Ergebnis seiner Überlegungen zusammen. »Sie müsste sich erstens daran erinnert haben, dass Rohrschach derjenige war, mit dem ich mich in meinem Büro getroffen habe. Dann müsste sie mitbekommen haben, dass er tot aus der Fulda gefischt worden ist, und zum guten Schluss müsste sie mit der Kasseler Polizei Kontakt aufgenommen haben, um denen das, mit ihren beschränkten Deutschkenntnissen auch noch, zu erzählen.«

»Also nicht die Putzfrau?«

»Auf keinen Fall, das kann nicht sein.«

»Also wer dann?«

Wieder dachte Mühlenberg eine Weile nach.

»Rohrschach und ich waren ganz sicher allein, vielleicht bis auf die Putzfrau, und die scheidet definitiv aus. Also ist es eigentlich unmöglich, dass jemand davon etwas mitbekommen hat. Aber die Polizisten wussten, dass wir uns gefetzt haben.«

»Was habt ihr euch?«

»Na gefetzt; es sind die Fetzen geflogen. Wir haben gestritten.«

»Ach so, warum sagst du das denn nicht gleich.«

Bucharow fing wieder an zu grinsen.

»Ihr Deutschen müsst es immer so kompliziert machen. Sagt doch einfach streiten, wenn ihr streiten meint, und redet nicht so unnötig geschwollen daher.«

»Fetzen ist durchaus ein normales Wort für … Ach, was rede ich denn da? Wir haben gestritten, und die Polizei weiß das, und das ist für mich ein riesengroßes Problem. Und dann kommt noch dazu, dass ich nicht weiß, woher sie es wissen.«

»Kann es sein, dass du abgehört wirst?«, fragte Bucharow.

»Wie abgehört? Wer sollte mich denn abhören?«

»Na, die verdammten Amerikanski! Diese NSA! Die hören doch die ganze Welt ab.«

»Ach Quatsch. Warum sollte die NSA ausgerechnet mich abhören? Nein, das glaube ich nicht.«

Erneut schob der Architekt eine Denkpause ein.

»Nein, die Amis hören mich nicht ab. Aber mir kommt jemand in den Sinn, dem ich das zutrauen würde.«

»Und wer soll das sein?«

Wieder eine längere Phase des Nachdenkens.

»Wenn ich ernsthaft darüber nachdenke, kommt dafür nur mein Bruder in Frage. Ich kann mir zwar nicht vorstellen, warum er das machen sollte, aber eine andere Erklärung dafür gibt es nicht.«

»Das würde bedeuten, dass dein eigener Bruder dich bei den Bullen angeschwärzt haben muss. Traust du ihm so etwas zu?«

»Das weiß ich nicht, ob ich ihm das zutraue. Vielleicht hat er mit seiner dummen Frau darüber gesprochen, und die hat es der Polizei erzählt. Der traue ich so etwas jederzeit zu.«

»Die eigene Familie? So etwas würde es bei uns nicht geben. Soll ich ihm klarmachen, dass sich so etwas nicht gehört?«

»Nein, du lässt die Finger von meinem Bruder, damit das klar ist. Außerdem ist noch gar nicht bewiesen, dass er wirklich etwas damit zu tun hat.«

»Aber du hast doch eben selbst …«

»Ich weiß, was ich sage!«

»Klar, klar. Jetzt bist aber du es, der schreit.«

Tatsächlich hatte Fred Mühlenberg seinen letzten Satz herausgeschrien. Der Gedanke, dass sein eigener Bruder ihn in irgendeiner Weise überwachte oder gar abhörte, machte ihn rasend vor Wut, und er hatte für ein paar Sekundenbruchteile wirklich darüber nachgedacht, ihn Sergej und dessen keinesfalls zimperlichen Methoden zu überlassen, aber eine weitere Leiche konnte er im Augenblick gerade gar nicht gebrauchen.

»Du lässt ihn in Ruhe, Sergej, und das meine ich wirklich ernst.«

Damit zog er einen Briefumschlag aus der Jackentasche und reichte ihn dem Russen.

»Muss ich nachzählen?«

»Wenn du anfängst, mir zu misstrauen, dann mach es.«

Bucharow grinste und steckte den Umschlag wortlos weg.

»Was macht ihr bei euch eigentlich mit Polizisten, die euch auf die Nerven gehen?«, wollte Fred Mühlenberg leise wissen.

Aus dem verhaltenen Grinsen seines Gegenübers wurde ein das gesamte Gesicht einbeziehendes Lachen.

»Wir werfen sie den Fischen zum Fraß vor«, blökte er, wobei im Oberkiefer eine Reihe silbern schimmernder Zähne sichtbar wurde.

»Die beiden heißen Lenz und Hain und sind bei der Mordkommission. Vielleicht solltest du dich ein bisschen um sie kümmern.«

»Das mache ich gern, aber Bullen kosten immer was extra.«

»Wegen Geld musst du dir keine Gedanken machen, Sergej, das weißt du doch genau.«

»Gut. Dann musst du mir nur noch genauer erklären, was du mit ›ein bisschen um sie kümmern‹ meinst.«

Noch bevor der Architekt zu einer Antwort ansetzen konnte, wurde er vom Klingeln seines Mobiltelefons unterbrochen. Sein Blick fiel auf das Display, und nachdem er erkannt hatte, wer ihn anrief, entspannten sich seine Züge deutlich.

22

»Das darf doch alles nicht wahr sein«, zischte Lenz keuchend, als er neben seinem schon mit dem Telefon in der Hand auf ihn wartenden Kollegen Thilo Hain zum Stehen kam. »Sie ist uns schon wieder durch die Lappen gegangen.«

»Aber diesmal ist klar, dass sie aus eigenem Antrieb abgehauen ist. Beim letzten Mal konnten wir nicht sicher sein, ob nicht vielleicht ein Dritter seine Hände im Spiel hatte, das fällt diesmal aus.«

Er hob den Arm und wedelte mit dem in der Hand liegenden Gerät.

»Soll ich sie zur Fahndung ausschreiben lassen?«

»Worauf du Gift nehmen kannst, mein Freund. Und als Begründung lässt du bitte ›Mordverdacht‹ eintragen.«

Hain erledigte den Anruf, wobei er ebenfalls am Keuchen war, und steckte anschließend das Telefon sichtlich befriedigt zurück in seine Jacke.

»Diese blöde Kuh geht mir mittlerweile ganz gewaltig auf den Sack«, setzte er wieder etwas leichter atmend hinzu.

»Und wir beide«, nickte Lenz zustimmend, »besorgen uns jetzt die Adresse von Roman Pispers' Mutter und fragen die nette Dame, ob es ihr tatsächlich nie aufgefallen ist, dass ihr Sohn ziemlich weit weg ist von der Armut.«

»Wollen wir uns nicht vorher sein Haus in Sandershausen ansehen? Vielleicht ergibt sich daraus etwas.«

»Aber das ist doch vermietet, Thilo. Außer, dass wir den oder die Mieter befragen können, kann da nicht viel bei rumkommen.«

»Gut, dann zuerst zur Mutter. Wobei ich mir schlecht vorstellen kann, dass etwas dabei herauskommt. Muttersöhnchen Roman verheimlicht ihr seinen Wohlstand, weil sie ihn sonst garantiert fragen würde, wie er sich das alles leisten kann. Und weil ihm darauf erwiesenermaßen keine zufriedenstellende Antwort einfällt, lässt er es einfach bleiben.«

Lenz holte ein weiteres Mal tief Luft, schloss kurz die Augen, beugte sich nach vorn und stemmte dabei die Hände in die Hüfte.

»Dass er diese ganze Kohle nicht auf legale Weise erarbeitet hat, sollte langsam klar sein. Dass er Banken ausräumt, kann ich mir schlecht vorstellen, aber es könnte immerhin sein, dass er das Beste aus seinem Job macht.«

»Du meinst, er lässt sich schmieren?«

»Wäre eine Idee. Wobei ich nicht weiß, ob ein kleiner Angestellter bei den Stadtreinigern überhaupt so große Möglichkeiten hat.«

»Müll ist immer ein gutes Geschäft, denke ich.«

»Dann sollten wir sowohl seine Hütte als auch seine Mutter hinten anstellen und uns zunächst mit seinem Job und den sich eventuell daraus ergebenden Optionen beschäftigen.«

»Was bedeutet, dass wir uns noch einmal mit seinem Chef unterhalten müssen.«

»Wie hieß der noch?«

»Bosse. Hartmut Bosse.«

»Das passt ja.«

Der Abteilungsleiter der Stadtreiniger begegnete ihnen diesmal schon am Werkstor. Er saß in einem alten schwedischen Kombi und wollte vermutlich gerade Feierabend machen. Hain gab ihm mit einem kurzen Handzeichen zu verstehen, dass er sich bitte ein paar Minuten Zeit für die Polizisten nehmen solle.

»Diesmal trifft es sich ganz schlecht, meine Herren«, erklärte der kleine, untersetzte Mann, nachdem er seinen Wagen direkt nach dem Tor an die Seite gefahren hatte. »Meine Tochter hat einen Arzttermin, und ich bin schon recht spät dran.«

»Zwei Minuten, Herr Bosse, wirklich nicht länger, versprochen«, versuchte Lenz es auf die nette Art.

Der Blick des Mannes im Auto streifte kurz die Uhr in der Mittelkonsole, dann nickte er, öffnete die Tür und stieg aus.

»Aber wirklich nur zwei Minuten, mehr geht auf gar keinen Fall.«

»Dann wollen wir besser keine Zeit verlieren«, erwiderte Lenz und trat neben ihn. »Wir haben uns die Wohnung von Herrn Pispers angesehen und sind der Meinung, dass sie für sein Gehalt zu groß, zu gut gelegen und deutlich zu luxuriös ausgestattet ist. Fällt Ihnen dazu etwas ein?«

»Nein, rein gar nichts. Ich habe ihn nie privat besucht, wie käme ich denn dazu? Wir sind Arbeitskollegen, keine Freunde, die sich nach Dienstschluss privat verabreden würden.«

»Wäre es denkbar«, hakte Lenz nach, »dass Herr Pispers sich nebenher etwas dazuverdient?«

»Offiziell ist er nicht einer Nebenbeschäftigung nachgegangen, das weiß ich genau, weil das über meinen Schreibtisch gegangen wäre.«

Der Hauptkommissar schüttelte den Kopf.

»Sie haben mich leider nicht richtig verstanden, Herr

Bosse. Meine Frage bezog sich eher darauf, ob Herr Pispers vielleicht korrupt, ob er bestechlich sein könnte.«

»Bestechlich? Roman?«

Der Abteilungsleiter griff sich reflexartig an den Kopf.

»Wo denken Sie hin? Wir unterliegen einer ständigen Überwachung unserer Vorgesetzten, da ist so etwas überhaupt nicht möglich.«

Sein Blick sprang zwischen den Köpfen der beiden Kripobeamten hin und her.

»Nein, es ist noch nicht einmal denkbar.«

»Womit genau beschäftigt sich Herr Pispers? Was sind seine Aufgabenbereiche?«

»Er ist für die Großkunden zustä…«

Bosse brach ab.

»Nein, meine Herren, das geht so nicht, das entwickelt sich zu einer Sache, die ich nicht mehr verantworten möchte. Wenn Sie von Korruption sprechen, kann ich Ihnen höchstens meine persönlichen Eindrücke schildern, mehr aber auch nicht. Mein direkter Vorgesetzter, Herr Stammer, ist verantwortlich für die Corporate Governance, also derjenige, der sich darum kümmert, dass so etwas bei uns gar nicht erst vorkommt. Wenn Sie also Fragen diesbezüglich haben, kann ich Ihnen nur empfehlen, sich mit ihm zu unterhalten.«

»Gut. Wo finden wir Herrn Stammer?«

»Er sitzt in seinem Büro, ich war gerade bei ihm. Wo mein Zimmer ist, wissen Sie, seins ist zwei Türen weiter auf der gleichen Seite.«

Lenz bedankte sich, und die beiden Kommissare sahen ihm nach, als er sich mit viel Gas und wenig Kupplung auf den Weg zu seiner Tochter machte.

»Dann mal auf zum Corporate-Governance-Beauftragten«, frotzelte Lenz.

»Was soll denn das überhaupt sein?«, fragte Thilo Hain mit finsterem Gesichtsausdruck. »Ich kann diese ganze BWL-Ich-bin-viel-cleverer-als-du-Sprache auf den Tod nicht leiden.«

»Na, dann bist du vermutlich bei Herrn Stammer gut aufgehoben.«

»Das ist mir so was von egal. Sag mir nur, was es heißt, das reicht mir schon. Oder weißt du es am Ende auch nicht?«

»Doch, ich weiß es schon. Hab's auf diesem merkwürdigen Anti-Korruptions-Seminar vor ein paar Jahren aufgeschnappt und nicht gedacht, dass ich damit jemals was anfangen könnte. Aber nun hat es sich doch gelohnt, das Seminar.«

»Gut, das wissen wir jetzt, aber was es heißt, weiß *ich* deswegen noch immer nicht.«

»Es geht dabei um die Grundsätze der Unternehmensführung, nicht mehr und nicht weniger. Könnte man also auch auf Deutsch sagen, würde sich vermutlich aber nicht mehr so wichtig anhören.«

Johannes Stammer, der Mann, von dem Hartmut Bosse gesprochen hatte, residierte in einem schnieken Eckbüro mit Blick ins Grüne. Sein Name und der Zusatz ›Teamleiter‹ prangten in großen Buchstaben links neben der angelehnten Tür an der Wand. Lenz klopfte pro forma an den Rahmen und trat ohne Aufforderung in den Raum, in dem sich allerdings niemand aufhielt.

»Hallo? Was machen Sie denn da?«, ertönte im gleichen Moment eine Stimme vom Flur her. »Was fällt Ihnen ein? Verlassen Sie auf der Stelle mein Büro!«

»Immer mit der Ruhe«, bremste Thilo Hain den sehr energisch, aggressiv auftretenden Mann, nachdem die beiden Polizisten einen Meter zurückgetreten waren. »Wir sind von der Polizei und würden uns gern mit Ihnen unterhalten; vorausgesetzt, Sie sind …«

Er deutete mit dem rechten Zeigefinger auf das Namensschild. »Sie sind Johannes Stammer.«

»Natürlich bin ich Johannes Stammer«, erwiderte der vermutlich auf die 50 zugehende, drahtig und sehnig wirkende Mann. »Und Sie zeigen mir bitte Ihre Dienstausweise.«

Die beiden Kriminalbeamten kamen kommentarlos seiner Aufforderung nach, und nachdem er sich die beiden Plastikkarten von allen Seiten und überaus gründlich angesehen hatte, kam Lenz zum Grund ihres Besuches.

»Wir kommen wegen einem Ihrer Mitarbeiter, Roman Pispers, und hätten ein paar Fragen zu ihm.«

Stammer lehnte sich mit dem Gesäß an die Wand hinter ihm und verschränkte die Arme vor der Brust. Offenbar verspürte er wenig Interesse daran, seine Besucher in sein Büro zu bitten.

»Was genau wollen Sie denn wissen?«

»Wir ermitteln in einer Mordsache und würden Herrn Pispers gern als Zeugen zu ein paar Details befragen, doch er ist, wie es aussieht, nicht auffindbar.«

»Was soll das denn heißen, nicht auffindbar? Haben Sie es schon bei ihm zu Hause versucht?«

»Ja, so weit haben wir in der Tat schon gedacht«, gab Lenz süffisant zurück.

»Hier werden Sie ihn aber ganz sicher nicht finden können, weil er arbeitsunfähig erkrankt ist. Wir haben seine AU-Bescheinigung, und bis zu deren Ablaufen ist die Sache für uns ohne Belang, ob er nun für Sie auffindbar ist oder nicht.«

Hain wandte sich direkt dem Mitarbeiter der Stadtreiniger zu und zeigte dabei sein gewinnendstes Gesicht.

»Und Sie machen sich gar keine Sorgen um Herrn Pispers, wenn wir Ihnen erzählen, dass er, verbunden mit ein paar sehr merkwürdigen Umständen, verschwunden ist?«

»Nein, warum sollte ich? Wir sind ein Dienstleister in der Entsorgungsbranche, kein Kindergarten.«

Er zuckte mit den Schultern.

»Wenn seine AU-Bescheinigung abgelaufen ist und wir dann nichts von ihm hören, werden wir aktiv, wie gesagt. Vorher ist die Sache für uns ganz und gar ohne Bedeutung.«

Der Teamleiter sah von einem der Polizisten zum anderen, gerade so, als suchte er in ihren Gesichtern nach Verständnis.

»Aber so etwas wie eine Fürsorgepflicht Ihren Mitarbeitern gegenüber sollte man bei Ihnen schon erwarten.«

»Da hätte ich aber viel zu tun«, lachte Stammer abfällig. »Sie wissen vermutlich gar nicht, wovon Sie reden, sonst würden Sie hier nicht solche Töne anschlagen. *Fürsorgepflicht*!«

Lenz ließ seine angedeutete Beleidigung unkommentiert.

»Kennen Sie Herrn Pispers eigentlich gut?«, wollte er, immer noch sehr freundlich, wissen.

»Wie man seine Leute so kennt, nicht mehr und nicht weniger. Wir sehen uns hier auf dem Flur und in Besprechungen, das war es aber auch schon.«

»Waren Sie mal bei ihm zu Hause?«, wollte Thilo Hain wissen.

»Nein, bei ihm zu Hause war ich nie«, gab Stammer zurück, wobei er jedes Wort über seine Bedeutung hinaus betonte.

»Was genau macht Herr Pispers eigentlich hier? Ich meine, womit beschäftigt er sich?«

»Er ist unser Großkundenbetreuer, warum?«

»Weil wir erstaunt sind über den Lebensstandard, den Ihr Großkundenbetreuer Pispers sich leisten kann. Und weil wir gern geklärt hätten, aus welchen Quellen genau dieser Wohlstand sich nährt.«

Stammer ließ die Arme auseinandergleiten, holte tief Luft und verengte die Augen dabei zu sehr schmalen Schlitzen.

»Ich weiß nicht, ob ich Sie richtig verstehe, aber wenn ich Sie richtig verstehen sollte, dann gefällt mir nicht, was Sie im Subtext anzudeuten versuchen.«

Seine Stimme war mit dem Auslaufen des letzten Satzes deutlich angeschwollen.

»Ich verwahre mich gegen den Verdacht, dass Herr Pispers sich in Ausübung seiner Tätigkeit nur das Geringste zu Schulden hat kommen lassen.«

Das Gesicht des Teamleiters verfinsterte sich um ein paar weitere Nuancen.

»Sie können das nicht wissen, aber ich bin hier im Haus für die Corporate Governance verantwortlich, was bedeutet, dass es ein persönlicher Angriff auf meine Integrität ist, wenn Sie Herrn Pispers Unredlichkeit unterstellen. Ich muss Sie außerdem warnen, meine Herren, Sie befinden sich juristisch auf ganz, ganz dünnem Eis.«

»Nun ja, das bringt unser Job manchmal mit sich«, ließ Lenz seine unverhohlene Drohung galant an sich und seinem Kollegen abprallen. »Was wir allerdings gern erfahren würden, ist, in welchem Verhältnis Herr Pispers und der leider nicht mehr unter den Lebenden weilende Dominik Rohrschach standen. Herr Rohrschach ist doch einer Ihrer Großkunden gewesen, oder?«

»Nun ja, wir haben definitiv größere Kunden, aber es ist richtig, dass die Unternehmungen des Herrn Rohrschach bei uns in der Großkundenkartei zu finden sind.«

»Ergo betreut von Herrn Pispers?«

»Das würde ich sagen, ja.«

»Dann hätten wir gern Einblick in alle Akten, die eine wie auch immer geartete Zusammenarbeit der beiden betreffen.«

Der Manager schüttelte unwirsch den Kopf.

»Sie wissen doch ganz genau, dass Sie dafür einen richterlichen Beschluss brauchen, meine Herren. Versuchen Sie bitte nicht, mich für dumm zu verkaufen, Sie haben es in meinem Fall mit einem Summa-cum-laude-Juristen zu tun. Und mein summa cum laude ist anders zustande gekommen als das des Herrn Guttenberg, das versichere ich Ihnen.«

Er machte eine rhetorische Pause.

»Was ich Ihnen darüber hinaus versichern kann, ist, dass mein Mitarbeiter Roman Pispers über absolut jeden Verdacht, er könnte in irgendeiner Form mit Korruption in Verbindung gebracht werden, wie Sie es haben anklingen lassen, erhaben ist. Und jedem, also auch Ihnen, drohe ich massivste Konsequenzen an, sollte er das, in welcher Form auch immer, in die Öffentlichkeit tragen.«

»Na, na, Herr Stammer, so hoch müssen wir das Ganze nun auch nicht hängen«, zeigte Hain sich erstaunt. »Wir ermitteln in einem Mordfall, und Sie könnten sich ein wenig kooperativ zeigen.«

»Könnte ich, muss ich aber nicht. Und bei Menschen, die ungefragt in mein Büro stürmen, muss ich schon mal ganz und gar nicht. Wenn Sie noch etwas wissen oder irgendwelche Akten einsehen wollen, kommen Sie mit einem Beschluss, oder richten Sie Ihre Anfragen bitte schriftlich an mich.«

Er nickte den beiden kurz zu, trat an ihnen vorbei, schob sich in sein Büro und warf die Tür hinter sich ins Schloss.

»Na, das ist ja ein ganz Schlauer«, fiel Hain dazu ein. »Und so sympathisch. Bei dem würde ich wirklich liebend gern mit einem Durchsuchungsbeschluss auf der Matte stehen. Wollen wir nicht reingehen und …«

Lenz drehte sich auf dem Absatz um und zog seinen Freund am Arm mit sich.

»Vergiss es, Thilo, und lass uns abhauen. Wir haben noch ein paar andere Dinge zu erledigen.«

Der Hauptkommissar wusste genau, warum er sich so beeilte, aus dem Gebäude zu kommen. Er kannte seinen Mitarbeiter lange genug, um ihm anzusehen, wenn der sich geärgert hatte oder, noch schlimmer, abgebürstet fühlte. Dann war es selbst ihm in manchen Situationen nicht gelungen, Thilo Hain vor einer unbedachten Handlung zu bewahren, und hier lag eine unbedachte Handlung überdeutlich in der Luft.

Als sie vor dem Mazda standen, war die Gefahr so gut wie gebannt, und der Gesichtsausdruck des jungen Oberkommissars schon einige Oktaven in Richtung freundlich verschoben.

»Was für ein Arschloch«, sinnierte er trotzdem brummelnd.

»Das ist nicht vergessen, Thilo, nur heute wäre es nicht klug, etwas gegen ihn zu unternehmen. Ich konnte dir, als er uns stehen gelassen hat, deutlich ansehen, dass es besser ist, ihn in Ruhe zu lassen.«

»Du kennst mich wirklich ganz gut, Paule.«

»Ja, und das ist gut so. Denn wenn wir hinter ihm her

wären, hättest du mit an Sicherheit grenzender Wahrscheinlichkeit deine gute Kinderstube vergessen, und ich habe absolut keine Lust, dich schon wieder aus irgendeiner Scheiße zu ziehen.«

»Er war Jurist, und auch sonst von mäßigem Verstand«, zitierte Hain als Antwort Ludwig Thoma und öffnete die Tür des Cabriolets, als hinter ihnen eine junge, blonde Frau auftauchte, die gerade mit Hilfe der Fernbedienung die Schlösser eines schwarzen MX5 aktueller Bauart aufklacken ließ, der etwa acht Plätze von ihnen entfernt stand.

»Ach, das ist Ihrer?«, rief sie dem Polizisten freundlich zu, wobei sie sich nicht die geringste Mühe gab, ihr Lispeln zu kaschieren. »Ich wusste gar nicht, dass die Polizei so einen guten Geschmack hat, was die Auswahl ihrer Dienstfahrzeuge angeht.«

Hain brauchte einen Augenblick, bis er das Gesicht eingeordnet hatte, dann erinnerte er sich, dass die junge Frau ihn und seinen Boss am Tag zuvor am Eingangstresen begrüßt hatte.

»Hallo, Frau Michaelis«, antwortete er ebenso freundlich wie sie.

»Nein, Michels, nicht Michaelis.«

»Oh, je, mein Gedächtnis ist wie immer eine Katastrophe.«

»Macht nichts. Trotzdem einen schönen Feierabend für Sie beide.«

Der Polizist winkte ab.

»So schnell wird das leider nichts. Wie es aussieht, haben wir noch länger zu tun.«

»Das ist aber schlecht. Ich habe mir extra überstundenfrei genommen, damit ich bei dieser Hitze nicht bis fünf arbeiten muss, sondern jetzt gleich an den Badesee fahren kann.«

»Kleiner Motor oder großer Motor?«, wollte Hain grinsend wissen.

Über ihr Gesicht huschte ebenfalls ein Grinsen. Offenbar war er nicht der Erste, der ihr diese Frage stellte.

»Eigentlich wollte ich einen MX5 mit dem kleinen, weil ich dachte, dass der mir vollauf genügen würde, aber darauf hätte ich ein paar Wochen warten müssen. Der Händler hat mir dann für den großen einen guten Preis gemacht, und jetzt würde ich ihn nie mehr hergeben. Ich liebe dieses Auto, und speziell den Motor.«

Hain war, während sie ihre Ode auf die fernöstliche Triebwerksbaukunst abgefeiert hatte, auf sie zugetreten und hatte ihr die Hand geschüttelt. Lenz saß schon auf dem Beifahrersitz von Hains Mazda.

»Das haben Sie absolut richtig gemacht. Damals, als ich meinen gekauft habe, gab es ja nur den einen, aber ich bin immer noch sehr zufrieden damit.«

»Ein Dienstwagen ist das aber nicht, oder?«, wollte sie leise und ein wenig konspirativ wissen. »Obwohl, kein Mensch würde vermuten, dass damit Polizisten unterwegs sind.«

»Nein, das ist mein eigener«, antwortete er ebenso verschwörerisch. »Normalerweise geht das auch gar nicht, als Bulle im Dienst mit dem Privatwagen durch die Gegend zu gondeln, aber wir haben das so quisi-quasi hingedeichselt.«

»Schön. Und er sieht richtig gut aus für sein Alter.«

»Ja, das macht die gute Pflege. Aber ich will Sie nicht am wohlverdienten Feierabend und dem Chillen am Badesee hindern.«

»Nein, das machen Sie nicht.«

Sie sah auf ihre Armbanduhr.

»Meine Kollegin, die ich mitnehme, kommt, wie immer eigentlich, zu spät, also kann ich sowieso nicht losfahren.«

»Das tut mir leid.«

»Schon gut.«

Die junge Frau beugte sich nach vorn und kam mit dem Kopf ganz nah an den Polizisten heran.

»Haben Sie eigentlich Herrn Pispers gefunden?«, wollte sie leise wissen.

»Nein, leider nicht. Aber wir arbeiten dran.«

»Sie wissen, dass er schon länger krank ist?«, fragte sie fast tonlos.

Der Polizist musste, wenn sie redete, an eine Figur aus ›Urmel aus dem Eis‹ denken. In dem Kinderbuch, konnte er sich dunkel erinnern, gab es auch eine Figur, die so stark lispelte wie Frau Michels.

»Hmm, das haben wir schon herausgefunden.«

»Ach so, ich dachte, ich könnte Ihnen weiterhelfen, so von MX5-Fahrer zu MX5-Fahrer.«

»Das ist aber lieb. Ihre Kollegen sind da nicht so hilfsbereit.«

»Meinen Sie den Bosse? Dem dürfen Sie das nicht krumm nehmen, der arme Kerl hat eine Tochter, der es gesundheitlich sehr schlecht geht. Sie hatte einen Tumor im Kopf, und im Moment entscheidet es sich, ob die Sache gut ausgeht oder nicht.«

»Boah, ich habe auch zwei Jungs, aber an so etwas will ich gar nicht erst denken.«

»Das ist gut so.«

»Eigentlich meinte ich auch gar nicht den Herrn Bosse«, flüsterte der Oberkommissar nun auch, »sondern dessen

Chef, den Herrn Stammer. Der ist eben wirklich ein echtes Ekelpaket gewesen.«

Frau Michels sah sich nach rechts und nach links um, und es hatte den Anschein, als wolle sie noch näher an den Polizisten herantreten.

»Hören Sie mir bloß auf mit dem Stammer«, zischte sie. »Da gebe ich Ihnen uneingeschränkt recht, das ist ein richtiges Ekelpaket. Und ein echt schmieriger Anbaggerer obendrauf.«

Hain legte die Stirn in Falten.

»Bei Ihnen? Das kann doch nicht sein, oder?«

»Und wie«, empörte sie sich. »Der und der Pispers, die sind wie die Gockel, es ist kaum zum Aushalten. Und die denken was weiß ich, was für tolle Kerle sie sind, dabei sind sie nur peinliche, alte Flachwi …«

Sie biss sich auf die Zunge.

»Entschuldigung, so sollte man nicht über seinen Chef sprechen. Bitte verraten Sie mich nicht.«

»Kommen Sie, das trauen Sie mir nicht wirklich zu?«, entgegnete der Oberkommissar mit gespielter Entrüstung.

»Nein, das machen Sie nicht.«

»Aber eine Frage hätte ich noch, wo wir gerade bei Herrn Stammer sind. Er hat uns erzählt, dass er den Pispers nicht gut kennt, aber wenn ich Sie gerade richtig verstanden habe, klang das ganz anders.«

»Wie, nicht gut kennt? Die beiden sind echte Buddys, obwohl sie grundverschieden sind. Das weiß bei uns jeder, und am Anfang, als die beiden hier angefangen haben, hatte mancher sogar gedacht, die beiden hätten was miteinander. Hat mir zumindest mal eine Kollegin erzählt, die damals schon hier gearbeitet hat.«

»Die beiden haben gemeinsam hier angefangen?«

»Ja, klar. Wenn ich es richtig verstanden habe, sind die beiden eigentlich Aldi-Manager gewesen, zumindest war der Stammer dort Manager, bis da wohl irgendwas vorgefallen ist, aber fragen Sie mich bloß nicht was, das war nämlich wirklich lange vor meiner Zeit.«

»Also der Stammer hat den Pispers mitgebracht?«

»Ich glaube schon, ja. Aber wenn Sie das genau wissen wollen, müssen Sie mit meiner Kollegin Amelie Köllner sprechen, wobei das gerade schlecht ist, weil sie zurzeit im Urlaub ist, auf den Malediven. Die Glückliche.«

Frau Michels drehte den Kopf in Richtung Ausgang und hob gleich darauf den rechten Arm.

»Dort kommt meine Kollegin, was bedeutet, dass ich Sie jetzt verlasse. Aber es war schön, mit Ihnen zu plaudern.«

»Das finde ich auch«, erwiderte Hain nickend. »Und wenn mir noch eine Frage einfallen sollte, kann Sie ja einfach anrufen, oder?«

»Klar, aber ich stehe leider nicht im Telefonbuch.«

Der Oberkommissar winkte ab.

»Der Mazda ist auf Sie zugelassen?«

»Ja, klar.«

»Ich merke mir das Kennzeichen, das reicht mir; den Rest werde ich schon rauskriegen, immerhin bin ich bei der Polizei.«

»Oder Sie melden sich hier, dann können wir uns wieder auf dem Parkplatz treffen.«

»Oder so.«

Hinter dem Polizisten tauchte eine dunkelhaarige Frau mit ebenso dunklem Teint auf, grüßte freundlich und warf ihren Lederbeutel in den offen stehenden Kofferraum.

»Bis dann, und wenn wir uns nicht mehr sehen sollten, noch viel Spaß mit Ihrem Oldtimer.«

»He, he«, protestierte Hain grinsend, drehte sich um und nahm Kurs auf seinen Wagen.

»Na, bei der hättest du aber Chancen«, frotzelte Lenz, nachdem sein Kollege sich in den Fahrersitz hatte fallen lassen.

»Ja, sie war ganz überwältigt von meinem unwiderstehlichen Charme«, gab Hain mit gleichem Tonfall zurück. »Und wenn ich gewollt hätte, wäre ich jetzt schon im Besitz ihrer Telefonnummer.«

»Du hast sie nicht gefragt?«, fragte der Leiter der Mordkommission ungläubig. »Also das überrascht mich jetzt ziemlich.«

Er drehte sich nach links und betrachtete seinen engsten Mitarbeiter mitleidig.

»Wenigstens als Egopolitur hätte ich damit gerechnet, Thilo. Nicht dass ich dir unterstellen würde, mit so einem Huhn etwas anfangen zu wollen, aber allein die Möglichkeit wahrzunehmen, es zu können, hätte ich dir schon zugetraut.«

»Damit du es mir dann monatelang aufs Butterbrot schmieren könntest? Lieber würde ich mir den kleinen Finger der linken Hand abhacken.«

»Was habt ihr beiden denn so lang zu besprechen gehabt? Es wird doch nicht nur um dein und ihr Auto gegangen sein.«

»Nein, ging es auch nicht. Unser Gespräch drehte sich vielmehr um Pispers, Bosse und Stammer, wobei Bosse dabei nur eine Nebenrolle eingenommen hat.«

Er wiederholte für seinen Chef die traurige Geschichte, die Frau Michels ihm über Bosses Tochter erzählt hatte.

»Viel interessanter war allerdings das, was sie mir über Pispers und Stammer zu berichten gewusst hat, nämlich dass die beiden richtig miteinander befreundet sind. Und dass sie beide von Aldi zu den Stadtreinigern gekommen sind, sich also vorher gekannt haben müssen.«

»Was nichts anderes heißt, als dass Stammer uns eben einen mächtigen Haufen Scheiße erzählt hat.«

Hain ließ den Zündschlüssel im Schloss verschwinden, startete den Motor und wollte den ersten Gang einlegen.

»Und du meinst nicht, dass wir ihn direkt danach fragen sollten?«

»Nein, das würde nach meiner Meinung nichts bringen. Zuerst müssen wir mehr über sein Verhältnis zu Pispers rausfinden. Und was genau Pispers mit Rohrschach zu tun hatte, und vielleicht auch, ob es irgendeinen Geldfluss von einem zum anderen gegeben hat.«

»Immerhin wissen wir, dass er uns angelogen hat, und das nur, weil du mit dieser Karre durch die Gegend gurkst.«

»Ganz genau. Aber das Interessanteste daran dürfte die Frage sein, warum Stammer das gemacht hat.«

23

»Irgendwie komme ich mit Angelika Rohrschachs Verhalten nicht klar«, bemerkte Lenz, während sein Kollege sich im einsetzenden Feierabendverkehr von Ampel zu Ampel quälte. »Zuerst verlädt sie uns nach Strich und Faden, danach tischt sie uns diese rührselige Story von der verloren gegangenen Liebe auf, macht eine auf ängstlich, und dann haut sie gleich zwei Mal vor uns ab.«

Er schüttelte den Kopf.

»Das alles weist darauf hin, dass sie auf irgendeine Weise mit dem Tod ihres Mannes zu tun hat. Aber gleichzeitig liefert sie uns auch die Spur zu Roman Pispers, verbunden mit dem Hinweis, dass der etwas zum Tod ihres Mannes sagen kann. Wenn sie also wirklich mit dem Mörder ihres Holden unter einer Decke steckt, oder es am Ende gar selbst gewesen ist, was ich aber nicht recht glaube, und Pispers, was ja durchaus sein könnte, von Rohrschach geschmiert wurde, dann ergibt das alles nicht den geringsten Sinn.«

»Da kann ich dir leider nicht widersprechen, und getoppt wird das noch durch das merkwürdige Verhalten Stammers. Aber trotzdem sollten wir als Erstes zu der Mutter von Pispers fahren und ihr auf den Zahn fühlen. Vielleicht weiß sie doch mehr, als sie uns in seiner Wohnung anvertraut hat.«

»Gut. Danach werden wir aber ...«

Der Hauptkommissar unterbrach seinen Gedanken, weil sein Telefon sich meldete.

»Ja, Lenz.«

»Herr Lenz, hier ist Haberland. Haben Sie eine Minute Zeit für mich?«

»Für Sie immer, Herr Haberland.«

»Das ist gut, die Dinge beginnen nämlich gerade, sich zu überschlagen.«

»Ui, das ist aber ein großes Wort. Was gibt es denn?«

»Als Erstes gibt es etwas Neues bezüglich meiner Anfrage zu Reiseplänen von Dominik Rohrschach.«

»Haben Sie ihn doch auf einer Passagierliste gefunden?«

»Nein, das nicht. Aber ein Mitarbeiter des Flughafens Madrid hat sich per Mail bei mir gemeldet und mitgeteilt, dass für morgen früh eine gewisse Angelika Rohrschach auf dem Iberia-Flug AM2 in Kooperation mit Aeromexico nach Mexiko City gebucht ist. So ganz genau kann ich mir das alles nicht erklären, aber offenbar steckte der Name Rohrschach noch in deren Computer.«

»Das ist ja ein Ding«, entfuhr es Lenz, dem jedoch sofort klar wurde, dass im Moment nicht viel gegen die Frau vorlag, und auch das Ausschreiben zur Fahndung kein umwerfend großer Wurf gewesen war.

»Na, ja, im Augenblick kommt die Frau nicht mal in die Nähe des Fliegers, weil die in Madrid bei der Identitätsprüfung sehen, dass sie bei uns in Deutschland zur Fahndung ausgeschrieben ist. Das sollte helfen.«

»Ja, gewiss. Soll ich bei den Kollegen in Madrid um Amtshilfe nachsuchen?«

»Ja, das wäre gut. Sprechen Sie denn Spanisch?«

»Ja, ich hatte mal …«

Eine kurze Pause.

»Verzeihung, Herr Lenz, ich wollte nicht angeben, vergessen Sie meinen Satz von eben. Ich wollte nur sagen, dass ich Spanisch spreche, ja.«

»Schön, dann kümmern Sie sich darum. Wir wollen noch …«

»Das war leider noch nicht alles, Herr Lenz«, wurde der Hauptkommissar von Haberland unterbrochen.

»So? Was gibt's denn noch?«

»Hier sitzt ein Mann auf dem Flur, der unbedingt mit Ihnen sprechen will. Sein Name ist …«

Aus dem kleinen Lautsprecher drang das Rascheln von Papier.

»Ich hatte es mir aufgeschrieben … Ja, hier ist es. Sein Name ist Wiesner, und er besteht darauf, nur mit Ihnen zu sprechen.«

»Wiesner? Nie gehört den Namen. Hat er gesagt, was er will?«

»Nein. Nur, dass es um den Mord an Dominik Rohrschach gehen würde, wollte er mir sagen.«

»Und er sitzt bei uns auf dem Flur?«

»Genau.«

»Dann komme ich gleich vorbei. Bitten Sie ihn, auf mich zu warten, es wird ungefähr eine Viertelstunde dauern, vielleicht ein paar Minuten länger.«

»Das mache ich.«

»Sonst noch was?«

»Nein, aber ich glaube, das sollte fürs Erste reichen.«

»Ja. Ach, und Herr Haberland, kümmern Sie sich bitte darum, dass möglichst intensiv nach Angelika Rohrschach gefahndet wird, besonders auf allen Flughäfen. Sie muss ja irgendwie nach Madrid kommen, und mit der Bahn oder dem Auto klappt das nach meiner Einschätzung bis morgen früh nicht.«

»Verstanden, ich kümmere mich darum.«

»Wer ist das, der sich mit dir im Präsidium treffen will?«, wollte Hain wissen, während sein Boss das Telefon zurück in die Jackentasche steckte.

»Ein Herr Wiesner. Angeblich weiß er etwas im Mordfall Rohrschach.«

»Den Namen habe ich nie gehört. Aber wäre nicht das Schlechteste, wenn er was Interessantes für uns hätte.«

*

Bernd Wiesner saß, eine lederne Aktentasche auf dem Schoß, direkt vor Bernd Haberlands Bürotür. Als Lenz und Hain auf ihn zukamen, sprang er auf und reckte den rechten Arm nach vorn.

»Hauptkommissar Paul Lenz«, stellte der Leiter der Mordkommission zunächst sich selbst vor, um danach auf seinen Kollegen zu weisen. »Und das ist mein Kollege Thilo Hain.«

»Mein Name ist Bernd Wiesner. Können wir irgendwo ungestört reden?«

»Klar, kommen Sie, wir gehen in mein Büro.«

»Können wir das unter vier Augen machen?«, wollte der Besucher wissen, als sie kurz darauf an der Tür angekommen waren.

»Mein Kollege und ich bearbeiten gemeinsam den Fall Rohrschach, wegen dem Sie hier sind, Herr Wiesner. Ich würde demzufolge alles, was Sie mir berichten, an ihn weitergeben. Also?«

Bernd Wiesner trippelte unschlüssig von einem Bein aufs andere.

»Wenn Sie sich ohnehin austauschen, dann soll es mir recht sein. Aber ...«

»Nun lassen Sie uns erst mal reingehen«, bremste Lenz den Elan des Mannes.

Als die drei am Schreibtisch des Hauptkommissars Platz

genommen hatten, holte der etwa 35-jährige Mann tief Luft.

»Ich muss Sie zunächst bitten, das, was ich Ihnen jetzt mitteile, mit allergrößter Diskretion zu behandeln, sonst komme ich am Ende, wenn auch nur ein Teil des Puzzles nicht passen sollte, in Teufels Küche.«

Die beiden Polizisten tauschten einen kurzen Blick aus.

»Aber natürlich, das versteht sich doch von selbst. Und jetzt erzählen Sie uns zuerst, wer Sie sind.«

Wieder holte der Mann, der neben Thilo Hain vor dem Schreibtisch saß, tief Luft, bevor er zu einer Antwort ansetzte.

»Meinen Namen habe ich Ihnen gesagt, und ich bin zu Ihnen gekommen, weil ich glaube, dass Erich Zeislinger, der Oberbürgermeister der Stadt Kassel, in den Mord an Herrn Rohrschach verwickelt ist.«

Nach einer halben Sekunde des Innehaltens verschluckte Thilo Hain sich an dem Wasser, das er trinken wollte, dermaßen, dass Lenz befürchtete, aus der Nase seines Mitarbeiters würde augenblicklich eine mordsmäßige Fontäne schießen.

»Zeislinger?«, japste der Oberkommissar unter dem strafenden Blick des Besuchers. »Soll in Verbindung mit dem Mord an Rohrschach stehen?«

Ein röchelndes Husten löste das Japsen ab.

»Wie kommen Sie darauf?«

Wiesners Blick heftete sich Hilfe suchend auf Lenz, doch der war damit beschäftigt, die Botschaft zu verdauen.

»Dann wollen wir mal ganz von vorn anfangen, Herr Wiesner«, versuchte er, sich gegen den Lärm, den sein Kollege verursachte, durchzusetzen. »Was genau bringt Sie zu dieser Vermutung?«

»Ich bin bis gestern einer der Referenten des OB gewesen. Das möchte ich zunächst erwähnen.«

»Und seit heute sind Sie das nicht mehr?«

»Nein, ich habe gekündigt.«

Er gab den beiden Polizisten einen kurzen Abriss der Ereignisse, die sich am Vortag im Dienstzimmer des Oberbürgermeisters zugetragen hatten.

»Wow«, machte Hain, der mittlerweile normal atmen konnte. »Das klingt aber sehr angespannt.«

»Wie meinen Sie das? Mein Verhältnis zu ihm oder seine Nervosität?«

»Mehr seine Nervosität. Aber allein daraus lässt sich keine Tatbeteiligung konstruieren.«

»Das stimmt.«

Wiesner griff in seine Tasche und zog einen Stapel Papiere heraus.

»Das hier ...«

Weiter kam er nicht, weil die Tür zum Büro aufgestoßen wurde und das aufgeregte Gesicht von Bernd Haberland sichtbar wurde.

»Wie es aussieht, hat die Besatzung einer Streife Angelika Rohrschach geschnappt«, rief er hektisch in den Raum.

»Was? Wo denn das?«

»An einer Tankstelle in Sandershausen.«

»Ist sie auf dem Weg hierher?«

»Das weiß ich nicht, ich denke schon.«

»Dann kümmern Sie sich darum. Und wenn Sie schon dabei sind, sorgen Sie bitte dafür, dass sie sofort in einen Verhör...«

Das Telefon auf dem Schreibtisch klingelte.

»Na, jetzt scheint es jemand für nötig zu erachten, uns

zu informieren«, brummte der Hauptkommissar, während er zum Hörer griff.

»Ja, Lenz.«

»Ich bin's, Uwe. In Sandershausen gab es eine Schießerei, und wie es ausschaut, ist deine Frau Rohrschach darin verwickelt.«

Lenz schluckte.

»Eine Schießerei? Bis eben hieß es, dass sie an einer Tankstelle geschnappt wurde.«

»Das ist überholt. Ich habe zwar noch keine genauen Informationen, weiß aber genau, dass es an der Jet-Tankstelle am Ortseingang geknallt hat. Zwei unserer Kollegen sind bei der Schießerei verletzt worden.«

»Verdammt«, murmelte Lenz, sprang auf, bedankte sich kurz bei seinem Kollegen, warf den Hörer auf die Gabel und griff nach seiner Jacke.

»Wir müssen Sie der Obhut unseres Kollegen Haberland übergeben, Herr Wiesner. Bitte teilen Sie ihm alles genau so mit, als würde ich Ihnen gegenübersitzen.«

Damit drängte er sich an dem Besucher und seinem Kollegen vorbei, der noch immer in der Tür stand, und sprintete hinter Hain her, der schon auf der Treppe nach unten war. In Rekordzeit hatten die beiden Kriminalbeamten den Mazda erreicht und rasten los.

In der gesamten Stadt waren Polizeisirenen zu hören, und als Hain mit hohem Tempo auf den Autobahnzubringer einbog, hatte er das Gefühl, nur noch von jaulenden und fiependen Alarmschlägern umgeben zu sein. Kurz darauf musste er hart abbremsen, um die Abzweigung nach Sandershausen, einem Stadtteil von Niestetal, der direkten Nachbargemeinde von Kassel, nicht zu verpassen. Zu seinem Glück war die Linksabbiegerspur frei, die Ampel sprang im richtigen Augenblick auf Grün, sodass es nicht zu einer den übrigen Verkehr gefährdenden Situation kam. 200 Meter weiter war die komplette Straße durch mehrere Streifenwagen voll blockiert. Der Oberkommissar bremste ab, holperte über den menschenleeren Bürgersteig und ließ das Cabrio auf einem Rasenstück ausrollen. Aus allen umliegenden Fenstern gafften Menschen ihnen zu, als sie ausstiegen und mit schnellen Schritten Richtung Tankstelle gingen. Dort standen, völlig kreuz und quer geparkt, vier Notarztwagen, und auf dem gesamten Gelände wimmelte es von Polizisten und Rettungssanitätern in ihren typischen roten und gelben Anzügen. Etwa fünf Meter links neben der Tür der Tankstelle kniete ein Arzt und versuchte, einen Mann wiederzubeleben, indem er seine Brust mit rhythmischen Bewegungen massierte. Auf der anderen Seite der Tür saß ein blau gekleideter, höchstens 25-jähriger Polizist, dessen Uniformhemd im Bereich des rechten Arms zerfetzt und komplett mit Blut besudelt war, vor einem Ölregal und wurde von einem anderen Arzt betreut.

Im Näherkommen erkannte Lenz, dass auch beide Hände des jungen Polizisten blutrot schimmerten, trat neben die beiden, ging auf die Knie und stellte sich kurz vor.

»Können Sie mir einen kurzen Überblick darüber geben, was sich hier abgespielt hat, Kollege?«

Der Angesprochene nickte vorsichtig, holte sich jedoch mit einem fragenden Blick die Erlaubnis des Arztes ein, der ebenfalls, jedoch kaum merklich, mit dem Kopf ein positives Zeichen gab.

»Mein Kollege und ich sind auf dem Weg zurück nach Kassel gewesen, von einer Vernehmung, als wir im Vorbeifahren an der Tankstelle diese Frau gesehen haben, auf die haargenau die Beschreibung gepasst hat, die ein paar Minuten vorher durchgegeben wurde.«

»Ich muss Sie gerade kurz unterbrechen«, ging Lenz leise in seine Schilderung, »aber ich kann den Kollegen nirgendwo sehen. Wissen Sie, was mit ihm ist?«

»Da kann ich Ihnen helfen«, mischte der Arzt sich ein, ohne sich umzusehen oder seine Arbeit zu unterbrechen. »Der andere Polizist ist drüben im NAW und wird behandelt.«

»Wie geht es ihm?«

»Sieht nicht gut aus«, antwortete der Arzt mit fester Stimme, wobei ihm jedoch seine Sorge deutlich anzumerken war.

»Dann hoffen wir das Beste für ihn«, drückte Lenz sein Mitgefühl aus, und wandte sich wieder dem Uniformierten zu, der gerade die Zähne zusammenbiss, weil der Mediziner sich an seinem Arm zu schaffen machte.

»Also, Sie kamen hier vorbei und erkannten die Frau, richtig?«

»Ja so war es. Mein Kollege hat gewendet, dann sind wir auf die Tankstelle gefahren und wollten eine Überprüfung ihrer Personalien durchführen.«

Wieder ging ein Zucken durch seinen Körper.

»Die Frau war unglaublich zuvorkommend und dermaßen freundlich zu uns, dass wir kaum glauben konnten, die Richtige vor uns zu haben, also die, nach der gefahndet wird.«

Er zog bedauernd die Schultern hoch.

»Das kennen wir heutzutage gar nicht mehr, das jemand so freundlich ist zu einem Streifenpolizisten, aber leider hatte sie keine Papiere bei sich, das behauptete sie zumindest. Also haben wir ihr klargemacht, dass wir ihre Personalien feststellen müssten, und da hat sie geantwortet, dass sie gern heute Abend im Präsidium vorbeikommen würde, um uns ihren Ausweis zu zeigen, aber dass sie jetzt keine Zeit hätte. Klar, dass wir das abgelehnt und ihr angeboten haben, sie zu sich nach Hause zu begleiten, um dort Klarheit über ihre Identität zu bekommen.«

»Hat sie Ihnen einen Namen genannt?«

»Ja, sie hat gesagt, sie würde Marianne Weber heißen und in Eschwege wohnen, was uns aber stutzig gemacht hat, weil sie mit einem Auto mit Stadtkennzeichen Kassel unterwegs war.«

Er wies auf einen Mercedes SLK, der an der vordersten Zapfsäule stand und in dessen Kofferdeckel und Heckpartie etwa zwei Dutzend Einschusslöcher zu erkennen waren.

»Da sind wir misstrauisch geworden und haben sie gebeten, uns aufs Präsidium zu begleiten. Mein Kollege ist zum Streifenwagen, um den Halter des Mercedes zu ermitteln, während ich bei ihr stehen geblieben bin.«

Er holte schwer Luft.

»Tja, und dann ist mit einem Mal die Hölle losgebrochen.«

Sein gesunder Arm bewegte sich ein Stück nach oben und wies auf einen Supermarkt gegenüber der Tankstelle.

»Von dort sind mehrere Männer gekommen, wie viele es genau waren, kann ich Ihnen nicht sagen, aber es müssen mindestens drei gewesen sein. Und die haben ohne Vorwarnung zu schießen angefangen. Mein Kollege hat versucht, sich hinter dem Wagen in Sicherheit zu bringen, aber die Kugeln haben die Beifahrertür glatt durchschlagen. Ich habe mich neben den SLK geworfen, war aber leider nicht schnell genug und habe mir …«, sein Blick bewegte sich nach unten, in Richtung der Armwunde, »… diesen Durchschuss eingefangen. Es war eine echt wilde Ballerei, die die abgezogen haben, ich würde mal schätzen, dass sie mindestens 70 bis 80 Schuss auf uns abgefeuert haben.«

Er zog die Nase hoch.

»Ich habe zunächst die Birne unten gelassen und gehofft, dass die aufhören zu schießen, aber das war nichts, und deshalb habe ich dann zurück geschossen.«

»Alles klar, das hätte ich auch nicht anders gemacht«, lobte der Kriminalpolizist. »Wo war die Frau zu dem Zeitpunkt?«

»Ich kann es Ihnen nicht genau sagen, aber ich vermute, das sie zu denen gelaufen war. Als ich hochkam, war von ihr nichts mehr zu sehen. Das Einzige, was ich zu Gesicht bekommen habe, waren zwei Männer, die mit auf meine Position gerichteten Waffen dastanden. Der eine etwas größer, der andere ziemlich untersetzt.«

Wieder bewegte sich sein Kopf, diesmal in Richtung des Notarztes, der die Wiederbelebungsversuche eingestellt hatte und dabei war, eine Injektion vorzubereiten.

»Der Dicke liegt da drüben, den habe ich erwischt, der andere ist leider entkommen.«

»Also sind die Frau und der dritte Mann zu diesem Zeitpunkt schon nicht mehr zu sehen gewesen?«

»Nein, die waren weg. Vielleicht haben sie ein Auto geholt oder so was, ich habe es nicht gesehen.«

Lenz nickte anerkennend.

»Sie haben alles absolut richtig gemacht, Kollege. Haben Sie gesehen, wohin der zweite Schütze geflüchtet ist?«

»Nein, er war plötzlich um die Ecke und verschwunden.«

»Könnte also sein, dass er ein Auto auf dem Parkplatz stehen hatte?«

Der junge Streifenpolizist hob die Schultern, was ihm offensichtlich große Schmerzen bereitete, denn er ließ sie mit angestrengt wirkendem Gesicht fallen.

»Könnte sein, ja.«

»Sonst noch was, das uns helfen könnte?«

»Ja, da war noch was, Herr Kommissar. Die beiden, die auf uns geschossen haben, waren keine Deutschen. Als ich den Dicken getroffen hatte und der zusammengebrochen ist, hat der andere ihm etwas auf Rumänisch oder Russisch oder so zugerufen. Zuerst dachte ich, es sei Italienisch, aber da bin ich mir mittlerweile sicher, dass es das nicht war.«

»Also irgendeine slawische oder romanische Sprache?«

Der verletzte Polizist sah ihn fragend an.

»Klar«, schob Lenz schnell hinterher, »es war irgendwas aus dem Osten. Sehr gut, dass Sie sich das gemerkt haben.«

Er sah sich auf dem Gelände um.

»Gibt es irgendwelche Zeugen, die wir befragen könnten?«

»Das weiß ich wirklich nicht. Als die Schießerei zu Ende war, bin ich zu meinem Kollegen gerannt und habe mich um den gekümmert. Er hat aus einer Wunde am Hals geblutet wie irre, ich musste den Finger reinstecken, damit er mir nicht unter den Armen verblutet, deshalb bin ich nicht von seiner Seite, bis der erste NAW hier angekommen ist.«

»Schön. Ich lasse Sie beide allein und kläre, ob ein Passant etwas gesehen oder gehört hat.«

Der Hauptkommissar stand auf, drehte sich um und ging auf Thilo Hain zu, der mit einem älteren Mann dastand und Notizen in seinem Block machte.

»Danke, Herr Winkelmann«, beendete er die kurze Zeugenvernehmung und wandte sich seinem Boss zu.

»Wie geht es den Kollegen?«, wollte er besorgt wissen.

»Dem einen offenbar nicht schlecht, dem anderen dafür umso weniger gut.«

»Scheiße. Kommt er durch?«

»Keine Ahnung. Wenn ich den Notarzt richtig interpretiere, dürfte es eng werden.«

Lenz deutete auf den älteren Mann, der sich ein paar Meter entfernt hatte.

»Wusste er etwas, das uns weiterhilft?«

Der Oberkommissar machte ein unglückliches Gesicht.

»Glaub ich nicht.«

Sein Arm deutete auf den Eingang des Supermarktes.

»Er kam raus, als das meiste schon rum war, außerdem hört er schwer. Was er mir aber sicher sagen konnte ist, dass einer der Schützen Russisch gesprochen hat. Er war mal Lehrer an einer Sprachenschule und hat das als Drittfach gelehrt, also können wir sicher sein, dass er sich nicht irrt.«

»Gut, das deckt sich mit der Aussage des Kollegen, der hat es auch gehört. Also suchen wir nach mindestens einem Russen, einem weiteren Mann, und Angelika Rohrschach.«

»Genau.«

»Gibt es Beschreibungen der Männer?«

»Ja, die Fahndungen sind raus. Haben die uniformierten Kollegen veranlasst, die als Erste vor Ort waren.«

»Hast du die Beschreibungen auch?«

»Klar. Beide Flüchtenden sind etwa 1,85 Meter groß, schlank, der eine hat dunkles Haar, der andere mittelblondes. Der eine trägt Anzug, der andere Jeans und blaues Poloshirt.«

Lenz kniff die Augen zusammen, schluckte und kratzte sich nachdenklich am Kopf.

»Kannst du dich erinnern, was der Finanzbeamte über Pispers' Haus gesagt hat?«

»Nee, keine Ahnung, woher auch. Immerhin hast du mit ihm gesprochen, während ich den Wagen durch den wilden Verkehr der Stadt Kassel gesteuert habe.«

»Nein, so genau will ich es nicht wissen; es geht mir um die Adresse, die war doch hier in Sandershausen, oder?«

»Du hast Sandershausen erwähnt, ja, aber die genaue Adresse hast du nicht erzählt.«

»Verdammt, Thilo, ich werde echt vergesslich. Ich habe ihn nach der Adresse gefragt, und er hat sie mir genannt, und jetzt ist sie wie weggeblasen.«

Der Hauptkommissar drehte sich um und betrachtete den noch immer azurblauen Himmel.

»Fuchsstraße ...«, flüsterte er sich selbst zu. »Nein, das war es nicht. Fuchsweg ...? Irgendwas mit Fuchs ... Verdammt, ich drehe durch! Fuchshöhle ... Fuchsbau ...«

Wieder ein trockenes Schlucken.

»Irgend ein Tier. Kein Fuchs, verdammt. Oder doch? Wenigstens habe ich die Nummer nicht vergessen, das war die 14, auf jeden Fall.«

»Thilo, kennst du irgendeine Straße in Sandershausen, die mit einem Tier zu tun hat?«

Sein Freund dachte kurz nach.

»Nein, tut mir leid, da kann ich nicht helfen.«

Der Leiter der Mordkommission drehte sich ruckartig um und ging auf drei Streifenpolizisten zu, die an einem Absperrband Wache standen.

»Kollegen, ich brauche mal eure Hilfe. Ich suche eine Straße hier, die was mit einem Tier zu tun hat. Fuchsstraße oder Fuchsweg oder so was.«

Die zwei links von Lenz sahen den dritten an.

»Wenn Ihnen einer helfen kann, dann er«, meinte einer der beiden. »Er ist hier geboren und wohnt immer noch in Sandershausen.«

Der dritte legte die Stirn in Falten und machte ein sehr angestrengtes, nachdenkliches Gesicht.

»Nein, tut mir leid, etwas mit Fuchs kenne ich nicht.«

»Irgendwas anderes mit einem Tier? Ich habe heute eine Adresse in Sandershausen durchgesagt bekommen, sie aber leider vergessen. Sicher bin ich mir allerdings, dass ein T…«

»Das Einzige«, unterbrach der Uniformierte ihn, »was mir dazu einfällt, ist die Straße Am Dachsacker. Kann es die gewesen sein?«

»Am Dachsacker, klar, die war es! Danke, Kollege, das hat mir sehr geholfen.«

Er wollte zurück zu Hain gehen, überlegte es sich jedoch anders und wandte sich erneut dem Streifenpolizisten zu.

»Können Sie mir den Weg dahin beschreiben?«

»Klar geht das.«

Eine kurze Pause, dann wies seine Hand nach rechts.

»Da lang, nach der Bäckerei Diederich um die Kurve, danach hinter der Kirche links abbiegen. Der Straße folgen und vor der Bushaltestelle wieder links. 400 Meter leicht bergab und rechts in den Dachsacker. Ganz einfach, weil man nur der Beschilderung ›Spiekershausen‹ folgen muss, bis man in den Dachsacker abbiegt.«

»Noch mal danke.«

Nun drehte er sich endgültig um und stürmte auf Thilo Hain zu.

»Komm, Junge, wir müssen los«, rief er und war auch schon auf dem Weg zum Mazda.

24

Die Beschreibung des Streifenpolizisten erwies sich als klar und zutreffend. Er steuerte den kleinen roten Wagen von der Hauptstraße nach rechts in den Dachsacker, nahm den Fuß vom Gas und rollte langsam durch die kleine Nebenstraße, die aus einem Versandhauskatalog für bestens gepflegte, idyllische Vorgärten hätte stammen können. Vermutlich feierte hier zur Vorweihnachtszeit der Beleuchtungswahnsinn eine rauschende Party.

»Was schwebt dir eigentlich vor?«, wollte Hain leise wissen.

»Wenn ich mir darüber klar geworden bin, lasse ich es dich wissen«, erwiderte Lenz angespannt.

»Glaubst du, dass wir hier irgendwas finden, das uns weiterhilft?«

»Mensch, Thilo, nun nerv nicht rum. Ich bin zu sehr Bulle, als dass ich bei dieser Duplizität Haus in Sandershausen und Schießerei in Sandershausen an einen Zufall glauben könnte. Also schauen wir nach eventuellen Ungereimtheiten und räumen sie aus.«

Hain warf seinem Boss einen extrem missbilligenden Blick zu.

»Das verstehe ich ja, brauchst mich aber auch nicht gleich so anzumachen, nur weil ich dir eine Frage stelle.«

»'tschuldigung.«

»Schon in Ordnung.«

Der Oberkommissar deutete auf ein großes, im spanischen Landhausstil erbautes und keinesfalls zum Rest der in der Straße bevorzugten Architektur passendes Gebäude.

»Da, das ist die 14. Direkt davor anhalten?«

»Nee, fahr dran vorbei und lass uns schauen, ob es etwas Verdächtiges zu sehen gibt.«

Der Blick des Hauptkommissars blieb kurz an ein paar Bauarbeitern hängen, die Material von einem Laster luden und es im Vorgarten der Nummer 24 deponierten.

»Park am besten hinter den LKW.«

Im Vorbeifahren ließ sich nichts Ungewöhnliches an Hausnummer 14 erkennen. Die Rollläden waren oben, im dafür vorgesehenen Schlitz des Briefkastens klemmte eine Zeitung, und insgesamt unterschied sich das Gelände nur durch die etwas andere, mehr als gewöhnungsbedürftige Architektur des Gebäudes von den übrigen Grundstücken.

Hain ließ den Mazda ausrollen, zog den Schlüssel ab und stieg zeitgleich mit seinem Boss aus.

»Wenn Sie länger hier bleiben wollen«, rief einer der Bauarbeiter ihm zu, »würde ich Sie bitten, ein Stück nach vorn zu fahren. Wir kriegen in ungefähr 20 Minuten eine Ladung Beton, und der beste Platz zum Abladen ist für den Fahrer genau der, wo Sie jetzt stehen.«

»In 20 Minuten sind wir garantiert wieder weg«, erwiderte Hain freundlich.

»Dann passt es ja.«

»Ist aber ganz schön spät für Beton«, bemerkte der Oberkommissar grinsend.

»Sagen Sie das mal unserem Boss. Wir würden auch lieber längst Feierabend gemacht haben, aber im Sommer will jeder drankommen. Na, ja, noch eine gute Stunde, dann haben wir es geschafft.«

»Schönen Feierabend.«

»Ja, Ihnen auch.«

Lenz, der schon ein paar Schritte in Richtung Haus

Nummer 14 gegangen war, drehte sich um und wartete auf seinen Mitarbeiter und Freund.

»Wir legen den Finger auf die Klingel und sehen, was passiert. Wenn niemand zu Hause ist, können wir immer noch überlegen, was wir unternehmen.«

»Du meinst aber nicht, dass wir mal im Innern nachsehen, was so los ist, oder? Das kannst du dir in dieser Gegend hier abschminken, außerdem ist die Bude doch mit an Sicherheit grenzender Wahrscheinlichkeit an irgendwelche völlig unbescholtenen Bürger vermietet, die mit unserer Sache und auch Pispers' Verschwinden nicht das Geringste zu tun haben.«

»Ja, das hat der Mann vom Finanzamt bestätigt, dass die Bude vermietet ist.«

»Also!«

Sie waren an den vier Stufen angekommen, die mit sechs weiteren, etwas oberhalb angelegten, vom Bürgersteig hinauf zu der erhöht liegenden, in direkter Nähe noch imposanter wirkenden Villa führten.

»So ein Anwesen kostet doch garantiert locker eine dreiviertel Million«, schätzte Hain kopfschüttelnd. »Und das alles als kleiner Angestellter bei den Stadtreinigern …«

Unterhalb der letzten Stufe blieb Lenz stehen und lauschte auf Geräusche aus dem Innern, doch es gab nichts zu hören. Er hob den Fuß und wollte ihn auf die edel wirkende, angeraute Granitplatte setzen, als aus dem Haus ein helles, lautes Klappern ertönte, gerade so, als sei eine Metallschüssel auf harten Boden geknallt, das von einem kurzen, vorwurfsvollen Stöhnen begleitet wurde.

Thilo Hain griff instinktiv zu seiner Waffe, doch Lenz schüttelte den Kopf.

»Ganz ruhig, Brauner.«

Der Hauptkommissar suchte nach einem Namensschild oder einem anderen Hinweis, wer in dem Haus wohnte, konnte jedoch weder an der Klingel noch am Briefkasten irgendetwas ausmachen. Also fuhr sein rechter Zeigefinger nach vorn und drückte auf den silbernen Taster, der einen dezent klingenden, lang anhaltenden Gong direkt hinter der Tür auslöste. Danach gab es allerdings, bis auf das gedämpfte Geschnatter der Vögel aus dem nahen Wald und ein wenig Geklapper der Bauarbeiter, nur die Ruhe der Vorstadtsiedlung zu hören. Der Finger des Kommissars fuhr ein weiteres Mal nach vorn, gefolgt vom selben Ergebnis wie zuvor.

»Tja«, murmelte Thilo Hain, »dann ist es wohl …«

Er verstummte mit dem knackenden Geräusch, das vom plötzlichen Aufreißen der Haustür verursacht wurde, und in deren Ausschnitt ein Mann auftauchte, in dessen Händen eine abgesägte Schrotflinte mit Unterspanner, eine sogenannte Pumpgun, lag, deren Lauf mit dem riesigen Loch am Ende direkt auf die Polizisten zeigte. Noch bevor Lenz oder Hain nur zur geringsten Reaktion fähig waren, fuchtelte er mit der Waffe so herum, dass klar wurde, wohin die beiden Polizisten sich zu bewegen hatten, nämlich nach vorn, ins Innere des Hauses. Der Mann, in dessen Gesicht nicht der geringste Anflug von Furcht lag und über dessen Lippen beim langsamen Zurückgehen sogar der Anflug eines Lächelns zu huschen schien, postierte sich auf der vierten Stufe der Treppe, die ins Obergeschoss führte. Er befahl den Kripobeamten, die ihre Arme leicht angehoben hatten, wortlos, tiefer in den Flur zu treten, kam von der Treppe herunter und warf die Haustür ins Schloss. Dann eine weitere, tonlose Geste, und Lenz und Hain mussten vor ihm her in ein riesiges, in Orangetönen gehaltenes

Zimmer gehen. Dort standen, an der Wand hinter der Tür, Angelika Rohrschach und Fred Mühlenberg.

»Sind das die Bullen, von denen du gesprochen hast?«, wollte der Mann mit der Schrotflinte, der unverkennbar mit russischem Akzent sprach, von dem Architekten wissen, der nur matt nickte.

»Siehst du, manchmal muss man sich gar nicht die Mühe machen, nach den Leuten zu suchen, manchmal laufen sie einem direkt in die Arme.«

Er lachte auf, wobei im Oberkiefer eine Reihe silbern schimmernder Zähne aufblitzte.

»Was Sie hier veranstalten, ist der blanke Irrsinn«, erklärte Lenz dem Trio so ruhig und gefasst, wie es ihm möglich war. »Wir sind nicht allein gekommen, und es wäre besser, Sie würden uns Ihre Waffen aushändigen und aufgeben.«

»Ja«, rief der Russe mit hochgezogenen Augenbrauen, »ihr habt eine Armee mitgebracht, die sich aber vor lauter Angst in die Hosen macht und deswegen unsichtbar ist.«

Wieder schleuderte er den Polizisten sein kehliges Lachen entgegen.

»Hört auf, so eine Scheiße zu erzählen und rückt eure Waffen raus. Und zwar ganz, ganz langsam, weil ich nämlich einen verdammt unruhigen Zeigefinger habe. Bei der kleinsten Gelegenheit knalle ich jeden von euch Scheißbullen mit großem Vergnügen über den Haufen.«

Die Waffe senkte sich ein paar Millimeter.

»Zuerst einen in die Eier, dann jedem einen in die Knie. Und dann setze ich mich in den Sessel und gucke zu, wie ihr Arschlöcher verblutet.«

Hain fuhr mit dem rechten Arm sehr, sehr langsam um die Hüfte herum, zog mit bedachten Bewegungen seine

Dienstwaffe aus dem Holster und legte sie, den Griff zwischen Daumen und Zeigefinger, vorsichtig auf den Boden.

»Zu mir damit«, blaffte der Russe ihn an.

Der junge Oberkommissar versetzte der Heckler & Koch P30 mit dem Fuß einen Stoß, sodass die Waffe fast bis zur gegenüberliegenden Balkontür rutschte.

»Das war sehr gut«, spendierte der Mann mit der Flinte ihm ein vergiftetes Lob. »Und jetzt du«, wandte er sich danach Lenz zu, der sich bis zu diesem Moment noch nicht einmal gerührt hatte und auch weiterhin in seiner Bewegungslosigkeit verharrte.

»Was ist, brauchst du eine Sondereinladung?«

Nun drehte der Kommissar seinen Kopf nach rechts und blickte Angelika Rohrschach direkt in die Augen.

»Ich sage es noch einmal, Frau Rohrschach, und jetzt Ihnen ganz direkt. Was Sie hier machen, ist wirklich Irrsinn. Hören Sie auf damit, und wir alle kommen noch einigermaßen vernünftig aus der Sache raus.«

Seine Haltung veränderte sich aufs Neue um ein paar Nuancen, sodass er jetzt wieder den Russen ansprechen konnte.

»Wenn unsere Kollegen vom SEK gleich hier reinmarschieren, dürfte Ihre Überlebenschance im Promillebereich angesiedelt sein. Also seien Sie vernünftig und hören Sie auf mit diesem Ramboscheiß. Außerdem«, wies er auf die abgesägte Waffe, »wäre es ziemlich bescheuert von Ihnen, mit diesem Ding hier herumzuballern, das macht nämlich garantiert einen dermaßen lauten Krach, dass sich im Umkreis von mindestens 100 Metern jeder Nachbar vor dem Einmarsch einer fremden Armee fürchtet und sofort ans Telefon hängt.«

Die Miene des Russen hatte sich während der mit mehr

Wut als Respekt vorgetragenen Rede des Hauptkommissars um keinen Jota verändert. Er stand, noch immer irritierend entspannt, da und bedachte die Polizisten mit seinem verachtenden, mit der sicheren Gewissheit des Überlegenen, dargebotenen Blick. Dann schnellte er nach vorn, überbrückte die etwa drei Meter bis zu dem Hauptkommissar mit beeindruckender Geschwindigkeit und schlug ihm ansatzlos den Stumpf des ebenfalls abgesägten Schaftes so brutal gegen die Stirn, dass der gesamte Körper des Polizisten gegen einen in einiger Entfernung hinter ihm stehenden Schrank geschleudert wurde. In Lenz' Kopf explodierte ein Feuerwerk von Sternen, begleitet von donnernden Böllern, ihm sackten die Beine weg, und er schlug hart auf dem Steinboden auf.

»So«, zischte der Russe Hain an, »wie sieht es mit dir aus? Auch Lust, den Helden zu spielen?«

»Nein.«

»Das ist sehr klug. Dann sagst du mir jetzt noch, ob ihr allein gekommen seid oder nicht. Und wenn du mich anlügst und in zehn Minuten kein Kommando hier aufgetaucht ist, erschieße ich dich. Hast du das verstanden?«

Ein Nicken.

»Also?«

Hain überlegte fieberhaft, ob er bei der Finte mit dem SEK-Kommando bleiben sollte, entschied sich jedoch für einen Mittelweg zwischen Lüge und Wahrheit.

»Nein, es ist kein SEK-Kommando auf dem Weg oder schon hier. Wir haben den Kollegen natürlich erzählt, wo wir hinfahren werden, aber niemanden darum gebeten, uns zu folgen.«

»Und woher wusstet ihr Wichser, wo ihr suchen müsst?«

Bevor der Oberkommissar über eine Antwort nachdenken konnte, kreischte Angelika Rohrschach von der Seite los.

»Erschießen Sie die beiden, los«, forderte sie kaltblütig. »Wenn wir nur die geringste Chance haben wollen, aus diesem völlig aus dem Ruder gelaufenen Mist halbwegs ungeschoren herauszukommen, dann müssen Sie die beiden Männer auf der Stelle erschießen.«

Sie wollte zu einer weiteren Erklärung ansetzen, doch Fred Mühlenberg trat nach vorn und fiel ihr barsch ins Wort.

»Hör verdammt noch mal auf, die Gangsterbraut zu spielen, du machst dich damit nämlich absolut lächerlich. Wenn hier einer entscheidet, ob die beiden leben oder sterben, dann ist das Sergej, und niemand anders.«

Wenn ... entscheidet ... leben oder sterben ... Sergej ...

Lenz befand sich, zumindest nach seiner Wahrnehmung, schon längst in einer Daseinsform zwischen Leben und Sterben. Der Schlag des Russen mit der Pumpgun hätte ihm bequem die Schädelbasis zertrümmern können, so brutal war er ausgeführt gewesen, und der einzige Umstand, warum das nicht passiert war, bestand darin, dass der Hauptkommissar im letzten, vermutlich sogar im allerletzten Moment seinen Kopf noch in eine minimale Rotation hatte versetzen können, die dem Schlag die tödliche Wucht genommen hatte. Trotzdem bemerkte er eine sich weiter ausbreitende Lache neben und unter seinem linken Ohr, wo aus einer klaffenden Wunde große Mengen an Blut austraten.

Wigald Anders ... Wigald Anders? ... Niemand anders ...

Im Sekundentakt sprang sein Gehirn zwischen Bewusstsein und Bewusstlosigkeit hin und her, und so sehr er sich auch anstrengte, es gelang ihm nicht, diesen Zustand zu beeinflussen. Ein weiterer Aspekt war die in ihm aufsteigende, lähmende Angst, er könne an der Verletzung sterben. Wann immer sich sein Gehirn ins reale Leben zurückkämpfte, war dieser Gedanke, wenn auch nur als Blitzlicht, dominierend.

Die vier Menschen über ihm bekamen von seinem verzweifelten Ringen um das Bewusstsein nichts mit, denn sie waren mit ihren eigenen Problemen beschäftigt.

»Warum spielst du dich denn auf einmal so auf, Fred?«, wollte die Frau des toten Immobilienentwicklers wissen. »Ich dachte, wir seien ein Team?«

Wäre Angelika Rohrschach mit den ungeschriebenen Regeln und Grundsätzen vertraut gewesen, die in der Welt der Kriminellen galten, hätte der Blick, den Mühlenberg und Sergej Bucharow im folgenden Moment austauschten, bei ihr garantiert sämtliche Alarmglocken zum Klingen gebracht, denn in diesem Blick lagen alle Anzeichen eines Urteils. Eines negativen Urteils.

So aber fixierte die Frau den Oberkommissar, der noch immer wortlos dastand, mit durchdringendem Blick.

»Diese Bullen wissen alles, das sollte euch doch klar sein, oder?«

»Halt endlich deinen Mund, Angelika«, herrschte Mühlenberg sie erneut an. »Lass Sergej und mich überlegen, wie wir weiter verfahren, und nerv nicht mit irgendwelchen guten Ratschlägen.«

»Aber …«

Ein Blick Bucharows, den sie zu ihrem Glück goldrichtig interpretierte, ließ die Frau verstummen.

»Der auf dem Boden braucht nicht mehr viel, dann ist er sowieso …«, begann der Russe mit Blick auf den

Architekten, brach jedoch überrascht seinen Satz ab und hob den Lauf der Waffe in seinen Händen ein paar Grad an, weil Thilo Hain sich nahezu lautlos aus seiner Position herauskatapultiert und auf ihn zubewegt hatte. Noch bevor der zu allem entschlossen wirkende Bruder von Dr. Anatoli Bucharow den Abzug der Pumpgun durchziehen konnte, war der Oberkommissar bei ihm und trat mit einem beherzten Kick nach der Waffe, traf sie jedoch nur mit der äußersten Spitze seines Sportschuhs, was ihn allerdings aus dem Streukreis der Munition herausbeförderte. Mit einem lauten, wilden und an ein verwundetes Tier erinnernden Schrei stieß er sich erneut vom Boden ab und traf Bucharow mit der geballten Faust direkt auf die Nase.

Was der Polizist nicht wissen konnte, war, dass sein Gegenüber seit mehr als 25 Jahren als Boxer aktiv war, und das so erfolgreich, dass es sogar für eine Nominierung zu den Olympischen Spielen in Barcelona 1992 gereicht hatte. Erst ein handfester Streit mit anschließendem Knockout für den Delegationsleiter hatte ihn aus dem Team befördert, und wer weiß, was aus ihm geworden wäre, hätte er tatsächlich dort an den Kämpfen teilnehmen dürfen.

Jetzt allerdings griffen alle in diesen vielen Jahren des Trainings geschulten Reflexe derart schnell, dass Thilo Hain keine Chance bekam, einen weiteren Tritt oder einen Schlag anbringen zu können. Bucharow warf die Waffe auf ein links hinter ihm stehendes Sofa, zog sich zwei Schritte zurück, nahm die Fäuste hoch und fing an zu grinsen. Thilo Hain hatte ebenfalls die Arme oben und stürmte auf seinen Gegner zu, der jedoch mit schnellen Beinen auswich und seinerseits einen Körpertreffer landete, der dem jungen Kommissar für ein paar Augenblicke die Luft nahm. Keuchend fixierte er den Russen, der im gleichen Augenblick tänzelnd in die Offensive ging und Hain mit zwei, drei präzisen Schlägen eindeckte. Dazwischen konnte der Polizist zwar einen Treffer landen, der allerdings ohne jede Wirkung blieb. Nun stürmte Bucharow wie eine Dampfwalze vorwärts, trieb den Polizisten, dessen Oberlippe aufgeplatzt war, vor sich her und landete einen Treffer nach dem anderen. Thilo Hain japste, während er versuchte, nicht noch mehr Schläge einzustecken, nach Luft, und es hatte den Anschein, als wüsste er ganz genau, dass sein Leben vom Ausgang dieses Kampfes abhängen würde. Also drosch er verbissen auf jede sich bietende Lücke in der Deckung des Russen ein, doch es zeichnete sich ab, dass seine Fähigkeiten nicht ausreichen würden, die Oberhand zu gewinnen. Dann jedoch geriet der Russe beim Ausweichen eines Handkantenschlags ins Straucheln, blieb an der Kante eines teuer aussehenden Teppichs hängen und stürzte der Länge nach rückwärts hin. Sofort war Hain über ihm und schickte ein paar wütende, satte Fäuste nach unten, die auf der Stelle Wirkung bei seinem Gegner zeigten. Der Russe bekam glasige Augen, hob angeknockt die Arme vors Gesicht und versuchte, dem Schlaghagel zu entgehen. Hain, der sich nun wie der sichere Sieger fühlte, sprang auf, wirbelte herum und wollte möglichst schnell die vier, fünf Meter zu seiner am Boden liegenden Dienstwaffe hinter sich bringen, doch eine Bewegung in seinem rechten Blickwinkel ließ ihn stoppen. Dort, mit dem Rücken an die Wand gelehnt, stand Fred Mühlenberg und hielt die Mündung seiner eigenen Waffe auf ihn gerichtet.

»So was nenne ich ein Muster ohne Wert«, zischte er. »Und wenn du auch nur die geringste Bewegung in meine Richtung machst, drücke ich ab und mach dich kalt, du mieses, kleines Arschloch.«

Hain, dem das Blut in Strömen über das Hemd lief, ließ die Arme sinken und schüttelte resigniert den Kopf.

»Kein Problem, ich lass Sie in Ruhe.«

Hinter ihm erhob sich Sergej Bucharow stöhnend und schwer atmend vom Boden, trabte torkelnd ein paar Schritte nach vorn und versetzte dem Oberkommissar von hinten einen Leberhaken, der ihn sofort auf die Knie sinken ließ. Danach trafen den jungen Polizisten in schneller Folge mehrere Fußtritte, wobei dessen Gehirn schon beim vierten oder fünften entschied, sich aus der bewussten Wahrnehmung der äußerst schmerzhaften Behandlung auszuklinken.

Lenz hatte den über ihm tobenden Kampf nur vage als das erkannt, was er war, und auch jetzt, nachdem völlige Ruhe eingekehrt war, konnte er noch nichts mit den heftigen Geräuschen anfangen, die an sein Ohr gedrungen waren. Die Blutung an seinem Kopf war etwas weniger geworden, und nach und nach kamen, sehr, sehr langsam, die Lebensgeister wieder. Er fragte sich, was er am besten tun könnte und gewann den Eindruck, dass er am Boden bleiben sollte. Auf einen Kampf mit dem Russen konnte er sich in seiner Verfassung beim besten Willen nicht einlassen, und alles andere würde ihm im Augenblick nicht weiterhelfen.

»Meinst du, der auf dem Boden ist tot?«, wollte die Stimme von Fred Mühlenberg wissen.

»Was weiß ich. Wenn er jetzt noch nicht tot ist, dann spätestens in ein paar Stunden. Wir lassen ihn auf jeden Fall hier, die passen nämlich auf keinen Fall alle ins Auto.«

Dieser russische Akzent hatte geantwortet.

»Ich muss jetzt los, Fred, sonst komme ich zu spät zu meinem Flug.«

Was ist mit Thilo? Warum höre ich nichts von dem?
»Ja, du hast recht. Du musst jetzt wirklich los, Angelika. Sergej wird dich mitnehmen.«
»Wohin soll dieser Kerl mich denn mitnehmen? Ich habe Zugriff auf jede Menge Autos und schaffe es auf jeden Fall ohne seine Hilfe, bis morgen früh um sechs in Zürich zu sein.«
»Du hast mich nicht richtig verstanden, Angelika. Der Flieger von Zürich nach Madrid geht ohne dich, und der von Madrid nach Mexiko demzufolge auch.«
Lenz hielt für ein paar Sekunden die Luft an, weil er dachte, sich verhört zu haben.
Ich kapiere das nicht. Sie hat doch gebucht.
»Das verstehe ich nicht, Fred, ich bin doch auf beiden Flügen gebucht.«
Über ihm wurde es für einen Augenblick laut, dann folgte der gepeinigte Aufschrei einer Frau. Ein Aufschrei von Angelika Rohrschach.
»Was soll denn …?«, schrie sie, bevor es ein paar weitere Geräusche gab.
»Ich will, dass die alle zusammen von der Bildfläche verschwinden. Bring sie zusammen mit dem jungen Bullen weg. Und wenn das erledigt ist, kümmerst du dich um den anderen.«
Wieder Geräusche, die, wie es sich anhörte, von Angelika Rohrschach stammten, jedoch sehr leise, gedämpft, und untermalt von tonlosem Wimmern.
Mühlenberg und der Russe haben sich wohl entschlossen, eine Mitwisserin zu beseitigen. Oder die Chefin. Klingt, als hätten sie die Frau gefesselt und geknebelt. Und sie wollen Thilo bei dieser Gelegenheit …
Lenz hätte vor Zorn losbrüllen können, ließ es jedoch

unter anderem auch deshalb bleiben, weil ihm erneut klar wurde, dass sich damit an der Situation rein gar nichts ändern würde, ganz im Gegenteil. Er kämpfte gegen eine schlagartig aufkeimende Übelkeit an, was jedoch nicht hundertprozentig gelang, und er sich hustend übergab. Das Nächste, was er spürte, war ein Tritt gegen seinen Kopf, der ihn auf der Stelle das Bewusstsein verlieren ließ.

25

Den Zustand, in dem Thilo Hain sich befand, als bewusst zu bezeichnen, wäre der Sache in keiner Weise gerecht geworden. Sein Gehirn arbeitete zwar, jedoch höchstens mit 20 oder 30 Prozent der normalen Leistung. Sein Rücken schmerzte derart, dass er vermutete, die Wirbelsäule könnte ernsthafte Schäden davongetragen haben. Links davon stach es bei jedem Luftholen unerträglich, und um den Mund herum fühlte sich alles irgendwie taub an. Am meisten sorgte sich der junge Polizist jedoch wegen seiner Beine, die er weder spüren noch bewegen konnte. Es kam ihm vor, als seien sie nicht mehr mit dem Rest des Körpers verbunden. Irgendwo in der Nähe weinte jemand, doch dafür hatte Hain kein Ohr frei, er schaffte es kaum, seine eigenen Tränen unter Kontrolle zu halten.

Ganz ruhig, Thilo. Versuch noch einmal, die Beine zu bewegen. Los, noch einen Versuch!

Er nahm all seine Kraft zusammen, aber es wollte ihm nicht gelingen, die Kontrolle über seine Beine zu erlangen. Die Gegend unterhalb seiner Hüfte fühlte sich taub und kalt an. Er versuchte, seinen rechten Arm nach unten zu bewegen, um zu ertasten, was sich dort abspielte, aber auch das war ihm nicht möglich. Beide Arme waren hinter dem Rücken fest zusammengebunden.

Gut, das musst du akzeptieren, wurde dem Oberkommissar nach einem weiteren, verzweifelten Versuch klar, irgendeine Bewegung in seinen Körper zu bekommen, der völlig misslang.

Wo steckt eigentlich Paul? Kann der mir nicht helfen? Immer wenn man ihn braucht, ist er gerade nicht zur Hand.

Weil auch sein Boss, wie es schien, keine Hilfe sein würde, versuchte Hain, sich auf das zu konzentrieren, was ihn in diese Lage gebracht hatte. Zunächst musste er husten, weil er mit einem Atemzug eine merkwürdig schmeckende Flüssigkeit in Richtung seiner Lungen transportiert hatte, und dieses Husten löste eine Welle von Schmerzen in seinem gesamten Oberkörper aus.

Himmel, in was für eine Scheiße bin ich denn hier geraten?

Es dauerte mindestens eine Minute, bis der Schmerzsturm sich gelegt hatte, und von diesem Moment an fürchtete der Oberkommissar sich unbeschreiblich davor, seinem Körper ein erneutes Husten zumuten zu müssen. Jede Bewegung, in die er seinen Körper versetzte, löste derartige Schmerzen aus, dass er befürchtete, davon ohnmächtig zu werden.

Er erinnerte sich matt an eine Situation an einer Tankstelle, konnte jedoch nicht greifen, was er dort erlebt hatte. Von dort war er mit seinem Freund und Chef weggefahren, aber wohin?

Keine Ahnung, beim besten Willen nicht.

Thilo Hain versuchte, ein Auge zu öffnen, was ihm ohne Schwierigkeiten gelang, doch dieser winzige Erfolg änderte überhaupt nichts an seiner Situation. Um ihn herum blieb alles dunkel und beängstigend ruhig.

Oder, nein, warte, da ist immer noch dieses Wimmern! Das war eben schon mal da und war dann verschwunden. Aber vielleicht hatte ich es nur aus meiner Wahrnehmung ausgeblendet.

»Hallo?«, murmelte der Polizist leise, wobei ihm die

Gegend um den Mund herum plötzlich mächtig weh tat.

»Hallo, ... ist da ... jemand?«

Zu seiner großen Überraschung wurde sofort geantwortet. Von hinter seinem Rücken hörte er zwischen dem Gewimmer ein leises Gemurmel.

»Sprechen Sie lauter, ich ... kann Sie nicht verstehen.«

Das Wimmern wurde leiser, das Gemurmel nahm dafür an Lautstärke zu, jedoch nicht genug, dass der Polizist damit etwas hätte anfangen können.

»Büppe helpfen Sü mür, ich bün gepfetzelt. Büppe helpfen Sü mür!«

Ich bin an eine Türkin geraten, dachte Hain, doch dann blitzte etwas in seinem Kopf auf. Er konnte eine Erinnerung mit der Stimme in seinem Rücken verbinden, obwohl sie sich jetzt merkwürdig verfremdet anhörte.

›Erschießen Sie die beiden, los!‹

Der junge Oberkommissar schluckte, als sich die Erkenntnis in seinem Hirn breitmachte, dass die Frau, die hinter ihm wimmerte, Angelika Rohrschach sein musste.

»Frau Rohrschach?«, fragte er vorsichtig. »Frau Rohrschach, sind Sie das?«

»Mmhhh, ja, üch bün dapf.«

»Sieht aus, als wären die Dinge nicht so gelaufen, wie Sie sich das ausgemalt haben, was? Wie es aussieht, wird der Flieger nach Mexiko wohl ohne Sie abheben.«

Das Wimmern hob an, doch es gesellten sich weitere Geräusche dazu. Zuerst ein Schaben, das von einem Ächzen und Stöhnen untermalt wurde. Dann gab es einen dumpfen Schlag, etwa so, als sei jemand mit dem Kopf gegen etwas Hartes geprallt. Nach einer kurzen Pause und der dazu gehörenden Stille setzte wieder das Schaben ein, das Hain nun merklich lauter vorkam. Dann erschrak sich der Polizist, weil etwas seine rechte Hand berührte.

»Büppe mehmen Sü mür dapf Plebebampf pfom Mumpf.«

»Was soll ich machen? Ich kann Sie leider … ganz und gar nicht verstehen, gute Frau.«

Etwas machte sich an seinen Fingern zu schaffen, etwas Weiches, Warmes. Instinktiv versuchte Hain, mit Daumen und Zeigefinger danach zu greifen, doch es gelang ihm nicht. Erst nach mehreren Versuchen wurde ihm überhaupt klar, dass er an einem menschlichen Kopf herumfummelte. Er ertastete die Nase, die Augen und den Mund, der sich allerdings merkwürdig anfühlte. Noch ein Versuch und ein weiterer, dann war ihm klar, warum die Frau sich so merkwürdig artikulierte. Jemand hatte ihr ein Tape, also ein Klebeband, über den Mund gezogen.

Der Polizist tastete nach dem Rand, klemmte den Fingernagel des Zeigefingers darunter und klaubte das Gewebeband ein Stück nach oben. Dann verklemmte er es zwischen Daumen und Zeigefinger und versuchte, es im Ganzen vom Gesicht zu heben, was allerdings nicht gelang, weil er viel zu wenig Bewegungsfreiheit hatte.

»Ich halte fest, Sie müssen sich nach hinten bewegen, klar?«

»Mmhhh.«

Es entstand Druck auf dem Band, der jedoch nicht ausreichte.

»Bisschen mehr Engagement müssten Sie schon zeigen«, brummte der Polizist.

»Üpf kann müft.«

»Tja, dann müssen Sie eben weiter so vor sich hinnuscheln.«

Wieder ertönte ein Stöhnen, verbunden mit einem energischen Ruck, und gleich darauf klang es, als würde die Frau hart auf dem Boden aufschlagen.

»Oh Gott, tut das weh!«

Hain war sich nicht sicher, ob ihn der Erfolg der Frau freuen sollte oder nicht, also schwieg er und wartete ab.

»Sie haben recht, Herr Kommissar, ich bin Angelika Rohrschach«, kam es eine Weile später von hinter ihm.

»Als wir uns das letzte Mal gesprochen haben, waren Sie optimistischer, was Ihre Zukunft angeht, was?«

»Ich hätte es besser wissen müssen«, erwiderte sie, und mit ihrem letzten Wort setzte erneut das Schluchzen ein, dieses Mal jedoch ungefiltert und überaus durchdringend.

Obwohl, so richtig durchdringend ist das auch wieder nicht, fiel dem Polizisten auf.

»Hören Sie auf zu jammern und versuchen Sie lieber, meine Fesseln zu lösen«, forderte er die Frau völlig emotionslos auf.

»Aber ich bin doch selbst gefesselt. Wie soll ich das machen?«

»Drehen Sie sich um und kommen Sie mit dem Mund an meine Handgelenke; das hat eben auch ziemlich gut geklappt. Vielleicht würde es auch funktionieren, wenn Sie es mit Ihren Händen versuchen würden.«

»Warum kommen Sie nicht in meine Richtung?«

»Weil ich erstens meine Beine nicht spüren oder bewegen kann und zweitens vermutlich einen Rippenserienbruch habe, wie es sich anfühlt, auf beiden Seiten, und vielleicht stecken auch ein paar von den Dingern in der Lunge, was weiß ich. Also überlasse ich Bewegungen lieber Ihnen, gnädige Frau.«

»Ihr Zynismus hilft uns jetzt überhaupt nicht weiter«,

beschwerte sie sich trotzig. »Ich weiß, dass ich … nicht nett zu Ihnen gewesen bin, aber wenn wir hier rauskommen wollen, müssen wir zusammen arbeiten.«

»Wo sind wir eigentlich?«

»Wir liegen im Kofferraum einer Limousine. Wir parken vermutlich in einer Garage, zumindest habe ich vorhin, nachdem wir eine Weile gefahren waren, die Geräusche eines elektrischen Garagentorantriebs gehört. Deshalb hilft es uns vermutlich nichts, wenn wir zu schreien anfangen.«

Das Haus! Paul und ich sind zu diesem Haus gefahren. Dieses Haus, das …

Er versuchte krampfhaft, sich an den Namen des Mannes zu erinnern, dem das Haus gehörte, oder besser, die Villa, doch es fiel ihm nicht ein.

In dem Haus waren die Rohrschach und … wie hieß der Typ noch, dieser Architekt, … ja, Fred Mühlenberg gewesen, und ein weiterer Mann, mit dem …, mit dem ich mich geprügelt habe.

Hinter ihm wurde Angelika Rohrschach tatsächlich aktiv. Sie näherte sich Hain und begann, mit dem Mund nach seinen Fesseln zu tasten. Obwohl sich das Ganze für den Kommissar überaus merkwürdig anfühlte, versuchte er, ihr möglichst weit entgegen zu kommen, was ihm jedoch extreme Schmerzen in der Brust bereitete.

»Das geht nicht, das ist so ein hartes Plastikding.«

»Ein Kabelbinder?«

»Was?«

»Na, ist es ein Kabelbinder? So ein Ding, wie es auch die Polizei verwendet.«

»Ich weiß nicht, was für Dinger die Polizei verwendet«, schrie sie hysterisch. »Aber ich weiß, dass ich hier raus will, weil ich ebenso genau weiß, dass wir umgebracht werden, wenn wir das nicht innerhalb kürzester Zeit schaffen.«

»Wie kommen Sie darauf?«

»Weil Fred, dieses … Dreckschwein, den Russen, diesen Bucharow, damit beauftragt hat.«

Hain wollte etwas zurückfragen, stockte jedoch.

»*Wie* heißt der Russe?«

»Bucharow, warum?«

»Weil ich diesen Namen kenne. Es gibt in der Stadt einen Arzt, der Bucharow heißt.«

»Davon weiß ich nichts. Ich habe nur mitbekommen, dass dieser Bucharow die Drecksarbeit für Fred Mühlenberg macht, und im Augenblick sind wir beide diese Drecksarbeit.«

Sie unterbrach sich und schluckte laut.

»Wir – und Ihr Kollege.«

»Mein Kollege? Wo ist er?«

»Er ist im Haus geblieben, als wir beide hier reingeworfen wurden. Bucharow meinte, dass er im Kofferraum nur Platz für zwei hätte, sich aber später um Ihren Kollegen kümmern würde.«

Wieder machte sie eine kurze Pause.

»Allerdings steht es um ihn, glaube ich zumindest, nicht gut. Der Russe hat ihm ziemlich brutal gegen den Kopf geschlagen, und als sie uns rausgebracht haben, war um seine Haare herum eine große Blutlache.«

Erneut tauchte in Hains Gehirn ein Blitzlicht der Erinnerung auf.

Stimmt, dieser Russe hat Paul einen Schlag mit dem Gewehrkolben versetzt. Einen Schlag, der einen Menschen ohne Probleme hatte umbringen können.

Nun musste der Oberkommissar schlucken.

»Los, versuchen Sie es noch einmal. Vielleicht ist es doch kein Kabelbinder, oder es ist einer, den Sie aufbeißen können.«

Angelika Rohrschach brachte ihren Mund in Stellung und begann, mit den Zähnen an der Fessel zu arbeiten, doch schon nach ein paar Sekunden gab sie auf.

»Da tut sich gar nichts. Das Einzige, was passiert, ist, dass ich mir die Zähne kaputt mache.«

Erst erzählst du blöde Kuh mir, dass die uns umbringen wollen, und jetzt hast du Schiss um deine verdammten Zähne, dachte Hain, schwieg jedoch.

Er versuchte, seine Hände so weit zu drehen, dass er selbst die Fessel berühren konnte, brach diesen Versuch aber ab, als er ein Stück Plastik zu fassen bekam. Das überstehende Ende eines dicken, soliden Kabelbinders.

Verdammt, sie hat recht. Dieses Ding kann man wirklich nicht durchbeißen.

»Können Sie vielleicht mit Ihrem …«, wollte der Polizist einen weiteren Versuch zur Befreiung initiieren, doch er brach ab, weil die Frau in seinem Rücken laut zu schluchzen angefangen hatte.

»Ich hätte es wissen müssen«, erklärte sie in einem enervierenden Singsang. »Ich hätte wissen müssen, dass es ihm nur um das Geld gegangen ist.«

»Welches Geld?«

»Das Geld, das ich ihm heute angewiesen habe. Knapp zwei Millionen Euro.«

Hain wiederholte ungläubig die Summe.

»Wofür haben Sie dem Kerl dieses viele Geld bezahlt?«

»Es geht dabei um Rechnungen, die sein Büro einer von Dominiks Firmen gestellt hatte. Dominik hätte ihm das Geld nie gegeben, weil er meinte, dass die Arbeit, die das Architekturbüro geleistet hat, völlig mangelhaft ist.«

»Und Sie haben das anders gesehen?«

Schluchzen.

»Hallo, ich rede mit Ihnen. Sie haben das anders gesehen?«

»Nein«, unterbrach sie ihr Weinen. »Es war Teil eines Deals. Also zuerst war es ein Deal, aber dann dachte ich, dass Fred und ich wirklich eine Zukunft ...«

»Ach je, da hat der Herr Architekt Sie aber verladen, wie es aussieht.«

Ihr Schluchzen wurde so laut, dass Hain sich am liebsten die Ohren zugehalten hätte.

»Und Teil des Deals war, dass Ihr Lover seinen Vorgänger für Sie aus dem Weg räumt.«

Obwohl der Kommissar darauf gewettet hätte, dass das nicht möglich ist, erhöhte sich die Lautstärke ihres Schluchzens erneut.

»Und jetzt hören Sie, verdammt noch mal, auf, mir die Ohren vollzuheulen«, schrie Hain auf, womit er eine weitere Schmerzwelle in seiner Brust auslöste. »Sie haben es angezettelt, und jetzt stehen Sie auch dazu.«

»Aber ...«

»Nichts aber. Haben Sie eine Ahnung, wo wir sind?«

Offenbar zeigte die strikte Ansage des Polizisten Wirkung, denn das Wimmern erstarb schlagartig.

»Nein, das weiß ich nicht. Wir sind in diesem Kofferraum abgelegt worden, danach wurde die Klappe zugemacht, und dann sind wir eine Weile gefahren. Wie lange genau und wohin, das weiß ich natürlich nicht. Aber wir sind bestimmt schon mehrere Stunden hier an dieser Stelle.«

»Haben Sie ein Telefon dabei?«

»Ich hatte eins, klar, aber das steckt in meiner Handtasche, und die haben sie mir natürlich nicht mitgegeben.«

»Ich habe eins in der …«, wollte Hain ergänzen, wurde jedoch von Angelika Rohrschach unsanft gebremst.

»Sie *hatten*. Der Russe hat es Ihnen weggenommen.«

»Scheiße.«

»Ja, das ist wirklich Scheiße«, paraphrasierte sie resignierend.

»Waren Sie bei der Tankstelle dabei?«, wollte Hain nach einer längeren Pause wissen.

»Ja. Ich musste tanken, weil ich eigentlich auf dem Weg nach Zürich sein wollte, und die beiden, also Fred und der Russe, wollten ein paar Dinge im Supermarkt einkaufen. Dann kam die Polizei, und den Rest wissen Sie vermutlich.«

»Als wir dort weggefahren sind, hat der eine meiner uniformierten Kollegen in Lebensgefahr geschwebt«, erklärte er ihr leise.

»Das tut mir leid«, gab sie ebenso leise zurück. »Das tut mir genauso leid wie alles andere, für das ich verantwortlich bin. Und dazu gehört natürlich auch der Mord an meinem Mann.«

»Warum war der notwendig?«

»Weil ich diesen Menschen nicht mehr riechen konnte. Ich konnte ihn im wahrsten Sinn des Wortes nicht mehr riechen, ich konnte ihn nicht mehr sehen, und ich konnte ihn nicht mehr in meiner Nähe haben.«

»Andere Menschen suchen in solch einer Situation einen Scheidungsanwalt auf.«

»Das hätte ich vor 15 Jahren machen sollen, aber dazu war es zu spät. Wenn ich mich von ihm hätte scheiden lassen, wäre er finanziell am Ende gewesen, und dann, so hat er es mir hundertfach angedroht, hätte er ausgepackt über all seine kleinen und großen Schweinereien, und weil wir, was das Geschäftliche anging, sehr verflochten waren, hätte das auch meinen Ruin bedeutet. Das wollte ich einfach nicht hinnehmen.«

»Klar, da ist so ein Mord unter Freunden die eindeutig bessere Wahl«, kommentierte Hain sarkastisch. »Und wie passt Fred Mühlenberg in dieses Bild?«

Angelika Rohrschach brauchte ein paar Augenblicke, bis sie zu einer Antwort ansetzen konnte. Offenbar spielten sich vor ihrem geistigen Auge Szenen von Versprechungen, Liebesschwüren und vielleicht sogar einer gemeinsamen Zukunft mit dem Architekten ab.

»Fred Mühlenberg hat mir das Gefühl zurückgegeben, eine begehrenswerte Frau zu sein. Er hat mich spüren lassen, dass in mir noch Gefühle möglich sind. Er hat ...«

Sie brach ab, weil von irgendwo gedämpft klingende Geräusche hörbar wurden.

»Was ist das?«, fragte sie ängstlich.

»Vermutlich Ihr Russenfreund«, murmelte Hain.

Dann wurde der Motor des Autos gestartet, und kurz darauf setzte sich die Fuhre in Bewegung. Es ging mit gemächlichem Tempo und einigen Pausen, vermutlich an Ampeln, vorwärts, also, konstatierte der Polizist, waren sie in einer Stadt unterwegs. Nun bremste der Fahrer etwas härter, danach hupte jemand. Der Wagen nahm wieder Fahrt auf, diesmal ging es über eine schlechtere Straße, der eine scharfe Rechtskurve folgte. Angelika Rohrschach wurde in Thilo Hains Rücken gepresst, was erneut eine Schmerzattacke in dessen Oberkörper auslöste. Der Oberkommissar versuchte, irgendetwas von der Welt außerhalb seines Blechgefängnisses aufzunehmen, doch es drang nicht das kleinste verwertbare Geräusch in den Innenraum. Wieder eine Rechtskurve, diesmal in einem etwas weiteren Radius, dann ein Holpern. Offenbar hatten sie einen Bahnübergang passiert. Dann stoppte der Wagen kurz und wartete mit laufendem Motor, was Hain an den feinen Vibrationen wahrnehmen konnte. Kurze Zeit später setzte sich die Fahrt fort, um keine 15 Sekunden darauf zu enden. Diesmal wurde der Motor abgestellt, die Tür geöffnet und wieder ins Schloss geworfen, und nach der Zeitspanne, die der Fahrer benötigte, um den Wagen zur Hälfte zu umrunden, wurde die Kofferraumklappe geöffnet. Fast zeitgleich mit dem Eindringen von überraschend kühler, aber wohltuend frischer und würzig schmeckender Atemluft begann Angelika Rohrschach wie von Sinnen zu schreien und mit den Beinen zu strampeln, wobei sie die Absätze ihrer hochhackigen Schuhe mehrmals in Hains Rücken rammte. Dem Kommissar blieb die Luft weg, er stöhnte von Schmerzen gepeinigt auf, und im nahezu gleichen Sekundenbruchteil gab es hinter ihm ein hässliches, trockenes Geräusch, gerade so, als hätte eine männliche Faust ein weibliches Jochbein zertrümmert, und alle Schreie verstummten augenblicklich.

Der junge Polizist, der bis zu diesem Moment noch in keinster Weise realisiert hatte, dass sein Leben möglicherweise wirklich in größter Gefahr sein könnte, versuchte, sich möglichst steif zu machen, was jedoch schon im Kern zum Scheitern verurteilt war, weil er noch immer keinerlei Kontrolle über seine Beine hatte. Er verkrampfte also unter schmerzverzerrtem Stöhnen den Oberkörper, doch es half ihm nichts. Seine tauben Beine wurden gepackt, was er daran merkte, dass sein restlicher Körper sich bewegte, und über die Ladekante des Kofferraums gezogen wurde. Der Rest folgte den Beinen ins Freie, wobei sein Brustkorb über den Verschluss des Kofferdeckels schrammte, was ihn erneut in die Nähe der Bewusstlosigkeit trieb. Den Schlag, als sein Kopf auf den gepflasterten Boden knallte, nahm er kaum noch wahr. Kurz darauf wurde die von dem brutalen Schlag ins Gesicht völlig weggetretene Angelika Rohrschach in der gleichen Manier aus dem Wagen gehievt. Hain lag dabei auf dem Rücken, den Kopf seitlich auf dem kalten Pflaster, und seine Augen wiesen in Richtung Himmel, und in diesem Augenblick erkannte der Kommissar den schönsten und betörendsten Sternenhimmel, den er je in seinem Leben wahrgenommen hatte.

Getrübt wurde diese unbeschreiblich beeindruckende Wahrnehmung durch das, was sich ein paar Meter neben der großen, jedoch schon in die Jahre gekommenen Mercedes-Limousine abspielte. Dort wuchtete Sergej Bucharow, der vermutlich mit dem Arzt Dr. Anatoli Bucharow verwandt war, den leblosen Körper von Angelika Rohrschach gerade über die Ladekante eines jener orangefarbenen LKWs, die der Polizist aus jener Zeit kannte, als die Sperrmüllabfuhr noch von Haus zu Haus fuhr und die er als kleiner Junge so aufregend fand, weil alles, was darin verschwand, unter Zuhilfenahme einer extrem starken Pressvorrichtung so zusammengeschoben wurde, dass selbst die stärkste Holzplatte brach wie ein Zahnstocher. Dutzende Male hatte der kleine Thilo mit seinen Freunden daneben gestanden und an manchen Tagen sogar selbst etwas in die Lademulde werfen dürfen, was ihm immer einen Schauer über den Rücken hatte laufen lassen. Und jetzt sah er dabei zu, wie Bucharow die Rohrschach in exakt solch einer Mulde verschwinden ließ.

Herrje, wenn jetzt nicht noch ein Wunder geschieht, wird das sehr, sehr böse enden.

Ein Wunder passierte nicht, jedoch trat Sergej Bucharow nach getaner Arbeit an der Frau nun auf den Polizisten zu und riss ihn an den Armen ein paar Zentimeter nach oben. Es knackte laut hörbar, Hain stöhnte auf, doch der Russe achtete gar nicht darauf. Er schleifte den deutlich schwereren Mann auf das Pressfahrzeug zu, legte ihn kurz davor ab, um seine Position zu verändern, und hievte ihn im Anschluss relativ leicht über die Ladekante. Thilo Hain, der seine Beine noch immer weder spüren noch bewegen konnte, unternahm erst gar keinen Versuch der Gegenwehr, weil er die Schmerzen leid war. Es war, als hätte er sich in sein Schicksal ergeben, er fühlte sich kraftlos und ohne jeglichen Mut. Seine Gedanken schweiften ab zu seiner Frau und den Zwillingen.

Es wäre schön gewesen, euch aufwachsen zu sehen, aber das klappt jetzt leider nicht mehr.

Der Kommissar wurde von dem Gedanken an das nun unvermeidliche Ende durchzuckt, und mit einem Mal überschwemmte ihn mit der Wucht eines Tsunamis eine alles dominierende, unbeschreibliche Angst. Es war die Angst vor dem gigantischen Druck, der sich gleich im Innern des Lastwagens aufbauen würde, dem er nicht das Geringste entgegenzusetzen hatte, und der ihn zerquetschen würde wie eine reife Tomate.

Sein Körper wurde nach dem Überqueren der Kante von Angela Rohrschachs Körper gebremst, was er mit einem leichten Lächeln quittierte. Er fühlte sich mit einem Mal frei und unbeschwert, und doch dämmerten in seinem Hinterkopf die Reste der Angst.

Über ihm hob sich das mächtige Pressschild, gab ein

letztes Mal den Blick auf den immer noch bezaubernd schönen Sternenhimmel frei, um sich danach, untermalt von dem singenden Geräusch der Hydraulikpumpe und dem quietschenden, ja fast kreischenden Mahlen in den Gelenken des stählernen Ungetüms, nach unten zu senken. Als das Schild ihn erreicht hatte, fing Thilo Hain an zu weinen, und mit jedem Zentimeter, den er weiter nach hinten, in den sicheren Tod geschoben wurde, wurden die Tränen stärker. Er versuchte Luft zu holen, was jedoch nicht mehr gelang, und plötzlich hatte er den Eindruck, sein Brustkorb würde explodieren.

26

Irgendwo in der näheren oder weiteren Umgebung dudelte ein Radio. Gerade wurde von der jugendlichen Sprecherin mit zuckersüßer Stimme darauf hingewiesen, dass wegen der anhaltenden Hitze in den nächsten Tagen weiterhin mit erhöhten Ozonwerten zu rechnen sei.

Lenz atmete tief durch, öffnete vorsichtig die Augen und sah sich um. Er befand sich noch immer im gleichen Zimmer wie vor seiner Bewusstlosigkeit, nur war er jetzt allein. Aus einer offen stehenden Tür drang diffuses Licht in den ansonsten dunklen Raum, doch zu sehen war niemand. Der Hauptkommissar zog vorsichtig die Beine an, was zwar schmerzhaft war, aber erstaunlich gut funktionierte. Die Arme waren mehr in Mitleidenschaft gezogen, aber auch hier gab es eine kleine Entwarnung. Die Verletzung an seinem Kopf hatte aufgehört zu bluten, wie er durch ein kurzes Abtasten feststellen konnte, die angetrocknete, klaffende Wunde verhieß jedoch nichts Gutes. Jetzt hörte er das typische Getrappel von Schuhen auf hartem Boden, das aus der ersten Etage kommen musste. Er richtete sich vorsichtig auf, setzte sich auf den Hintern, schloss für einen Augenblick die Augen und durchdachte sein weiteres Vorgehen.

Für eine körperliche Auseinandersetzung reicht es hinten und vorn nicht, sinnierte er kraftlos.

Aber ich muss herausfinden, was mit Thilo passiert ist. Sie wollten ihn zusammen mit dieser schrecklichen Frau wegbringen.

Der Polizist streckte die Beine aus, zog sie gleich wieder

an und versuchte, in die Vertikale zu kommen, was ihm schließlich mehr schlecht als recht gelang. Er stützte sich an einem Sideboard ab, holte erneut tief Luft und machte sich auf den Weg zum Licht. Dazwischen fiel sein Blick auf den Kamin mit dem seitlich daneben angebrachten Reinigungsset, von dem er sich einen massiven Feuerhaken schnappte und kurz in der Hand wog.

Der sollte gehen.

Langsam schlich er Schritt für Schritt vorwärts, immer damit rechnend, dass ihm einer der beiden Männer, die er in dem Haus angetroffen hatte, in den Weg treten könnte. Dann hatte er den Flur erreicht, wo er sich kurz versicherte, dass niemand auf ihn wartete, und eine Verschnaufpause einlegte. Von oben waren noch immer Schritte zu hören, und langsam war es ihm egal, ob beide oder nur einer der Männer dort herumlief, er wollte eine Antwort auf die drängende Frage, was mit seinem Kollegen passiert war.

Nach einem schnellen Blick auf die Holztreppe, die nach oben führte, entschied er sich dafür, den oder die Männer herunterzulocken anstatt selbst nach oben zu gehen. Natürlich war er schwach und matt, aber der Hauptgrund lag in der Konstruktion der Treppe; sie würde, davon war der Kommissar fest überzeugt, einen gewaltigen Lärm machen, der jeden sich im oberen Geschoss Aufhaltenden unweigerlich warnen würde. Also zog er sich leise ins Wohnzimmer zurück, wo sein Blick auf die teure Stereoanlage fiel.

Das könnte funktionieren!

Mit zitternder linker Hand griff er nach der Fernbedienung, warf einen kurzen Blick darauf und verzog sich damit hinter die schwere Tür, die den Raum vom Flur trennte. Dann drückte er auf einen Knopf mit der Beschriftung ›All On‹ und legte das schwere Teil aus der Hand. Es gab eine Folge von kurzen, leisen Klackgeräuschen, und drüben an der Wand, wo die Stereoanlage stand, wurden mehrere blaue und rote Betriebsanzeigen aktiv geschaltet. Was dann jedoch geschah, hätte der Polizist nicht einmal in seinen kühnsten Träumen erwartet.

Es ertönte ein Bassgewummer, das jeden normal denkenden und hörenden Menschen in Panik versetzen musste, gefolgt von dem harten Beat elektronischer Musik. Offenbar war der Hausherr ein Fan dieser Stilrichtung. Allerdings geschah genau das, was Lenz erwartet hatte, denn innerhalb von Sekunden waren auf der laut knarzenden Treppe hektische Schritte zu vernehmen, und kurz darauf schoss ein Mann in den Raum, die Pistole vor dem Bauch. Der Hauptkommissar machte einen Schritt nach vorn, beugte sich nach unten und zog den Feuerhaken wie einen Golfschläger durch, wobei er den unsicher nach dem Lichtschalter tastenden Fred Mühlenberg genau in dem Moment, in dem der den Schalter gefunden und gedrückt hatte, voll am Übergang zwischen Oberschenkel und Knierückseite des linken Beins traf. Der Architekt stürzte vor Schmerz schreiend nach vorn, wobei die Pistole im weiten Bogen von ihm wegflog, griff sich an die Stelle, wo Lenz ihn getroffen hatte, und kam schließlich in embryonaler Haltung auf dem Boden zum Liegen.

»Sie haben mir das Bein zertrümmert«, jammerte er, nachdem er realisiert hatte, was ihm widerfahren war und wer ihn so schwer verletzt hatte.

»Sei froh, du Ratte, wenn es bei dem einen bleibt«, erwiderte Lenz, der mit Hilfe der Fernbedienung wieder für Ruhe gesorgt hatte und mit einem Ohr auf dem Flur und der Treppe war, von wo allerdings, zumindest im Moment, offenbar keine Gefahr drohte.

»Und jetzt erzählst du mir, wo mein Kollege ist, und zwar pronto!«

Mühlenberg, dessen Gesicht wegen der Schmerzen zu einer Fratze verzogen war, schrie laut auf.

»Ich brauche einen Arzt!«

»Den kriegst du, wenn ich weiß, wo ihr meinen Kollegen hingebracht habt. Und ich sag dir nur einmal, dass ich mir als Nächstes dein anderes Bein vornehme, wenn du es mir nicht sofort erzählst.«

»Das dürfen Sie nicht, Sie sind Polizist«, schrie Mühlenberg, »und Ihnen würde ich schon überhaupt nichts erzählen, das sollte Ihnen klar sein.«

Über das Gesicht des Mannes am Boden zuckte, trotz der Schmerzen, die er aushalten musste, ein Grinsen.

»Außerdem kommen Sie viel zu spät, die Sache ist längst erledigt. Aus und vorbei, sozusagen.«

Lenz trat neben den Mann, holte mit dem Feuerhaken, der noch immer in seiner rechten Hand lag, aus und zerschmetterte mit einem seitlich ausgeführten Schlag dem Architekten ohne irgendeine Emotion auch das rechte Knie.

»Als Nächstes kommen die Eier dran, und danach der Kopf«, schrie Lenz in Mühlenbergs unmenschliches Aufstöhnen. »Du kannst dir immerhin aussuchen, was von dir übrig bleibt, so eine Chance wolltest du uns nicht lassen.«

Er trat neben den Architekten, spreizte mit dem rechten Fuß dessen blutende und verbogen wirkenden Beine und hob erneut den Prügel in seiner Hand.

»Nein, bitte nicht«, kam es wimmernd von unten. »Bitte, ich sage Ihnen alles, was ich weiß, aber tun Sie das nicht. Bitte!«

»Ich höre«, zischte Lenz leise, nachdem er neben dem Kopf des jetzt klein und regelrecht zerstört wirkenden Mannes auf die Knie gegangen war, der noch Stunden zuvor mit einem Handstreich den Tod mehrerer Menschen angeordnet hatte. »Und wenn du mir Unsinn erzählst und meinem Kollegen deshalb auch nur ein Haar gekrümmt wird, komme ich zurück und mache da weiter, wo du es eben gerade noch mal vermeiden konntest.«

»Sie müssen sich beeilen. Fahren Sie zum Wertstoffhof, dort finden Sie Ihren Kollegen. Ich verspreche es, und ich wünsche Ihnen, dass Sie rechtzeitig kommen.«

»Zum Wertstoffhof? Was sollte Ihr bescheuerter Russe denn auf dem Wertstoffhof schon mit meinem Kollegen anfangen?«

Die Frage hätte er sich schenken können, denn Fred Mühlenbergs Gehirn hatte, wie es aussah, vor den Schmerzen kapituliert.

»He, he, jetzt wird nicht schlapp gemacht. Ich brauche einen Autoschlüssel und den dazugehörigen fahrbaren Untersatz.«

»Im Flur, im Schlüsselkasten«, erwiderte der Schwerverletzte stöhnend und kaum vernehmbar. »Und … machen Sie ihn bitte … nicht kaputt, ich … hänge an dem … Wagen.«

»Du hast Sorgen«, brummte Lenz, während er sich von dem Mann abwandte und nach einem Telefon suchte, jedoch ohne Erfolg. Es gab vermutlich mehr als eins in dem Haus, aber er konnte sie nicht finden. Fluchend drehte er sich um und hetzte ein paar Schritte zurück.

»Und wo steht dein Herzblatt von Kraftfahrzeug?«

»In der … Garage. Treppe runter, dann …«

Das war alles, wozu sich Mühlenberg noch aufraffen

konnte, der Rest verstummte in einer für ihn sicher gnädigen Bewusstlosigkeit.

Der Leiter der Mordkommission griff sich die drei Meter entfernt am Boden liegende Waffe, schnellte aus dem Raum, stürmte, jeweils zwei Stufen auf einmal nehmend, die abwärts führende Holztreppe hinunter und stand auf einem Flur mit vier seitlich und einer geradeaus führenden Türen. Er entschied sich für die Geradeausversion, was ihn in den Heizungsraum führte. Zurück, die nächste rechts, und hier war er richtig. Im Schein der von einem Bewegungsmelder angeschalteten LED-Beleuchtung erstrahlte ein bulliger, breiter Porsche 911. Lenz öffnete die Fahrertür, ließ sich auf den Sitz fallen und suchte nach dem Schlüssel, konnte jedoch keinen für ein Auto passenden am Bund entdecken.

Verdammt!

Nun erkannte er, dass einer der Schlüssel die Silhouette des Wagens abbildete und war davon überzeugt, den richtigen gefunden zu haben, doch diesmal scheiterte er daran, dass es kein dazu gehörendes Schloss gab. Er suchte die komplette rechte Seite um die Lenksäule ab, ohne Erfolg. Fahrig wandte er den Blick nach links, wo ihm tatsächlich ein Zündschloss entgegenblickte. Mit zitternden Fingern führte er den Schlüssel ein, drehte ihn, und mit sattem Bollern nahm der Motor seine Arbeit auf. Gleichzeitig wurde hinter ihm das Garagentor angehoben, was bei ihm extreme Erleichterung auslöste.

Wenigstens das klappt ohne Probleme.

Nach einem kurzen Blick auf den Bereich, wo bei normalen Autos der Schaltknüppel sitzt, traf ihn jedoch der nächste Schock, denn einen solchen gab es in dieser Luxuskarre nicht. Es gab so etwas wie einen Joystick, auf dem der Kommissar ein R erkannte. Mit einem kurzen Schnippen hatte er das Hebelchen in die richtige Position befördert und trat aufs Gas, jedoch ein wenig ungestüm, wie sich zeigte. Der Wagen schoss rückwärts, wurde beim Überfahren der Kante zur steilen Auffahrt sehr leicht und schoss mit deutlich zu viel Tempo auf die Straße zu. Dort stand, geparkt auf der gegenüberliegenden Seite, ein koreanischer Kleinwagen, der, obwohl Lenz so etwas wie eine Gefahrenbremsung einleitete, einer radikalen Kaltverformung unterzogen wurde. Auch der Zuffenhausener Sportwagen wurde dabei im Heck ordentlich onduliert, wobei Lenz darüber erstaunt war, wie zart der Aufprall bei ihm im Cockpit ankam. Ohne sich um den Schaden zu kümmern, rammte der Polizist den komischen Wahlschalter in der Mittelkonsole auf D, trat fest auf das Gaspedal und wurde, zu seiner großen Überraschung, sogar in die richtige Richtung katapultiert. Am Ende der Straße trat er beherzt auf die Bremse, was ihn mit dem Brustkorb hart auf das Lenkrad knallen ließ, weil er in der Hektik der Abfahrt den Sicherheitsgurt vergessen hatte. Und diese Bremse erforderte offensichtlich einen sensiblen Fuß, den er in diesem Moment allerdings nicht bieten konnte. Mit fliegenden Fingern tastete er nach dem Gurt und schnallte sich an.

So viel Zeit muss sein, bei diesem Monster von Auto.

Die wilde Fahrt ging nach links, dann nach rechts, und immer hatte der Kommissar das Gefühl, dass der Porsche eher mit ihm unterwegs war als andersherum.

Kurz vor der Tankstelle, an der es vor – ja wie vielen Stunden eigentlich – die Schießerei gegeben hatte und die mit rot-weißem Flatterband weiträumig abgesperrt war, durchzuckte ihn der grausame Gedanke, dass er wirklich zu spät kommen würde und dass seinem Kollegen etwas zugestoßen war.

Er lebt, Paul, gib verdammt noch mal Gas!

Ohne noch einmal nach links zu sehen, gab er Vollgas und drückte dabei auf die Hupe, um eventuelle Wagen auf dem Autobahnzubringer zu warnen, weil seine Ampel auf der Geradeausspur auf Rot stand. Als er die Hauptstraße mit 155 Stundenkilometern auf dem Tacho überquerte, nahm er von rechts einen LKW wahr, der jedoch noch mindestens 100 Meter entfernt war und demzufolge keine akute Gefahr darstellte. Trotzdem musste er erleichtert schlucken, als er die Kreuzung hinter sich gebracht hatte. Einen VW-Passat, der die Shell-Tankstelle auf der anderen Straßenseite verließ und auf seine Fahrspur, ohne natürlich die Geschwindigkeit des Sportwagens auch nur annähernd richtig einzuschätzen, einscherte, überholte er, immer noch pausenlos hupend, und hatte ein paar Sekunden später die Abzweigung zur Königinhofstraße erreicht. Wie auf Schienen zog der Porsche um die Kurve, Lenz beschleunigte, und kurze Zeit später erkannte er die rechts liegende Einfahrt zum Wertstoffhof.

Er hatte keine Ahnung, was ihn dort erwartete, und er kannte das Gelände auch nur von dem einen Besuch ein paar Tage zuvor, aber er war davon überzeugt, dass er keine Zeit hatte, sich auf irgendwelches Geplänkel einzulassen. Also bremste er die Einfahrt an, zog nach rechts und hatte im nächsten Moment die geschlossene Schranke zerfetzt. Nun ging es nach links, und erst jetzt bemerkte der Polizist, dass er seit der Abfahrt aus Sandershausen ohne Licht unterwegs war. Dem kurzen Impuls, nach dem Lichtschalter zu suchen, widerstand er, und zog einfach am Blinkerhebel. Sofort erstrahlte die Szenerie vor ihm in gleißend hellem Xenonlicht, und die Augen des Kommissars brauchten ein paar Sekundenbruchteile, um sich an die Helligkeit zu gewöhnen. Er sah nach links und nach rechts, doch in diesem unteren Teil des Hofs war niemand zu erkennen. Lenz gab erneut Gas, diesmal jedoch vorsichtiger, und rollte nach rechts in die Gasse, wo links die diversen Wertstoffcontainer aufgereiht waren. Auch hier erschien zunächst alles normal, dann jedoch erkannte er am oberen Ende eine Mercedes-Limousine mit offener Kofferraumklappe. Zunächst gab es nicht mehr zu sehen, doch schon im nächsten Augenblick sah er eine Gestalt, die am zweiten Container von oben stand und sich an den Bedienhebeln zu schaffen machte. Mit jedem Meter, den er näher kam, konnte er den Mann besser erkennen, und jetzt sah er deutlich, dass es sich um den Russen aus Pispers' Haus handelte. Er stierte in das Licht des Porsche, hielt mit der linken Hand einen Hebel gedrückt und fasste nun mit der rechten an den Hosenbund, wo, nachdem er den Arm wieder gehoben hatte, eine Waffe darin sichtbar wurde. Ohne zu zögern feuerte er vier Schüsse auf das auf ihn zukommende Auto ab, von denen jedoch keiner die Windschutzscheibe traf.

Lenz hatte zwar reflexartig den Kopf eingezogen, doch nur so weit, dass er den Mann nicht aus den Augen verlor. Er bewegte das Lenkrad ein paar Grad nach links, trat aufs Gaspedal und schloss die Augen. Hätte ihm jemand später erzählt, dass er gleichzeitig laut zu schreien begann, hätte er das vermutlich vehement abgestritten, doch er tat es wirklich. Er schrie bis zu dem Moment, in dem der Porsche die Oberschenkel des Mannes trafen, und er schrie auch noch, als die Frontpartie auf den wie in der Erde verwachsenen Container knallte. Alle Airbags schossen ins Innere des nun von vorn und von hinten mächtig zerknautschten Sportwagens, was Lenz für ein paar Sekundenbruchteile daran hinderte, aus dem Wagen zu springen. Dann jedoch hatte er sich befreit und hielt auf den Russen zu, der von den knisternden Überresten des Zuffenhauseners in einer überaus unkomfortablen Lage an den Container genagelt wurde. Was Lenz erst realisierte, als er schon mit der Waffe im Anschlag neben dem Schwerverletzten stand, war, dass die Presshydraulik, die den Sperrmüll ins Innere des orangefarbenen Ungetüms schob, noch immer lief.

»Du kommst zu spät, Bulle«, murmelte der Russe, dessen Oberkörper seitlich verdreht auf der verkürzten Haube des Porsche hing. Trotz der vermutlich irrsinnigen Schmerzen gelang es ihm, Lenz ein Lachen entgegenzuschleudern.

»Du kommst zu spät!«

Lenz trat nach vorn an das kleine Schaltpult, konnte jedoch in der Dunkelheit nicht erkennen, wie dort alles zusammenhing. Also drehte er sich zur Seite, hob die Pistole und feuerte das gesamte Magazin in den Kasten. Er sah nach links, doch das Pressschild bewegte sich noch immer. Von den in seinen Augen stehenden Tränen behindert suchte er den Boden nach der Waffe des Russen ab, fand sie und feuerte auch dieses Magazin leer, erneut ohne Erfolg. Es flogen zwar Funken in alle Richtungen, und Lenz wusste, dass ihn ein zurückkommender Querschläger jederzeit würde treffen können, aber das war ihm völlig egal.

Halt an, du bekacktes Scheißding! Halt an!

Die Tränen hatten mittlerweile seinen Hals erreicht, und am liebsten wäre der Kommissar in die Presse geklettert und hätte daran gezerrt und gezogen, aber ihm war klar, dass er damit keine Aussicht auf Erfolg hatte. Nicht die geringste. Er warf die Waffe weg, ging auf das Schaltpult zu und hämmerte mit den bloßen Händen darauf ein. Als seine Finger schon blutig waren, flog ein Plastikteil davon, und er erkannte ein paar Kabel. Hastig steckte er seinen rechten Zeigefinger in die kleine Öffnung und riss wie ein Irrer an allem, was er zu fassen bekam. Er riss noch immer, auch als längst alle Geräusche verstummt und das bis zum Anschlag vorgeschobene Pressschild zum Stillstand gekommen war. Dann realisierte er, dass die Maschine sich nicht mehr rührte, machte einen Satz über die Kante und ließ sich auf das kalte Metall fallen.

»Thilo! He, Thilo, sag was! Ich bin's, Paul!«

Er lauschte, doch außer dem Hall, den seine Worte im Stahl hinterließen, konnte er nichts hören.

Wieder und wieder rief er, und er rief auch noch, als der erste Streifenwagen auf den Wertstoffhof gerast kam und er außer dem Krach der Sirenen nichts mehr hören konnte.

»Macht die Sirene aus«, herrschte er die mit vorgehaltener Waffe am Porsche auftauchenden Polizisten an. »Ich brauche Ruhe, verdammt noch mal.«

Damit zog er sich in die Pressmulde zurück. Die Tränen liefen ihm in Strömen übers Gesicht, und seine Verzweiflung hatte einen Grad erreicht, der kaum noch auszuhalten war. Vor seinem Auge tauchten, während er sich die Lunge aus dem Hals schrie, Bilder von Carla, Thilos Frau, und den Zwillingen auf.

Verdammt!

In seinem tiefsten Innern erkannte Lenz, dass er diesen Kampf verloren hatte, dass er zu spät gekommen war und seinen Freund nicht hatte retten können. Mit letzter Kraft kämpfte er sich zum Ende der Mulde hin, legte zuerst ein und dann das andere Bein über die Kante und ließ sich nach unten fallen.

»Hab ich dir gesagt, dein Kumpel ist hinüber«, schnarrte der Russe, der sich aufgerichtet hatte und Lenz angrinste.

Der Kommissar stand langsam auf, trat auf ihn zu und spuckte ihm angewidert ins Gesicht.

»Sei froh, dass ich dich nicht hinterher werfe, du Drecksack.«

Er widerstand der Versuchung, die unverletzten Teile des Mannes mit Schlägen zu überziehen, drehte sich um und wandte sich den noch immer in der gleichen Haltung wie nach dem Sirenenabschalten dastehenden uniformierten Kollegen.

»Wir brauchen einen Techniker von den Städtischen Werken, der sich mit dieser Scheiße hier auskennt«, flüsterte er. »Besorgt mir den bitte.«

Damit ließ er sich auf der Kante des Containers nieder, fuhr sich traurig durch die Haare und betrachtete eine Weile den Sternenhimmel.

*

Das erste Klopfen drang gar nicht bis zu ihm vor. Erst als es auch der Streifenpolizist hörte, der in etwa sechs Metern Entfernung stand und irritiert den Kopf hob, nahm Lenz die leisen Geräusche aus dem Innern des Containers wahr. Er war versucht, sofort in die Mulde zu steigen, doch er wartete einen Augenblick, um sicher zu sein. Dann, als er keinen Zweifel mehr hatte, dass die Klopfgeräusche wirklich aus dem Container kamen, gab es kein Halten mehr.

Er sprang über die Kante, ließ sich auf die Knie fallen und lauschte.

»Thilo«, rief er leise. »Thilo, bist du das?«

»Klar bin ich das«, kam es leise und gequält von der anderen Seite.

»Ist alles in Ordnung mit dir?«

»Das würde ich jetzt so nicht unterschreiben. Aber wo wir schon mal dabei sind, könntest du dafür sorgen, dass wir hier rausgeholt werden? Es ist verdammt eng in diesem Blechsarg, und ich sollte schleunigst einen Arzt sehen.«

Schnell ging in dieser Nacht auf dem Wertstoffhof der Stadtreiniger Kassel gar nichts. Es dauerte mehr als zwei Stunden, bis Thilo Hain und Angelika Rohrschach letztlich befreit waren. Das größte Problem dabei waren die Schäden, die Lenz' Ballerei auf die Schalttafel der Presshydraulik verursacht hatten. Der herbeigerufene Techniker musste zunächst eine Notverkabelung montieren, bevor das Schild aus der Arretierung gelöst werden konnte und schließlich durch die Kraft mehrerer Polizisten, die in der Wanne standen und zogen, in seine Ruheposition zurückgeschoben werden konnte. Die größten Schwierigkeiten jedoch bereitete die Tatsache, dass der junge Oberkommissar bei der Bergung alles unterhalb der Hüfte weder spüren noch bewegen konnte. Er musste mit größter Sorgfalt und unter Zuhilfenahme eines speziellen Rettungskorsetts aus dem Innern des Containers geborgen werden und konnte erst dann, auf einer Vakuummatratze sicher gegen jede unerwünschte Bewegung verzurrt, ins Klinikum gebracht werden. Lenz fuhr mit im Krankenwagen und übernahm auch die heikle Aufgabe, Hains Frau Carla über den Zustand ihres Mannes zu informieren.

»Schön, dass du da bist«, flüsterte der Hauptkommissar seiner Frau ins Ohr, die im Wartebereich der Notaufnahme eineinhalb Stunden ausgeharrt hatte.

»Wie geht es ihm?«, wollte sie wissen, während sie Lenz sanft durch die Haare fuhr.

»Er wird immer noch untersucht, für eine eindeutige Diagnose ist es nach Aussage der Ärzte zu früh. In seinem Rücken hat sich ein Bluterguss gebildet, vermutlich von einem der vielen Schläge oder Tritte, die er einstecken musste. Der Doc, der sich um ihn kümmert, hat mir erklärt, dass so eine Verletzung sich sehr gut und auch sehr schlecht entwickeln kann und dass wir abwarten müssen.«

Er blickte seine Frau lang und eindringlich an.

»Er hätte sterben können, Maria. Diesmal war es wirklich verdammt knapp. Und egal, wie das mit seinem Rücken ausgeht, er hat irrsinniges Glück gehabt.«

»Ich will wissen, wie sich das alles abgespielt hat«, gab sie zurück, »aber nicht jetzt. Jetzt fahren wir nach Hause und legen uns schlafen; du siehst aus, als hättest du das bitter nötig.«

Sie zögerte.

»Eigentlich, wenn ich ehrlich bin, siehst du furchtbar aus.«

»Ja, das stimmt. Zum Glück hat sich während der Zeiten, in denen Thilo beim Röntgen oder im CT war, ein Arzt meine Verletzungen angesehen und sie versorgt.«

Maria betrachtete sein Gesicht und fuhr ihm sanft über die Wangenknochen.

»Auf Kinder sollten wir dich in den nächsten Tagen besser nicht loslassen, Paul, die würden einen Schock fürs Leben kriegen.«

»Ja, so was Ähnliches habe ich auch gedacht, als ich beim Händewaschen in den Spiegel geschaut habe. Frankensteins Gesellenstück dürfte es ziemlich genau treffen, was meinst du?«

»Aus meiner Sicht ist das noch eine verniedlichende Untertreibung.«

EPILOG

Am übernächsten Morgen nach den folgenschweren Ereignissen in Sandershausen und auf dem Wertstoffhof stand Lenz vor dem Ausgang des Klinikums Kassel, schluckte mehrmals und ließ dann doch seinen Tränen ungehemmt ihren Lauf. Mit langsamen Schritten, den Kopf immer wieder in Richtung des makellos blauen Himmels gerichtet, ging er auf Thilos Mazda zu, den er am Tag zuvor in Sandershausen abgeholt hatte, stieg ein und wischte sich die Augen und die Wangen ab.

Contusio spinalis, hatte der nette Arzt ihm erklärt, Ihr Kollege leidet an einer Contusio spinalis.

Was sich für den Hauptkommissar zunächst wie eine tödliche, zumindest jedoch lebensbedrohliche Erkrankung anhörte, stellte sich nach der Erklärung des Mediziners als relativ gut zu behandelnde Verletzung dar.

»Ihr Kollege«, hatte der Arzt seine Erklärung präzisiert, »hat sich so etwas wie eine schwere oder sogar sehr schwere Gehirnerschütterung zugezogen, im übertragenen Sinn. Wie bei Ihnen übrigens, möchte ich anmerken. Nur ist nicht sein Gehirn betroffen, sondern sein Rückenmark. Wir gehen davon aus, dass sich die Ausfälle, die er jetzt hat, zu 100 Prozent zurückbilden. Im Augenblick ist das für ihn eine sehr schwere Situation, besonders, was das Urinlassen und den Stuhlgang betrifft, aber das kommt alles wieder ins Lot.«

»Wie lang dauert so etwas in der Regel?«

»Drei, vier Wochen, dann sollte das Schlimmste überstanden sein. Nach der Reha wird er vermutlich ganz der Alte sein.«

Lenz hätte dem Mann die Füße küssen können, so sehr hatte er sich über die gute Nachricht gefreut. Nach einer kurzen Stippvisite bei seinem Kollegen, der noch sehr schlapp und müde war, hatte er sich verabschiedet.

Nun startete er den Motor des kleinen japanischen Cabriolets, legte den ersten Gang ein und machte sich auf den Weg zum Präsidium. Dort war er mit Polizeirat Herbert Schiller, seinem Boss, verabredet. Dann, so hatte er es sich fest vorgenommen, würde er nach Hause fahren und dem Rat der Ärzte folgen, die ihm dringend empfohlen hatten, sich in die Horizontale zu begeben, den Kopf ruhig zu halten und für mindestens zwei Wochen der Arbeit fernzubleiben.

Er stellte den Mazda auf dem Parkplatz des Präsidiums ab, betrat, etwas unsicher und mit leichten Doppelbildern, das Gebäude durch den Hintereingang und machte sich auf den Weg zum Büro seines Chefs. Aus dessen Tür trat, gerade, als Lenz noch etwa fünf Meter davon entfernt war, Erich Zeislinger. Der Oberbürgermeister hatte einen hochroten Kopf, was jedoch kein Zeichen für irgendetwas war, sondern seine normale Gesichtsfarbe. Allerdings zeigte seine Mimik ernste Anzeichen von Anspannung, die sich kurzzeitig dadurch potenzierte, dass er seinem ehemaligen Nebenbuhler und jetzigen Mann seiner einstigen Ehefrau direkt in die Augen sah. Für einen winzigen Moment hatte es den Anschein, als wolle der erste Mann der Stadt Kassel auf den Polizisten losgehen, doch dann senkte sich sein Blick, er umkurvte Lenz wortlos und stapfte schwerfällig Richtung Fahrstuhl.

»Was war denn das?«, wollte der Leiter der Mordkommission wissen, nachdem er verwundert das Büro betreten und seinen Boss begrüßt hatte.

»Das war Erich Zeislinger, wie er leibt und lebt«, erwiderte Schiller ernst. »Er wollte seinen, wie zumindest er es sieht, ungeheuren Einfluss bei mir geltend machen, nachdem er beim Polizeipräsidenten abgeblitzt war. Als das auch hier nicht geklappt hat, begann er, mir zu drohen, was jedoch die absolut falsche Vorgehensweise war, weil ich bei Drohungen grundsätzlich auf stur schalte.«

»Und jetzt?«

»Ach, weißt du, sowohl der Innenminister als auch der Justizminister haben ihren Parteifreund zum Abschuss freigegeben. Nach Aussage dieses Bernd Wiesner dem Kollegen Haberland gegenüber hat der OB sich seit Jahren von diesem Ring um Rohrschach, Fred Mühlenberg und Johannes Stammer schmieren lassen. Er bestreitet das vehement, aber es scheint belastbares Beweismaterial zu geben. Vielleicht hat er sich tatsächlich nicht persönlich bereichert und das Geld seiner Partei oder was weiß ich wem zukommen lassen, aber das müssen die Gerichte klären, und letztlich ist es für die potenzielle Bestrafung auch unwesentlich.«

Er goss sich und Lenz jeweils ein Glas Wasser ein.

»Aber viel wichtiger als dieser Lackaffe ist, was mit Thilo ist. Weißt du was Neues?«

Der Hauptkommissar nickte.

»Ja, und es gibt wirklich gute Nachrichten. Ich kann dir zwar nicht mehr sagen, wie das genau heißt, was er hat, aber sein behandelnder Arzt hat mir versichert, dass mit ihm alles wieder in die Reihe kommt. Er hat wohl einen Bluterguss in der Wirbelsäule, der auf das Rückenmark drückt, und das sorgt dafür, dass er kein Gefühl in den Beinen hat. Aber, wie gesagt, das wird sich zurückbilden und, wie es sich jetzt darstellt, auch komplett verschwinden.«

Schiller griff wortlos zum Telefon, wählte und nahm den Hörer ans Ohr.

»Es kommt alles wieder in Ordnung mit meinem Kollegen, Rita, du musst dir keine Sorgen machen.«

Ohne auf eine Antwort oder sonstige Replik zu warten, legte er auf.

»Meine Frau«, erklärte er dem irritiert dreinblickenden Lenz. »Sie ist immer sehr aufgeregt, wenn so etwas passiert, und nimmt, manchmal ungesund viel, Anteil am Schicksal anderer Menschen. Und weil sie mich gebeten hat, ihr gleich Bescheid zu sagen, wenn es etwas Neues gibt …«

»Schon gut«, unterbrach Lenz seinen Chef. »Im Augenblick nehmen viele Menschen an Thilos Schicksal teil, und ich wüsste keinen, der ihm nicht das Beste wünscht.«

»Seine Frau weiß Bescheid?«

Der Hauptkommissar nickte.

»Ich habe sie auf dem Weg hierher angerufen. Wir haben ein paar Straßenzüge lang zusammen geweint, und jetzt kann sie wesentlich beruhigter in den Tag gehen.«

»Sie war nicht bei ihm im Krankenhaus?«

»Nein, die Ärzte hatten sie nach Hause geschickt, außerdem musste sie sich um die Zwillinge kümmern. Ihre Eltern, die das in solch einer besonderen Situation hätten machen können, sind nämlich im Urlaub.«

Der Kriminalrat sah seinen Mitarbeiter ernst an.

»Ein paar Minuten, bevor du hier angekommen bist, und gerade, als Erich Zeislinger auf dem Gipfel seiner Erregung war, hat mich ein Arzt aus dem Klinikum angerufen.«

»So? Was wollte er denn?«

»Er hat mich förmlich bekniet, dich auf der Stelle nach Hause zu schicken, falls du hier auftauchen solltest.«

»Das hat er mit mir auch gemacht, und ich werde seiner Empfehlung, mich ein paar Tage ins Bett zu legen, Folge leisten. Ich wollte dich nur über Thilos Zustand informieren.«

»Das wäre auch am Telefon gegangen.«

»Ich weiß. Aber dann hättest du mir vielleicht nicht erzählt, was Angelika Rohrschach zu berichten gehabt hat.«

»Jetzt hast du ausnahmsweise recht. Aber, um es kurz zu machen, die Frau hat ein umfassendes Geständnis abgelegt. Sie hat uns erzählt, wie sie von Fred Mühlenberg angemacht wurde und wie es dazu kam, dass der sich den Mord an Dominik Rohrschach ausgedacht hat.«

»Die Idee ist auf seinem Mist gewachsen?«

»Das behauptet sie zumindest, ja.«

»Was sagt er dazu?«

»Ihn konnten wir noch nicht vernehmen, weil er von einem nicht näher bekannten Kriminalhauptkommissar ziemlich übel zugerichtet wurde und bis jetzt zwei Mal operiert werden musste. Vermutlich wird er den Ablauf und wie es dazu kam ganz anders darstellen, aber das soll uns nicht interessieren, darum muss sich irgendwann ein Gericht kümmern. Ausgeführt soll die Tat ohnehin der Russe haben, dieser Bucharow.«

»Was sagt der denn dazu?«

»Auch der wird noch eine geraume Weile nicht vernehmungsfähig sein, und danach sollte es eine kleine Ewigkeit dauern, bis er das Laufen wieder gelernt hat.«

Schiller ließ sich in seinen Stuhl zurückfallen und fing dezent an zu grinsen.

»Wenn ich dich nicht kennen würde und nur die Schilderungen der vorvergangenen Nacht als Anhaltspunkt für deinen Charakter heranziehen müsste, würde ich dir dringend eine Therapie empfehlen.«

»Das kann schon sein«, winkte Lenz entspannt ab. »Aber ich war zur fraglichen Zeit nur bedingt zurechnungsfähig. Vermutlich würde mir der Arzt, der dich vorhin angerufen hat, das zumindest ohne größere Probleme attestieren.«

Nun winkte auch der Kriminalrat ab.

»Das gibt keine Probleme, Paul. Die Presse lobt dich über den grünen Klee für das, was du getan hast, und hier im Haus bist du nach dieser Nummer eh für den Rest deiner Tage der Held. Also, was soll da schon passieren?«

»Klingt gut. Was mich jedoch viel mehr interessieren würde, ist die Frage, was aus diesem Pispers geworden ist, dem verschwundenen Mitarbeiter der Stadtreiniger?«

»Den haben Mühlenberg und sein Russe entsorgt, das behauptet zumindest Angelika Rohrschach. Beweise dafür kann sie zwar nicht liefern, aber sie behauptet, dass die beiden in ihrem Beisein darüber gesprochen hätten.«

»Vielleicht musste er den gleichen Weg gehen, der für Thilo und die Frau vorgesehen war?«

»Das überprüfen wir gerade, weil uns diese Idee auch schon gekommen ist.«

Lenz fasste sich nachdenklich an den verbundenen Kopf.

»Was ich nicht verstehe, Herbert, ist die Tatsache, dass die Rohrschach uns ja erst auf diese Spur geführt hat. Sie hat uns im Krankenhaus von einem Mann dieses Namens berichtet, den wir im Zusammenhang mit dem Tod ihres Mannes befragen sollen.«

»Das stimmt, daran konnte sich der Kollege Haberland, der sie vernommen hat, auch erinnern. Das hat sie so erklärt, dass die drei, also Mühlenberg, der Russe und sie euch in eine ermittlungstechnische Sackgasse führen wollten, die von ihnen selbst ablenkt.«

Der Kriminalrat lachte laut auf.

»Was ja auch perfekt geklappt hat, wie man jetzt sieht.«

»Dieser Stammer, der Chef von Pispers, steckt auch in der Sache drin, wenn ich deine Erklärung zum Oberbürgermeister von vorhin richtig deute?«

»Da muss ich mich wieder auf Angelika Rohrschach beziehen, und die sagt auf jeden Fall ja. Außerdem ist er verschwunden und zur Fahndung ausgeschrieben, was ja auch das eine oder andere zu ihm und seiner Verstrickung in den Fall aussagt.«

Der Hauptkommissar stand auf und legte Hains Autoschlüssel auf den Schreibtisch.

»Sorgst du dafür, dass der Wagen zu Carla gebracht wird? Er steht unten auf dem Parkplatz. Vielleicht hat sie mal eine Stunde oder zwei Zeit und Lust, sich den Wind durch die Haare wehen zu lassen.«

»Das mache ich, versprochen. Und du siehst zu, dass du auf dem schnellsten Weg nach Hause kommst.«

»Ich fühle mich, offen gesagt, eher, als ob ich auf dem schnellsten Weg zur wohlverdienten Pension kommen sollte.«

»Diesen Gedanken schlägst du dir am besten gleich und möglichst umfassend aus dem Kopf, mein lieber Paul. Es gibt nämlich viele Menschen, die deine Arbeit sehr schätzen und denen es echt stinken würde, wenn du schon in Rente gehen würdest.«

Mit einer Hand auf der Türklinke sah Lenz lächelnd zurück.

»Das ist ein schönes Kompliment, Herbert. Mit dem im Kopf werde ich nach Hause fahren, mich ins Bett legen, meine mannigfaltigen Wunden lecken und meinen brummenden Schädel und meine Sehstörungen auskurieren.«

Er öffnete die Tür und trat auf den muffigen Flur.
»Wir sehen uns«, brummte er leise, bevor er auf Maria zusteuerte, die auf einem der ungemütlichen Besucherstühle auf ihn gewartet hatte und ihm jetzt mit offenen Armen entgegen kam.

ENDE

*Weitere Krimis finden Sie auf den
folgenden Seiten und im Internet:
www.gmeiner-verlag.de*

Matthias P. Gibert
Bruchlandung
978-3-8392-1523-4

»Paul Lenz in seinem brisantesten Fall!«

Zwei Mitarbeiter eines Sicherheitsdienstes werden tot auf einer Großbaustelle in Thüringen entdeckt. Weil die Männer aus Nordhessen stammten, werden die Kasseler Kommissare Paul Lenz und Thilo Hain um Amtshilfe gebeten. Die Getöteten waren auch auf dem im Vorjahr eröffneten Flughafen Kassel-Calden für die Bewachung der Baustelle eingesetzt und offenbar in kriminelle Geschäfte verwickelt. Lenz und Hain versuchen, eine Katastrophe zu verhindern, doch die Zeit rinnt ihnen durch die Finger …

Wir machen's spannend

Matthias P. Gibert
Pechsträhne
978-3-8392-1422-0

»Hochaktuell und erschreckend realistisch!«

In einer Villa in Kassel wird die übel zugerichtete Leiche des Bankmanagers Sven Vontobel gefunden, neben ihm sein ebenfalls erschossener Hund. Wegen seiner umstrittenen Wertschöpfungsmethoden war er selbst bei seinen Kollegen unbeliebt. Bald gibt es zwei weitere Tote, ebenfalls Mitarbeiter der Nordhessenbank. Gegen alle Widerstände aus den Reihen der Geldmafia und in einer für sie fremden, abstoßenden Welt fahnden Hauptkommissar Paul Lenz und sein junger Kollege Thilo Hain nach einem Täter, der ihnen immer einen Schritt voraus zu sein scheint.

Wir machen's spannend

Unser Lesermagazin
2 x jährlich das Neueste aus der Gmeiner-Bibliothek

24 x 35 cm, 40 S., farbig; inkl. Büchermagazin »nicht nur« für Frauen und HistoJournal

Das KrimiJournal erhalten Sie in Ihrer Buchhandlung oder unter www.gmeiner-verlag.de

GmeinerNewsletter
Neues aus der Welt der Gmeiner-Romane

Haben Sie schon unsere GmeinerNewsletter abonniert?

Monatlich erhalten Sie per E-Mail aktuelle Informationen aus der Welt der Krimis, der historischen Romane und der Frauenromane: Buchtipps, Berichte über Autoren und ihre Arbeit, Veranstaltungshinweise, neue Literaturseiten im Internet und interessante Neuigkeiten.

Die Anmeldung zu den GmeinerNewslettern ist ganz einfach. Direkt auf der Homepage des Gmeiner-Verlags (www.gmeiner-verlag.de) finden Sie das entsprechende Anmeldeformular.

Ihre Meinung ist gefragt!
Mitmachen und gewinnen

Wir möchten Ihnen mit unseren Romanen immer beste Unterhaltung bieten. Sie können uns dabei unterstützen, indem Sie uns Ihre Meinung zu den Gmeiner-Romanen sagen! Senden Sie eine E-Mail an gewinnspiel@gmeiner-verlag.de und teilen Sie uns mit, welches Buch Sie gelesen haben und wie es Ihnen gefallen hat. Alle Einsendungen nehmen automatisch am großen Jahresgewinnspiel mit attraktiven Buchpreisen teil.

Wir machen's spannend